EL DUEÑO
DE LAS SOMBRAS

CARE SANTOS

EL DUEÑO
DE LAS SOMBRAS

EDICIONES B
GRUPO ZETA

Barcelona • Bogotá • Buenos Aires • Caracas • Madrid • México D. F.
Montevideo • Quito • Santiago de Chile

1.ª edición: marzo 2007

© 2006, Care Santos
© 2006, Ediciones B, S. A., en español para todo el mundo
   Bailén, 84 - 08009 Barcelona (España)
   www.edicionesb.com

ISBN: 84-666-2694-8

Impreso por Quebecor World.

*Para Adrián, Elia
y Álex, diablillos del hogar*

—¿Crees —preguntó— que los espíritus de los muertos pueden regresar a este mundo y manifestarse ante los mortales?

WILKIE COLLINS
La confesión del pastor anglicano

PRIMERA PARTE

EL DESVÁN DE LAS MUÑECAS

1

Tres noches

Año 1991

La familia Albás era una de las más conocidas de la comarca de las Las Cinco Villas. Su apellido hacía generaciones que era pronunciado por los vecinos con esa mezcla de desdén, envidia y respeto que siempre provocan los ricos. Sin embargo, ya hacía mucho tiempo que habían pasado los momentos de mayor prosperidad de la familia. De la vieja casona de los Albás sólo se acordaban los mayores. Se alzó entre arboledas y huertos, algo apartada de los límites de las poblaciones de Sádaba y Layana, las más próximas, encerrada en verjas infranqueables. Sólo unos pocos eran aún capaces de llegar hasta lo que quedaba de ella a través de los caminos que la vegetación se empeñaba en borrar para siempre. Para los más jóvenes aquel apellido sonoro y agudo que oían pronunciar de vez en cuando estaba vagamente ligado a la leyenda de aquellos parajes, a sus historias más antiguas, ciertas o no, y a algunas personas muertas mucho tiempo atrás que antes de abandonar este mundo se encargaron de dejar bien grabado su nombre en la memoria colectiva.

Por todas esas razones, todos supieron muy bien de quién se hablaba cuando aquella mañana helada del mes de enero corrió como reguero de pólvora la noticia de que la pequeña de la familia Albás, Natalia, de apenas tres años de edad, había desaparecido en el transcurso de una excursión escolar.

Al principio fue sólo un rumor, azotando la villa de Layana —donde la pequeña vivía con sus padres y su hermana mayor— pero pronto se extendió por el resto de los pueblos de la zona como un fuerte vendaval. Luego llegaron de todas partes extraños con cámaras y micrófonos, periodistas no sólo de los medios de comunicación locales. A la hora de comer, y también por la noche, las cadenas de televisión de todo el país hablaron de la niña y de su dramática desaparición en la Sierra de Santo Domingo.

Conmocionadas, las gentes del pueblo vieron aparecer en la pantalla al director de la escuela, y también a un portavoz de la familia que algunos identificaron como un primo segundo de la madre. La sierra, cuyas cumbres estaban cubiertas de nieve, como casi todos los inviernos, se llenó de foráneos. Los informativos mostraron lugares solitarios por los que muy raramente se veía a nadie en aquella época del año: la Peña de los Buitres, Peña Lengua, la Cueva de Santa Engracia o la de Santo Domingo. También hablaron de un invierno crudo como no se recordaba otro.

Todo sucedió durante una excursión. Natalia fue a la sierra junto con sus cuarenta y nueve compañeros de educación infantil. Eligieron una de las pistas menos complicadas y llegaron hasta el Barranco de Calistro. Para todos ellos era la primera vez que salían de la escuela. Iban muy abrigados, y hasta eso les parecía divertido. Tocaron la nieve, recogieron algunas hojas y almorzaron al aire libre. Fue un día lleno de emociones. Iban con ellos dos de las maestras del colegio y dos madres voluntarias, como refuerzo. Ninguna de las cuatro se explicaba cómo había podido ocurrir, si no les perdieron de vista ni un momento. Los desplazamientos a pie se hicieron en fila india, agarrados todos los alumnos a una larga cuerda. Una de las educadoras iba delante, abriendo camino y marcando el paso. Junto a la fila iban otras dos. La cuarta cerraba la comitiva, sin despegarse de los excursionistas ni apartar la mirada de la fila. Era casi imposible que la niña se hubiera soltado de la cuerda. Sin embargo, lo hizo, sin que nadie supiera de qué modo.

La única explicación razonable era que todo hubiera sucedido durante el almuerzo, cuando los pequeños alumnos se sentaron junto a la pista forestal, en un claro de la vegetación, bajo la luz de un sol brillante que apenas calentaba. Al terminar, dedicaron un rato a la recolección de los últimos tesoros: muchos llenaron sus bolsillos de hojas secas y pequeños guijarros. También observaron a algunos tejones, un ciervo lejano y el vuelo de algunos buitres que anidaban cerca, en la peña que llevaba su nombre. Para animar la caminata cantaron canciones que todos sabían. A las tres y media emprendieron el camino de regreso hasta donde les estaba esperando el autobús de la escuela. Ni veinte minutos andando. El cielo resplandecía de puro azul. Era un día claro de invierno, ideal para una salida de los más pequeños. Además, se trataba de una experiencia que repetían año tras año, y jamás habían tenido las maestras que lamentar ni el más mínimo contratiempo. Pero esta vez al llegar al autobús la tutora de uno de los grupos reparó en que faltaba una alumna. Tampoco se explicaba cómo no se dio cuenta hasta ese momento. Enseguida supo que la ausente era Natalia Albás. A pesar de la conmoción del descubrimiento, estuvo segura de haberla visto durante la comida y también durante los juegos y la recogida de hojas. Respecto a lo que pudo ocurrir después, no encontraba ninguna explicación. La única evidencia terrible era que Natalia no estaba junto al resto del grupo.

La buscaron por los alrededores del autobús, con la ayuda del chofer, sin ningún resultado. Regresaron sobre sus pasos hasta la pista y aún más allá: hasta el Barranco de Calistro. Y sin dejar de mirar a todos lados ni de llamarla a gritos. Una vez y dos, y hasta tres veces recorrieron el camino. Las copas de los árboles parecían temblar con su desesperación, cuando veían que la tarde iba cayendo y Natalia seguía sin aparecer, y contestaban con el suave murmullo del viento entre sus hojas y un lento movimiento de sus ramas más altas. Todo lo demás era un silencio cerrado. El paisaje, impresionante por su belleza en cualquier otra circunstancia, parecía ahora estremecido por la angustia de las mujeres que buscaban. Al borde de las lágrimas recorrieron las maestras aquellos caminos, por los que varias veces regresaron a la pista, y al barranco. Perdieron la noción del tiempo. Nada les importaba más que dar con la niña y tan embebidas estaban en ese único pensamiento que no repararon en la hora que era hasta que la claridad empezó a menguar. La oscuridad llega muy pronto en invierno. Antes de que pudieran darse cuenta, serían incapaces de ver más allá de sus narices.

Una de las madres voluntarias se había adelantado mientras tanto para advertir al director del colegio de lo ocurrido. Avisaron a la policía, se comunicó el retraso a los padres de los otros niños y el director citó a Cosme y Federica, los padres de Natalia, a una entrevista en su despacho.

—¿Ocurre algo? —preguntó Fede cuando se percató de la urgencia de la llamada.

—Preferiría contártelo en persona. Os ruego que vengáis a verme sin perder tiempo.

Los primeros periodistas no comenzaron a llegar hasta el día siguiente, cuando Natalia llevaba ya casi veinticuatro horas desaparecida. Aquella noche se alcanzaron en los ventisqueros de la sierra los quince grados bajo cero. Cayó una nieve espesa. La policía no dejó de buscar a la niña ni un solo minuto, con la ayuda de cuerpos especiales de montaña, de la Guardia Civil, de los dos guardas forestales que vivían en la zona y la conocían mejor que nadie, de algunos voluntarios reclutados entre los padres jóvenes de Layana y Sádaba y de algunos vecinos. Entre estos últimos estaba Pepe Navarro, un vecino de Biel de casi setenta años, tal vez la persona que más conocía las pistas de la Sierra de Santo Domingo. No sólo porque las había recorrido desde que poco después de dejar la adolescencia se hizo pastor, sino porque había abierto con sus propias manos algunas de ellas, y le gustaba mostrárselas a los visitantes en sus ratos de ocio, coincidiendo con el buen tiempo.

Sin embargo, la ayuda y el entusiasmo de los que estaban más familiarizados con aquellos parajes tampoco sirvió de nada. En casa de los Albás se vivieron horas de angustia jamás imaginadas. Ni siquiera los tranquilizantes lograron hacer que Fede y Cosme se dejaran vencer por el sueño. Ella, sentada en el sofá y atenta a la pantalla del televisor, no hacía más que repetir:

—¿Dónde estará mi niña pequeña? ¿Dónde estará mi niña pequeña…?

Mientras tanto, Cosme recorría el salón y fumaba sin cesar, un cigarrillo tras otro, con los nervios destrozados. Hacía seis años que había dejado de fumar.

Sólo Rebeca, la hermana mayor, había conseguido cerrar los ojos y dejarse arrastrar por el cansancio de un día tan intenso. Aunque tuvo un sueño inquieto y se despertó muy temprano, mucho antes de la hora a la que ella y su hermana solían levantarse cada mañana para ir al colegio. Claro que aquel día tampoco habría colegio, porque las clases se habían suspendido hasta que se tuviera alguna noticia cierta de Natalia. Rebeca tenía entonces cinco años y no era del todo consciente de cuanto ocurría a su alrededor. Sólo presentía, de ese modo en que los más pequeños saben captar impresiones y sentimientos, que algo horrible estaba sucediendo. Y no se equivocaba.

La segunda noche sin Natalia fue aún más fría. Algunos hablaron de temperaturas mínimas históricas. Había helado en toda la provincia, y en algunas de las umbrías por donde todos seguían buscando sin éxito crecían las placas de hielo. Fede no cesaba de repetirse que su hija llevaba puesto su abrigo blanco y unos pantalones rojos de pana, además de gorro, guantes y bufanda, como todos los niños que fueron a la excursión, pero sabía que ante un frío tan intenso ni siquiera tanta ropa sería suficiente.

Los agentes rastreaban, pero sólo porque no se atrevían a perder la esperanza ni a reconocer que en realidad la habían perdido ya hacía muchas horas, y que todos ellos estaban deseando marcharse a casa con los suyos y olvidar aquella pesadilla. Sin embargo, no podían irse con las manos vacías, y a última hora de la tarde del segundo día se les dio la orden de buscar en los lugares más inaccesibles: en los barrancos, en las vallonadas, en los cauces de los riachuelos, en las cuevas de piedra viva que se abrían como fauces en la montaña... Se les dijo también que, después del tiempo transcurrido y dadas las condiciones meteorológicas, debían empezar también a buscar un cuerpo sin vida. El cuerpo de una niña de cabello castaño y algo menos de un metro de altura, vestido con un abrigo blanco y unos pantalones rojos. Todos los rastreadores estuvieron de acuerdo: era imposible que Natalia hubiera sobrevivido dos noches a aquellas temperaturas extremas sin nada que comer ni beber. Incluso Pepe Navarro lo decía, a media voz. Y si él lo decía, nadie era capaz de mantener la esperanza.

En este absoluto desánimo pasó la tercera noche, que fue tan larga y tan triste como las anteriores y todavía más fría. La única novedad que trajo consigo fue que los padres de Natalia, vencidos por el cansancio y ayudados por los sedantes, consiguieron dormir unas pocas horas. A su alrededor, los psicólogos que les atendían ya no encontraban argumentos con que confortarles. A partir de ese momento su trabajo consistiría en prepararles para que asimilaran la peor noticia de todas: la muerte de su hija pequeña en las más trágicas circunstancias, aún por determinar. Ni siquiera ellos querían enfrentarse a lo que sin duda llegaría, con la única duda de si Natalia habría muerto congelada, despeñada en un precipicio o si habría sido carnaza tierna y apetecible para los animales que recorren hambrientos los montes en estos meses del año, en busca de algo con que calentar su estómago.

Añadían que, en caso de que la niña apareciera con vida en las próximas horas, habrían de atenerse a las consecuencias que la intemperie, el hambre y la sed hubieran causado en su salud. Estaría deshidratada, hambrienta, sucia y no sería tan extraño pensar en algún tipo de lesión física seria, sobre todo las provocadas por el frío, como ampollas, hinchazón severa o congelación de alguna parte del cuerpo. Lo primero que se congela son los dedos —de las manos y de los pies— y también la nariz y las orejas. Si la congelación es muy grave —los médicos hablan entonces de «cuarto grado»— lo más probable es que se deba amputar la parte del cuerpo que se haya visto dañada, generalmente las extremidades. Fuera como fuera, las perspectivas no eran de ningún modo optimistas. Nadie podía asegurar que Natalia no hubiera caído por un roquedo, o no hubiera sido atacada por algún animal salvaje —en la sierra son frecuentes los jabalíes, los corzos, las garduñas, los buitres, las víboras, incluso hay quien afirma haber detectado la presencia de osos—, sufriendo daños mucho más graves, tal vez irrecuperables. Lo peor también estaba al acecho. Para un adulto habría sido muy difícil evitarlo. Para una niña de la edad de Natalia, casi imposible: a tan tierna edad, el cuerpo resiste mucho peor las condiciones extremas.

—Si ni siquiera sabe ir sola al baño… —murmuraba su madre.

En los informativos de la noche, todo el mundo hablaba en pasado de la pequeña de los Albás.

Cansado de acatar órdenes ajenas, al amanecer del cuarto día Pepe Navarro salió a pasear por la sierra en compañía de su perro. No dijo nada a nadie, pero iba en busca del cadáver de la niña. Sabía que nadie mejor que él podía recorrer aquellos caminos y que el único modo de hacerlo era en solitario y con los cinco sentidos. No fue hasta más de tres horas más tarde, al acercarse al antiguo prado denominado Campo Fenero —donde la ausencia del ganado de otros tiempos había propiciado el nacimiento de algunos pinos— cuando se percató de una presencia extraña al borde de una de las trochas por las que tantas veces había transitado en sus paseos por el monte. En una primera impresión fue apenas un presentimiento: una sombra que no debía estar ahí. Cuando volvió sobre sus pasos la vio bien: una niña de unos tres años, vestida con un abrigo blanco y largo, gorro, bufanda y guantes, abrazada a una muñeca a la que parecía peinar con los dedos y sentada tranquilamente en el tocón de un árbol, gozando de las impresionantes vistas del Pirineo con absoluta tranquilidad mientras canturreaba lo que parecía una canción infantil.

De hecho, fue su voz lo primero que le alertó. Una voz diminuta en mitad del silencio. El curtido montaraz se acercó a ella con prudencia. Más tarde explicaría que no estaba del todo seguro de que no se tratara de una aparición, «aunque no soy hombre que crea en esas cosas», se apresuraría a aclarar. Sin embargo, cuando estuvo al lado de la criatura pudo comprobar que no había en ella nada de particular, nada que despertara temor o que levantara sospechas. Sin lugar a dudas era Natalia, la pequeña desaparecida en el monte de la que la televisión hablaba sin descanso desde hacía tres días. Por si no lo tuviera aún lo bastante claro, le preguntó cómo se llamaba y ella se lo dijo de carrerilla, alto y claro, con ese orgullo infantil de las certezas irrefutables y una sonrisa dibujada en los labios:

—Natalia Albás Odina.

—Perfecto, zagalita. Vamos, pues —le dijo antes de tenderle una mano amiga, de quien tantas veces ha entrado y salido de la montaña como de su propia casa.

Enseguida le llamó la atención que la niña estuviera tan

lozana. Nada hacía adivinar que hubiera padecido el frío de las últimas noches. Y tampoco parecía hambrienta ni deshidratada. Estaba limpia y como recién salida de su casa: la ropa intacta y el pelo desenredado. Incluso le pareció que olía a agua de colonia. La pequeña se aplicaba en explicarle algo a la muñeca y no dejaba de sonreír. Pepe Navarro trató de preguntarle si se había refugiado en algún lugar —aunque no había ninguno cercano al lugar donde la encontró—, pero la niña no supo responderle.

El hombre advirtió primero a los forestales y éstos llamaron a la policía. Nadie podía creer que la niña se encontrara bien. La zona donde apareció Natalia no había sido rastreada por los cuerpos de seguridad. Estaba demasiado alejada del lugar donde desapareció, a casi tres horas andando del claro del bosque donde toda la clase se detuvo a almorzar y a recolectar hojas. A nadie en su juicio se le habría ocurrido buscar por allí. Cómo había llegado Natalia hasta aquel lugar o cómo había hecho para sobrevivir en él fueron dudas que desde el primer momento ocuparon los pensamientos de todos.

—Esto sólo puede ser un milagro —acertó a decir alguien.

Pepe Navarro acompañó a la niña hasta su propia casa, le ofreció un tazón de leche y aguardó a que vinieran por ella. La policía la llevó de inmediato hasta Layana, donde la estaban esperando sus padres, conmocionados aún por la sorprendente noticia, pero desbordados por una felicidad que ya no esperaban. Mientras almorzaba con su mujer y en televisión alcanzó Pepe Navarro a ver el abrazo con que la niña se aferró de nuevo a su madre, y sintió como una bocanada de aire fresco inundándole los pulmones. Incluso pudo escuchar la voz emocionada de la madre al tener de nuevo a su pequeña entre los brazos:

—Quiero darle las gracias al hombre que la encontró por habernos devuelto la vida —dijo.

Y Pepe Navarro sonrió en silencio, mientras su esposa le apretaba la mano.

Fuera de la mirada de la cámara, Fede susurraba al oído de su hija:

—No me puedo creer que estés tan bien, hijita. Hasta parece que hayas crecido.

No se equivocaba: Natalia había crecido. Ocho centímetros, exactamente, como se comprobó al día siguiente, cuando acudió a la consulta de su médico. El facultativo consultaba sus datos en el historial sin dar crédito a sus ojos.

—No es posible crecer ocho centímetros en tres días. Debí de equivocarme cuando la medí la vez pasada —dijo, confuso.

Fede sabía que el médico no había cometido ningún error, aunque prefirió callar. Supo que tendría que renovar todo el ropero de su hija, y se limitó a hacerlo en silencio y con rapidez, para así poder olvidar todo aquello lo antes posible. Tampoco dijo nada de su pelo, otro detalle que no le había pasado por alto: la media melena que Natalia llevaba suelta cuando desapareció podía ahora recogerse sin ninguna dificultad en una coleta. También tuvo que atender a los periodistas, dar explicaciones, repetir lo mismo una y otra vez, aburrirse de su propia historia, que no dejaba de ser increíble pese a que ya habría sido capaz de contarla incluso en sueños. Lo de los ocho centímetros o lo del pelo, sin embargo, no se lo mencionó a nadie.

Tampoco se explicaba muy bien qué había hecho su hija en las tres heladas noches que permaneció en el bosque, ni cómo se las apañó para recorrer una distancia de tantos quilómetros. Las investigaciones policiales trataron de descifrarlo, pero tuvieron tan poco éxito como antes lo habían tenido con el rastreo. Quienes no le conocían se atrevieron a señalar a Pepe Navarro con dedo acusador, pero sus propios vecinos se encargaron de acallar esas voces inoportunas e injustas. Por otra parte, Natalia era demasiado pequeña todavía para comprender qué le estaban preguntando, ni para articular una respuesta lógica, de modo que intentar que se explicara habría sido una soberana estupidez. No faltaba, por supuesto, quien insistía en la teoría del milagro y atribuía la salvación de Natalia a santos, vírgenes y todo tipo de divinidades. Y más aún cuando empezaron a conocerse ciertos detalles.

Con milagro o sin él, aquella noche el pueblo entero y con él todo el país celebró el final feliz de la desaparición de la pequeña Albás. El abrazo de Natalia y su madre fue, para casi todos, la última escena de aquella historia que, aunque sólo fuera por una vez, había acabado bien.

Sólo los más allegados conocieron ciertos pormenores y se formularon ciertas preguntas para las que nadie tenía respuestas.

La primera: había ciertas palabras que Natalia había traído de regreso, ¿qué significaban? La niña decía cosas incomprensibles. Sílabas sin ningún sentido aparente, palabras sueltas. Eran extrañas, pero ella las pronunciaba con absoluta normalidad, como si formaran parte de su idioma. Sin embargo, por más que permanecían atentos, sus padres no lograban comprenderlas. Desde luego, no eran expresiones que ellos conocieran. Y tampoco parecían pertenecer a ninguno de los idiomas que eran capaces, no ya de hablar, sino de identificar. Nada de todo aquello se aprendía en el colegio, mucho menos en casa, y Natalia las pronunciaba incluso dormida, sin alterarse lo más mínimo. Llegaron a anotar algunas con la intención de preguntar a alguien, pero nadie supo ayudarles: «anuttara», «pakchin», «papilio», «rex», «prajna», «palaka», «ob», «deva», «mahesvara», «rursum»… Y cuantas más lograban apuntar, más crecía su desasosiego y su inquietud por saber dónde, o de quién había podido aprender la niña todo aquello.

Y había un misterio aún mayor: ¿cómo había hecho Natalia para sobrevivir en el bosque en los días más fríos del siglo?, ¿qué había comido, de qué agua había bebido, quién la había peinado por la mañana, antes de que la encontraran?, ¿por qué no se había manchado ni arrugado su abrigo blanco?, ¿por qué no había en su cara ningún rastro de llanto?, ¿por qué no parecía acusar los signos de ningún acontecimiento extraordinario?, ¿por qué ni siquiera parecía asustada?

Por si no bastara, había aún más: ¿de dónde había sacado Natalia la muñeca que llevaba cuando fue encontrada? No se llevó ninguna cuando se fue. ¿Acaso alguien se la había regalado? ¿Y por qué desde entonces no se separaba de ella ni un solo segundo? ¿Le recordaba a quien la había estado cuidando? Los niños son muy listos. Jamás se encariñan con un juguete si les recuerda algo malo. Luego, quien le hubiera dado aquella muñeca, debía de ser alguien en quien Natalia confiaba.

No es momento ahora de desvelar estos misterios, desde luego. Las cosas se disfrutan más cuando llegan a su debido tiempo. A veces, pues, esperar es un modo de actuar.

Me gustaría que ahora, lector, me acompañaras hasta un lugar desde el cual podremos custodiar el sueño de las dos hermanas Albás Odina: el alféizar de la ventana de su habitación. Desde aquí tendremos la oportunidad de pegar la nariz al cristal helado y observar el interior aguzando nuestros sentidos para cerciorarnos de que todo va bien. A alguien puede parecerle extraño este interés repentino por las niñas. Hubo un tiempo en que gran parte de mi jornada laboral transcurría de noche frente a las ventanas de niños dormidos. Sin embargo, hace años que me dedico a otras cuestiones de mayor calado y se podría decir que casi he perdido la práctica. Sólo quería asegurarme de que, por ahora, nada perturba la calma de las hermanas Albás Odina. En efecto, las dos respiran al compás y muy profundamente. Sus sueños parecen tranquilos: por lo menos, nada denota lo contrario. Se las ve bien abrigadas. Natalia se aferra en sueños a su muñeca, que tiene el pelo ensortijado y negro y los ojos azules muy abiertos como si nos estuviera observando. Desde aquí se la ve algo raída, como si fuera muy vieja. En la habitación no hay nada ni nadie que deba despertar nuestra alarma. Las dos hermanas están solas. Sólo yo las vigilo, en silencio, desde el exterior, aunque no pienso hacerme notar. Por ahora, prefiero la discreción. No deseo nada de ellas, salvo que crezcan. En el caso de Natalia, además, deseo que no olvide lo que aprendió durante aquellas tres jornadas en que estuvo desaparecida para el mundo entero. De Rebeca me ocuparé más adelante, cuando llegue su turno. El secreto del éxito de toda empresa radica, en parte, en saber esperar el tiempo necesario. Por el momento, esperaremos, amparándonos en las sombras. Sólo por el momento.

2

El incendio

Año 1890

Siempre sentí predilección por los viajes, tanto en el espacio como en el tiempo. Por eso he sido desde antiguo lo que algunos llaman un espíritu inquieto. Sería largo enumerar ahora todos los rincones del universo que conozco y los acontecimientos fabulosos que he vivido en ellos y, lo sé por experiencia, habría más de uno que lo encontraría una pedantería o una falsedad, de modo que preferiría no dar crédito a mis palabras antes que dejarse cautivar por ellas. Pobres almas insípidas que no merecen que nada extraordinario les ocurra.

Respecto a la casona de los Albás y al lugar donde se levanta diré, para abreviar, que los conozco hace mucho tiempo. Lo mismo podría afirmar de las aguas subterráneas que los recorren a varios metros bajo tierra, y eso es mucho más de lo que sería capaz de asegurar cualquier otro visitante, pienso yo. No creo que sea exagerado decir que en determinadas épocas de mi ya larga vida he llegado a considerar el lugar, más que ningún otro, mi verdadero hogar o, por lo menos, el único que he tenido. Algunos podrían imaginar que son causas corrientes las que me hacen mantener con los Albás esta rencilla antigua. Qué sé yo, una antigua deuda, un asunto de lindes de tierras o un conflicto amoroso mal resuelto. Cometerás un error si piensas tan mal de mí, ingenuo lector. Todos los mencionados son asuntos vulgares y yo procuro, en todo momento y a toda costa, no acercarme a la vulgaridad más de lo estrictamente necesario. Por otra parte, llamarme vulgar es insultarme en lo más hondo. Me enojo mucho cuando eso ocurre. Advertido quedas, abstruso receptor de estas palabras. Mis diferencias con los Albás, pues, tienen un origen muy diferente a cualquiera de los ya dichos, además de infinitamente más creativo, que será revelado a su debido tiempo.

Por ahora, y sólo si el lector me lo permite, aprovecharé esta ocasión para proponer un viaje a través del aire helado de la noche. Partimos de la ventana desde donde hemos observado el sueño tranquilo de las dos niñas y nos dirigimos hacia el nordeste. En cierto modo, será un trayecto largo: no porque nos propongamos atravesar grandes distancias, sino porque nos disponemos a atravesar el tiempo.

Esto de planear en la oscuridad es más fácil de lo que la mayoría de la gente supone. Basta con cerrar los ojos, extender los brazos y dejarse llevar. Hay quien lo llama imaginación. Allá ellos.

Los espacios físicos jamás son infranqueables. En esta ocasión, apenas será necesario un mínimo desplazamiento. Divisaremos desde una distancia prudente las arboledas inmensas por donde la Guardia Civil, la policía y los voluntarios buscaron durante horas a Natalia. Para entretener nuestro paseo, me permito explicarte, visitante que tal vez nunca sobrevolaste estos bosques, que cuanto ves fue en otro tiempo un valle glaciar del que apenas quedan vestigios. Por fortuna, porque las glaciaciones eran un soberano aburrimiento. El valle que vemos es una enorme explanada que arranca al pie de los Pirineos y se extiende hasta las aguas del caudaloso río que desde antiguo dio nombre a estas tierras. La flora se compone principalmente de pinos, hayas y carrascas.

No cuesta distinguirlas entre el verdor, incluso con una visión no demasiado aguda como es la tuya. Espero que sepas aprovechar este alarde de conocimientos para atenuar en algo tu incultura. Muy pocas veces en la vida tendrás la fortuna de contar con un maestro tan poco común y tan bien preparado como yo. No te asombre mi orgullo: el orgullo me sobra, y es con razón, como habrás notado si eres todo lo perspicaz que yo quiero imaginarte.

Un visitante advertido que llegado a este punto ladee un poco la cabeza hacia la derecha empezará a vislumbrar las formas cuadrangulares de una construcción en medio del bosque. Es una antigua mansión señorial. O sería tal vez más correcto decir lo que queda de ella. Si no hay noticia de los caminos que otrora llevaron hasta sus puertas es porque hace demasiado que ningún vehículo ni pie humano los transita. Las zarzas, la maleza y otras plantas autóctonas lo han invadido todo (pese al mucho tiempo que hace que estudié las especies autóctonas, desde aquí reconozco, por ejemplo, dos de ellas: las llamadas adelfilla y cardo ajonjero). De la ornamentada reja que en otro tiempo rodeó la vasta propiedad privada, apenas se vislumbran hoy unos pocos restos entre esta oscuridad. No son más que un puñado de hierros oxidados que en su mayor parte apenas se mantienen en pie.

Caminemos hacia la fastuosa puerta de acceso. Lo sé, lo sé: habría que escoger otro adjetivo, ya no es fastuoso este amasijo de hierros oxidados, aunque espero que no te moleste que recuerde el antiguo esplendor de esta entrada de carruajes que antaño atravesaba un camino de gravilla. El mismo que ahora sobrevolamos y que resulta indistinguible. Tomaremos tierra en la explanada, exactamente frente a la entrada principal del caserón donde, tiempo atrás, solían detenerse los carruajes de los señores. Es un espacio circular, casi una plazuela, que en otro tiempo fue de fina arenilla y estuvo rodeada de rosales y plantas aromáticas, pero donde ahora se entremezclan las malas yerbas y los desperdicios.

Tienes, visitante, la gran suerte de viajar en mi compañía. Gracias a mi enorme experiencia en cuestiones aéreas, el aterrizaje será suave y preciso. No todo el mundo podría decir lo mismo.

Me permitirá el despistado lector que ejerza de guía en este lugar que me resulta, por tan diversos motivos, muy familiar. Lo primero en lo que debes reparar es en el nombre borroso que está grabado en una placa de mármol, junto a la puerta principal. A la luz del día, la placa tiene una apariencia vegetal a causa de los verdines que la han atosigado todo este tiempo. Durante la noche, en cambio, más bien parece de terciopelo gris oscuro. Todos estos detalles, en realidad, carecen de importancia. Si te molestas en contemplarla de cerca —a mí no me será necesario, no sólo porque mi vista es excelente, sino porque, además, sé de sobra lo que dice— podrás leer lo que en la placa fue escrito hará unos ciento diez años:

CAELUM

«El cielo.» Es el nombre que uno de los antiguos propietarios quiso ponerle a su mansión, con el objeto —según él— de protegerla de graves amenazas. Siempre me ha parecido muy graciosa esta costumbre de bautizar las casas, como si fueran perros. Además, ¡los nombres que eligen sus dueños suelen ser tan ridículos! ¿Caelum? ¡Ja!, permíteme que me revuelque de risa por el suelo. Y aún hay más: las palabras grabadas en piedra que aquel miembro de la dinastía legó a la posteridad no se limitan a esta placa. Es necesario mirar a la parte superior del portalón de entrada para adivinar que debió de ser un hombre intratable. Voy a tomarme la licencia de leer —y traducir— lo que aquí dice, porque ni la vista ni los conocimientos te alcanzarán, visitante, para comprender nada. Se trata de una sentencia latina que reza:

Su traducción a la lengua del lector sería, más o menos, la siguiente: «El diablo no es bien recibido en esta casa.»

Hay que reconocer que el hombre que dejó esta impronta en la piedra era un osado, tal vez un infeliz y a todas luces un ignorante. ¿Qué pensaba evitar con estas palabrejas en una lengua muerta? Quien esto hizo se llamaba César, aunque su nombre, probablemente, hoy no lo recuerde nadie, ni siquiera sus descendientes. Nunca me resultó simpático. Está bien en el olvido, pues, y que éste le cubra por muchos años.

En otra consideración tengo a otro de los miembros de la dinastía, el que mandó erigir en mitad de la explanada de los carruajes una estatua de sí mismo que aún puede verse en la actualidad, sólo que bastante estropeada y cubierta de materiales innobles (en una amplia gama que abarca desde moho hasta caca de pájaro). Es una manifestación artística de muy dudoso gusto y no hay vez que la vea en que no piense que fue una lástima no emplear el mármol noble en que se talló para otra cosa. Representa a un hombre de nariz prominente y rostro enjuto, de pómulos salidos y mentón exagerado. Si alguien hubiera conocido a aquel presuntuoso, como me ocurrió a mí, sin dificultad le reconocería en ese pedazo de piedra. El cuerpo no puede adivinarse, porque la estatua le representa cubierto con una capa, además de tocado con un sombrero de amplísima ala. De modo que, por lo menos, el escultor se dio menos trabajo: el necesario para tallar su cabeza y sus pies. En sus tiempos fue un monumento curioso, no exento de cierta majestuosidad. Por fortuna, el tiempo se encarga de echarlo todo a perder.

Como no quiero parecer aficionado a la sabiduría de salón, me abstendré de comentar otras muchas curiosidades de este lugar, así como la enorme cantidad de fechas, datos y pequeños detalles que podría aportar sobre las diversas fases de su construcción y sobre innumerables hechos que aquí ocurrieron. Sólo recordaré que, de cuanto alcanza la vista, mi rincón favorito es el pozo, que es también la construcción más antigua y, aunque me esté mal el decirlo, la más perfecta. Es de una profundidad única, el brocal está construido con pura piedra, sin argamasa, y todo ello data de principios del siglo XV, de modo que algunas de las piedras que sobreviven en sus lugares originarios se mantienen unas sobre otras desde hace nada menos que seis siglos. Es una maravilla de las que ya no suelen verse, obra de unas manos escrupulosas y sensibles. Por desgracia, no toda su estructura original permanece.

Ocurre lo mismo con el resto. La casa, desde luego, es mucho más moderna, aunque conoció diversas ampliaciones y modificaciones hasta que presentó su aspecto definitivo, allá por los años medios del siglo XIX. Todos los responsables de sus sucesivas transformaciones fueron miembros de la familia que legítimamente era propietaria del lugar según la ley de los hombres: los Albás. Lo mismo puede decirse de quienes la abandonaron, la noche del incendio que la destruyó casi por completo.

Y, ya que la conversación nos ha llevado a ello de forma natural, hablemos del incendio.

¿Te asusta el fuego, lector? O, por el contrario, ¿disfrutas observando su poder de destrucción, su magnificencia, el espectáculo que ofrece cuando se vuelve incontrolable? ¿Te reconforta su calor, su viveza, su colorido? ¿Te sientes parte de él, como si de él hubieras surgido hace mucho, mucho tiempo? Por estrafalario que parezca, yo soy de estos últimos. El fuego me apasiona. Además, no hemos venido hasta aquí sólo para recibir una lección de historia o contemplar las estrellas. Por supuesto que no.

A mentes menos privilegiadas que las nuestras (y conste que hablo, sobre todo, por mí) les resultaría sencillamente imposible imaginar qué ocurrió aquí aquella noche. Sin embargo, a nosotros nos bastará con cerrar los ojos y recordar, de esa manera en que sólo saben hacerlo quienes poseen un talento fuera de lo común para la fantasía. Imagina que te tomo de la mano, lector, justo frente al portalón de entrada a la casa de los Albás. Ahora daremos unos diez pasos a oscuras, sin abrir los ojos. Es una noche de primavera. Es fácil adivinarlo porque la temperatura es aún fresca, pero no demasiado. Además, el bosque desprende un agradable aroma a vegetación y humedad. Todo está en calma. Del interior de la casa llegan los acordes, algo torpes, de un piano. Es como si alguien estuviera ensayando una lección difícil frente al teclado blanco y negro. El piano está en el primer piso, que es además la planta noble del caserío, muy cerca de una de las ventanas, que a estas horas aún permanecen abiertas. Un olor a guiso, a apetitosa comida casera, impregna aún la planta baja, donde se encuentra la cocina y donde el servicio está recogiendo la vajilla de la cena. En la parte de atrás, *Igor*, el perro mastín, guardián de estos jardines, mastica las sobras que han dejado en los platos los señores. Nada hace prever el estallido de una tragedia.

No abras los ojos todavía. Ahora empiezas a percibir un rumor extraño, como si algo muy grande y muy fiero creciera a través del bosque. Llega a nuestros oídos el quejido de las ramas que se quiebran, y el follaje se agita como si de pronto se hubiera levantado un gran vendaval. Ahora debes usar las narices. Seguro que sólo te sirven para llenarse de mocos. Huele. Más: inhala con fuerza. ¿No percibes el olor que trae el aire? Huele a vegetación quemada. A destrucción. A naturaleza muerta. Es un hedor acre inconfundible. Incluso el más torpe de los seres humanos podría darse cuenta de ello.

Ya sólo nos resta sentir. Dejar que nuestra piel nos advierta de la última sensación que experimentaremos antes de contemplar lo que ocurre a nuestro alrededor: el calor. Un calor en oleadas, intenso como el del mismo infierno, que llega de todas partes para envolvernos. Si permanecemos aquí, no pasarán muchos segundos antes de que tengas dificultades para respirar. Si no echamos a correr ahora, pronto será demasiado tarde. Sólo para ti, por supuesto.

Es el momento. Abre los ojos y corre, mortal. Corre tanto como te permitan tus piernas. En tu huida tal vez tendrás tiempo de darte cuenta de algunas cosas, como que el jardín de casa de los Albás arde por los cuatro costados. Ten cuidado, no vayan a alcanzarte las lenguas de fuego. Sortéalas con pericia. Yo te guío (o puede que sólo finja hacerlo). Los árboles, frondosos y abundantes, parecen antorchas en mitad de la noche. Igual que los rosales, o las hierbas aromáticas que a la dueña de la casa le gustaba cuidar y que abarrotaban los parterres que rodeaban la explanada de los carruajes. En su lugar hay ahora un semicírculo de fuego rodeando la estatua del hombre encapado, sin escapatoria posible. Tal vez no te fijes, pero pronto pasará junto a tus pies una gallina parda ardiendo como una tea, tratando de escapar de lo que ya es inevitable, por lo menos para ella. Si miras a la derecha verás una imagen que recuerda al Apocalipsis: la enorme pajarera donde se almacenan los cientos de mariposas que el señor Albás denominaba «mi colección» —¡pobre infeliz!— y que eran su orgullo ante los extraños, es ahora una trampa mortal rodeada de lenguas de fuego. Las mariposas de colores se apelmazan en la parte alta de la jaula, pero por desgracia no tienes tiempo para quedarte a ver qué les ocurre. Debes escapar.

Las llamas son ya muy altas. Vas a tener que darte prisa en alcanzar la verja y la puerta de salida. Tal vez si tienes un instante para echar un vistazo a la casona observarás que está ardiendo sin remedio. Los criados se encuentran ahora en el patio, tratando de salvar lo que pueden, mientras un coche les espera apenas a unos metros de distancia, en un intento de librarlos de una muerte segura. *Igor* agoniza, ululando, encerrado en una de las habitaciones del servicio. A través de las ventanas que dan a la planta noble ya no se distingue sino fuego y humo. Aunque, si permanecemos atentos podremos vislumbrar la silueta de una mujer que parece atrapada en ese infierno. No se decide a saltar desde tal altura, pero no parece tener otra escapatoria. Es Zita, la señora de la casa. Es una lástima que ahora no tengamos tiempo de saber qué decide ni de conocerla mejor, porque es una gran mujer y una dama distinguida, aficionada a los viajes y buena conversadora. Supongo que no necesitas que te aclare que no va a salir viva de ésta, aunque los detalles truculentos mejor los dejaré para más adelante. Ahora estamos en plena visita guiada y no conviene despistarse con bagatelas.

El único lugar que aún conserva algo de la normalidad que hasta hace poco reinaba en la casa es el desván. Las ventanas permanecen cerradas a cal y canto y se percibe un ligero resplandor luminoso en su interior. No se distingue bien si se trata del resplandor de las llamas en movimiento. Tanto podría ser eso como otra cosa. Por desgracia, lector, no puedo conducirte a esa parte de la casa, que en otras circunstancias te habría enseñado con sumo gusto, puesto que la conozco bien y guardo de ella muy gratos recuerdos. Olvidémonos del desván, ya tendrás tiempo de conocer qué secreto guarda. Lo único que puedo avanzarte es que, si pudiéramos realizar juntos también este viaje, y acercarnos al tejado a dos aguas para contemplar la estancia desde una de las aberturas, descubrirías la gran pasión de una de las señoras Albás (ha habido otras antes, tal como habrá otras después): su colección de muñecas. Docenas, centenares, según cómo se miren casi se diría que son miles. Se alinean, inmóviles, en las paredes, en el suelo, en las sillas, en los anaqueles. Las hay de todo tipo y por todas partes. Todas mantienen los ojos abiertos. Ahora observan el final levantando sus párpados sin vida. Material inflamable de primera calidad. Una lástima.

Seguro que agradecerás ahora que te rescate de esta pesadilla. Muy bien, pues, tus deseos son mandatos para mí. Te devuelvo a dondequiera que estuvieras cuando nos hemos encontrado y te pido disculpas por estos excesos con que me ha gustado sorprenderte. Ahora ya conoces una pequeña parte de la leyenda de la familia más popular de esta comarca. Permíteme añadir, por si el dato puede serte de utilidad, que sólo una persona se salvó de la pesadilla a la que acabamos de asistir, y no fue otra sino la pequeña de la casa, Ángela, que tenía entonces ocho años. Con el tiempo, la que fue única heredera de la mansión familiar —o sería más indicado decir de lo que quedó de ella cuando el fuego hubo pasado— sería también la bisabuela de Natalia y de su hermana Rebeca. Aunque ellas, por increíble que parezca, no tienen ni idea de lo que te acabo de contar. Lo cual equivale a decir que el lector ya conoce sus secretos mejor que ellas mismas.

Antes de retirarme te reitero mis disculpas (óyeme bien, no suelo prodigarme) por si mis historias o mis maneras te han fatigado. Fantasear, recordar, atribuirme méritos increíbles, viajar sin dirección ni motivo (o con ambas cosas), atar cabos impensables, elegir un disfraz ingenioso y utilizarlo con éxito, practicar juegos de construcción y juguetear con el agua en todas sus variantes son algunas de las diversiones que me producen mayor placer. Y, por encima de todo, contar estas y otras historias. Un buen narrador, si domina su oficio y tiene talento, juega a ser el Todopoderoso cada vez que cuenta una historia. Y, como él, también trabaja en solitario. Yo no soporto trabajar en equipo. Tal vez por eso la escritura se me da tan bien.

Se me olvidaba algo. Sólo de vez en cuando, me gusta también intervenir en los desenlaces. Por supuesto, me he reservado algunos secretos, sólo para no decepcionarte la próxima vez que nos encontremos. Ya debes de saber que descubrirlos corresponde únicamente a aquellos que se atreven a ir un poco más allá. Ojalá seas uno de ellos.

Hasta la vista, pues. Sólo si lo deseas.

Celebro que hayas decidido quedarte. Adivino que a ti, como a mí, te pierde la curiosidad. Incluso puede ocurrir que seas una persona *demasiado* curiosa, ¿me equivoco? En cualquier caso, procuraré no defraudarte. Lo que te propongo a continuación es otro viaje en el tiempo. Han pasado doce años desde que Natalia regresó a casa de aquel modo tan extraño tras su primera excursión por el monte. Estamos en la noche de San Juan. Natalia tiene quince años. Rebeca, su hermana mayor, diecisiete. Y no van solas, pero eso tendrás que descubrirlo sin mi ayuda. Te recomiendo que también esta vez realices el viaje con los ojos muy abiertos.

3

El pozo

Año 2003

Bernal conocía todas las rutas forestales de los alrededores. Cuando era pequeño solía salir con sus padres a dar largas caminatas por las montañas, sólo porque no quedaba más remedio. Con el tiempo, fue descubriendo su afición, y empezó a planificar sus propias salidas. De eso no hacía tanto, sólo lo suficiente para que aquella zona en la que se encontraban fuera para él tan familiar como la palma de su mano.

Fue, precisamente, una frase de Bernal la que dio comienzo a todo:

—Venid, os voy a enseñar un lugar sorprendente.

Era la noche de San Juan. Regresaban de la primera gran noche del verano, una especie de inauguración oficial de las vacaciones. Natalia se había ganado con sus buenas notas el derecho a asistir, a disfrutar de la diversión. A Rebeca sólo la habían dejado ir por acompañar a su hermana, y porque eran las fiestas de Ejea de los Caballeros, que quedaba cerca, sólo a veinte minutos en autobús. Si lo hubieran preferido, les habría acompañado Cosme, el padre de las chicas, que solía tomar con muy buen humor su condición de chofer oficial.

—Cuando os saquéis el carné de conducir, no sé en qué ocuparé las noches de los fines de semana —bromeaba.

Le convencieron de que no era necesario que les llevara y mucho menos que les esperara a la vuelta. No sólo porque era una lata tener que volver a una hora fijada, sino porque nadie disfruta de verdad de la fiesta sabiendo que tiene a su padre en la calle de al lado, esperando dentro del coche a las cuatro de la madrugada, muerto de cansancio o puede que dormido y hasta roncando (eso dependía de cada ocasión). Le dijeron que regresarían con alguien conocido, que siempre encontraban a algún vecino o algún amigo a quien no le importaba hacerles el favor. Era la ventaja de vivir en un lugar pequeño donde todos se conocían. No fue fácil, pero Cosme al fin se dejó convencer.

Sólo que, a la hora de la verdad, no había nadie que regresara a Layana. Nadie conocido, por supuesto, pero tampoco encontraron a nadie entre el gentío dispuesto a acompañarles en su coche a través de los escasos quilómetros que les separaban de su casa. Los de su edad no valían, porque no podían conducir. Y los mayores estaban demasiado bebidos. Algunos ni siquiera se tenían en pie. Cabía la posibilidad de llamar al bueno de su padre, sacarle de la cama y pedirle que les fuera a buscar, pero prefirieron no hacerlo. No tanto porque respetaran el descanso del pobre hombre, sino más bien porque eso habría establecido un precedente y de ahí en adelante se les habría hecho muy difícil convencerle de que se fuera a casa.

La única solución era caminar. La distancia no les atemorizaba, aunque fuera a esas horas y con tanto cansancio encima. Tal vez por el camino se cruzaran con algún conductor poco borracho que no tuviera inconveniente en llevarles hasta casa. De modo que, sin pensarlo dos veces, echaron a andar por la carretera que une Ejea con Sádaba y Layana, que a esas horas estaba más solitaria y oscura que nunca. Hasta que Bernal pronunció su frase, sólo se habían cruzado con dos coches, y ambos iban en dirección contraria. Ni siquiera intentaron hacer autoestop. Los conductores, que aminoraron un poco la marcha para observarles, seguramente se preguntaron qué hacían tres chavales como ellos caminando por la carretera en plena noche.

Con todo, los tres pensaban que había valido la pena. Concierto, buen ambiente y litros y litros de calimocho. Bailaron hasta quedar empapados de sudor. Menos mal que a alguien se le ocurrió la brillante idea de arrojar sobre los presentes aquel chorro de agua, que dejó a todos calados y con la sensación de haber pasado una de las mejores noches de su vida. El frescor de la ropa mojada, además, les vino después muy bien para afrontar la caminata. El verano no había hecho más que comenzar, pero el calor ya resultaba insoportable. En todos los informativos llevaban algo menos de una semana hablando de temperaturas extremas y de diversos grados de alerta a causa de la ola de calor. Su región era una de las más afectadas.

Pese al cansancio y la hora, Rebeca y Bernal aún tenían muchas ganas de divertirse. Canturreaban algunas de las melodías que habían coreado a voces durante el concierto de uno de sus grupos favoritos, que por primera vez había actuado en la comarca, y reían con ganas, un poco achispados por el alcohol. Iban agarrados de la mano. No habían dejado de besarse en toda la noche. Cualquiera habría comprendido, en su situación, la cara de fastidio de Natalia, que tenía una actitud muy distinta a la de la pareja. Cada vez que su hermana y Bernal se entrelazaban como dos serpientes hambrientas en uno de sus aparatosos besos, se hacía más y más evidente su incomodidad. Sin embargo, por parte de Natalia no estaba sólo la sensación de encontrarse de más, de haber salido de fiesta con la parejita del año del instituto y tener que soportar sus besos de media hora, sus confidencias al oído, sus risitas y todas esas cosas ridículas que normalmente hace la gente cuando está tonta de enamoramiento. No. En su caso había algo más. Algo que no podía confesarse así como así y que debía comerse ella solita.

De modo que ésta era la situación cuando Bernal pronunció la frase que cambió por completo el rumbo de sus vidas:

—Venid, os voy a enseñar un lugar sorprendente.

Dejó a su espalda la carretera solitaria y se adentró por un camino de tierra que se perdía en la espesura de la vegetación. Rebeca iba tras él, haciendo esfuerzos por ver dónde ponía los pies. Bernal tiraba de ella sin soltarle la mano. Si no hubiera habido luna llena, quizá se habría dado de bruces contra el suelo. Natalia les seguía a una distancia prudencial, cada vez más enfurruñada. No sólo no le apetecía continuar ejerciendo de carabina de su hermana y su interesante novio, sino que no tenía ningunas ganas de hacer excursiones a ningún lugar a aquellas horas de la madrugada. Lo único que de verdad deseaba era llegar a su cama, tumbarse, cerrar los ojos y dormir durante un montón de horas.

Tras un buen trecho literalmente invadido por la maleza y otro tramo en mejores condiciones —por lo menos se veía el camino— llegaron a lo que parecía una verja: vieja, oxidada y cubierta de plantas trepadoras.

—Qué emoción, esto parece una peli de zombis —exclamó Rebeca, quien parecía muy contenta de estar allí.

—Por aquí hay un hueco —informó Bernal, caminando junto a aquellos hierros retorcidos mientras intentaba no enredarse con las plantas—. Debemos de estar muy cerca.

No era la primera vez que Bernal pisaba aquel lugar, y lo demostró con su comportamiento de guía conocedor del terreno. Atravesaron la verja por una zona en la que los barrotes oxidados abrían una brecha.

—Tened mucho cuidado. Esto está fatal —advirtió.

De una zancada se situaron en el otro lado, que no estaba menos invadido por la vegetación.

—¿Qué es este lugar? ¿Un cementerio? —preguntó Rebeca.

Bernal no pudo reprimir una carcajada.

—Tú has visto muchas películas, niña. No, no. Siento decepcionarte, pero sólo es una antigua finca señorial. Hacia allí están los restos de una casa grande como un palacio. Se quemó hace muchos años. Da un poco de miedo.

Bernal señalaba hacia algún lugar que no podían ver.

—Vamos —se animó Rebeca, al instante.

Al mismo tiempo, Natalia murmuraba para sí misma:

«Como vayan hacia allí, vuelvo sola a casa y a ésta le cae una bronca de antología.»

Sin embargo, los planes de Bernal eran muy firmes:

—Otro día os enseñaré la mansión. Es mejor visitarla de día. Ahora quiero que veáis otra cosa. Venid.

Atravesaron parte del frondoso jardín hasta alcanzar la explanada de los carruajes. Desde allí continuaron hacia el antiguo portalón de entrada, pero sin acercarse a él. Recortada contra el cielo nocturno y gracias a una luna luminosa como un farol, distinguieron en la distancia la gran pajarera. En otro tiempo estuvo situada en el borde de un jardín vistoso y arreglado. Ahora las malas hierbas la atenazaban, como a todo lo demás. Sin embargo, era posible acercarse a mirar por una zona en la que la vegetación no parecía tan dispuesta a parar los pies al visitante.

—¿Qué es? —preguntó Rebeca, cuando distinguió la estructura de metal.

—Una jaula. La gente solía utilizarlas para meter pájaros, pero ésta es diferente, ya lo veréis.

Natalia continuaba con su cara de fastidio. No entendía qué tenía de excepcional una jaula, por grande que fuera, en mitad de un lugar como aquél, ni por qué estaban de visita cultural a esas horas de la madrugada. Pese a todo, a medida que se iban acercando, creció su interés hacia lo que Bernal quería enseñarles. Sobre todo porque, cuando ya casi podían rozar el metal de la gran jaula, se dio cuenta de que algo se movía en su interior. Al principio se asustó. Sólo luego esbozó una sonrisa, cuando vio con claridad qué era lo que les aguardaba: en el interior de la pajarera revoloteaban varias docenas de mariposas. Sus colores apenas podían verse en aquella oscuridad, pero se adivinaba que a pleno sol debían de ser preciosas.

—¿Y estos bichos cómo han llegado hasta aquí? —preguntó Rebeca.

—No tengo ni idea. ¿Verdad que merecía la pena venir? —Bernal se mostraba orgulloso ante la cara de asombro de las chicas—. Mirad hacia abajo.

Fue entonces cuando se maravillaron. Abajo, en un montón del que apenas podían distinguirse los individuos que lo formaban, había cientos de mariposas. Algunas estaban inmóviles, otras movían las alas. Les maravilló tanto este descubrimiento que apenas repararon en la contradicción que suponía encontrar algo con vida en aquel lugar abandonado.

—¿Están muertas? —preguntó Natalia.

—No —dijo Bernal—. Y en las veces que he venido por aquí, nunca he visto ninguna muerta.

—Qué raro —susurró Rebeca—. ¿Habrá alguien que cuida de ellas?

—No lo sé.

Rebeca observó:

—No hay ninguna casa cerca.

—Algún amante de los insectos, tal vez. ¿Os gustan o no?

Natalia sonreía y miraba el diminuto revolotear de las mariposas.

—Igual es él —Natalia señalaba a la estatua estropeada—, tiene aspecto de ser un cuidador meticuloso.

—¿A quién representa la estatua? —preguntó Rebeca.

El chico respondió como si el asunto no fuera importante:

—No lo sé. Nunca me he fijado.

Rebeca también parecía disfrutar mucho con la visión de las mariposas enjauladas, pero no dejaba de pensar. Susurró:

—Es tan raro…

La siguiente parada también había de despertar su entusiasmo:

—Vamos, aún hay otra cosa que quiero que veáis. Es un pozo de los deseos. ¿Lleváis alguna moneda?

Las dos hermanas asintieron al mismo tiempo.

—Seguro que os encantará echar alguna a las aguas del pozo y formular un deseo.

A Rebeca le encantó la idea. Tanto, que dio un saltito y besó en la mejilla a su chico. Natalia no sentía la misma emoción. Y tampoco se preocupaba por disimularlo. Bernal era observador.

—¿No tienes ganas de pedir un deseo, Naty? Dicen que se cumplen todos, que el pozo es mágico —explicó, tratando de animarla, pero también de sentirse más tranquilo.

—Ya, seguro… —fue toda la respuesta de la chica, que llegó acompañada de una mirada de esas que el diablo carga de significados, y ninguno demasiado bueno.

—Y te he dicho mil veces que no me llames Naty —añadió, aunque Bernal no pareció oírla.

El pozo estaba algo alejado de la verja, a unos diez minutos caminando del lugar por el que entraron. El brocal era ancho, de más de un metro de diámetro, construido con piedras toscas, que en algunas partes daban la impresión de haber sido amontonadas con descuido. Otras se veían mejor conservadas, como si a lo largo de su vida el pozo hubiera conocido todo tipo de calamidades y reconstrucciones. Sobre él, aún se podían observar los restos de la estructura que había servido para sostener un cubo y bajarlo hasta el agua, que se adivinaba allá abajo, en la oscuridad, pero no podía verse.

—¿Quién empieza? —animó Bernal, asomándose a la negrura del agujero.

—¿Aquí hay agua? —preguntó Rebeca, incrédula, mirando hacia abajo.

Bernal respondió con una demostración: buscó una piedra por el suelo y la arrojó a la profundidad. Casi de inmediato oyeron un leve chapoteo seguido del mismo silencio de antes.

Rebeca rebuscaba en los bolsillos de su minifalda vaquera alguna moneda que arrojar después de formular su deseo. Natalia, por el momento, observaba desde su posición a una cierta distancia.

—Empiezo yo. —Rebeca apoyó los antebrazos en el brocal y miró a la oscuridad, con la moneda entre los dedos y una sonrisa en los labios—. ¿Qué pido? —Se volvió hacia Natalia.

—Tú sabrás, bonita.

Natalia tenía muy claro lo que quería pedir, pero le fastidiaba seguir el juego de Bernal y su hermana arrojando moneditas al pozo, como si fueran niños. Pese a todo, tenía la mano dentro del bolsillo del pantalón y entre el índice y el pulgar acariciaba una moneda.

Rebeca cerró los ojos.

—Ya está —dijo.

Separó los dedos y la moneda cayó al vacío, hasta desaparecer de su vista.

—¿Queréis saber qué he pedido? —preguntó a su público.

—Si lo dices, no se cumple —advirtió Bernal, y se volvió hacia Natalia—: Es tu turno, Naty.

Natalia, fingiendo hacer las cosas a regañadientes, se volvió hacia el pozo. Rebeca seguía apoyada en el brocal sobre sus antebrazos, escrutando con gran curiosidad la negrura.

—Vamos, tírala —animó a su hermana.

Natalia no tuvo que pensar su deseo. De algún modo, hacía varias semanas que pensaba en él noche y día. Sólo tuvo que asomarse al pozo, arrojar la moneda y cerrar los ojos. Antes de abrirlos de nuevo oyó un clinc metálico.

—Ha rebotado —anunció Rebeca—. Allí.

Señalaba la hilera de agarraderos metálicos que recorrían

verticalmente el agujero, adentrándose en la profundidad. Una especie de escalera rudimentaria.

—¿Para qué sirven esos hierros de la pared? —preguntó Rebeca.

Bernal era especialista en el asunto. O eso quiso parecer al explicar, con mucha propiedad:

—Los pozos hay que limpiarlos de vez en cuando. Y puede ser que a veces se presente alguna emergencia. Antiguamente entraban colgándose de una cuerda. La escala de hierro es un avance.

Natalia escrutaba la oscuridad.

—¿Ha caído al agua? ¿La habéis oído? —preguntó.

—No lo tengo claro —respondió el chico.

—Parece que hay un reborde de la piedra. Ahí. ¿Lo ves? —observó Natalia.

Rebeca no conseguía ver nada, pese a que seguía asomándose al brocal, ganando centímetros a la oscuridad. Tan concentrada estaba en ver lo imposible que no se dio cuenta de que algo se deslizaba del bolsillo de su blusa al vacío: su teléfono.

—Rebeca, el móvil —trató de advertirle Natalia.

Manotearon en el aire, pero no consiguieron agarrar el aparato. Como antes habían hecho con las monedas, sólo pudieron verlo precipitarse hacia la oscuridad.

—¡Joder! —exclamó Rebeca—. ¿Y ahora qué?

Los tres se volvieron a mirar hacia el interior del pozo al mismo tiempo.

—No lo he oído caer —dijo Natalia.

Rebeca se llevaba una mano a la frente.

—Con lo que me costó que me lo regalaran. Seguro que este año no me comprarán otro.

—Segurísimo —apostilló su hermana.

—Igual puedo bajar a buscarlo.

—¿Tú estás loca o qué? —protestó Bernal—, ¿cómo vas a bajar ahí?

—No pasa nada, ¿no? Las agarraderas metálicas son para casos así. Para emergencias. Esto es una emergencia, tío. Me voy a quedar sin teléfono.

—Si ha caído al agua ya te has quedado sin él —opinó, muy juiciosamente, Natalia.

—Es una locura, a saber qué hay ahí abajo —terció Bernal.

Rebeca soltó otra de sus carcajadas.

—¿Y qué quieres que haya ahí? ¿Una niña japonesa asesinada? No lo creo. Ahí sólo hay mierda acumulada durante años. ¿Tú qué dices, hermanita?

Natalia volvió a mostrar su expresión enfurruñada.

—Yo no opino. Igualmente, vas a hacer lo que te dé la gana.

Con agilidad casi felina, Rebeca se encaramó al brocal. Desde allí miró hacia abajo.

—No parece tan terrible —anunció, antes de agarrarse a la tosca escalerilla metálica.

—Ten cuidado —alcanzó a decir Bernal, casi en un susurro—, a saber cómo están los agarraderos o cuánto tiempo hace que no baja nadie por ellos.

—Se está muy fresquito aquí. —La voz de Rebeca llegaba como desde dentro de una botella—. Y no se ve nada.

—Avisa cuando llegues abajo, por favor.

—¿Abajo? —otra risa aguda, cristalina, distorsionada por el eco—. Si quieres, te aviso cuando encuentre tiburones.

—Tiene ovarios, tu hermana —murmuró Bernal, sentándose en el brocal para ver mejor.

Natalia no contestó. Aquel comentario le sentó fatal, y más después de todo lo que había tenido que soportar a lo largo de la noche. Por eso no pudo evitar una respuesta rabiosa:

—Pues ten cuidado con ella, chaval. No vaya a ser que se entere de algunas cosas.

Bernal le dirigió una mirada incendiaria, cargada de reproches. Tenía ganas de decirle tres palabras bien dichas. Decirle, por ejemplo, que lo que había pasado no era sólo culpa suya, que ciertas cosas nunca suceden si dos no lo desean. Decirle que estaba cansado de sus caras largas y de que no le dejara en paz. Sin embargo, no era el momento de discutir con Natalia. No mientras Rebeca estuviera donde estaba. Tampoco cuando Rebeca saliera. Ya encontraría el momento. Siempre terminaba encontrándolo.

—¿Rebeca? ¿Estás bien? —Su voz retumbó en la hondura del pozo.

—¡Tengo el móvil! Increíble. ¡Y funciona!

—Genial. Anda, sube, por favor —dijo Bernal.

—Estoy tocando el agua. Está helada —continuó Rebeca—. Y he encontrado tu moneda, Natalia. No había caído. La acabo de tirar. Hay un reborde en la piedra, grande como un escalón. Oye, el teléfono es una linterna de primera.

—Sube, Rebeca. Deja de hacer el gilipollas y sube.

—Ya voy. Aunque igual deberíais bajar vosotros, niños. Se está bien aquí.

A esta última frase siguió otra de las carcajadas de Rebeca, que de inmediato provocó una expresión más avinagrada de su hermana.

—También podemos marcharnos y dejarte ahí con tus locuras —susurró.

Bernal no oyó esta última frase. Estaba demasiado concentrado en observar al interior del pozo.

—¡Mierda! —se alzó de nuevo la voz de Rebeca—. Se me ha caído otra vez, joder. Qué torpe, qué torpe soy.

—Déjalo, Rebeca, por favor. No importa. Sólo es un teléfono.

—Cómo se nota que no es el tuyo… —respondió ella, y su voz sonó multiplicada por el eco.

La voz del chico iba adquiriendo un tono de súplica.

—Rebeca, sube. ¿Me oyes? Sube, por favor. Te estás pasando.

Del fondo del pozo llegó un rumor sordo. No se veía absolutamente nada. La pequeña claridad del teléfono, que

49

hasta pocos segundos antes les había dado pistas acerca de la posición de Rebeca, se había apagado de pronto. Bernal insistía:

—Rebeca, por favor. No me cabrees.

Por toda respuesta, otro silencio, esta vez mucho más siniestro que el anterior. Natalia intervino.

—No te pases, ¿quieres? No tiene gracia.

Aunque ni por ésas. Rebeca no contestó. Nada lo hizo en su lugar. De pronto, la chica parecía haberse esfumado. Bernal no pudo disimular su desesperación. Sumergió la cabeza en la negrura y gritó con todas sus fuerzas:

—¡Rebeca, por favor!

Natalia habría jurado que tenía los ojos llenos de lágrimas cuando se volvió hacia ella y afirmó:

—Voy a bajar a buscarla. Puede que se haya dado un golpe.

Y al cabo de tres segundos, el chico estaba dentro del agujero y Natalia les esperaba fuera, sola y angustiada como nunca. El pozo le devolvía amplificados todos los movimientos de Bernal. Sus palabras sonaban como desde otra dimensión.

—Rebeca, ¿me oyes? Estoy bajando a buscarte. Por favor, dime algo.

Sólo el rumor del agua respondía.

—Rebeca, por favor, contesta. Me estás asustando de verdad.

Casi dos minutos interminables más tarde, la voz rota de Bernal desde el fondo del pozo anunció lo peor:

—Tu hermana no está, Naty. Aquí no hay nadie.

—Baja más —ordenó ella.

—Estoy en el agua. No puedo bajar más.

Bernal hablaba en sollozos.

—No puede ser —dijo ella, desde arriba.

—Claro que no puede ser. Pero es. Rebeca no está. ¡Dios, Naty, tu hermana se ha ahogado!

En un intento desesperado, Bernal trató de introducirse en el agua. Estaba congelada. Se metió hasta la cintura, tal vez un poco más, hasta donde los agarraderos de la pared terminaban. Más abajo no había donde aferrarse. Sólo agua. Tanteó con los pies y con las manos, pero no halló ni rastro de su chica por ninguna parte. Sólo cuando el frío le hizo sentir un dolor muy agudo en las pantorrillas y en los pies se planteó que había llegado el momento de regresar a la superficie. Las piernas apenas le respondían, pero consiguió encaramarse a la escalerilla y regresar al exterior. Su expresión de angustia asustó a Natalia.

—¿Qué hacemos? —fue lo primero que le preguntó a la chica.

—Llamar a mi padre —Natalia sacó el teléfono del bolsillo de su pantalón y marcó el número.

Fue el peor trance de su vida. Explicar lo inexplicable: qué hacían allí, por qué se habían desviado de su ruta a aquellas horas, cómo habían permitido que Rebeca entrara en el pozo, qué había pasado después. Ni siquiera ella lo entendía. Fue después de explicarlo, después de oír la voz de Cosme, sus palabras de incredulidad y desesperación, cuando Natalia empezó a darse cuenta de verdad de lo ocurrido. Cuando colgó el aparato, sólo pudo echarse a llorar, cubriéndose la cara con las manos, igual que una niña. Bernal intentó consolarla con un abrazo, pero ella le evitó con brusquedad.

—Vete a la mierda —dijo.

También Bernal tenía ganas de llorar. En lugar de eso, rebuscó en sus bolsillos hasta dar con una moneda. Sólo llevaba una de las grandes, pero no le importó. Casi sintió que le faltaba el aliento y que el corazón se le escapaba por la boca cuando la arrojó al pozo.

Cerró los ojos y pensó: «Que Rebeca regrese.»

Al final, también él había pedido un deseo.

4

Natalia

Manipular a las personas es mucho más fácil cuando entre ellas no se soportan. Las dos hermanas Albás, por ejemplo. Ya habrás percibido que no estaban atravesando una etapa de amor fraterno, precisamente. Algo muy grave les había ocurrido en los últimos tiempos que había abierto entre ellas una zanja insalvable. Una situación perfecta para mí y para mis planes. Tantos años de ejercicio profesional me han enseñado que, por muy meticulosa que sea la estrategia que yo me moleste en trazar, puede ocurrir que todo se venga abajo por culpa de circunstancias externas. Las personas son tan imprevisibles que en ocasiones incluso a mí se me hace difícil manipularlas. A veces conviene dejarles algo de libertad para que actúen según su lamentable criterio. Con un poco de suerte, acaban empeorando bastante las cosas. Es decir, terminan trabajando en mi beneficio y, a veces, arruinando sus insignificantes vidas.

Ha llegado el momento de aclarar cuál era la zanja que se había abierto entre Natalia y Rebeca desde algunas semanas antes de la noche del pozo. Era ancha, profunda y tenía nombre propio: Bernal.

Cuando hablaban de él, a Natalia le gustaba hacer valer que ella trabó amistad con el chico antes que su hermana. Fue durante la fiesta de principio de curso. Además de muy guapo, él era nuevo en el instituto y ésa fue la excusa que utilizó Natalia para iniciar una conversación. Aquel día, Rebeca no les molestó. Se había ofrecido voluntaria para atender el bar que habían montado los de bachillerato y estaba demasiado ocupada ligando con todo el que se le acercaba a pedir algo de beber.

Bernal, como Rebeca, estaba en último curso. Era muy buen estudiante, esa condición le hermanaba con Natalia. Pero a diferencia de lo que le ocurría a él, Natalia conseguía sacar buenas notas casi sin esfuerzo. Tenía buena memoria, capacidad de síntesis o no sabía qué, una especie de don especial que saltaba a la vista. El caso es que ella nunca se había propuesto ser la mejor de su clase y, pese a todo, lo era. Una estudiante brillante.

A Bernal le ocurría lo mismo, pero sólo él sabía lo que trabajaba para conseguir sus buenas notas. Sin embargo, no caía en vano: sus profesores le recomendaban, por su manera de ser y atendiendo a su historial académico, decantarse hacia una carrera de ciencias. Medicina estaría bien. A él no le disgustaba esa opción. Le gustaba ayudar a la gente. En sus ratos libres se involucraba en causas que creía importantes. Últimamente trabajaba como voluntario en un nuevo centro de día para la tercera edad. Le encantaba la gente mayor.

—Tienen siempre tantas cosas que contar… —le confesó a Natalia.

En definitiva, era uno de esos chavales modélicos en casi todo, el que todas las madres querrían para novio de sus hijas. También podríamos decir que era un chico un tanto extraño. No es tan normal encontrar placer en luchar por las causas ajenas, me parece a mí. De cualquier modo, todas las rarezas de Bernal fascinaron a Natalia (las chicas suelen ser así: lo estrafalario les encanta), y casi de inmediato comenzó a sentirse atraída por él. Algo le decía, además, que también Bernal la miraba de un modo distinto, especial. Que, pese a estar ella todavía en cuarto, el nuevo de los mayores la tendría muy en cuenta a poco que ella pusiera algo de su parte.

Pero tuvo que llegar Rebeca y meterse por medio. Jugaba con ventaja, desde luego: Bernal iba a su misma clase, pasaban juntos casi todo el día y, además, ella era tres años mayor que su hermana, un detalle que se advertía en las formas de su cuerpo de un modo espectacular, que a ningún chico se le habría escapado. Tampoco a Bernal: con todas sus virtudes y con ese modo de ser tan especial y terminó fijándose en las tetas de su hermana, como los demás. Sin embargo, algo le decía a Natalia que si ella no hubiera demostrado algún interés por Bernal, su hermana tampoco lo habría hecho. No importa, todo eso ahora son conjeturas que nada aportan al caso. La realidad fue que Rebeca se fijó en Bernal o, como se suele decir, se enamoró de él. Después de un examen de Filosofía él la besó por primera vez. A partir de ese día se convirtieron en lo más parecido a una pareja oficial. Novios, o lo que fueran. Al mismo tiempo, Natalia se convirtió en carabina oficial. Una condición que no estaba dispuesta a asumir. Aquella noche, durante la cena, declaró la guerra a Rebeca.

Su madre no dejó de advertir que apenas probaba bocado.

—¿Te pasa algo, Natalia? —preguntó.

—Mañana tengo un examen y preferiría estudiar un poco más antes de acostarme —respondió la chica.

Rebeca le lanzó una mirada furibunda. Sabía que estaba exagerando y que lo hacía sólo para perjudicarla, para marcar las diferencias. Las estratagemas de su hermana ya le resultaban de sobra conocidas. Natalia era una estudiante excelente, nunca jamás sacaba malas notas, la palabra «suspenso» no entraba en su vocabulario, como tampoco las palabras «nerviosismo» o «preocupación» ante una prueba académica. Si actuaba de ese modo era por algo.

—Vamos, cariño —dijo Fede, agarrando la mano de su

hija menor—, no creo que debas preocuparte. Tus notas son muy buenas. Incluso si suspendieras un examen…

—No quiero suspender —le cortó Natalia.

—Claro que no, cariño. Sólo te ponía ese ejemplo para tranquilizarte, para que veas que a nosotros no nos importaría tanto. Eres una estudiante magnífica.

—No quiero suspender —repitió ella.

Tomó un bocado más, un sorbo de agua y pidió permiso para irse a su habitación. Rebeca continuó cenando frente al silencio de sus padres y el rumor del televisor, siempre conectado. Esperaba a que, de un momento a otro, la actuación estelar de su hermana menor se volviera contra ella. No se equivocó.

—¿Tú no tienes nada que estudiar, Rebeca? —preguntó su padre.

—Hoy no —dijo ella.

—Ni hoy ni nunca. ¿Cuántos suspensos vas a traer este trimestre?

Rebeca tuvo que hacer un esfuerzo por no explotar, por no decir a sus padres todo lo que pensaba de su hermana. Y si no lo hizo fue porque sabía de antemano que cualquier cosa que pudiera decir iba a resultar inútil. Natalia era la estudiante ejemplar, la niña formal y la buena hija y ella, en cambio, sólo parecía tener defectos a sus ojos.

—Contesta —ordenó Cosme—. Te he hecho una pregunta.

—No lo sé —respondió, conteniéndose una vez más.

—Ya lo veo. A ver si tomas ejemplo de tu hermana. Buena falta te hace. Ya no tienes edad de hacer las cosas tan a la ligera. Yo no mantengo holgazanas.

Fue la gota que colmó el vaso. Rebeca se levantó de la mesa y se fue a su cuarto. Dejó a su padre más enfadado que antes, repitiendo a gritos que no tenía por qué soportar en su casa ese tipo de conductas de niña malcriada y a su madre callada y con cara de circunstancias. Su hermana menor podía estar satisfecha. Una vez más, lo había conseguido. Sus padres le seguían el juego incluso sin proponérselo.

Natalia oyó el portazo con el que Rebeca se encerró en su habitación y las voces de sus padres, discutiendo en voz baja, poco después. Siempre pasaba lo mismo. Después de regañar a Rebeca, Cosme y Fede se enzarzaban en una discusión que podía durar horas. Natalia solía permanecer atenta a esas peleas, a veces con la luz apagada y fingiendo dormir. Sus padres se recriminaban mutuamente el tipo de educación que, según ellos, le estaban dando a su hija mayor, el seguir cediendo siempre ante sus peticiones. A veces perdían los estribos y comenzaban las acusaciones: «Eres demasiado blanda con ella, ya no es una niña pequeña.» «Si sigues comparándolas cada vez que la regañas sólo conseguirás que tus hijas se odien…»

Ese día no fue una excepción. Los susurros que llegaban desde el salón, confundidos con las voces televisivas, se fueron convirtiendo, poco a poco, en frases más audibles. Los mayores se esforzaban por no gritar, pero apenas lo conseguían.

—No quiero que Rebeca piense que su hermana es buena en todo y ella una inútil —decía Fede.

—No creo que le haga falta que yo se lo diga para darse cuenta.

—Natalia es muy buena estudiante, sí, pero no es perfecta. Parece mentira que seas tan poco objetivo con ella.

—¿Vas a volver a hablarme de esas actitudes extrañas de las que sólo te das cuenta tú? —inquiría Cosme.

—No entiendo cómo puedes ser tan ciego.

—Ni yo cómo puedes dar tanta importancia a lo que no la tiene.

Las actitudes a las que se refería el padre habían empezado algún tiempo atrás. Durante su infancia, Natalia no pasó de ser una niña solitaria, con gran facilidad para aislarse del mundo y para crear lo que los psicólogos llamaban «su propio mundo autosuficiente». Sin embargo, a medida que fue creciendo se fue acentuando esa tendencia de la hermana menor a la soledad, al ostracismo, al alejamiento del mundo y sus habitantes. Y poco a poco empezó a traducirse en una agresividad extraña. Natalia era brillante en todo cuanto se proponía excepto en las relaciones con las personas. Daba igual que fueran adultos o de su misma edad: no simpatizaba con nadie. Esgrimía ante todos aquel alejamiento que muchos tomaban por sentimiento de superioridad o, simplemente, por antipatía. Cosme se percataba de todo, pero no le daba importancia. Solía responder con una de esas frases que todos los padres pronuncian alguna vez en la vida:

—Es una adolescente, tiene la cabeza a pájaros. Déjala que crezca y se le pasará.

Fede, en cambio, tenía tendencia a pensar que las cosas revestían una mayor complejidad. No todo se resolvía dejando correr el tiempo. Y respecto a Natalia no tenía buenos presentimientos.

Del dormitorio de Rebeca sólo llegaba un silencio espeso. La hermana mayor se había tumbado en la cama y jugueteaba con su teléfono móvil. Cualquier cosa con tal de distraerse y dejar de oír la discusión. No pensaba que iba a resultar una tarea imposible, porque pocos segundos después del momento álgido de la riña entre sus padres, oyó unos pasos apresurados por el pasillo y Cosme entró en su cuarto hecho una furia. Nada más verle se dio cuenta de que sería mejor no decirle nada.

—¿Lo ves? —dijo el hombre, gritando más de la cuenta—, ya has conseguido que tu madre y yo volvamos a discutir.

Se quedó un par de segundos callado, respirando fuertemente por la nariz, como un toro iracundo, antes de encontrar nuevos argumentos para su enfado.

—¿Y se puede saber qué estás haciendo? ¿No tienes nada que estudiar?

—Pues no, papá. Por hoy, he terminado.

El padre echó un vistazo a su alrededor, como en busca de víctimas. Como era de esperar, las encontró al instante: una revista de pasatiempos que reposaba a los pies de la cama.

—¿Y esto qué es? ¿En estas tonterías pierdes el tiempo?

Rebeca analizó la posibilidad de responder, pero decidió que le convenía más guardar silencio. En ese momento su madre hizo su aparición en el pasillo.

—Vamos, Cosme. La niña no tiene la culpa.

—Claro que la tiene. ¿Crees que tiene que entretenerse con esto? Estas cosas son un quitatiempos para vagos o para viejos, y ella no es ninguna de las dos cosas. Como si no tuviera nada mejor que hacer. Luego trae las notas que trae.

Era inútil discutir con él. Lo mejor era hacer como Fede —la experiencia es un grado—: apartarse y dejarle paso. Cosme arrojó la maltrecha revista al suelo y salió de la habitación de su hija a toda prisa. Antes de ir tras él, la madre intercambió una mirada resignada con su hija mayor. Una mirada que significaba: «No se lo tengas muy en cuenta. Cuando reaccione, se arrepentirá.» Sin embargo, lo que dijo no fue eso, sino:

—Ya conoces el genio de tu padre.

Rebeca sonrió. Lo conocía. Lo sufría. Y no le daba mucha importancia. Cuando la puerta se cerró, volvió a juguetear con su móvil.

Natalia, en cambio, tenía una actitud muy distinta. Estaba sentada a su escritorio, frente a un libro abierto que no tenía ninguna necesidad de estudiar, porque cuanto en él se decía lo había aprendido ya. Sentada en su regazo, vuelta hacia ella, estaba su muñeca más antigua, aquella que trajo cuando regresó de sus tres días de extravío por el monte. La peinaba con los dedos, casi la acariciaba, mientras la mirada se le perdía en un punto cualquiera de la pared.

Sonreía. Cuanto más hirientes se hacían las frases que sus padres se lanzaban mutuamente, más se ensanchaba su sonrisa.

Las ocasiones llegan tarde o temprano, sólo hay que tener la paciencia de esperarlas y el buen ojo de saber reconocerlas cuando se presentan. La de Natalia se presentó una tarde que estaba sola en casa. Rebeca se encontraba en clase de danza y sus padres habían ido a una de sus jornadas maratonianas de compras en el supermecado. En ese momento, se presentó Bernal. Le enviaba Rebeca.

—Tu hermana dice que me des el disco que hay encima de su mesa.

Habría estado muy feo hacerle esperar en la escalera. Le invitó a pasar y le ofreció un refresco. El resto no lo había hecho nunca, pero pensó que no se le daría mal porque la ocasión lo merecía. Bernal le gustaba mucho. Siempre le había gustado, pero desde que era el novio oficial de su hermana tenía un atractivo aún mayor. Por supuesto, Rebeca conocía las malas artes de Natalia a la hora de ganarse para sí los favores de sus padres, pero respecto a lo que estaba intentando ahora no tenía ni la menor sospecha. Es más, si alguien le hubiera dicho que su hermana intentaba ligarse a su novio le habría partido la cara.

Y ésa era, ni más ni menos, la pura verdad. Bernal picó como un pez pica el anzuelo más apetitoso. Entró en el cuarto de Natalia y contempló los pósters de las paredes con los ojos abiertos como platos —la tabla periódica, una foto del Partenón, una reconstrucción de las siete maravillas del mundo antiguo, el sistema solar, el alfabeto griego…—: le parecieron lo más raro que una chica de la edad de Natalia podía tener en su cuarto. Lo normal era que las chicas colgaran en sus paredes imágenes de actores de casi cuarenta años, de cantantes horribles y, por fortuna, efímeros y de deportistas de cuerpo perfecto y fama horrorosa. Se sentó en la cama, pensando en estas cosas. Y antes de que pudiera reaccionar, Natalia estaba sentada a su lado, el muslo de ella rozaba el de él y una especie de escalofrío le recorría al chico la columna vertebral. Fue instintivo, llegó sin avisar: de pronto sintió unas ganas enormes de besarla. Un mechón del pelo de ella le acarició la mejilla mientras miraban fotografías de cuando era pequeña. Estaba muy graciosa con sus coletas. Se lo dijo. Ella rió con risita de conejo y siguió pasando páginas: las estaciones se sucedieron en el álbum de fotos. De pronto él reparó en un detalle curioso:

—Es la misma muñeca.

Señalaba al juguete de siempre: una muñeca de traje raído de color burdeos, cabello negro ensortijado y ojos azules, que se recostaba sobre la cama, apoyando la cabeza en la almohada de Natalia. Era la misma de su paseo por los bosques.

—Sí. La tengo desde que era muy pequeña. Es especial —dijo la chica.

De nuevo el escalofrío y de nuevo el suave mechón de pelo acariciándole la cara. Esta vez no se contuvo. No quiso ni pensarlo. Si lo hubiera pensado, no lo habría hecho. La besó. Con timidez, sin utilizar las manos, como si el mero contacto con los labios de Natalia le hubiera paralizado. Ella se conformó con eso, de momento. Sabía que era sólo el principio. Esa sola idea le producía un cosquilleo de placer en el estómago. El segundo beso lo inició ella. Entreabrió un poco los labios, sólo un poco, y experimentó. Era la primera vez que besaba y la besaban. Mientras intentaba aprender a marchas forzadas, miraba por el rabillo del ojo a su muñeca, la de siempre, que desde su lugar junto a la almohada les contemplaba con sus pupilas sin vida y parecía poner mucho empeño en no perder el menor detalle de lo que allí iba a ocurrir.

5

Noche de San Juan

Regresemos a la peor noche en la vida de Bernal y de Natalia. Aquella que empezó en las fiestas de Ejea de los Caballeros y terminó junto a la negrura de un pozo.

Los primeros en llegar fueron los bomberos. Dos vehículos, cuatro hombres.

—Vuestros padres vienen hacia aquí. Contadme lo que ha ocurrido —dijo el que parecía estar al mando.

Les hicieron preguntas. Uno de los hombres se colocó un arnés y bajó al pozo armado con una gran linterna mientras otros dos le sujetaban desde arriba y no le perdían de vista ni un segundo. El que parecía el jefe pidió a los chicos que se apartaran del brocal y que esperaran en el coche a que llegara su familia. Natalia no podía dejar de llorar. Bernal le rodeaba los hombros con un brazo. Así les encontraron sus padres. No sólo los de Natalia. También los de Bernal llegaron allí, caminando con precipitación entre la maleza reseca, y pidieron explicaciones a su único hijo, y no en un tono muy amistoso.

—Pero ¿se puede saber qué estabais haciendo aquí? —preguntó Alfredo, el padre de Bernal.

Al chico apenas le salía la voz cuando quiso disculparse.

—Quería enseñarles esto a Rebeca y a su hermana. Echamos monedas al pozo de los deseos.

Bernal nunca había visto a su padre más enfadado. Aquella noche llegó a darle miedo. Incluso pensó que iba a pegarle, algo que no había hecho desde que cumplió los diez años.

—Tú y yo ya hablamos una vez de este lugar, ¿te acuerdas?

Bernal asintió en silencio.

—¿Y recuerdas lo que te dije entonces?

Lo recordaba. Asintió de nuevo. Su padre insistió.

—¿Y qué te dije?

Nada le molestaba más, ni le hería más en su amor propio, que ser sometido a uno de esos interrogatorios casi policiales con que muy de cuando en cuando le atolondraba su padre. Dada la gravedad de los acontecimientos, esta vez no le quedó más remedio que responder:

—Que no viniera por aquí nunca más.

—Exacto. Veo que la memoria no te falla, hijo. Eso me tranquiliza. ¿Me quieres decir, entonces, por qué estabas aquí, y por qué trajiste aquí a las chicas?

Bernal no tenía una respuesta oportuna para eso. Estaba acorralado. Pensó que lo mejor era guardar silencio. Su padre, claro, no se dio por vencido.

—¿Te gusta no hacerme caso? ¿Crees que te digo las cosas porque sí? —insistió.

—Pensé que exagerabas un poco —susurró el chico.

Era la verdad. Recordaba muy bien el día que su padre le habló del viejo caserón, de la verja oxidada, de la pajarera y del pozo. Le habló de los muchos años de abandono a que llevaba sometido todo aquello y le dijo que no era un lugar seguro. Incluso llegó a darle a entender que no todo lo que había ocurrido allí en otras épocas podía explicarse a la luz de la razón. Por supuesto, Bernal no dio mucho crédito a esto último. En primer lugar, porque su padre era aficionado a leer sobre sucesos paranormales y tenía una cierta tendencia a creer todo lo que le contaban, con tal de que fuera extraño o inexplicable. También sabía que, cuando se trataba de protegerle, probablemente como les sucede a la mayoría de los padres, el suyo solía exagerar un poco.

—Piensas demasiado —le dijo Alfredo— y llegas a conclusiones peligrosas. Ya ves lo caro que ha pagado Rebeca que tú desoyeras mis consejos.

Esto último fue, sin duda, lo que más le dolió. Que le echara la culpa de lo que le había pasado a Rebeca. No es de extrañar: la verdad, casi siempre duele.

A escasos metros de esta conversación, Fede lloraba como una niña abrazada a Cosme, quien parecía hacer un esfuerzo sobrehumano por permanecer íntegro. A su lado, el jefe de bomberos, visiblemente abatido, sostenía la linterna y hablaba con la cabeza algo gacha. Acababa de darles la única explicación que se le ocurría, la única que parecía razonable. También él estaba desconcertado, asustado. En los años que llevaba en ejercicio, nunca había tenido que enfrentarse a un caso así, aunque de oídas, por compañeros veteranos, le había llegado noticia de alguno similar.

Más o menos, lo que el jefe de bomberos les explicó a los destrozados padres de Rebeca, ante la mirada atónita de Natalia, fue lo siguiente (me referiré a los detalles técnicos utilizando un vocabulario y un estilo más apropiados a tu nivel de preparación, lector, a fin de que no te pierdas ni un solo detalle):

Una persona que cae —o entra por su propio pie— en un pozo puede morir por dos causas: la nube tóxica que en algunas ocasiones se genera en algunos de los agujeros más hondos, y que mata con mucha rapidez; o por ahogamiento, algo más extraño, sobre todo en personas que saben nadar, pero que acompañado de otros factores, como la hipotermia a causa de la baja temperatura del agua, o el pánico asociado a la claustrofobia o a la situación en sí misma, no resulta tan descabellado. La causa de la muerte puede determinarse una vez se rescata el cuerpo y se le hace la autopsia. Eso en el caso de que aparezca el cadáver, claro. Y ése, precisamente, era el problema: no había cadáver. El agua tenía una profundidad de unos cinco metros, más de lo que suele ser habitual en este tipo de pozos domésticos, pero, según las primeras pesquisas efectuadas por los profesionales allí presentes, no había ni rastro del cuerpo de la chica. Ahora se disponían a entrar a nado para realizar una búsqueda más minuciosa.

Lo demás eran teorías del jefe de bomberos: Rebeca sabía nadar. Luego, en principio, quedaba descartada la hipótesis del ahogamiento. Lo más creíble era que se hubiera intoxicado con los gases perniciosos del fondo. Aunque esa teoría también presentaba algunas lagunas, ya que Bernal había descendido después y no le había ocurrido nada en absoluto. Podría depender del tiempo que permaneció dentro. Si fue poco, tal vez se salvó por los pelos. Lo más probable era que Rebeca no hubiera tenido tanta suerte y que, además, ni siquiera se hubiera dado cuenta de lo que le ocurría, por eso no había podido avisar. Respecto a la desaparición del cuerpo, también había una explicación posible. Los pozos se alimentan de aguas subterráneas. Si el lecho del pozo es arcilloso, parecido al de algunos pantanos, es posible que no sólo el agua se filtre a través de él, sino que pueda hacer desaparecer cualquier objeto. Se conocen casos de aviones de la Segunda Guerra Mundial que cayeron en pantanos y jamás se encontraron. El agua sigue su curso, hasta un río, hasta un cauce subterráneo, un manantial o puede que hasta el mar. Podía ocurrir que el cuerpo de Rebeca no volviera a aparecer jamás. Y también que en cualquier momento lo encontraran en el lugar más insospechado.

—Aparecerá cuando las aguas quieran —concluyó el jefe de bomberos.

—Cuando las aguas quieran… —repitió Natalia, con aire ausente, pensando en lo terrible de aquellas palabras.

—Pese a todo —informó el profesional—, si en los rastreos los buzos siguen sin encontrar nada, procederemos al desaguado del pozo. Tampoco sabemos dónde está el teléfono móvil que bajó a buscar, ni las monedas que dicen que arrojaron. Todo ha desaparecido. Estoy seguro de que la Guardia Civil abrirá una investigación.

La Guardia Civil acababa de llegar, coincidiendo con las primeras luces del amanecer. Fueron ellos, precisamente, quienes convencieron a los adultos para que se marcharan todos a sus casas. Al principio les costó acatar la orden, pero lo hicieron porque no quedaba otro remedio.

—Volveré en un rato —dijo Cosme, para tranquilizar a su mujer —a ver cómo van los trabajos de los bomberos.

—Te acompañaré —se ofreció Alfredo.

Sólo esas palabras consiguieron convencer a Fede de que lo único que hacían allí era entorpecer el trabajo de los bomberos. Cuando subieron a los coches y partieron en dirección al pueblo, empezaban a brillar los primeros rayos del sol. Natalia y Bernal no podían ni sospechar, cuando salieron de su casa la tarde anterior, que el regreso iba a ser tan triste.

Tampoco podían barruntar nada de lo que iba a suceder a continuación. No habían hecho más que despedirse, Natalia aún pensaba en la expresión de abatimiento de Bernal mientras veía alejarse el coche de sus padres cuando oyó una señal acústica proveniente de su teléfono. Acababa de recibir un mensaje. Lo primero que pensó, tal vez porque era también lo más lógico, fue que Bernal deseaba decirle algo y no se había atrevido a hacerlo de viva voz o delante de otras personas. Sin embargo, el corazón le dio un brinco cuando vio que no era Bernal quien se comunicaba con ella. Tuvo que mirar un par de veces la pantalla de su teléfono para cerciorarse bien. Lo que estaba viendo era, sencillamente, imposible: el mensaje provenía del móvil de Rebeca.

Al principio se dejó llevar por la emoción de pensar que su hermana estaba viva y que todo había sido una jugarreta, una broma o un accidente, que las cosas volverían a su cauce. Pero cuando leyó el mensaje supo que a partir de ese día empezaba algo terrible cuyo alcance no lograba comprender:

```
Prepárate, hermanita.
Esto no va a
quedar así.
```

6

Ezequiel Osorio

En los dos meses que llevaba Bernal trabajando como voluntario en el centro de día no había oído la voz de Ezequiel Osorio ni una sola vez. Solía verle siempre en el mismo sillón junto a la ventana, con las manos cruzadas sobre el regazo y la mirada extraviada en las baldosas del suelo, sin hacer nada, salvo respirar profunda y ruidosamente.

—Llega todas las mañanas y, sin cruzar palabra ni saludar a nadie, se sienta ahí y hace como que duerme, pero está atento a todo, estoy segura. Creo que no habla porque la gente, en el fondo, le molesta, quiere que le dejen en paz. A veces no cambia de postura durante horas, y no se levanta hasta que oye el aviso del comedor. Jamás conversa con nadie. Si le preguntas algo, con suerte se limita a menear la cabeza —le explicó una vez una de las cuidadoras.

Siempre que podía, Bernal echaba una mano en el comedor. Servía los platos, recogía la vajilla sucia, ayudaba a cargar los lavaplatos o pelaba patatas. Cualquier cosa en la que pudiera ser útil le parecía bien. Aunque él prefería servir comidas, o repartir pan o agua, porque eso le permitía observar a los ancianos. Especialmente a Ezequiel Osorio.

Comprobó que cuanto se contaba de él era cierto. Era un hombre más que reservado: casi mudo. Jamás charlaba con el personal ni con sus compañeros. Más aún: ni siquiera miraba a las personas con quienes compartía mesa, ni a quienes le llenaban el plato de comida. Si le preguntaban algo, respondía afirmativa o negativamente con un movimiento breve de la cabeza. Si la cuestión no podía responderse con un sí o con un no, fingía no haber oído nada. La mayor parte del tiempo lo pasaba en el sillón, con la mirada fija en el suelo. Lo mismo durante la mañana que durante la tarde, hasta que las trabajadoras anunciaban que había llegado la hora de cerrar o, sólo de tarde en tarde, alguien venía por él y se lo llevaba cinco minutos antes de que se cerrara el centro. Solía ser el último en marcharse, y también de los primeros en llegar. Su personalidad, que llamaba la atención a cuantos le conocían, se convertía a menudo en el centro de las conversaciones.

—Duerme en la residencia municipal de beneficencia, a dos calles de aquí. El resto del tiempo, ya ves lo que hace. Parece que no tiene a nadie —dijo un día la encargada, tal vez la persona que mejor conocía a Ezequiel de cuantas trabajaban allí.

—A alguien debe de tener —discrepó otra—. Pasar el día aquí cuesta un buen dinero. No creo que él pueda permitírselo.

Las otras cuidadoras parecieron detenerse unos segundos a meditar la cuestión mientras asentían en silencio.

—No parece demasiado mayor —observó Bernal.

—No lo es. Debe de rondar los sesenta. A su edad, mucha gente todavía está trabajando. Pero él está mal de aquí —la cuidadora apoyó su dedo índice sobre una de sus sienes— desde hace un montón de años. Ha pasado más de media vida en psiquiátricos. Desde que le diagnosticaron la enfermedad.

—¿Qué enfermedad?

La mujer se encogió de hombros.

—Cuanto rodea a este hombre es un misterio. Nadie sabe qué le pasa en realidad.

A Bernal le despertaba una enorme curiosidad la historia

de Ezequiel Osorio. Por eso siempre procuraba ser él quien le llevaba el pan o le retiraba el plato, todo con tal de observarle. Sin embargo, pronto se dio cuenta que observar a ese hombre era igual de aburrido que detenerse durante semanas frente al mismo cuadro: nada cambiaba en él jamás, se diría que repetía día tras día los mismos movimientos, el mismo número de pasos y hasta la misma cantidad de respiraciones. Jamás cambiaba de expresión, jamás hacía nada nuevo y, por supuesto, jamás pronunciaba palabra. En resumen, no había en él absolutamente nada que observar.

Hasta finales de agosto no regresó Bernal al centro de día. Cuando lo hizo, todos pudieron observar que estaba más delgado y que bajo las líneas de sus ojos se marcaban a perpetuidad un par de ojeras azuladas. Todos sabían lo que había ocurrido a Rebeca Albás, y la implicación que en ello había tenido el chaval. La noticia había caído en el pueblo como un mazazo. En el centro todo el mundo se esforzó en ser muy amable con él. Sin embargo, nadie se atrevió a mencionar el asunto. A lo sumo, hubo quien le preguntó cómo estaba y si necesitaba algo. En el fondo, él lo prefería así: estaba harto de hablar de Rebeca con la Guardia Civil, con sus padres, con los bomberos y con los psicólogos a quienes le habían obligado a ver durante las últimas semanas. Lo que más agradecía ahora era que la gente se comportara con absoluta normalidad, como si nada hubiera ocurrido jamás.

Sólo Ezequiel Osorio había modificado su conducta habitual.

—Ha preguntado por ti —le dijo a Bernal la cuidadora de siempre.

—¿Ezequiel? ¿Ha hablado?

—Nos quedamos todas sorprendidísimas. Creo que en el tiempo que llevo aquí, nunca le había visto interesarse por nadie, y mucho menos formular una pregunta.

—¿Y qué dijo?

—Quería saber si ibas a volver. Le dijimos que sí. Al día

siguiente preguntó cuándo. Como no le supimos decir, no ha vuelto a preguntarnos nada.

La cuidadora se reservó una parte importante de la información. No le dijo, por ejemplo, que durante los días de su ausencia, Ezequiel Osorio había permanecido muy atento a su caso. Había leído la prensa todos los días. Eso le forzó a cambiar su sillón habitual junto a la ventana por una de las mesas de la biblioteca. Leía con mucha atención, y más de una vez le sorprendieron interrumpiendo la lectura para levantar la vista y murmurar las mismas dos palabras:

—Otra vez.

Las decía despacio, en un susurro y con la respiración jadeante de quien realiza un gran esfuerzo, como si le costara mucho articularlas. En realidad, se las repetía a sí mismo, y nadie sabía muy bien a qué se estaba refiriendo. Levantaba la vista de pronto del periódico, miraba hacia algún lugar indeterminado del espacio y decía, lenta y entrecortadamente, como si pronunciar unas sencillas sílabas le costara un esfuerzo enorme:

—Otra vez.

Ezequiel, que solía leer la prensa a diario, sabía bien que el cuerpo de Rebeca, más de sesenta días después, aún no había aparecido. Los bomberos y las fuerzas de seguridad, incluido un equipo de la policía científica, habían rastreado la zona durante días, sin ningún éxito. El pozo se vació, pero de Rebeca no apareció ni rastro, y tampoco ningún objeto que pudiera dar alguna pista acerca de su paradero o la suerte que había corrido. Tampoco del teléfono o de las monedas se tenía la menor noticia. No faltó quien aportó una explicación más o menos técnica del caso, justificando la desaparición del mismo modo que aquella noche lo había hecho el jefe de bomberos: la tierra es permeable y los cuerpos se hunden en el barro; lo más probable era que hubiera una corriente subterránea bajo el pozo y que tenga fuerza suficiente para arrastrar cualquier cosa que pueda caer en ella. El cuerpo de Rebeca aparecería, pero era imposible saber dónde ni cuándo. También había seguido Ezequiel con mucho interés las noticias acerca de la misa de difuntos que el párroco, quien conocía a la chica desde que la bautizó, se empeñó en oficiar en la iglesia del pueblo. Fue una ceremonia íntima: sólo la familia y unos pocos amigos. A Bernal se le veía en la foto mayor de cuantas ilustraban la noticia, junto a Natalia y los padres de las chicas. Ezequiel pasó su dedo índice sobre el rostro de Cosme, que le pareció envejecido y flaco, y susurró entrecortadamente:

—Otra vez.

Había más gente en el banco de la iglesia, todos con el rostro desencajado por el dolor, pero no fue capaz de reconocer a nadie más, seguramente porque aquellos miembros de la familia a quienes él recordaba hacía mucho tiempo que habían muerto y los más jóvenes habían nacido cuando él ya se encontraba apartado del mundo.

Bernal tardó mucho en atreverse a hablarle al viejo. Aquel día no le tocaba repartir los platos, sino llenarlos en la cocina y depositarlos sobre las bandejas con ruedas para que otros los distribuyeran. Hubo de esperar al final, a que todos hubieran almorzado y la cocina estuviera recogida. Sólo entonces se acercó a la mesa donde Ezequiel parecía leer el periódico y le dijo, con un hilo de voz que el temor hacía aún más débil:

—Me han dicho que preguntó por mí —le dijo—. Gracias.

Ezequiel levantó la vista con mucha lentitud. Tenía los ojos enrojecidos por multitud de pequeñas venitas y cargados de una tristeza casi tan vieja como él, que no todo el mundo habría sabido reconocer, pero Bernal sí lo hizo. Eran ojos casi sin vida, ojos de gran animal marino. Arrugas como surcos subrayaban su expresión. Los labios resecos le temblaron un poco cuando le miró fijamente para decir a media voz:

—Tú eres como yo.

A Bernal le impresionó el modo en que sucedió todo, como a cámara lenta. La voz de Ezequiel era grave y cavernosa como corresponde a quien lleva muchos años sin hablar. En cuanto el anciano hubo pronunciado con gran trabajo aquellas palabras, a Bernal le pareció que sus ojos viejos se anegaban en lágrimas, tal vez por el esfuerzo realizado. No estuvo seguro, porque el hombre apartó la mirada y regresó a su periódico, ignorándole por completo. Desde ese momento, y durante el resto del tiempo que Bernal permaneció en el centro, Ezequiel se comportó como si no estuviera allí, como si de hecho nadie más, sino él, existiera sobre la faz de la Tierra. Exactamente igual que hacía siempre, por cierto.

Sólo lo parecía. Ezequiel no tenía ningún interés en ignorarle. Ya no.

Desde la misma noche del pozo, a Bernal le parecía estar viviendo una pesadilla. Primero fue la incredulidad, la impotencia ante lo irremediable. Luego vino el sermón de su padre, los reproches, las malas caras que habrían de durar días. Y aquella misma noche, sin darle tiempo ni para un breve respiro, aquella llamada en que Natalia, histérica, le dijo que Rebeca estaba mandándole mensajes al móvil. Fue el colmo. El chico intentó buscar palabras para tranquilizarla. Le recordó que era imposible que alguien mandara mensajes desde un teléfono que había caído al agua. Intentó convencer a la pequeña de los Albás de que, por mucho que lo deseara, era mejor que se hiciera a la idea de que Rebeca no iba a volver, ni a comunicarse con ella desde ninguna parte, que esas cosas no ocurren en la vida real, sólo en las películas de miedo y en las pesadillas.

Y añadió, en un intento por hacerle ver que compartían la misma angustia:

—Yo también la voy a echar de menos.

Sin embargo, mientras pronunciaba estas palabras le pareció advertir que la angustia de Natalia era muy distinta a la suya. Ella prefería que su hermana se quedara donde estaba, dondequiera que fuera.

—No tienes que echarla de menos —le dijo ella con voz meliflua—. Ahora me tienes a mí.

Una sola frase puede hacernos comprender de pronto muchas cosas. Aquellas palabras de Natalia le hicieron ver que debía alejarse de ella. No podía encontrar una explicación, pero lo sentía necesario. Quizá si sólo hubieran sido amigos, si nunca hubiera habido un primer beso, ni algunas caricias furtivas bajo la ropa cada vez que se encontraban, tal vez si nunca hubieran traicionado a Rebeca, ahora todo sería diferente. Natalia, por supuesto, no opinaba lo mismo:

—¿No me dices nada? —preguntó, en tono imperativo.

—Es muy tarde, Naty. Ya hablaremos.

—Bueno —cedió ella—, te llamaré mañana.

Bernal no se atrevió a decirle que no pensaba contestar al teléfono si veía su número, como tampoco pensaba verla al día siguiente ni al otro. No le dijo que estaba muy cansado de todo aquello. Sin embargo, Natalia se reservaba una última pregunta, igual que los pistoleros guardan una bala en la recámara. La soltó a bocajarro:

—¿Te sigo gustando?

Bernal no tuvo valor para decirle la verdad.

Además, la psicóloga se lo había recomendado: «Es mejor que te alejes de todo lo que te recuerde a Rebeca.» Y le dio la excusa perfecta, claro. Así mismo se lo soltó a Natalia por teléfono, unos días después de quedarse sin respuesta ante su pregunta repentina:

—La psicóloga no quiere que te vea.

Pero ella no era tonta.

—Estás mintiendo —replicó—. Quien no quiere verme eres tú. Admítelo.

Bernal no estaba dispuesto a admitir nada que pudiera enojar a Natalia. No tenía ganas de líos. En realidad, no tenía ganas de nada. Si de él hubiera dependido, se habría tumbado en la cama y habría dormido varios meses, como hacen los osos en invierno, sin querer tratos con nadie.

—Este estado de apatía es normal después de una experiencia tan traumática como la que ha vivido su hijo —diagnosticó la psicóloga al hablar con sus padres—. Lo único que pueden hacer por él es tratarle con cariño y no exigirle demasiado.

Sus padres se lo tomaron al pie de la letra. Si de verdad no hubiera estado tan deprimido, aquéllas habrían sido las mejores vacaciones de su vida: dormir hasta que le daba la gana, no tener que oír a su padre a todas horas recordándole que no debía perder el tiempo —e invitándole, con más o menos cordialidad, a trabajar con él en el taller—, pasar largos ratos jugando con la videoconsola, o viendo sus películas de video favoritas… Sólo a mediados de agosto, más de un mes después de la noche del pozo, empezó a sentirse mejor. Sólo días más tarde se vio con fuerzas para enfrentarse de nuevo a la normalidad, regresando a su actividad en el centro de día. Al hacerlo fue como si hubiera roto un maleficio: de algún modo, le pareció que la pesadilla en la que llevaba tanto tiempo sumergido empezaba a tocar a su fin.

Entonces tropezó con los ojos sin expresión de Ezequiel Osorio. Bernal no podía saberlo todavía, pero su pesadilla no había hecho más que comenzar.

Hubo un tiempo en que Ezequiel Osorio era un joven parlanchín y risueño, capaz de encandilar a cualquiera con su simpatía, además de bastante guapo. No tuvo ocasión de estudiar, como les sucedía con frecuencia en aquellos tiempos a los hijos de familias humildes, y con poco más de trece años entró como aprendiz en la única ebanistería del pueblo, donde pronto demostró que tenía buenas manos y una gran ambición. A los quince ya soñaba con poseer su propio negocio, algo que sin duda habría logrado si no hubiera ocurrido algo lo bastante grave como para cambiar por completo el curso de su futuro. Y no sólo el suyo: cuando aquello sucedió, Ezequiel tenía novia desde hacía dos años. Al principio, su relación no había sido bien aceptada por los padres de ella, que esperaban que su hija se casara con un médico, o un abogado, pero en los últimos tiempos todo parecía ir volviendo a su lugar: sus futuros suegros iban comprendiendo la situación, o se resignaban a ella y tanto él como su novia se atrevían a hablar de boda. El futuro parecía rendido a sus pies, dispuesto a acatar todos sus planes: la boda, un taller de ebanistería propio, los hijos que inevitablemente vendrían…

Sin embargo, las cosas habrían de ser muy distintas para la joven pareja.

Cuando Bernal le conoció, Ezequiel Osorio tenía sesenta y tres años y en su vida no parecía haber ni pasado ni futuro. Sólo un presente absurdo hecho a base de dejar pasar las horas en el sillón de la biblioteca, esperar pacientemente su ración de comida y retirarse, llegado el momento, a su habitación en la residencia municipal. Aunque Bernal siempre supo que había algo más. Supo, incluso antes de empezar a conocer la verdad, que Ezequiel Osorio no siempre fue así. Supo que algo pasó, muchos años atrás. Algo terrible. Bernal le miraba con disimulo mientras repartía comidas, o acompañaba a algún anciano al cuarto de baño, y no podía evitar sentir hacia él una profunda compasión. Habría dado cualquier cosa por saber qué se escondía en el cerebro enfermo de Ezequiel, qué le había convertido en quien era —un ser sin palabras, sin gestos, sin amigos, sin vida—, qué terribles sucesos del pasado le habían robado todo su porvenir, qué cosas increíbles guardaba en la trastienda de su memoria, si es que había retenido algo de otras épocas.

—Nadie viene a verle nunca… —dijo una vez, pensando en voz alta, frente a un par de enfermeras.

—No es extraño —respondió una de ellas, la más joven.

—¿Por qué? ¿No tiene parientes?

La enfermera resopló.

—Nadie quiere ser pariente de alguien como Ezequiel.

En parte, esa antipatía que despertaba en los demás y la soledad en la que vivía eran los principales motivos que encontraba Bernal para acercarse a Ezequiel Osorio. Él nunca comprendió cómo se puede abandonar a un ser querido cuando tiene problemas. Además, Ezequiel le era simpático, y sabía que ese sentimiento era correspondido, del modo en que Ezequiel era capaz de corresponder. Por eso continuaba con su costumbre de llevarle a su amigo silencioso una taza de café cada tarde. Se sentaba junto a él y le dirigía la palabra, aunque sabía que no le iba a respoder. Sin embargo, Bernal se daba cuenta de que le escuchaba. Aunque se mantuviera callado. Por eso continuaba hablándole. Era mucho más de lo que hacía el resto de personal del centro. Ezequiel le miraba con sus pupilas sin brillo y, como mucho, pronunciaba con gran esfuerzo y lentitud las mismas dos palabras de siempre:

—Otra vez.

Cuando sólo le devolvía silencio, Bernal lo imaginaba cargado de motivos que hubiera deseado conocer. No sabía entonces que para llegar a sus más íntimos motivos, para llegar a entender a Ezequiel Osorio como a sí mismo, sólo necesitaba esperar. En alguna ocasión, al principio, Bernal albergó la esperanza de llegar a entablar una conversación con su extraño amigo.

Ezequiel permanecía horas dejándose calentar por la luz del sol que entraba por la ventana, con las piernas extendidas y las manos entrelazadas sobre el regazo. Ya no leía la prensa del día, como había hecho en las últimas semanas, porque sus cuidadoras no se lo permitían:

—Arrancaba páginas de los periódicos antes de que los leyeran sus compañeros. Hubo tantas quejas que tuvimos que prohibírselo, por mal uso del material común —le explicaron.

No le importaba que le trataran como a un niño. Ezequiel Osorio aguardaba, dormitaba o dejaba la mirada perdida hasta que alguien anunciaba que había llegado la hora de cerrar. Entonces se levantaba con mucha lentitud, se sacudía de los pantalones algunas motas de polvo inexistente y salía, con la cabeza baja y arrastrando los pies, en dirección a la calle, donde nunca le esperaba nadie.

—¿Y cómo sabe adónde tiene que ir? —preguntó una vez Bernal, lleno de curiosidad.

—Porque no es tonto. Sólo está un poco chiflado.

Entre el personal del centro no faltaba quien esgrimía opiniones mucho menos comprensivas:

—A ése lo que le pasa —dijo una vez la cocinera, una mujer de carácter temible y modales escasos— es que encontró hace muchos años la manera de vivir del cuento. En realidad es más listo que todos nosotros. Subsiste sin dar un palo al agua.

Durante mucho tiempo recordaría Bernal los detalles de la última tarde en que vio a Ezequiel Osorio. Aunque en aquel momento, por supuesto, no sabía que era la última y que lo único que estaba intentando su callado amigo era despedirse de él de algún modo.

Las cosas ocurrieron como de costumbre: Bernal llegó al centro a la hora del reparto del almuerzo. Aquel día le pidieron que distribuyera las bebidas, de modo que se pasó todo el tiempo empujando el carrito, sirviendo agua, vino con gaseosa, naranjada o leche a los mismos comensales de todos los días. Al pasar junto a Ezequiel Osorio, sin preguntar ni esperar en vano a que el hombre eligiera su bebida, Bernal le sirvió medio vaso de vino.

—Seguro que le gusta, está muy rico —susurró, guiñándole un ojo.

No estuvo seguro, pero por un momento le pareció que Ezequiel quería sonreír.

A la hora del café se sentó frente a él, como siempre, sin decir nada. Era un poco absurdo tratar de conversar con un hombre que jamás pronunciaba palabra. Por eso Bernal ya ni tan sólo lo intentaba. Se limitaba a hacerle compañía mientras el hombre tomaba su café, y luego se marchaba. Aquel día, sin embargo, se dio cuenta de que Ezequiel Osorio estaba muy inquieto. Se removía en el sillón junto a la ventana, cruzando y descruzando las piernas, y su respiración parecía agitada y nerviosa. Durante la comida apenas había probado bocado. Del mismo modo, ahora abandonaba su café sobre la mesa auxiliar. Aunque había en él una novedad mucho más evidente: su mirada. Aquel día, no bajó los ojos ni una sola vez, no se detuvo en la línea de las baldosas, no cerró los párpados para dormitar, como tantas veces. Aquel día estaba atento, como acechante, y mantuvo sus pupilas fijas en las de Bernal todo el tiempo que permanecieron juntos. Le miraba con tal insistencia que por un instante al chico le pareció que quería decirle algo. Se lo preguntó, casi sin darse cuenta de lo absurdo de su iniciativa.

—¿Quiere hablar, Ezequiel?

Ezequiel Osorio le tomó las manos. Fue un gesto brusco, que le encontró desprevenido, como el de un cazador que agarra a su presa cuando menos se lo espera. Dos manazas cálidas aprisionaron las suyas. Dos ojos grises le miraron de hito en hito. Y de pronto, en un susurro entrecortado, con el esfuerzo habitual al articular, Ezequiel Osorio pronunció una frase larguísima:

—No entres en el desván de las muñecas.

Lo dijo despacio, casi sin aliento. Bernal aguardó unos instantes, por si quería añadir algo más, convencido de que el mensaje estaba a medias. Sólo cuando se dio cuenta de que Ezequiel no tenía intención de continuar, preguntó:

—¿Qué quiere decirme?

Pero el hombre respondió estrechando aún más el abrazo de sus manos con voz casi inaudible:

—No te olvides.

De pronto experimentó una especie de sobresalto, como si hubiera recordado algo. Se llevó la mano a uno de los bolsillos de su pantalón y extrajo un objeto de considerables dimensiones. Tomó la mano de Bernal y depositó sobre su palma una llave de hierro, grande y oxidada.

—Escóndela —dijo, en un último esfuerzo, con un soplo de vida—. Que nadie la use.

A continuación se dejó caer sobre el sillón, desfallecido y respirando con tanta dificultad que por un momento Bernal temió que fuera a ahogarse, y cerró los ojos. La conversación había terminado. No pronunció ni una palabra más.

Durante el resto del día le dio vueltas Bernal a lo que había ocurrido. Miraba la llave y se preguntaba a qué cerradura pertenecería, si Ezequiel se la había dado con alguna intención o, simplemente, no sabía lo que se hacía. Por la noche, su cabeza no le liberó de sus cavilaciones. Soñó con Ezequiel, con la llave y con el enigmático desván del cual le había hablado su amigo. Se despertó empapado en sudor, con la sensación de que alguien le estaba observando desde la oscuridad de su cuarto. La noche era muy calurosa.

Al día siguiente, Ezequiel Osorio no apareció por el centro. Tampoco al otro, ni ninguno de los días de esa semana. No hubo día en que Bernal no preguntara por él, pero nadie supo darle noticias de su amigo silencioso. Fue entonces cuando empezó a darse cuenta de que la suerte que corriera Ezequiel no le importaba a nadie. Algunos incluso parecían haberse quitado un peso de encima desde que el hombre no iba por allí. A pesar de eso, él no dejó de interesarse.

—¿Sabéis si le ocurre algo a Ezequiel Osorio?

—Estará enfermo. Cuando se recupere, volverá —fue la respuesta más convincente que obtuvo.

Pero Bernal era testarudo y aquella hipótesis no le parecía lo bastante creíble para aceptarla sin más. Decidió investigar por su cuenta. Conocía la residencia donde vivía Ezequiel. No estaba ni a diez minutos de allí, de modo que un día, al terminar su trabajo, decidió dar un paseo y hacerle una visita a su amigo.

El lugar recordaba vagamente a un colegio. Uno pequeño, que alguien hubiera olvidado limpiar durante mucho tiempo. Había biblioteca, comedor y una especie de sala de reuniones, todo con ese aire aséptico de los hospitales. A los pocos que trabajaban allí se les reconocía con facilidad porque vestían batas de colorines, como los maestros de los niños pequeños, o blancas y verdes, como las enfermeras y los médicos. Todos parecían tener mucha prisa o estar demasiado ocupados. Bernal tuvo que esperar un rato antes de dirigirse a uno de ellos, un hombre joven quien, dedujo por su modo de vestir, debía de ser un enfermero. Y si pudo hacerlo fue porque el hombre le vio detenido en mitad de un pasillo y se acercó a preguntarle si buscaba a alguien.

—Me gustaría ver a Ezequiel Osorio.

—¿Eres amigo suyo? —preguntó, como si le pareciera muy extraño que Ezequiel tuviera amigos.

—Sí.

—Aguarda un momento, por favor.

El enfermero desapareció tras una de las puertas que daban al pasillo. Bernal estuvo esperando un buen rato. O tal vez no fue tanto, pero a él los minutos se le hicieron eternos. Cuando el hombre vestido de verde reapareció, le hizo una seña para que se acercara. La puerta era de cristal traslúcido y sobre ella se leía: «Dirección.»

—Pasa —invitó—. La directora quiere hablar contigo.

La directora le recordó a algunas de las profesoras más antipáticas que había tenido en su vida. Nada más verle entrar, se libró de unas aparatosas gafas de montura dorada que se sostenían como por arte de magia sobre la punta de su nariz y las dejó sobre la mesa. Durante su breve entrevista, la mujer no sonrió ni una sola vez. El despacho era igual de frío que el resto de las dependencias de aquel lugar.

—Dice Paco que preguntas por Ezequiel —comenzó la mujer—. Imagino, pues, que no te has enterado de lo que ha ocurrido.

Bernal empezó a temer que su amigo no estaba enfermo, sino algo peor. Se encogió de hombros y dejó que la directora continuara.

—No te niego que me extraña que Ezequiel tuviera amigos. En todo el tiempo que ha vivido con nosotros, jamás nadie había preguntado por él. ¿Puedo saber de qué le conocías?

No se le escapó a Bernal el detalle de que la directora no hablaba en presente cuando se refería a Ezequiel Osorio.

—Soy voluntario en el centro de día.

—Ah, vaya. Ezequiel pasaba allí muchas horas, lo sé. No soportaba quedarse con nosotros. No se llevaba bien con el resto de los internos. Era un hombre difícil.

—Allí tampoco tiene muchos amigos, que digamos —explicó Bernal.

—Me extraña que no te hayas enterado de lo ocurrido. Ha salido en los periódicos —prosiguió ella.

—Yo no leo los periódicos.

—Pues deberías.

Bernal empezaba a desear que aquella conversación terminase. También empezaba a entender por qué Ezequiel no quería permanecer en aquel lugar más de lo estrictamente necesario. «Seguro que era por no tener que soportar a la directora», pensó Bernal.

—Ezequiel se ha escapado —dijo entonces ella, algo abruptamente—. No tenemos ni la menor idea de dónde está. Por aquí lleva tres noches sin aparecer y ya no creemos que regrese, más después de lo que ha hecho.

—¿Qué ha hecho? —preguntó Bernal, lleno de curiosidad.

No creía a Ezequiel capaz de nada malo, más bien al contrario. La directora hizo un gesto con la mano como si apartara una mosca antes de responder:

—Si quieres conocer los detalles, búscalos en la prensa de estos días. A mí me revuelve el estómago hablar de este asunto.

La primera reacción de Bernal fue seguir haciendo preguntas, pero su olfato le advirtió de que no iba a servir de mucho. Obedeciendo un impulso repentino que no se detuvo a meditar, formuló la siguiente cuestión:

—¿Puedo ver su habitación?

Sin duda, la mujer no esperaba una pregunta así. Por eso tardó un poco en responder:

—Bueno. Imagino que no hay inconveniente. Es posible que incluso puedas ayudarnos. ¿Conocías bien a Ezequiel Osorio?

—No demasiado —respondió Bernal—. Casi nunca hablaba.

—Paco, por favor, acompaña al chaval a ver la cama de Osorio. —El enfermero, que hasta ese momento había permanecido a la espalda de Bernal, se adelantó de inmediato—. Lamento haberte dado tan malas noticias sobre tu amigo —se despidió la directora, colocándose de nuevo las gafas sobre la punta de la nariz—. Vuelve si necesitas cualquier otra cosa.

Paco le guió en silencio a través de los blancos pasillos hasta una de las habitaciones de la planta baja. Era una estancia espaciosa en la que se alineaban sin estrecheces media docena de camas de estructura de madera. Bernal trataba de identificar la de su amigo, preguntándose si sería capaz de desentrañar el misterio al que se había referido la directora de la residencia. No le hizo falta que su acompañante le indicara cuál de las camas era la de Ezequiel. La habría reconocido de todas todas, y no sólo porque era la única que presentaba un colchón desnudo, sobre el que reposaba una caja con unos pocos objetos personales. Había algo más, mucho más inquietante, que forzó a Bernal a detenerse en seco en cuanto lo vio.

—A eso se refería la dire —dijo Paco, observando el rincón que ocupaba la cama—. No sabemos qué significa. ¿Lo sabes tú?

—No tengo ni idea —respondió Bernal.

El ritmo de su corazón se había acelerado de nuevo. Contemplaba la cama de Ezequiel como si hubiera visto un fantasma. En realidad, trataba de pensar, de recordar algún indicio, alguna pequeña pista que su amigo pudiera haber dejado caer en los últimos días, y no encontraba nada que explicara aquello. Frente a ellos, en la pared junto a la que reposaba la cama que fue de Ezequiel, había una gran inscripción en gruesos trazos de pintura negra. Sólo una palabra, poderosa y enigmática, trazada en letras de gran tamaño por la mano temblorosa de Ezequiel, sólo unas horas antes de desaparecer:

LUZ

Bernal no logró apartar de sus pensamientos a Ezequiel Osorio ni un solo instante. Durante la cena estuvo más callado que de costumbre. Dentro de su cabeza revoloteaban demasiadas preguntas sin respuesta. Se acostó temprano, sin ganas de nada excepto de que llegara cuanto antes el amanecer para ir en busca de los periódicos de los últimos días. No quería consultarlos en el centro. De pronto tenía la impresión de que todo el mundo allí le ocultaba algo. Prefería visitar la biblioteca municipal y leer a sus anchas, sin miradas ni preguntas que no le apetecía atender. Con tantas cosas en la cabeza, dio muchas vueltas en la cama antes de conciliar el sueño. Hacía un calor sofocante y las sábanas se le pegaban al cuerpo. De la calle llegaban músicas alegres, de esas que se ponen de moda todos los veranos, pero él las oía como si procedieran de otro planeta. Antes de cerrar los párpados incluso sintió unas repentinas ganas de vomitar. Como si la cena se le revolviera en el estómago al ritmo de la canción del verano. Pero, a pesar de esa sensación, logró dormirse.

Como no podía ser de otro modo, tuvo un sueño inquieto. La náusea no desaparecía del todo y el calor parecía multiplicarla. Bajo sus párpados cerrados empezaron a sucederse las imágenes, con esa viveza que caracteriza lo que vemos en sueños. Ahí estaba la verja del viejo caserón de los Albás, y el jardín lleno de maleza, y los caminos intrincados por los que se accedía a la explanada de los carruajes y la gran pajarera donde revoloteaban centenares de mariposas, y la estatua vigilante del hombre embozado y, más allá de todo, el pozo, donde convergían ahora todos sus temores. Vio, con la nitidez de una alucinación, llamas inmensas devorándolo todo. Vio el agujero oscuro del brocal. Tropezó y se sintió caer por él al vacío. Aterrizó de golpe, en el fondo de un pozo seco. Recordó que los bomberos habían hablado de desecarlo, en un intento inútil de dar con Rebeca. Aunque no fue hasta descubrir que la escalera lateral había desaparecido, que no tenía escapatoria, cuando comenzó a sufrir el miedo, el terror que produce la oscuridad absoluta. Las ganas de vomitar iban en aumento. En ese momento lo oyó: una respiración, casi un jadeo. A su espalda, muy cerca. No estaba solo en el agujero. Un aliento tibio le rozaba la piel de la nuca al compás de aquel sonido macabro. Se dio la vuelta, extendió los brazos, pero allí no había nada más que negrura y un fuerte olor a humedad. En ese instante, algo le despertó. Un crujido seco. Bernal abrió los ojos de pronto, sobresaltado. Y le vio con toda nitidez: desnudo, los huesos dibujados bajo su piel apergaminada y gris, los ojos inyectados en sangre y un hilo de baba viscosa colgándole de la comisura de los labios: era Ezequiel

Osorio. Estaba sentado a los pies de su cama, envarado y en silencio, sólo sus ojos se movían, sus pupilas se clavaban en él con expresión de furia, o de terror, o de angustia. Tenía una marca azulada alrededor del cuello, en forma de collar macabro. La marca de los ahorcados. Luego pareció querer hablar. Su boca era un agujero negro. A pesar de que no produjo sonido alguno, Bernal pudo leer en sus labios lo que estaba diciendo. Lo habría adivinado de todas formas.

—Otra vez.

El chico cerró los ojos un momento y sintió de nuevo las ganas de vomitar. Cuando volvió a abrirlos, Ezequiel había desaparecido. En su lugar, su madre, en pijama y despeinada, le miraba con inquietud.

—No te preocupes, hijo —dijo, poniéndole la mano en la frente—. Te habrá sentado mal la cena, enseguida lo recogemos.

No supo a qué se refería hasta que vio en el suelo el emplasto maloliente y marrón. Se extendía sobre cuatro o cinco baldosas, era la mancha de vómito más asquerosa y más grande que había visto en su vida. Su corazón parecía querer escaparse de su cavidad torácica.

El silencio no siempre es igual. El de la biblioteca municipal durante el mes de agosto era el silencio de las cosas inertes: además de la bibliotecaria y algún que otro anciano sin familia, nadie se dejaba ver por allí en los meses de verano. Bernal agradeció aquella soledad, que le permitió consultar los periódicos sin ningún contratiempo. Ni siquiera tuvo que esperar su turno: era el único lector que se interesaba por la prensa de la última semana. Unas cuantas mesas más allá, se veía a un señor mayor, dormitando sobre un diario deportivo.

Su poca experiencia como lector de periódicos le impedía saber en qué sección debía buscar la noticia acerca de lo que Ezequiel había hecho. Como tampoco sabía en qué periódico se había publicado, pidió todos los que había disponibles. La biblioteca estaba suscrita a tres periódicos de información general, los tres de alcance nacional, y a dos deportivos. La bibliotecaria le señaló las pilas donde se depositaban los diarios del mes en curso antes de ser llevados a la hemeroteca. No tenía más que consultar los que le interesaran y dejarlos luego en el carrito del material por archivar.

Bernal empezó a pasar las páginas con lentitud, revisando las noticias una por una. Estaba convencido de que con esto de consultar la prensa iba a pasar como con los temas de un examen: seguro que si al estudiar te saltas uno, ése precisamente es el que va a caer. Por eso lo revisaba todo, meticulosamente, deteniéndose en cada titular que daba cuenta de más atentados, de accidentes aéreos o de aburridas reuniones del gobierno. Miraba con especial cuidado las noticias más pequeñas, aquellas que apenas ocupaban unas pocas líneas, con gran temor a pasar por alto lo que le interesaba. Hasta que de pronto tropezó con lo que estaba buscando y se dio cuenta de que nunca hubiera podido imaginar algo así.

La noticia en cuestión ocupaba media página en la sección que el diario reservaba a las curiosidades y las noticias extrañas. En el encabezamiento de la página se leía: «Vivir para ver.»

«Pobre Ezequiel —pensó Bernal—, ni siquiera cuando hace algo malo le toman en serio.»

Lo primero que le llamó la atención fue la fotografía que servía para ilustrar la noticia: apenas un montón de cascotes en un fondo grisáceo, que sin embargo reconoció enseguida: era un nicho. O lo que quedaba de la lápida que había servido para cerrar un nicho. El titular era explícito:

Un deficiente mental profana varias tumbas en Layana

Lo primero que sintió fue indignación: Ezequiel Osorio no era un deficiente mental y calificarle así le parecía insultante, además de demasiado fácil. Deseoso de conocer más detalles, leyó con atención la que le pareció la noticia más extraña de cuantas podían guardar alguna relación con su amigo:

Las Villas   VIERNES 29 de agosto de 2003

Un deficiente mental profana varias tumbas en Layana

Rompe a hachazos hasta seis nichos del cementerio municipal y se da a la fuga

AGENCIAS. Un deficiente mental fugado de un centro de beneficencia municipal, que responde a las siglas E. O., profanó la madrugada del pasado lunes hasta seis tumbas del cementerio municipal de Layana, al que al parecer accedió escalando una tapia de más de dos metros de altura. El único vigilante del camposanto, el jubilado Casimiro Romero, de 92 años, ha manifestado que en el momento de producirse los hechos no oyó nada por encontrarse «hablando a través de un chat con una señora de Plasencia, muy simpática».

Sin embargo, el estrépito causado por el atacante despertó al único nieto del nonagenario guardián, de 37 años, quien dijo haber escuchado golpes «entre algo atronadores y muy estrepitosos» que provenían del camposanto y que a continuación se asomó a la ventana y vio cómo un hombre «de cara afilada, un poco chepudo y de complexión más bien raquítica» asestaba golpes con un mazo a varias de las tumbas del lado Sur del cementerio de Layana. «Me estremecí al verle tan fuera de sí, como si estuviera enrabietado o enajenado, que no es lo mismo», ha explicado a este periódico el único testigo presencial de los hechos, quien también llamó a la Guardia Civil.

Sin embargo, antes de que los números se presentaran en las dependencias municipales, el atacante ya se había dado a la fuga por el procedimiento de volver a saltar la valla del camposanto, dejando a sus espaldas el macabro balance de seis nichos profanados. Al parecer, el hombre podía estar bajo los efectos del alcohol o de alguna sustancia estupefaciente, ya que los golpes fueron asestados con una fuerza inusual. No parece que haya relación alguna, afirman fuentes de la investigación, entre las tumbas vulneradas. No pertenecen a una misma familia ni guardan ningún otro punto en común más que el de corresponder a gentes que vivieron o murieron en el pueblo. Varios de los nichos profanados estaban abandonados desde hacía años. Respecto a los demás, se ha puesto la noticia en conocimiento de sus titulares, quienes están estudiando si pedir responsabilidades al guarda de la instalación o al gobierno municipal, que tiene la responsabilidad última sobre el camposanto y su necesario mantenimiento.

Bernal no pudo evitar un escalofrío al pensar que tal vez la policía querría volver a interrogarle. En cuanto averiguaran algo de Ezequiel sabrían dónde pasaba el día y quién era su único amigo allí. Y respecto a él, tal vez llegarían a saber de sus pesquisas, sus preguntas y su interés por Ezequiel, que le llevó incluso a conocer a la directora de la residencia. Pensó que cualquiera podía saber que había estado consultando los periódicos. No tenían más que seguir sus pasos y verían en él a un sospechoso perfecto, alguien a quien acribillar a preguntas y a quien estudiar con toda atención. Y además estaba relacionado con el caso de Rebeca, que continuaba sin resolver. De pronto temió que se fijaran en él y todo volviera a comenzar: el martirio de los interrogatorios, las declaraciones firmadas, las llamadas por teléfono… No se veía con fuerzas de volver a pasar por todo aquello.

Asustado, anotó sólo un nombre en su cuaderno de apuntes: «Casimiro Romero». Dejó los periódicos sobre el carrito, tal y como le había indicado la bibliotecaria que debía hacer, y salió a la calle con la intención de hacerle una visita a ese anciano que pasaba las horas muertas frente a la pantalla del ordenador.

Caminaba mirando hacia todos lados, como el culpable de un crimen, cuando tropezó con la última persona a quien deseaba encontrar: Natalia. No la había visto desde el funeral de Rebeca. Le pareció que estaba más delgada y tal vez más guapa.

—Menos mal que te encuentro —fue el modo de saludar de la chica—. Últimamente no estás mucho en casa, ¿verdad?

Bernal no quería charlar, no quería mirarla, no quería tener nada que ver con ella.

—Déjame, Natalia. Tengo mucha prisa.

—Tengo que hablar contigo, escucha un momento.

Intentó detenerle con sus propias manos, pero fue inútil: por la fuerza, llevaba las de perder.

—Por favor, Bernal, tengo que decirte una cosa muy importante. Por favor, escúchame.

Bernal se detuvo en seco. Estaba muy cansado de todo aquello. Deseaba con toda su alma que aquella persecución terminara. Después de tantos días de contenerse, explotó: le dijo a Natalia todo lo que pensaba. Incluso algunas cosas que no pensaba. Y al hacerlo levantó la voz más de la cuenta y perdió los nervios:

—Déjame en paz, Natalia. No quiero nada contigo. No quiero ser tu novio, ni tu amigo, ni siquiera quiero acostarme contigo. Deja de llamarme, deja de saturar mi buzón de voz, no me escribas correos electrónicos. Vete a la mierda.

Natalia encajó aquellas duras palabras sin pestañear, derecha como un árbol durante una fuerte tormenta. Reprimió sus enormes deseos de llorar. No consiguió hacer lo mismo con el odio intenso, recién nacido, que empezó a sentir hacia Bernal en ese mismo instante. Era un sentimiento nunca antes experimentado. Ni siquiera Rebeca le había inspirado algo tan fuerte. Bernal continuó, inclemente, cada vez más furioso:

—Entérate ya. Yo quería a tu hermana y tú no eres ni la mitad de lista ni de guapa. No me gustas y no me gustarás nunca.

De alguna parte sacó bríos Natalia para añadir unas palabras. En realidad, era el motivo por el cual le andaba buscando. Quería prevenirle de algo.

—Tu amada Rebeca me ha pedido que te diga algo. Me ha escrito una nota. Puedo enseñártela, si quieres. Dice que a partir de ahora va a ir también por ti. Y te prometo que no bromea.

Lo dijo con un temblor en el labio y en la voz, el resultado de sus esfuerzos por reprimir las lágrimas.

—Estás loca —respondió Bernal, reemprendiendo su camino.

Natalia aún aguardó unos segundos más, viendo cómo se

alejaba, bajo el sol abrasador de finales de julio, mientras sentía en el alma una quemazón aún mayor. Nunca nadie le había hablado con tanto odio. Aquel día aprendió que las palabras hieren más según de quién provengan y que algunas se graban a fuego en la memoria, de donde nunca se borrarán.

Casimiro Romero era exactamente como lo había imaginado: un viejecito risueño, menudo, de escaso pelo blanco, muy predispuesto a creer casi cualquier cosa que le contaran.

—Soy periodista de Radio Sádaba —le dijo Bernal.

Luego se dio cuenta de que, como mentira, era un poco burda. Suponiendo que hubiera habido emisora de radio en el pueblo vecino, resultaba difícil creer que él era uno de sus colaboradores. Casimiro no le dejó terminar:

—Je, je, viene usted por lo de la profanación —dijo el anciano.

Bernal cabeceó.

—Y seguro que quiere ver las tumbas.

—Si no le importa…

—Vamos, je, je.

Al viejo no sólo no le importaba, sino que daba la impresión de estar deseando la llegada de visitantes que le rescataran de su aburrimiento. La jornada como guarda del cementerio municipal no podía calificarse, precisamente, de agitada, por lo que la llegada de cualquier novedad era recibida con alborozo por parte del funcionario.

—¿No se encuentra con usted su sobrino?

Casimiro sonrió.

—Je, ya no. Él no está aquí casi nunca, sólo cuando tiene que visitar a algún cliente por Las Cinco Villas. Fue una casualidad muy grande que durmiera en casa precisamente esa noche. A mí me gusta más estar solo, ¿sabe?, así hago lo que me da la gana y nadie se mete conmigo, je, je. A mi edad, uno se vuelve raro y egoísta. A usted también le pasará, ya verá, je, je.

Y mi sobrino es muy buena persona, pero es un poco redicho. Un poco, ¿cómo decirlo?, un poco insoportable, je, je.

A Bernal le resultaba muy difícil imaginarse con noventa y dos años, pero trató de ponerse en lugar del hombre que le acompañaba. Parecía vital y alegre como un adolescente. Caminaban por la parte central del cementerio. Muchas de las tumbas estaban abandonadas o simplemente vacías.

—Ahora la gente prefiere morirse en la ciudad. Allí se vive mejor y cualquiera diría que también se muere más a gusto. Y si la palman allí, pues ya les entierran allí mismo. Para qué van a andar con los muertos a cuestas de un lado para otro, je, je. Luego están las incineraciones y todas esas modernidades. Por su culpa me voy a quedar sin trabajo. Menos mal que me moriré antes, aunque no sé de qué, je, je, porque estoy fuerte como un toro —resollaba al ritmo de sus pasos. De pronto se detuvo—. Ya hemos llegado. Ya ve usted, qué pena da todo esto.

El cementerio de Layana ocupa una superficie rectangular de unos 1.200 metros cuadrados. Los nichos están alineados a ambos lados, en dos lienzos de pared que se identifican por sus orientaciones como «Norte» y «Sur». El guarda se había detenido frente al lado «Sur» y señalaba hacia una hilera incompleta de huecos vacíos. Sin duda, Casimiro habría preferido que estuvieran llenos. Y no sólo eso: que faltara espacio. Que los muertos llegaran todos los días por docenas, que hubiera que ampliar el cementerio, que no diera abasto a buscarles a todos su lugar. Claro que, viéndole, muy pronto él mismo ocuparía uno de los espacios vacantes que tanto le preocupaban.

—Es allí —dijo de pronto, señalando al frente con la nariz—, aún no han venido los del servicio de limpieza a llevarse los cascotes.

La hilera de nichos estaba completa. Allí no parecían escasear los ocupantes. Las lápidas destrozadas estaban todas a un mismo nivel: el equivalente a un segundo piso, contando desde el suelo. Los restos del mármol —blanco y negro—

y de piedra que antes había servido para cerrar los angostos espacios de las tumbas se mezclaban ahora en el suelo sin orden ni concierto. Bernal trató de no mirar al interior de los huecos, pero no pudo evitarlo: en alguno vislumbró un ataúd descuajado, por una de cuyas rendijas asomaba un fragmento reseco y oscuro que no quiso identificar. Se limitó a mirar hacia otro lado disimulando una náusea. En otros casos, los restos de la lápida que aún se mantenían en su lugar impedían visiones peores.

—¿Son frecuentes actos como éste? —preguntó Bernal.

Casimiro no parecía impresionado.

—Hay gente para todo —fue su única respuesta.

La siguiente pregunta del chico fue la que le había llevado hasta aquel lugar:

—¿A quién pertenecen los nichos?

El viejo esbozó otro gesto despreocupado.

—No tengo ni idea. La mayoría están abandonados. Mira éste, por ejemplo —señalaba hacia el del ataúd—, seguro que su inquilino lleva aquí mucho más tiempo que mis pies sobre la tierra. No está muy compuesto, que digamos, je, je…

Bernal rió. Le gustaba el modo en que Casimiro hablaba de su trabajo. «Está bien —se dijo—, hablar de aquello que nos atemoriza sin respeto alguno. Todo el mundo debería probarlo.»

—¿No dispone de un libro de registro de los propietarios de los nichos? —inquirió.

—Claro que lo tengo —aseguró el viejo, como si en realidad acabara de recordarlo—. ¿Quieres verlo?

—Me gustaría.

Regresaron al punto de partida. Justo al lado de la entrada al recinto estaba la humilde residencia del guarda. A Casimiro le llevó su tiempo encontrar el libro y, una vez abiertas sus páginas sobre la mesa, dar con lo que estaba buscando. Su dedo índice acariciaba las hileras de nombres.

—Vamos a ver… El primero pertenece a don Leocadio Rodríguez Vago. —Pensó un momento, entornando los ojos, mientras su frente se llenaba de arrugas resecas como el pergamino—. No sé quién es. —Siguió leyendo—: Enterró aquí a su mujer en 1947 y nunca más volvió. Un tío listo. Igual está por ahí con otra. Ni siquiera paga el impuesto municipal. Cualquier día le echan a la parienta del pisito y meten a otro señor, je, je.

Casimiro soltó una carcajada y mostró sus incisivos. Bernal pensó que reía como un roedor.

—Sigamos —dijo, pasando la página.

Los cuatro siguientes pertenecían a la familia Campos-Olid (que ahora vivía en Graus), al párroco de la iglesia de Santa María la Mayor, de Uncastillo, (quien al parecer lo había comprado para sí mismo) y a un par de hermanas apellidadas Bolea que en 1915 habían enterrado allí a un señor llamado Miguel Yuste Becerro.

—Aquí dice que nacieron en Tricas —dijo el anciano, con un dedo apoyado sobre el papel—, un pueblo que está abandonado desde hace más de treinta años. Aquí nadie las conocía, y al muerto tampoco. Je, je, sólo nos queda una —prosiguió Casimiro, con aire triunfal.

Bernal empezaba a perder la esperanza de comprender los motivos que habían podido inspirar a Ezequiel en su extraño comportamiento. Por lo que había averiguado hasta ahora, no encontraba ninguna relación entre los objetivos de aquella acción vandálica y su amigo.

—Uuuuuy, aquí tenemos algo grande —canturreó Casimiro al encontrar el último nombre en el registro—, una familia de las que han dado que hablar.

Casimiro entornaba los ojos para asegurarse de que estaba leyendo bien. Cuando estuvo convencido, levantó la vista y anunció con lentitud el resultado de su pesquisa:

—La sexta tumba pertenece a la familia Albás —le miró con una sonrisa pícara, como dando a entender que no resultaba tan fácil engañarle—. Es esto lo que venía usted a buscar, ¿verdad?

Y mientras Bernal daba con la respuesta, añadió, satisfecho:

—Sí, sí. Je, je.

La siguiente escala en la ruta de Bernal estaba decidida de antemano: el centro de día. Allí pensaba resolver una duda que le acompañaba desde hacía tiempo, aunque hasta que Ezequiel desapareció no sintió la necesidad de aclararla. Le costó decidirse, pero al fin lo hizo. Quería ver a la directora, con quien raras veces coincidía, y formular la pregunta. Si alguien podía saberlo, era ella.

—Hola, Blanca —saludó, tras golpear la puerta levemente con los nudillos.

La mujer levantó la cabeza de unos documentos en los que parecía estar muy concentrada. Acudía al centro todas las mañanas, pero casi nunca salía de su despacho. Poco después de mediodía se despedía hasta el día siguiente. Nada más verle, cambió en afabilidad su expresión de ensimismamiento.

—Ah, hola, Bernal. Pasa, siéntate. ¿Cómo estás?

—Bien —mintió el chico—. No quiero molestarte. Sólo he venido a hacerte una pregunta. Es sobre Ezequiel Osorio.

Por un segundo, Blanca congeló la mirada y se preguntó qué sabía Bernal de la desaparición de su amigo. Ella misma había dado la consigna a las trabajadoras del centro de no decirle nada de Ezequiel.

—He leído los periódicos —le informó Bernal, que de algún modo adivinó lo que estaba pensando.

—Ya sé que le tenías aprecio —dijo ella, al fin.

Bernal puntualizó:

—Se lo tengo.

—¿Tienes idea de por qué hizo algo así? Es muy triste que un hombre como él, que a ratos parecía recuperado…

—Ni idea —la interrumpió Bernal, a quien le molestaba el tono de conmiseración que todo el mundo, sin excepción, utilizaba al referirse a Ezequiel.

—Es terrible —concluyó ella, entrelazando las manos antes de lanzar un suspiro—. En fin... ¿puedo ayudarte en algo, cariño?

Tampoco le gustaba la actitud de Blanca. Le trataba como a un niño. Además, se notaba que en realidad no le importaba nada de lo que le ocurriera. A pesar de eso, Bernal formuló la cuestión:

—Me gustaría saber quién pagaba al centro para que Ezequiel pudiera venir todos los días.

La directora ordenaba sus papeles. Abría cajones, los cerraba, amontonaba la correspondencia, rasgaba sobres y lanzaba las trizas a la papelera. De pronto se detuvo y carraspeó.

—Esa información es confidencial —contestó, sin inmutarse—. No puedo facilitarte datos de nuestros residentes. Y menos de ese tipo. Compréndelo. Podrían denunciarme.

—Pero Ezequiel ha desaparecido, ¿qué puede importar ahora?

—A Ezequiel nada en absoluto, tienes razón. Ni siquiera si continuara entre nosotros pondría la menor atención en estos asuntos. Pero hay gente a quien sí le importaría. —Achinó un poco los ojos—. ¿Para qué quieres saberlo?

Bernal se sintió un poco incómodo ante la pregunta. Como si tuviera algo que esconder. En cierto modo, así era: no quería explicarle nada personal a la directora del centro. Disimuló:

—Curiosidad —respondió, antes de levantarse.

Blanca le miró en un silencio expectante. Parecía haber dado por zanjada la conversación y estar esperando a que se marchara. Bernal entendió que quedarse no le iba a ayudar a resolver sus dudas.

—Tranquila. Lo entiendo. Ya me voy.

—Si tuvieras alguna noticia de Ezequiel, no dejes de comunicárnoslo —añadió la directora.

Ni siquiera respondió. Sólo percibió, de pronto, y de un modo nítido, que Blanca no era de fiar.

Salió sin querer ver a nadie. Ahora aquel lugar le parecía repleto de gente hostil. Nada más pisar la acera ya tenía claro adónde debía dirigirse: a la residencia donde Ezequiel vivió los últimos años de su vida. Iba a hacer un último intento. Era descabellado, lo sabía, pero aquel día, después de todo lo que había ocurrido, estaba dispuesto a casi cualquier cosa.

Al llegar a la residencia municipal, buscó directamente a Paco, el enfermero, y le preguntó por los objetos de Ezequiel que había visto sobre su cama.

—¿Dónde vais a guardar sus cosas este tiempo? Quiero decir, mientras esperamos que vuelva. Puede regresar, y en tal caso necesitará sus cosas —dijo.

—Esta mañana ha venido un hombre y se las ha llevado. Ha dicho que Ezequiel no volverá. Parecía muy seguro de ello.

—¿Un hombre? ¿Quién?

—Yo no le conocía, pero por aquí se comentaba que es el padre de la niña esa que desapareció en el pozo a principios del verano.

A Bernal la voz le salió en un susurro:

—Rebeca Albás.

—Exacto. ¿La conocías?

—Claro, era mi novia.

Bernal percibió al instante el efecto que sus palabras causaban en el atónito enfermero.

—¿Y qué tiene que ver Cosme con Ezequiel Osorio? —preguntó, pensando en voz alta.

Respondió el enfermero:

—Por aquí decían que era la única persona que Ezequiel tenía en el mundo. Una especie de pariente lejano.

—¿Cosme Albás? ¿Estás seguro?

El otro asintió.

Bernal se quedó aturdido. Zumbaban en sus sienes muchos más interrogantes que antes. Sólo que en esta ocasión no tenía ni idea de dónde estaban las respuestas. Lo único que se le ocurría era que Cosme debía de ser también quien pagaba los recibos del centro de día. Sin embargo, no encontraba ninguna explicación para ello. Ni siquiera había imaginado que los dos hombres pudieran conocerse. Estaba claro que así era. Y acaso mucho más que eso.

—Puede que te interese saber algo. —El enfermero rompió con sus palabras el ensimismamiento de Bernal—. Es sobre el hombre ese. ¿Cómo dices que se llama? ¿Cosme? Ha pedido que borremos las letras de la pared. Tendrías que haber visto su cara cuando las ha visto. Por poco se desmaya. Se ha puesto blanco como el papel.

—¿Y qué le habéis dicho?

—La verdad. Que ya estaban avisados los pintores. No vamos a dejar ahí ese grafito.

Antes de marcharse, Bernal quiso ver por última vez la cama donde Ezequiel Osorio durmió hasta la noche anterior a su desaparición. Ya no quedaba ni rastro de las tres letras que su amigo había pintado tan toscamente en la pared. En su lugar, uno de los pintores, vestido con un mono azul, retiraba unos plásticos del suelo. La pared volvía a ser blanca, reluciente. Ni siquiera de cerca se podía adivinar un solo rastro de la pintura negra que antes la ensuciaba. Sin embargo, Bernal se fijó en el cabecero de la cama. Era tosco y de madera. Lo acarició con los dedos, como en un gesto de despedida de aquel lugar y también de su extraño amigo. Al hacerlo descubrió algo en lo que, de otro modo, no hubiera reparado. En la parte inferior, en un lugar que debía de quedar escondido bajo la almohada: una hilera de letras talladas en la superficie. Eran desiguales y no parecían haber sido trazadas con ningún cuidado. Más bien con desesperación. Aunque se podía leer perfectamente:

LUZLUZLUZLUZLUZLUZLUZLUZ

Aunque a ratos te olvides de mí, ingrato lector, yo sigo manejando los hilos. Estoy al acecho detrás de las palabras y guío tus pasos —y también tus emociones— a través de esta historia. Como los buenos contadores, sé cómo parecer invisible, de modo que tú sólo prestes atención a lo que te estoy narrando. Pero sigo aquí, y cuando me convenga, apareceré, sin que tú puedas evitarlo. ¿Te parezco presumido o vanidoso? Estás en lo cierto. Escribir, cualquier cosa, en cualquier circunstancia, es un acto de vanidad. Precisamente por eso se me da tan bien. No te distraigas. Debemos continuar sin más demora. Seguro que sientes deseos de volver a tener noticias de Rebeca. Por no hablar de Ezequiel. Apuesto una de mis extremidades a que, de haber podido, también tú habrías arrojado una moneda al pozo de los deseos con la secreta intención de verla regresar. ¿Me equivoco?

En ese caso, querido lector, estás a punto de ver cumplidos tus deseos. No me des las gracias. Todavía no sabes los efectos que sobre tu cabeza de chorlito pueda tener todo esto. Espera un poco. Espera y lee, lector. No dejes de leer...

7

Rebeca

Había dos cosas que Rebeca hacía todas las noches antes de acostarse: ordenar su habitación y escribir en su diario. Su manía por el orden era el rasgo de su personalidad que habría destacado todo el que la conocía. La existencia de su diario, en cambio, era uno de sus secretos mejor guardados. Con la excepción de su madre y de Natalia —y su hermana sólo porque lo descubrió por accidente— nadie en el mundo sabía de la existencia del cuaderno donde Rebeca se atrevía a escribir lo que jamás le habría contado a nadie.

Desde la noche de San Juan, en que Rebeca salió de casa para no volver, el diario y el resto de sus cosas permanecían en esa quietud triste y absurda en que siempre las deja la muerte de aquel o aquella a quien pertenecieron. La habitación de Rebeca se mantenía ahora en una penumbra de persianas bajadas y cortinas corridas. Nadie se acordaba de abrir la ventana para que entrara el aire. La cama estaba hecha, y la colcha tensa, tal y como Rebeca la dejó. Sobre la silla del escritorio aún permanecían un par de camisetas y un pantalón vaquero que Rebeca había desterrado de su armario porque ya no pensaba volver a ponérselos. Todo lo demás estaba en ese orden perfecto que a ella le gustaba mantener.

—Podrías tomar ejemplo de cómo tiene la habitación tu hermana —solía decir Fede a su hija pequeña.

El orden era lo único en lo que Rebeca era modélica. Natalia, en cambio, era todo lo contrario: por más que se esforzaba en dejar las cosas en su lugar, no había forma. Siempre había un motivo —la prisa, un descuido, la falta de ganas, algo más urgente que hacer...— para no recoger nada. Y, claro, cuanto más tiempo pasaba, peor: la montaña de ropa de la mecedora crecía y crecía como si las prendas se multiplicaran por sí solas. Igual que los papeles sobre la mesa, cada vez más desordenados y numerosos. Sólo había una solución: una campaña de organización masiva. Le daba tanta pereza que sólo lo hacía cuando no había más remedio, cuando Fede ya estaba cansada de decírselo y empezaba a recurrir a las amenazas. Algo que sólo ocurría de tarde en tarde, porque su buena fama de estudiante ejemplar le permitía ser más descuidada en otras cosas, sabiendo que su madre haría la vista gorda.

—Yo tengo otras virtudes mejores que ser ordenada y limpia —solía decir, sobre todo en presencia de Rebeca.

Desde que su hija mayor desapareció, Fede no se había atrevido a volver a entrar en su habitación. Lo hizo los primeros días, hasta que Cosme la encontró una noche llorando sobre la cama, abrazada a uno de los muñecos de peluche que a Rebeca le gustaba tener sobre la colcha. Uno que le habían regalado unas amigas cuando cumplió doce o trece años.

—Prométeme que no volverás a entrar en el cuarto de Rebeca sin mí —dijo Cosme, preocupado.

A partir de aquel día, la puerta de la habitación permaneció cerrada. De algún modo, los padres la respetaban como si fuera la entrada a un santuario. Ni siquiera se acercaban a ella, actuaban como si no existiera. Natalia, en cambio, tenía una actitud muy distinta. No hacía ni una semana de la noche del pozo cuando, de pronto, recordó un sujetador que su hermana nunca le dejaba, y eso que se lo había pedido un buen número de veces. Su respuesta siempre era la misma:

—No te quedaría bien. Estás muy poco desarrollada.

Tenía ganas de comprobarlo por sí misma. ¿A quién podía importar que entrara en la habitación de Rebeca y tomara prestado un sujetador? Sólo una cosa alimentaba aún sus incertidumbres: pensar en una regañina de su propietaria. Natalia seguía sin creer del todo que Rebeca no iba a volver. Le resultaba casi imposible asumir que había muerto. Estaban, además, los mensajes al móvil. Por mucho que creyera que a veces pueden ocurrir cosas inexplicables a la luz de la razón, jamás había oído que un espíritu, un fantasma o lo que fuera ahora su hermana se entretuviera mandando mensajes desde el más allá. En el fondo, tenía toda la razón Bernal cuando le dijo que estaba loca si pensaba esas cosas. De modo que Natalia optó por la solución que más le convenía: desconectar el teléfono y entrar en la habitación de su hermana en busca del sujetador. «Y si vuelve y resulta que todo ha sido una broma o algo así, se lo devuelvo sin que se dé cuenta y en paz», se dijo.

Programó el despertador para que sonara a las cuatro de la madrugada, con la única intención de que sus padres no la descubrieran. Aun así, tenía un plan previsto por si algo salía mal. De niña había sufrido episodios de sonambulismo. Si de pronto veía aparecer a su madre o a su padre, fingiría despertar de un sueño profundo y no recordar nada. Así, más o menos, había oído que le ocurría algunos años atrás.

Aunque no le hizo falta ningún plan alternativo. Cuando sonó el despertador, se levantó procurando no hacer ruido, cruzó el pasillo con los pies descalzos y los cinco sentidos alerta y abrió la puerta del cuarto de Rebeca con todo el sigilo de que fue capaz. Una vez la hubo cerrado de nuevo, y ya dentro, encendió la luz y miró a su alrededor. Necesitó unos segundos para que el ritmo de su corazón recuperara la normalidad tras la tensión de la maniobra. Enseguida estuvo dispuesta a empezar.

Su hermana guardaba la ropa interior en el primer cajón

de la cómoda. Tangas clasificados por colores, braguitas bikini para los días de la regla, braguitas pantalón, sujetadores, medias, calcetines... todo allí seguía un orden determinado y tenía su lugar exacto. A Natalia no le cabía en la cabeza cómo alguien puede perder el tiempo en organizar el cajón de su ropa interior como si se tratara de un escaparate. Incluso le parecía que los colores seguían el orden del arco iris. Un detalle como éste no sería tan extraño en la perfeccionista de Rebeca.

Gracias a aquella rigurosa clasificación, Natalia enseguida encontró el sujetador que estaba buscando. Era de color morado oscuro y se abrochaba por delante. Estaba casi nuevo, porque Rebeca se lo había comprado aquella misma primavera y apenas se lo había puesto. Se lo probó allí mismo, mirándose en el espejo de cuerpo entero del armario. Al fin y al cabo, no le sentaba tan mal, aunque se le vería un poco mejor cuando le crecieran un poco más los pechos. No pudo resistirse a la tentación de abrir el armario de su hermana. La parte de arriba, donde Rebeca se empeñaba en almacenar los juguetes de sus primeros años, no le interesaba lo más mínimo. El ropero ya era otra cosa. Qué lástima que no pudiera probarse algunos pantalones y algunas camisetas. Y mucho menos preguntar a sus padres si se los podía quedar. Conocía la respuesta de sobra. Ni siquiera valía la pena intentarlo.

Después de cerrar el ropero se quedó alerta unos segundos, sólo hasta comprobar que todo seguía en orden. La casa continuaba sumergida en el mismo silencio de antes. Los ronquidos de su padre, que llegaban amortiguados, le infundían tranquilidad para permanecer allí un poco más. Se sentó frente al escritorio de su hermana. Miró las fotos, los lomos de los libros, los pequeños objetos que se alineaban en los estantes, frente a la silla, las notas que colgaban del corcho de la pared. Abrió el primero de los cajones de la mesa. En un riguroso orden, como de exposición, Rebeca guardaba sus rotuladores, bolígrafos, lápices, gomas de borrar, sacapuntas y demás utensilios. En una pequeña cajita que alguna vez había contenido pastillas para la tos, se amontonaba ahora un puñado de clips. Había una grapadora y sus grapas, unas tijeras, la calculadora… nada interesante, en realidad. Empezaba a aburrirse de tanto orden cuando abrió el segundo cajón y encontró, bajo un par de revistas de pasatiempos —a los que Rebeca era tan aficionada últimamente— el diario íntimo de su hermana. Un cuaderno de tapas duras, forradas de tela floreada. Lo reconoció al instante. Y recordó aquella ocasión en que lo abrió sin saber de qué se trataba y Rebeca se lo arrebató de las manos mientras le decía, furiosa:

—Deja mis cosas en paz.

Ahora el diario no tenía quien le protegiera de miradas indiscretas. Y Natalia no lo dudó ni un instante: lo tomó, cerró el cajón y emprendió el camino de regreso a su cuarto con tanto cuidado como el que había empleado a la ida. Contuvo la respiración mientras cruzaba el pasillo, sin dejar de oír los ronquidos de Cosme, y no se encontró a salvo hasta haber cerrado con mucho cuidado la puerta de su habitación. Una vez allí, se sintió satisfecha como un pirata que regresa a su guarida tras hacerse con un suculento botín.

Hoy es San Juan. Bernal quiere ir a las fiestas de Ejea, pero no creo que me dejen salir si no viene con nosotros la pesada de Natalia. El mismo rollo de siempre: ella puede ir donde quiera porque lo ha aprobado todo y, además, con nota, pero yo… Yo soy la hija torpe que siempre arrastra por lo menos dos asignaturas, la que no tiene remedio, la perezosa a quien hay que amenazar para que espabile y no estropee su futuro. Así que, como siempre, me va a tocar llevarme a Natalia, y de esta forma no me apetece salir. Bernal dice que trate de olvidarme de mi hermana, que no me agobie por lo que no tiene remedio. Tiene razón, pero él no tiene que soportarla todo el día, como me pasa a mí. Y *ahora que estamos de vacaciones no quiero ni pensar en el infierno que se me viene encima: todo el día con la niña a cuestas. Qué rollo. A mis padres no les puedo decir que no quiero ir con ella porque no entienden nada. Ellos sólo están preocupados por las notas del colegio. No se dan cuenta de que Natalia, pese a ser la empollona de la familia, tiene muchos defectos. Tampoco ven que se vuelve cada vez más rara, más suya, más egoísta. En realidad, se vuelve un enigma para todos los que la conocen. Es lógico que no tenga amigos. De hecho, en el instituto nadie la soporta. Algunos fingen hacerlo sólo porque les interesa tener cerca a la empollona de la clase, pero en realidad no pueden ni verla. Eso me sirve de consuelo, aunque sea un poco, cada vez que mis padres ponen a Natalia como ejemplo de todo. Ja, ¿ejemplo de qué, si ni siquiera se relaciona con la gente de su clase porque todo el mundo le parece idiota? Ejemplo de presumida. Eso sí estaría dispuesta a aceptarlo. Ejemplo de bicho raro. Y de nada más.*

Natalia empezó a leer el diario de Rebeca por la última página y le hirvió la sangre. Cuando fue retrocediendo pudo comprobar que cada vez que su hermana escribía algo sobre ella —y lo hacía con bastante frecuencia— utilizaba términos parecidos. Rebeca la odiaba mucho más de lo que ella habría pensado. Descubrirlo le hizo sentir cierta tranquilidad de conciencia. Como si los malos sentimientos de su hermana pudieran servir, en cierto modo, para justificar los suyos. Aquella noche no se echó a dormir hasta haber leído por completo el diario. Aunque luego tampoco logró conciliar el sueño: en su cabeza había demasiadas ideas revoloteando. Cuando empezaba a amanecer decidió darse por vencida, remoloneó un rato en la cama y se levantó antes de que el sol estuviera alto. Antes de salir de su cuarto, se puso bajo la camiseta del pijama el sujetador de Rebeca.

Todo el día estuvo intentando dar con Bernal, pero fue inútil. Su móvil estaba apagado o fuera de cobertura (qué rabia le daba escuchar el mensaje repetido por la misma voz metalizada de siempre), en casa no estaba ni sabían dónde localizarle. Lo intentaría en el centro de día, ni que fuera apostándose en la puerta, pero quería agotar antes otras posibilidades, ya que sabía a ciencia cierta que Bernal se molestaría si le buscaba allí.

El motivo por el que quería dar con él era lo de menos. Le contaría su excursión nocturna, le provocaría diciéndole que llevaba puesta la ropa interior de su hermana. Cualquier cosa con tal de verle, pensaba Natalia. Sin embargo, tuvo que regresar a su casa con las manos vacías. Cenó en la soledad del salón en penumbra, mientras sus padres hablaban encerrados en su cuarto. Desde la muerte de Rebeca, la normalidad del día a día había desaparecido de su casa. Sus padres ya no tenían ningún interés en cenar en familia. No había veladas frente al televisor, ni churros los domingos por la mañana, ni conversaciones después de cenar, ni preguntas, ni planes de ningún tipo. Por no haber, no había ni inspecciones del dormitorio por parte de la autoridad competente (es decir, su madre) y tampoco regañinas. En lugar de todo eso se había instalado en todas partes el aire enrarecido de la tristeza cuando no tiene remedio. Todo en la casa era silencio. Ni siquiera para hablar se levantaba la voz. Y su madre parecía siempre ausente, como si nada de lo que ocurriera en el mundo tuviera el más mínimo interés para ella. O más bien como si no oyera nada de lo que ocurría más allá de su cabeza.

Tal vez para combatir tanto aburrimiento y tanta soledad, o sólo por una especie de sentimiento de venganza, Natalia decidió efectuar una nueva excursión al cuarto de su hermana. Esta vez tenía la intención de quedarse un rato más, de inspeccionar cajones y armarios en busca de nuevos tesoros, que sabía con toda seguridad que no tardaría en encontrar. Aquella cajita donde Rebeca guardaba sus pulseras, sus sortijas y sus colgantes era uno de sus principales objetivos, aunque ya era consciente de que para ponerse lo que robara tendría que esperar a salir de casa. Tal y como estaba su madre, de ninguna manera iba a tolerar que las cosas de Rebeca lucieran en otra parte. A Natalia todo eso le parecía una estupidez, y estaba dispuesta a llegar hasta el final en sus propósitos. No dejaría un solo lugar por mirar. Y, por supuesto, se llevaría todo lo que le gustara. Incluso estaba dispuesta a enfrentarse a su madre, en caso de que ésta descubriera su actividad nocturna.

Esperó tumbada en la cama a que sus padres se durmieran. Leyó de nuevo el diario de Rebeca. Una y otra vez, hasta aprender de memoria algunos fragmentos, especialmente aquellos en los que se hablaba de ella. Luchó por no dejarse vencer por el sueño —y no le resultó sencillo— hasta que oyó, provenientes del otro lado del pasillo, los ronquidos de Cosme. Eran como el pistoletazo de salida, la señal inequívoca de que no había moros en la costa. Dejó el diario sobre su escritorio, abierto por la última página y repitió la operación exactamente del mismo modo que la noche anterior, con idéntico cuidado de no hacer ruido. Sólo los ronquidos rompían el espeso silencio. Cuando entró en la habitación de su hermana el corazón le latía en el pecho como si alguien acabara de darle cuerda. A ciegas, buscó el interruptor en la pared y lo pulsó. Ni por asomo podía esperar lo que ocurrió.

Una música, sólo vagamente familiar, o más bien un ruido, empezó a sonar con gran estrépito al mismo tiempo que ella encendía la luz. Estaba a un volumen lo bastante alto para despertar a sus padres y quizá también a algunos vecinos. Del sobresalto, y del desconcierto inicial, el corazón de Natalia se precipitó en un concierto de latidos que no podía controlar. Lo único que acertó a hacer fue apagar la luz y salir de allí lo antes posible, esmerándose por que el regreso fuera tan silencioso como era deseable, pero sin conseguirlo demasiado. A pesar del susto y de la precipitación, logró apagar la luz de su habitación antes de que su padre saliera de la cama a toda velocidad, alertado por la melodía. Y volvió a encender la luz una vez él hubo pasado, fingiendo que el ruido acababa de despertarla.

El primero en entrar en la habitación de Rebeca fue Cosme. Intentó localizar de dónde procedía aquel estrépito, pero no lo consiguió. Fue Fede quien identificó su origen sin dificultades:

—Es el andador. ¿Te acuerdas? Está en el altillo.

Cosme no tenía ni la menor idea de qué le estaban hablando.

—El andador de las niñas. Rebeca se empeñó en conservarlo. Está ahí. —La madre señaló hacia lo alto del armario.

Natalia acababa de aparecer, con la mayor cara de sueño que fue capaz de fingir y preguntando qué ocurría.

Llegó justo a tiempo de ver a Fede encaramarse con agilidad a la silla del escritorio para abrir la puerta del altillo. Allí estaba: plegado, metido en una bolsa de plástico y armando un ruido de mil diablos: el andador donde las dos hermanas Albás aprendieron a dar sus primeros pasos. Las luces como de verbena que acompañaban con sus guiños a la tonada brillaban a través del plástico que todos estos años lo había protegido de la suciedad.

—Pero ¿cuánto tiempo lleva ahí ese trasto? —preguntó Cosme, agarrando el paquete embalado que le tendía su mujer.

Estaba cubierto de polvo. Al tocar la bolsa, se dispersó una nube espesa y gris, que apestaba a humedad.

—Por lo menos diez o doce años, es increíble —respondió Fede.

Natalia se sentó en la cama de Rebeca para contemplar la escena. Por mucho sueño o sorpresa, o ambas cosas que procurara fingir, no había forma de que su corazón recuperara el ritmo normal. Había algo en todo aquello que no le gustaba nada. Tenía la certeza de que no era una casualidad que aquel juguete que llevaba más de diez años encerrado en un armario hubiera vuelto a la vida en el preciso instante en que ella se disponía a saquear el cuarto de su hermana.

—La última que lo utilizó fue Natalia —continuaba Fede—. ¿Recuerdas, cariño? —preguntó, volviéndose hacia ella.

Pero Natalia no conservaba en su memoria ni el más mínimo recuerdo del andador. Se encogió de hombros. Era incapaz de articular palabra.

—En realidad, a ti nunca te entusiasmó demasiado este trasto. Más bien te daba miedo. A Rebeca la volvía loca —explicó Fede.

Lo dijo rasgando con rápidos movimientos la bolsa de plástico y buscando a toda velocidad un interruptor que acabara con el estruendo. A esas alturas del concierto nocturno, el vecino de abajo ya estaba golpeando las paredes para advertir de que acababan de despertarle. Y, a juzgar por sus porrazos, no debía de estar de muy buen humor.

—No hay interruptor —dijo la madre, asombrada—. ¿Tú recuerdas cómo se paraba esto, Natalia?

Natalia no recordaba nada. Negó con un monosílabo.

Cosme le dio la vuelta al juguete en busca de un interruptor que, al parecer, no existía. Optó entonces por buscar el compartimiento de las pilas. El andador continuaba con su espectáculo de luces y ruido. Habría resultado muy alegre y hasta vistoso si no hubieran sido las cuatro de la mañana. Por fin Cosme dio con el espacio reservado para las pilas.

Sin embargo, la mayor sorpresa estaba aún por llegar. Cosme pidió un destornillador para abrir la tapa, que era de esas de seguridad, especialmente diseñadas para que los niños no puedan manipularlas. El vecino de abajo golpeaba ahora con más fuerza el techo. Debía de haberse armado del palo de una escoba o de un bastón para demostrar lo mucho que le molestaba que le hubieran sacado de la cama a esas horas. En medio del escándalo, Cosme logró apartar la tapa que escondía las pilas. Sin embargo, cuando lo hizo se detuvo en seco. Ahí estaba lo que nadie había previsto. O, mejor dicho, no estaba. No había nada en el compartimiento. Absolutamente nada. El aparato estaba funcionando sin baterías.

La reacción de Cosme no se hizo esperar. Fue lo más lógico, dadas las circunstancias: agarró el andador y lo estrelló contra el suelo, casi como habría querido hacerlo sobre el vecino de abajo, que continuaba con sus golpes. Y una vez en el suelo lo pisó varias veces, hasta que se hizo añicos. Sólo entonces dejó de sonar.

—¿Cómo puede funcionar un juguete sin pilas? —preguntó Fede, con un hilo de voz apenas audible.

—No tengo ni idea, cariño. Estos cacharros a veces se vuelven locos. Será un mal contacto.

La versión de Cosme no convenció a ninguna de las dos, aunque no pronunciaran palabra. ¿Cómo podía hablar de un mal contacto, si no estaba conectado a la red y hacía más de diez años que no funcionaba? Aquello no tenía pies ni cabeza, ambas estaban de acuerdo, pero prefirieron no decir nada. Cosme, mientras tanto, iba devolviendo a la bolsa de plástico los fragmentos del destrozado andador. Una vez estuvieron todos dentro, cerró la bolsa y la dejó en un rincón, junto a la cama de Rebeca, y zanjó el asunto con urgencia, como si estuviera deseando hacerlo:

—Ya está —resolvió—, mañana lo echaremos a la basura. Ahora hay que volver a la cama.

Un breve deseo de buenas noches, unas escuetas palabras tranquilizadoras y un beso de su padre, y Natalia regresó a su cuarto. Algo conmocionada por lo que acababa de pasar, como no podía ser de otro modo, pero con muchas ganas de echarse a dormir y olvidarlo.

Nada más entrar se dio cuenta de que algo estaba diferente a como ella lo había dejado. Se trataba de una diferencia sutil, apenas perceptible, pero ella la sintió como algo evidente. No necesitó ni diez segundos para darse cuenta: era el cuaderno. No estaba como ella lo había dejado. No sólo en lo referente a su posición sobre el escritorio. Era algo de mayor importancia.

La última página. Reconoció enseguida la letra de Rebeca. Otra persona no se habría dado cuenta a simple vista, pero ella había leído demasiadas veces el cuaderno de su hermana para saber de inmediato que había un párrafo nuevo. Un párrafo completo, que no estaba allí cuando salió de la habitación. Si hubiera sido escrito a pluma, tal vez la tinta aún estaría fresca. Pero había sido escrito con un bolígrafo azul, el mismo que volvía a reposar sobre su mesa. Lo leyó sintiendo su corazón al galope y un escalofrío que le recorría la espalda:

> No quiero que metas las narices en mis cosas. Aunque no vuelva a necesitarlas nunca más, eres la última persona a quien desearía prestárselas, por muchos motivos que no hace falta que te recuerde ahora. Tómalo como una advertencia. Ah, y hazme un favor, hermanita: dile a Bernal que muy pronto volveremos a vernos. No sé por qué, sospecho que él no tiene tantas ganas como yo de que llegue el día de nuestro reencuentro. Bueno, qué más da. Yo decido, no él. Ni tú. Un beso para los dos. Rebeca

Era su letra, su firma y su estilo, no cabía ninguna duda. Su hermana seguía allí.

Regresemos al lado de Bernal. Ha tenido un día duro y largo. Ha ido de visita al cementerio. Ha visto con sus propios ojos las letras que Ezequiel pintó en gruesos trazos negros junto a su cama. Se ha asomado al abismo de un misterio que aún no sabe cómo interpretar. Y, por si no bastara, ha tenido un encontronazo que no deseaba con Natalia, que no se cansa de perseguirle.

Ahora es muy tarde y Bernal está tumbado en su cama, observando las fotografías de coches de Fórmula 1 que cuelgan de las paredes y el caos de sus cosas diseminadas por todas partes. La suerte es que su madre no suele insistir mucho en que ordene su habitación, guarde su ropa o procure dejar las cosas del instituto recogidas en algún lugar. Mientras el desorden no llegue a otros espacios de la casa, como el salón o la cocina, no le importa que en la habitación de su hijo reine el caos absoluto.

De hecho, «caos absoluto» sería una buena definición del estado que presenta en estos momentos el cuarto de Bernal. Una montaña de ropa en la cual es imposible distinguir lo limpio de lo sucio se amontona en el suelo, junto al armario, al lado de la pila de películas, discos compactos y libros (algunos se han caído bajo la mesa). La mesa, por cierto, sólo se adivina bajo las muchas cosas que la cubren: la mayoría son fotocopias de los periódicos que ha consultado por la mañana, pero también hay latas vacías de refrescos, botellas de agua medio llenas, calcetines, dos pares de calzoncillos, los mandos de una videoconsola y multitud de pequeños objetos. Bernal sabe que su tendencia al desorden se calmará un poco en cuanto tenga más ganas de hacer algo. Tal vez cuando cese este calor tan intenso.

Mirando sus cosas, Bernal se pregunta dónde habrá dejado el teléfono. Lleva días sin conectarlo. No por miedo a lo que en él pueda encontrar —de los fenómenos extraños que cuenta Natalia no cree ni media palabra—, sino porque no hay nadie con quien le interese hablar. De hecho, fue Rebeca quien le regaló el teléfono, y prácticamente sólo lo usaba para hablar con ella. Sin Rebeca, el teléfono carece de sentido.

A pesar de ello, cree que debería conectarlo. No vaya a ser que pierda la línea por no utilizarla, o algo así. Se levanta de la cama y rebusca entre la montaña de ropa. No lo encuentra en una primera inspección. Lo intenta de nuevo, procurando ser más meticuloso. Está seguro de que lo olvidó en algún bolsillo. Después de revisar varias prendas, da con el aparato.

«Menos mal que mi memoria es mejor que mi sentido del orden», se dice, regresando a la cama.

Pulsa el interruptor y la pantalla se ilumina al ritmo de una música. En el silencio de la noche, suena más estridente de lo que es en realidad. Se siente algo más tranquilo al comprobar que todo parece funcionar con normalidad. No tiene ningún mensaje y apenas queda batería. Ninguna de las dos cosas le sorprende. Decide apagarlo de nuevo y conectarlo a la red para que recupere fuerzas. Algo que también él necesita, por cierto. Apaga la luz, cierra los ojos y a los cinco minutos ya está dormido.

En ese momento, una sombra se desliza entre la negrura. Bernal no puede verla, como tampoco la vería ningún ser humano común. Sin embargo, la presiente: su sueño se vuelve mucho más inquieto que de costumbre, y la culpa no es sólo del calor. A las siete de la mañana, como si no estuviera de vacaciones, le despierta la alarma del teléfono. Sin pensar, se hace con el aparato, que descansa sobre la mesilla, y trata de apagarlo. Aunque pronto, y a pesar de que apenas puede abrir los ojos, se da cuenta de que el teléfono está apagado. Recuerda perfectamente que hace apenas unas horas lo desconectó y lo dejó recargando la batería, enchufado a la red. Ese descubrimiento le fuerza a abrir un poco más los ojos, sólo para comprobar sus sospechas. En efecto, el teléfono está apagado. Ha dejado de sonar. «Quizá», se dice para tranquilizarse, «sólo estaba soñando que sonaba». No sería la primera vez. Sin embargo, alguien está muy interesado en demostrarle que esta ocasión es diferente: intenta volver a conciliar el sueño cuando la alarma le sobresalta otra vez. De nuevo Bernal intenta pulsar la tecla que apaga la alarma, pero el teléfono no responde, y sigue sonando aún durante algunos segundos, antes de enmudecer.

Sólo entonces Bernal repara en su habitación: no hay montaña de ropa en el suelo, ni pila de discos, libros y cedés. Los papeles del escritorio ya no llenan toda la superficie de la mesa, sino que ahora están apilados en varios montones, clasificados según su temática. Los calzoncillos y los calcetines han desaparecido del escritorio y no se ven por ninguna parte. Su habitación está más ordenada de lo que ha estado jamás. No parece su habitación. En ese momento, su madre asoma la cabeza por la puerta:

—He oído el despertador. ¿Vas a alguna parte, hijo?

—No —responde Bernal, todavía confuso.

—Bien. Sólo era curiosidad. ¿Te encuentras bien?

Lo pregunta como burlándose, con una jovialidad sospechosa. La misma que suele emplear para hablar de sus hormonas revolucionadas o de sus gustos gastronómicos.

—Claro —responde Bernal.

Su madre ya se ha ido, pero contesta desde el pasillo:

—Perdona, hijo, es que no estoy acostumbrada a que eches tu ropa en el cesto. Ojalá te dure esta tendencia.

Bernal no responde. Se sienta en el borde de la cama y trata de comprender lo que está ocurriendo. Es entonces cuando repara en el corcho que tiene junto al escritorio. O sería más exacto decir que repara en un recorte de periódico sujeto en el corcho. Un recorte que ayer no estaba ahí y que ni siquiera recuerda haber visto antes. Cuando se acerca para verlo mejor descubre una noticia que le es muy familiar:

Desaparece una adolescente al caer a un pozo
Bomberos y Guardia Civil buscan el cuerpo de la joven, de 17 años

---

Antes de empezar a leer la noticia, que cree conocer de memoria, Bernal repara en que hay algo extraño en este recorte, en la foto del pozo que tan bien conoce, que acompaña al texto, en el color amarillento del papel de periódico y, como si sus ojos obedecieran a una fuerza desconocida que le dicta los movimientos a seguir, observa la parte superior del papel, allí donde aparece la fecha de publicación del artículo: el 24 de abril de 1962.

LA VOZ DE LAYANA   LUNES 24 de abril de 1962

Desaparece una adolescente al caer a un pozo

Bomberos y Guardia Civil buscan el cuerpo de la joven, de 17 años

AGENCIAS. La fatalidad se ciñó hace tres noches sobre el destino de una joven de 17 años, Luz Albás Medina, vecina de nuestra localidad. La joven desapareció al caer a un pozo de la finca denominada Caelum (El cielo), abandonada desde hace años y situada en el término municipal de Layana, aunque lejos de cualquier núcleo urbano. Por causas que la familia no ha querido desvelar, la joven se encontraba en el lugar alrededor de la medianoche y en compañía de su prometido cuando cayó al pozo situado dentro de los lindes de la propiedad. A pesar de que su acompañante dijo haber hecho denodados esfuerzos por evitar el desenlace terrible, llegando a entrar él mismo en el pozo, el cuerpo de la muchacha no pudo ser rescatado. Por la mañana, el propio joven alertó a la Guardia Civil, que acudió al lugar del suceso y continuó las labores de rastreo, sin obtener ningún resultado.

Expertos en recursos hídricos consultados por este periódico acerca de este misterioso asunto han coincidido en señalar que el caso no es tan extraordinario como pueda parecer a simple vista, ni obedece a causas sobrenaturales: «Bajo las aguas de todos los pozos, y en especial los de esta zona, subyace una capa de sedimentos arcillosos a través de la cual es fácil que se produzcan filtraciones. Sin duda, el cuerpo de la joven corrió esa suerte, y lo más probable es que sea arrastrado por las corrientes subterráneas hasta que las aguas lo depositen en cualquier otra parte. No sería extraño, pues, que apareciera en otro pozo, en un lago subterráneo o incluso que saliera a la superficie, si la corriente es lo bastante fuerte», explicó el director de la Agencia Hidrográfica Regional.

El pozo en el que desapareció Luz Albás Medina es una valiosa construcción del siglo XV que en diversas ocasiones ha merecido la atención de los historiadores locales. No sólo por ser uno de los más antiguos, profundos y mejor conservados de la zona, sino también por su valor artístico, que han preservado las distintas restauraciones de que ha sido objeto a lo largo de los siglos. Los etnólogos y folcloristas, además, destacan la importancia cultural del pozo en la tradición literaria de la zona, que lo ha convertido en el protagonista de ciertas historias de transmisión oral. La más conocida de ellas es *El Pozo del Diablo*, una leyenda que, al parecer, data de la misma época que el pozo, el siglo XV.

A la luz de esta tradición, transmitida de padres a hijos durante generaciones, no falta estos días quien atribuye causas maléficas a la desaparición de la joven, hasta el extremo de que el párroco de Layana hubo de pronunciarse al respecto en la misa de ayer domingo, oficiada en memoria de la desafortunada muchacha. El párroco pidió a los fieles que tengan fe en Nuestro Señor para hacer frente a las pruebas que desde el cielo nos lance, así como gran firmeza de ánimo para no sucumbir a las tentaciones del Diablo, que siempre nos acecha. «Sabido es», añadió el religioso, «que el Maligno desde antiguo frecuenta esta comarca, donde ha dejado numerosas huellas de su paso». En el mismo oficio, se solicitó a los feligreses una oración por el eterno descanso del alma de la muchacha desaparecida. Solicitud que desde nuestra modesta posición queremos trasladar a todos los lectores de nuestro rotativo.

Eran exactamente las siete y doce minutos de la mañana, más o menos la misma hora a la que Bernal estaba leyendo el recorte amarillento de un periódico local publicado casi cuarenta años atrás, cuando Teodoro Berges, conserje del ayuntamiento de Aínsa, vio algo que le dejó sin aliento.

Aínsa es un pequeño pueblo que domina el Pirineo desde tiempos remotos. La mayor parte de las construcciones del casco antiguo son medievales, incluidas la iglesia de Santa María y el castillo, que se levantó con la finalidad de defender el lugar de las tropas moriscas. Actualmente, la parte antigua del pueblo está algo separada de las casas nuevas, y en ella viven apenas dos docenas de vecinos, que son los propietarios de las viejas construcciones, convertidas en pensiones, restaurantes o pequeños hoteles rurales familiares.

Teodoro Berges, descendiente de varias generaciones de ainsetanos, no era una excepción: su casa, en cuya planta baja había instalado un hostal, estaba a apenas unos metros de la iglesia de Santa María. Por eso no le costaba ningún trabajo de buena mañana, cuando se dirigía al Ayuntamiento, echar un vistazo a la iglesia antes de que acudieran a visitarla los turistas que en esa época del año solían acercarse hasta allí.

Teodoro repetía a diario los mismos pasos: entraba el primero en la iglesia por la puerta lateral. Recorría la nave prin-

119

cipal, la cripta de los dieciocho capiteles y el pequeño claustro, comprobando que todo estuviera en perfectas condiciones antes de la llegada de los visitantes. En la cripta, encendía las luces y se detenía treinta segundos a escuchar el silencio. Luego continuaba su recorrido, subía la angosta escalera hasta el altar mayor y una vez allí disfrutaba del resonar de sus pasos multiplicados por el eco mientras se dirigía al claustro. A un lado del mismo estaba el pozo. Había sido restaurado hacía algunos años, pero conservaba el encanto de las cosas sencillas. Sobre el brocal, para evitar accidentes, se había instalado una reja metálica a través de la cual los turistas solían asomarse para ver el interior. También Teodoro Berges revisaba día tras día la negrura del pequeño pozo del claustro. Aquella mañana de julio lo hizo también, sólo un segundo antes de sentir que la sangre se le helaba en las venas.

Lo primero que pensó fue que alguien había arrojado un maniquí al pequeño redondel de agua. Un maniquí sucio y viejo. Luego se dio cuenta de que no se trataba de un objeto inanimado sino de una persona real lo que había visto allá abajo. Lo que de ningún modo podía imaginar Teodoro Berges era que el cuerpo destrozado que horas más tarde rescataron los bomberos del interior del pozo de Santa María era el de una adolescente de diecisiete años, desaparecida más de setenta días atrás en un pueblo que estaba a más de un centenar de quilómetros de distancia.

Mientras aún continuaba el movimiento de periodistas, bomberos, policía y curiosos por la iglesia de Santa María, que aquel día estaba cerrada al público, y cuando ya el cuerpo de la joven viajaba hacia el Instituto Anatómico Forense, los teléfonos móviles de Natalia y de Bernal vibraron a la vez con la entrada de un mensaje nuevo:

```
He vuelto he
   vuelto he
   vuelto he
   vuelto
```

Era sencillo, fácil de entender. Y terrible:

```
He vuelto he
   vuelto he
   vuelto he
   vuelto
```

Algo que en aquel instante ninguno de los dos supo interpretar. También en el cuaderno, que Natalia guardaba bajo llave en el primer cajón de su escritorio, se repetía el mensaje. La caligrafía de Rebeca, tal vez algo más temblona por la prisa, o por la emoción, lo proclamaba una y otra vez:

He vuelto
He vuelto
He vuelto
He vuelto
He vuelto

Crónica pirenaica   JUEVES 4 de septiembre de 2003

Del Pozo del Diablo al claustro de Santa María

Aparece en Aínsa la joven desaparecida en Layana hace 71 días

MÓNICA MERA Rebeca Albás, la joven de 17 años desaparecida desde que el pasado 24 de junio cayó al denominado Pozo del Diablo en la localidad oscense de Layana, ha sido encontrada sin vida en el pozo del claustro de la iglesia de Santa María de Aínsa. El cuerpo, que fue hallado a primera hora por un funcionario municipal, fue de inmediato trasladado al Instituto Anatómico Forense de Madrid, donde se

121

le practicó la autopsia. Los resultados de la misma no se conocían aún a la hora de redactar estas líneas. El mismo funcionario que realizó el hallazgo declaró a este rotativo que el cuerpo de la joven se encontraba «desnudo, sucio y en bastante mal estado, pero no descompuesto». Otras fuentes consultadas han especificado que el cadáver presentaba señales de extrema violencia, similares a dentelladas o desgarrones, que podrían haber sido producidas por el ataque de un depredador.

Respecto a la supuesta incorruptibilidad del cuerpo, un dato poco probable en esta época del año, ninguno de los testigos ha querido pronunciarse con rotundidad. «Sólo me fijé en que estaba muy guapa para estar muerta. Pese a las marcas en la piel», ha comentado un testigo presencial, que asistió al levantamiento del cadáver por parte de la jueza instructora del caso.

Crónica pirenaica VIERNES 5 de septiembre de 2003

Las seis muertes de Rebeca
La autopsia da a conocer datos sorprendentes

M. M. Rebeca Albás, la joven de 17 años cuyo cadáver apareció ayer en la iglesia de Santa María de Aínsa, sufrió segundos antes de su muerte y al mismo tiempo un infarto pulmonar, una hemorragia digestiva, un edema agudo de pulmón, un infarto de miocardio y un infarto cerebral, según ha revelado la autopsia, practicada en el Instituto Anatómico Forense de la capital. En el mismo informe se ha detallado, además, que a Rebeca le había explotado el bazo, algo no poco frecuente en casos de fuerte caída. «Lo que no es, ni mucho menos, normal», ha señalado Américo Gitano Luibardo, director del instituto, «es que se produzcan a la vez seis o siete causas de muerte tan graves, y menos aún en una chica tan joven». Gitano no ha dudado en calificar el hecho de «increíble si no fuera porque lo hemos visto con nuestros propios ojos». La adolescente desapareció el pasado 24 de junio al caer a un pozo en el término municipal de Layana y hasta las 7.12 de ayer se encontró en paradero desconocido, pese a que sus familiares ya la daban por muerta (incluso llegaron a celebrar sus funerales). Con su aparición, en el pozo del claustro de la iglesia parroquial de Santa María, en la capital del Sobrarbe, se cierra uno de los casos más macabros de la historia reciente de esta provincia. Pese a lo truculento del caso, y a la sorpresa que éste ha causado en la mayoría de los vecinos de la zona, los expertos aseguran que la aparición del cuerpo se debe a un normal comportamiento del nivel freático de las aguas. «Desde antiguo se sabe que cualquier cosa que desaparece en un pozo puede aparecer en otro», explicaba ayer Federico Arrayán Limusina, presidente de la Asociación para la Defensa de los Pozos Excavados. La autopsia también se ha pronunciado con claridad respecto a las extrañas marcas aparecidas en el cadáver de Rebeca Albás y que según los forenses son «profundos cortes y desgarraduras en la piel producidas por una mandíbula poderosa, que podría pertenecer a un gran carnívoro, acompañados de arañazos más puntuales, similares a los que dejarían un par de garras afiladas». Fuentes del instituto han especificado que «la hipótesis más probable es que el cuerpo fuera atacado por un animal horas antes de emerger a la superficie». Aunque ha puntualizado que «en estos momentos aún no hemos conseguido determinar qué clase de animal capaz de producir heridas de ese tipo busca sus víctimas en el subsuelo».

Más difícil parece determinar las causas por las cuales el cuerpo de la joven Rebeca Albás ha permanecido incorrupto a pesar de las altas temperaturas y de los 71 días transcurridos desde su desaparición. Responsables del equipo forense se han limitado a señalar que «por causas que pueden tener relación con el entorno y con la propia naturaleza de cada organismo, hay ocasiones en que la materia tarda mucho más en descomponerse de lo que es habitual. Es posible que los canales subterráneos por los que ha transitado el cadáver estuvieran a una temperatura sensiblemente más baja que la que soportamos en el exterior».

Elementos enviados
De: Natalia
Para: Bernal
Asunto: Léelo, por favor.
Fecha: 06/09/03

Ya sé que me pediste que no te escribiera más correos. No lo hiciste con muy buenos modos, por cierto, pero no pienso tenértelo en cuenta. Creo que estabas nervioso, y tal vez tuvieras tus motivos. Dicho de otra manera: te perdono. Pienso que, en las actuales circunstancias, no conviene que estemos peleados, de manera que te propongo una tregua hasta que termine todo esto. No quiero acostarme contigo (ya no), ni ser tu novia, ni nada de nada. Como comprenderás, no tengo ningún interés en ser la chica de alguien que puede llegar a ser tan desagradable conmigo. Tú estabas enamorado de mi hermana y me parece una elección como otra cualquiera, aunque sigo sin entender por qué te enrollaste conmigo si ella te parecía tan increíble como dijiste el otro día, pero en fin... los tíos sois bastante incomprensibles, será mejor que me vaya acostumbrando. Por lo que respecta a nosotros, quiero que sepas que ya no me interesas, que sólo te escribo porque me parece mucho más práctico estar juntos en esto. De lo contrario, me apuesto lo que quieras a que Rebeca acabará sacando tajada de nuestra separación.

El otro día te pasaste mucho. Llevo todo el tiempo intentando no decírtelo, pero creo que es mejor que lo sepas. Fuiste un cerdo. Yo no te había hecho nada, que yo sepa. Lo normal sería que me pidieras disculpas. Tú verás lo que haces.

Bien. Una vez establecidas las reglas del juego, te propongo que empecemos a jugar.

Creo que deberíamos volver al pozo. Tal vez allí descubramos algo que nos dé pistas sobre lo que está ocurriendo o sobre cómo conseguir que Rebeca nos deje en paz y regrese al lugar del que jamás debió haber salido. Estoy convencida de que trabajando en equipo se nos ocurrirán más cosas que si los dos investigamos por separado (ya sé que tú también has estado haciendo averiguaciones) y que tal vez tengamos alguna posibilidad de aclarar este misterio.

En segundo lugar, tal vez deberíamos invocar al espíritu de Rebeca. Espero que ahora que han encontrado su cuerpo en ese pueblo del Pirineo ya no tengas dudas respecto a que mi hermana está muerta. Podríamos intentarlo, y preguntarle qué quiere de nosotros a cambio de dejarnos en paz. He oído decir que en situaciones de acoso como la que estamos viviendo, es la única solución. Aunque hace falta tener narices para hacerlo, claro. Yo las tengo. ¿Y tú?

Lo que cada vez llevo peor es eso de volver a enterrar a mi hermana, y esta vez con cadáver y todo. No tengo ganas de verla, sólo con pensar que tal vez me vea obligada a mirar su cuerpo destrozado me dan náuseas. Aunque si me dejaran a solas con él, quizá podría quitarle el piercing del ombligo. No creo que nadie lo notara. Eso suponiendo que todavía lo lleve, claro. Igual se lo ha comido el animal ese que, según dicen, la atacó. De verdad, todo esto me tiene harta. Me gustaría echarme a dormir y despertar al día siguiente de todo el teatro de su entierro. Igualmente, sé muy bien que ella no iba a echarme de menos. Contigo es distinto. Tú debes ir, aunque sea para que Rebeca saque una pierna del ataúd y te haga la zancadilla delante de todo el mundo, por atreverte a liarte conmigo.

Dejo de hacer bromas de mal gusto. Perdona.

Esperaré tu respuesta. Si no sé nada de ti en tres

días, te reenviaré este correo. Tantas veces como sea necesario. Piénsalo, por favor. Y no seas obcecado.

Querida hermanita: hasta ahora he sido demasiado buena contigo. Pienso en estos últimos días, pero, sobre todo, en los tiempos en que estaba ahí, del otro lado, junto a vosotros. Fui una tonta. No me di cuenta de nada. Esto, claro, no puede seguir así. Ahora ya no. Con mi nueva situación, las cosas han cambiado bastante. Ahora sé muchas más cosas de las que puedas llegar a imaginar. Cosas que afectan al presente, al pasado y al futuro. He sabido, por ejemplo, qué te ocurrió durante aquellas tres noches en que permaneciste desaparecida cuando tenías tres años. ¿Te acuerdas? Fue la primera vez que las hermanas Albás-Odina salimos en los periódicos. Es algo que ni siquiera sospechas, pero que tendrás que asumir llegado el momento. No te impacientes: ya falta poco. Cuando conozcas la verdad te darás cuenta de que las cosas son mucho más lógicas de lo que parecen. Y las personas, incluso las más cercanas, mucho menos inocentes de lo que siempre imaginaste.

Yo, por ejemplo. Podríamos decir que todo lo que ha ocurrido ha modificado mi forma de ser. Y ahora no me estoy refiriendo a que quisieras quitarme el novio, o a que te liaras con él en mis propias narices. Eso es agua pasada, pertenece a un tiempo que, por fuerza, debo olvidar. Fíjate bien: no he dicho «un tiempo al que no voy a regresar». ¿Te habías fijado en ese detalle, hermanita? Seguro que sí: tú eres muy atenta, muy aplicada. Incluso demasiado atenta, demasiado aplicada, ¿no es cierto? No sé cómo no me di cuenta de que tanta brillantez no podía ser sólo mérito tuyo. Así pues, si he escrito lo que he escrito es porque voy a intentar regresar al mundo de los vivos. No es tan difícil, sólo tengo que cumplir una misión. Si lo consigo, mi premio será el regreso. Habrá que encontrar un modo de explicárselo a todos esos que se asustan por nada, pero no me preocupa: la ciencia encuentra una respuesta lógica y razonable para casi todo. Seguro que no entiendes nada de lo que te digo. Pobrecita. No te apures. Todo llegará a su tiempo. Lo único que me interesa ahora son los *términos del pacto. Si regreso será porque mi misión ha sido un éxito. Y mi misión sólo tiene un objetivo: tú y Bernal. Vivir o morir. Vosotros o yo. ¿Verdad que es divertido?*

(Fragmento del diario de Rebeca
encontrado el 8 de septiembre de 2003)

El Pozo del Diablo (leyenda)

Recopilada y transcrita por: Federico Arrayán Limusina, etnólogo,
presidente de la Asociación para la Defensa de los Pozos Excavados.
Publicada en el *Boletín de Estudios Sobre la Tradición Oral*, núm. 351, pp. 67 a 70.

Las gentes de Layana cuentan desde antiguo una leyenda que bien podría remontarse a las épocas en que estas tierras, después de ser escenario de mil batallas, fueron colonizadas por gentes que sólo querían vivir en paz. Su protagonista es una moza admirada por su astucia a la hora de burlar a un poderoso enemigo: el mismísimo Príncipe de los Infiernos, ese que debe su nombre a una palabra hebrea que significa «adversario»: el mismísimo Satanás. O tal vez fuera Lucifer, o Pedro Botero, pues aunque varíen los apelativos con que se le nombra, el Demonio siempre es el mismo. La muchacha caminaba todos los días hasta el cauce del río Riguel, que estaba a una gran distancia de su casa, para llenar los cántaros con los que abastecía de agua a su familia. Sin embargo, esta actividad se le hacía tan fatigosa que pronto ideó una solución: le ofreció su alma al Diablo a cambio de que éste la aligerara de su labor construyéndole un pozo en el jardín de su propia casa.

El Diablo, que pocas veces había tenido tan fácil hacerse con un alma tan joven, acudió encantado al reclamo de la moza, y aceptó el trato.

—Con una condición —añadió la joven, ante la expectativa de Satanás—, que habrá de servir para añadir un poco más de emoción al negocio.

Sin duda, al Demonio le divirtió la astucia y el atrevimiento de la muchacha. Ella prosiguió:

—El pozo deberá estar terminado antes de que el gallo cante anunciando el amanecer. Si lo logras, mi alma será tuya. Si no lo consigues, te esfumarás sin dejar rastro.

Aceptó el Demonio el trato y se entregó, afanoso, a la labor de unir piedra con piedra en la construcción del pozo. No hay que decir que la tarea no le suponía grandes dificultades y que trabajó a buen ritmo. La arquitectura y, por supuesto, más todavía su pariente más humilde, la albañilería, nunca tuvieron secretos para el Diablo. Incluso hay quien asegura que se permitió de vez en cuando entregarse a la pereza, una de sus faltas favoritas, o ausentarse a ratos sin dar ninguna explicación. No tardó la moza en comprender cuál había sido su error: subestimar al mismo Señor de las Tinieblas creyendo que en una sola noche no iba a ser capaz de construir un simple pozo. De modo que, viendo que el encargo avanzaba a tan buen ritmo que estaría terminado en el plazo fijado, decidió probar con una nueva astucia. Para ello se hizo con un candil y caminó en dirección al gallinero.

Sólo le quedaba al Demonio por colocar uno de los grandes bloques de piedra que sin ayuda de argamasa alguna formaban el brocal cuando el gallo cantó anunciando un nuevo día. Y sin salir de su asombro se esfumó el Amo del Averno, dejando inacabada su tarea, aunque satisfecha a la muchacha. Sólo cuando ya no pudo hacer nada por remediarlo supo que había sido burlado por una adolescente demasiado astuta.

La joven se había hecho con un candil, que arrimó al gallo. Éste, creyendo ver la luz del sol despuntando, cantó, no una, sino hasta tres veces, antes de caer derrotado de nuevo por el sueño y la confusión.

Luego la moza abandonó el gallinero, apagó el candil y se dirigió al pozo. Sólo un bloque de piedra faltaba por colocar: se había librado por los pelos. Se sentó junto al brocal y observó la oscuridad con la satisfacción de haber engañado al mismísimo Dueño de las Sombras. Desde el otro lado, el Diablo estallaba de ira. Nunca antes había sido burlado por una mujer, y mucho menos por una tan joven como aquélla, que apenas contaba su decimoséptima primavera. La moza permaneció allí un rato más, sobre el brocal, saboreando su triunfo, hasta que la luz comenzó a imponerse sobre la negrura en la delgada línea del horizonte. No tenemos noticia, sin embargo, de qué cosas pasaron en ese momento por el cornudo magín del Diablo burlado.

Crónica pirenaica   SÁBADO 6 de septiembre de 2003

Una multitud despide a Rebeca en Layana

M. M. Rebeca tuvo un entierro multitudinario. Se diría que no faltaba ninguno de los 110 habitantes de su pueblo natal, Layana, una pequeña comunidad de la comarca de Las Cinco Villas. Fue en la iglesia parroquial de Santo Tomás de Canterbury, una joya del románico, datada en el siglo XII, donde sus familiares y amigos tuvieron la oportunidad de despedirla, tras 71 interminables días de incertidumbre, los mismos que han transcurrido desde que el pasado 24 de junio la joven cayera en el denominado Pozo del Diablo, situado entre los términos municipales de Layana y su villa vecina, la algo mayor Sádaba. Veinte días más tarde se la dio por desaparecida y se celebró en su memoria una misa de difuntos que tuvo lugar en la intimidad familiar. En esta ocasión, sin embargo, la misa estuvo presidida por las autoridades locales, el delegado del gobierno y el presidente del gobierno autonómico. Tras la misma, la familia se desplazó al cementerio del pueblo, donde el cuerpo de Rebeca recibió sepultura en una ceremonia íntima. Pese a que con este multitudinario acto de despedida se pone punto final a uno de los sucesos más dramáticos que han azotado jamás los pueblos de esta comarca, nadie olvida los interrogantes que siguen sin respuesta: a qué se debían las marcas que presentaba el cuerpo de Rebeca cuando las aguas lo sacaron a flote en Aínsa; por qué razón el cuerpo no sufrió el proceso de descomposición habitual; cómo puede explicarse el largo recorrido que realizó el cadáver entre Layana y Aínsa, que algunos califican de «increíble e inaceptable». El caso continúa abierto y la investigación, bajo secreto de sumario.

8

Bernal

Además de su simpatía, y hasta su ternura, una de las principales cualidades que todos los profesores alababan en Bernal era la tenacidad. Si se trazaba un plan, no escatimaba esfuerzos ni dedicación en conseguirlo. Después de leer aquel artículo amarillento, publicado más de cuarenta años atrás, que por sorpresa había aparecido en el corcho de su cuarto, Bernal tenía muy claro lo que debía hacer: investigar el asunto hasta el final. No parar hasta responder a los muchos interrogantes que su lectura le había dejado: ¿Quién era Luz Albás Medina? ¿Qué relación guardaba con Rebeca, Natalia y el resto de la familia Albás? ¿Y con la palabra que Ezequiel Osorio escribía con tanta insistencia antes de desaparecer? ¿Qué suerte corrió el cuerpo de la chica desaparecida en 1962? ¿Llegó a encontrarse, y dónde, y cómo? ¿Guardaría este caso tan antiguo algún otro paralelismo con el de Rebeca? ¿Tendría Ezequiel Osorio algún papel en todo este embrollo? ¿Sería ésta la razón de ser de aquellas palabras suyas que aún recordaba: «Tú eres como yo»? ¿Qué pretendería al profanar la tumba de la familia Albás? ¿Y Cosme? ¿Qué pintaba Cosme en todo esto?

Con el fin de despejar tantas incógnitas, Bernal regresó a la biblioteca. Esta vez le dijo a la bibliotecaria que quería consultar periódicos del año 1962.

—Se necesita una autorización especial del director —respondió ella, antes de preguntar—: ¿Eres menor de edad?

Bernal asintió. La bibliotecaria meneaba la cabeza, en señal de contrariedad. Parecía darle la razón en lo que estaba pensando: que dejar de ser menor de edad —es decir, dependiente para todo— es una de las mejores cosas que pueden ocurrirte en la vida. Bernal estaba deseando que llegara ese momento, pero faltaban aún algunos meses.

—Entonces tu padre o tu madre deberá redactar una carta responsabilizándose de los daños que puedas causar en la hemeroteca y solicitando el permiso para que consultes sus fondos —explicó la mujer.

A Bernal le fastidiaba perder el tiempo. Y también no salirse con la suya.

—No escribo en los libros ni pinto grafitis en las mesas —replicó, retador—. Ya no soy un crío.

La bibliotecaria le dedicó una sonrisa cariñosa, casi cómplice. Como si realmente se pusiera de su lado:

—Es un mero trámite, cariño. Siempre se hace, por si acaso. Si supieras cuánta gente hay que no tiene ni un ápice de civismo.

Bernal no tuvo ningún problema a la hora de conseguir la carta. Sus padres no se metían mucho en lo que hacía, siempre y cuando no interfiriera en sus estudios, algo que nunca pasaba porque él era, sobre todo, un estudiante aplicado y responsable. Cuando se presentó con la carta ante la bibliotecaria se encontró con una nueva sorpresa: la autorización del director de la biblioteca tardaría un par de días.

—Te avisaremos en cuanto puedas consultar esos fondos. Escribe aquí tu número de teléfono. —La mujer señalaba una línea de puntos en un formulario de solicitud—. Yo misma te llamaré cuando todo esté en orden.

Como no tenía nada mejor que hacer, y además se le acababan las excusas para seguir postergando el encuentro, decidió visitar a Natalia. Se presentó en su casa a primera hora de la mañana. Cosme le abrió la puerta en pantalón corto. Bernal le encontró más delgado, pálido y desmejorado que la última vez que le vio. No le pareció extraño, después de todo lo que había ocurrido en los últimos meses. Su expresión delataba que acababa de despertarle.

—Buenos días —saludó el chico—. Me gustaría ver a Natalia.

Cosme le invitó a pasar casi sin pronunciar palabra y desapareció en el pasillo en dirección al cuarto de su hija. A los pocos segundos regresó y le preguntó a Bernal si quería café.

—No, gracias.

—Pues acompáñame a la cocina mientras preparo uno para mí. Lo necesito. Y así le damos tiempo a la remolona a salir de la cama.

Sentado en uno de los taburetes de la cocina, Bernal siguió con atención los movimientos de Cosme mientras echaba agua en el depósito de la cafetera eléctrica, colocaba un filtro en el compartimiento del café y enchufaba la tostadora. Creyó que era un buen momento para formular una pregunta que, intuía, podía no ser bien recibida:

—¿Conocías a Ezequiel Osorio?

Como había imaginado, la pregunta no pareció dejar indiferente al padre de Natalia. Fue algo imperceptible: un temblor muy leve, un rictus de los labios, un movimiento en falso. Algo que otro no habría notado, pero sí Bernal, porque estaba sobre aviso y porque lo hizo a propósito. Dos segundos después, Cosme se detuvo en mitad de la cocina con una bolsa de pan de molde en las manos y gesto de pensar la respuesta a una pregunta difícil.

—No —dijo—. No caigo. ¿Quién es?

—Un interno del centro de día donde ayudo. Da igual.

—¿Debería conocerle?

Bernal se encogió de hombros, aunque Cosme no pudo verle porque estaba de espaldas, entretenido en librar a la bolsa del pan de su cierre metálico. Fue el final de la conversación, porque en ese momento apareció Natalia en pijama, le dio un beso a su padre, se sirvió un vaso de leche y se acercó a Bernal para susurrarle al oído:

—Me alegra mucho que hayas venido.

Para poder hablar tranquilos se instalaron en el salón. Las cortinas tamizaban un poco la luz del sol, que entraba por los ventanales y dibujaba formas geométricas sobre el sofá. En una mesa rinconera, junto al teléfono y una lámpara con pantalla de colores, había una foto de Rebeca donde se la veía muy guapa y muy sonriente. La imagen fue tomada el día en que terminó el curso. Frente a ella, alguien había depositado una de esas velas que suelen arder frente a los altares de las iglesias.

—¿Cómo lo llevan tus padres? —preguntó Bernal, sin apartar los ojos de la fotografía.

—Mal. Sobre todo, mamá. Está destrozada. No duerme, no come. Se pasa el día llorando o encerrada en su cuarto, sin hacer nada más que mantener los ojos abiertos. Apenas habla ni quiere ver a nadie.

—Debe de ser muy duro que te ocurra algo así.

Natalia también congeló la mirada sobre la foto de su hermana. En esa imagen, Rebeca llevaba el pelo suelto y una camiseta desmangada y corta que dejaba al aire el pendiente de su ombligo. Había ido con Bernal a que se lo pusieran, y él la ayudó a elegir de entre los muchos que el encargado de la tienda les iba enseñando. Les gustó uno en el que tres estrellas de cristal rojo formaban una línea. Cuando Rebeca llegó a casa exhibiendo su tesoro, Natalia se murió de envidia. Ésa era la parte de la historia que Bernal desconocía. Aquella noche, Natalia hizo todo lo posible para que sus padres se enfadaran con Rebeca, aunque no lo consiguió. No entendía por qué razón su hermana podía anillarse el ombligo y ella no, por mucho que su padre tratara de explicárselo:

—En un par de años te dejaremos hacerlo a ti también.

Eres demasiado pequeña para llevar un pendiente en el ombligo —le dijo Cosme.

A Natalia aquellos argumentos no sólo no la convencieron, sino que la llenaron de rabia. Tanta como la que sintió cuando su padre le firmó a Rebeca la autorización para que le taladraran el ombligo o la que experimentó cuando su hermana llegó a casa luciendo las tres estrellas rojas en fila. Habría llorado y pataleado hasta reventar, pero no lo hizo. Era de ese tipo de personas a quienes les disgusta que los demás conozcan sus puntos débiles. Del mismo modo, tampoco estaba dispuesta a contarle nunca a nadie, mucho menos a Bernal, ese torbellino de sentimientos que sólo existía en su interior.

—¿Tú crees que deberíamos regresar al pozo? —preguntó de pronto Bernal, sacándola de sus cavilaciones.

—Claro, ya te lo dije en mi correo electrónico.

Había algo nuevo en la actitud de Bernal que a Natalia le resultaba doloroso. No era sólo la distancia, que él intentaba mantener a cualquier precio, como si una vez muerta Rebeca hubiera perdido cualquier interés por ella. Había algo más. Bernal le hablaba con algo parecido al desprecio, como si estuviera realizando un esfuerzo enorme para tratar con ella. En realidad, Natalia se sentía despreciada.

—No sé qué quieres encontrar allí —dijo él.

—Lo que tú estés buscando. No sé qué es, pero te ayudaré a encontrarlo.

Bernal no esperaba una respuesta tan extraña. Se encogió de hombros antes de decir:

—Tampoco sé muy bien qué busco. Información, supongo.

—Yo te ayudaré.

Lo dijo con firmeza, como si no estuviera dispuesta a admitir una negativa o una vacilación por parte del chico. Al mismo tiempo, deslizó una mano sobre la rodilla de Bernal. Él la miró fijamente, del mismo modo que hubiera estudia-

133

do los movimientos de un robot o de un bicho horrible que estuviera intentando trepar por su muslo.

—Ya veremos —contestó.

No acabó de convencer a Natalia aquella respuesta, aunque procuró que no se notara. Más bien al contrario. Retiró la mano, pero se mostró dispuesta a escuchar cuanto tuviera que decirle con la intención de ayudarle en todo aquello que estuviera a su alcance.

En aquel preciso momento entró Cosme en el salón. Llevaba una taza en la mano y se movía con lentitud, como si le costara desprenderse del sueño o del cansancio. A Bernal le pareció que le miraba con hostilidad, y presintió que había estado escuchando la conversación que Natalia y él habían mantenido. Pensó que Cosme aparecía precisamente en ese instante para evitar que le dijera a la chica lo que había venido a decirle. Sin embargo, esa impresión duró sólo un momento, porque Cosme no tardó en salir de la estancia.

—Voy a darme una ducha, Naty. Responde tú al teléfono, si hace falta —le dijo a su hija, antes de adentrarse en el pasillo y dejarles solos de nuevo.

—Más adelante te diré una cosa, cuando esté más seguro —murmuró Bernal.

—¿Más seguro de qué? —preguntó ella.

—De algo que ocurrió en el pozo hace cuarenta años. Creo que Rebeca no ha sido la única que ha muerto en ese lugar.

—¿Cómo lo sabes?

—He estado investigando. Hubo otra chica antes. También tenía diecisiete años. También murió allí, de un modo tan extraño como tu hermana. Se llamaba Luz Albás Medina.

Bernal hizo una pausa para observar la reacción de su interlocutora. Y ésta, como esperaba, no permaneció indiferente, aunque tardó unos segundos en reaccionar:

—¿Cómo has dicho que se llamaba? —preguntó Natalia.

—Luz Albás Medina.

—¿De dónde has sacado ese nombre?

—De los periódicos de la época. Los he estado consultando.

—Seguro que es un error —afirmó ella, con rotundidad—. Luz murió de una hepatitis.

—¿Cómo lo sabes? ¿Has oído hablar de ella?

—¡Pues claro! —Hizo una pausa que podría haber sido teatral, pero que sólo demostraba su desconcierto. Natalia parecía estar ordenando en su cabeza un montón de información almacenada a fuerza de años. Al fin, respondió—: Era mi tía. La hermana mayor de mi padre. Es verdad que murió a los diecisiete años. De una hepatitis.

Los ojos de Bernal dijeron mucho más que sus palabras. Una de esas miradas prolongadas, profundas, que quieren llegar muy lejos, se clavó en los ojos de Natalia mientras el chico añadía:

—Eso sólo es lo que te han contado.

—Sí, claro, pero no me dirás que...

A Natalia se le quebró la voz. De pronto, en mitad de la frase, sin terminar la argumentación, se dio cuenta de la razón que tenía Bernal. De todas las cosas conocemos la versión que nos han hecho creer. Presuponemos que nuestros padres dicen la verdad, y en realidad no tenemos motivos para pensar de otro modo. Sólo quien va un poco más allá de lo obvio se da cuenta de que no tiene por qué ser así en todos los casos. Siempre hay excepciones que confirman la regla. Seguro que existen padres mentirosos, estafadores o, simplemente, los habrá que tengan un inusitado interés por ocultar ciertos aspectos de sus vidas. Natalia se percató en ese instante de que si Cosme y Fede habían pretendido que creyera una determinada versión de los hechos o habían intentado mentirle, habrían conseguido plenamente sus propósitos, porque ella jamás cuestionaría sus palabras. Por lo visto, había llegado el momento de hacerlo.

—¿Te suena de algo el nombre de Ezequiel Osorio? —insistió Bernal.

Natalia achinó los ojos antes de preguntar:

—¿Quién es?

—Un amigo que ha desaparecido sin dejar rastro.

—¿Y qué tiene que ver con todo esto?

—Aún no lo sé, pero lo sospecho. ¿Te suena?

—Sí.

—¿De qué?

—Hay un cuadro en el estudio de mi padre firmado con ese nombre. Pensaba que era un pseudónimo. Ezequiel Osorio… es increíble. ¿Le conocías?

—Claro. ¿Qué hay en el cuadro?

—¿Me hablarás de él?

—Primero dime qué hay en el cuadro.

Natalia parecía asustada. No era fácil verla así, como si fuera frágil. No lo era en absoluto, y Bernal lo sabía bien, pero en aquel instante lo parecía. Ella bajó un poco la voz para responder:

—Muñecas. Muñecas que miran a quien mira el cuadro.

Hola

Seguro que ya no te acordabas de mí. Soy yo, el que está detrás, ese a quien no ves, ni siquiera presientes, pero que sigue manejando los hilos de esta historia. Si ahora me he infiltrado así, tan abruptamente y sin previo aviso, es porque quiero que me acompañes en otro viaje al pasado. Suponiendo que te atrevas, claro. Esta vez viajaremos a una distancia ciertamente corta que, sin embargo, parecerá muy larga a tu mollera repleta de serrín. Acompáñame: recorreremos el tiempo en sentido inverso, hasta alcanzar una noche de hace poco menos de cuarenta años. Las cosas son allí muy distintas. Por ejemplo: no existen teléfonos móviles ni ordenadores, aún no se ha inventado Internet y en muchas casas todavía se vive sin televisor (o, como mucho, con uno en blanco y negro); pero no voy a aburrirte con este tipo de detalles que, además, carecen por completo de importancia. El lugar al que nos dirigimos no necesita presentaciones. Lo conoces a la perfección: es el pozo que está junto a las lindes de la vieja finca. Todo lo demás está como lo hemos conocido ya. La noche es tibia y la luna ilumina los rastrojos. Nos dejaremos caer con sigilo y observaremos lo que aquí va a suceder, amparados por las sombras, que confunden animales con vegetales, objetos inertes con seres huidizos, vivos con muertos. Prepárate: te voy a permitir conocer esa parte de la historia de la que Bernal aún no sabe nada. Eres una persona afortunada, por lo menos mientras yo así lo quiera.

Pero… silencio. Aquí vienen. ¿Les oyes? Sus alegres risas rompen el rumor vegetal de la noche, por decirlo de un modo creativo. Se acercan alegres y confiados, con las manos entrelazadas.

—Es por aquí, ya llegamos —dice él, un chico delgaducho pero atlético, que muchas considerarían guapo.

Es Ezequiel Osorio disfrutando de los últimos minutos de su lucidez. Dentro de muy poco tiempo, lo que verá le trastocará la cabeza para siempre.

—Pobre de ti si no merece la pena —bromea ella, resollando, mientras trata de seguirle a buen paso.

Tiene los ojos negros como la misma noche, igual que el pelo, que le cae por la espalda. Su bonita sonrisa tiene los minutos contados. Cuanto más se aproximan al pozo más cerca está de la muerte. ¿Ya lo has adivinado, astuto, sagaz, despierto lector? Es Luz. Luz Albás Medina, la hermana mayor de Cosme. Es sólo una adolescente. Bastante guapa, por cierto. Y también muy alegre, muy simpática, con todo el futuro por delante. Qué lástima.

—Mira, aquí es. ¿Qué te parece? —anuncia él, sin perder aún la alegría.

—¿Me has traído hasta aquí para enseñarme un pozo?

—No sólo el pozo, ya verás. Además, no es un pozo cualquiera. Es muy antiguo. Seguramente el más antiguo que has visto nunca.

Luz inspecciona el brocal que tiene delante. La luna es una lámpara tenue colgada del cielo. La noche es cálida, como corresponde a esta época del año. No sopla ni un poco de brisa. La quietud es incluso excesiva, pero ellos aún no se han dado cuenta. Ezequiel mira dentro del pozo, como queriendo encontrar lo imposible y, por un momento, sus ojos se agrandan, como si hubiera visto un fantasma. El silencio se vuelve lúgubre durante décimas de segundo, hasta que él se sacude de encima la falsa impresión.

—¿Qué ocurre? —pregunta Luz.

—Nada. Me ha parecido ver algo que se movía en el agua.

—¿Cómo era?

—Blanco y grande. Da igual, será el reflejo de la luna.

Luz calla con toda intención. No le parece descabellado lo que acaba de oír. A su novio, tal vez por acabar con la tensión, se le ocurre ahora la misma idea tonta que al resto de las personas que visitan este lugar, que, como se puede imaginar con facilidad, no son demasiadas.

—¿Echamos una moneda y pedimos un deseo?

Luz levanta la cara hacia el cielo y lanza una carcajada, como si quisiera propulsarla hacia las estrellas.

—No creo en esas cosas —dice—, pero hazlo, si quieres. Yo te miro.

Ezequiel, por fortuna, no insiste en esa idea infantil, tal vez porque su novia acaba de avergonzarle. Señala hacia la lejanía e informa:

—La casa está allí. Es impresionante. Alguien la llamó Caelum, El cielo, en latín. ¿Te suena?

—¿Caelum? Vaya un nombre. ¿Debería sonarme de algo?

—Sería lo lógico, aunque ya imaginaba que no sabrías nada de ella. —Ezequiel parece muy excitado cuando extiende el brazo y le ofrece a su novia una mano a la que agarrarse—. Vamos, ven. Tienes que verla. Te va a encantar.

Sus cuatro pies se enredan en la vegetación antigua de las veredas que surcan la propiedad. Ezequiel camina muy deprisa, Luz a duras penas consigue seguirle. A lo lejos se vislumbra la silueta de la vieja casona, recortada contra el cielo nocturno.

—¿Qué es eso? Parece una jaula.

Pasan cerca de la pajarera sin detenerse. Ezequiel es alma que lleva el diablo. Ni él mismo sería en este momento capaz de explicar por qué razón tiene tanto interés en arrastrar a Luz hasta la vieja casa, si alguien le forzara a detenerse y se lo preguntara sin rodeos. Parece contento. En realidad, está eufórico. Es como si la sangre circulara más deprisa por sus venas. Como si su corazón también se estuviera acelerando y al mismo ritmo ganaran velocidad sus piernas.

Llegan a la explanada de los carruajes. Frente a ellos se levanta el portón principal, con sus letras grabadas en el frontis como en la entrada de una catedral en las que, sin embargo, ninguno de los dos repara (ay, los jóvenes, tan preocupados por sus insignificantes cosas, tan egoístas; nunca se detienen a observar los detalles importantes que el azar o algún espíritu juguetón ha dispuesto en su camino. Si lo hicieran les iría mejor en la vida. Aunque, ya se sabe, ¡la adolescencia no se inventó para perder el tiempo estudiando los detalles!). Dentro de la pajarera, a sus espaldas, las mariposas revolotean, silenciosas y agitadas, como si quisieran advertirles de algo. Se diría que sienten ganas de escapar. Ninguno de los dos se fija en su presencia. Ezequiel tiene cierto aire de triunfador, de héroe que ha conseguido su objetivo. Tanto que asusta a su novia.

—¿No estarás pensando en entrar? —inquiere Luz, y la voz le tiembla más de lo que habría deseado. No puede disimularlo: está muy asustada.

—Exacto. Eso vamos a hacer.

Ezequiel echa a andar con paso firme hacia la casa. Parece más convencido que nunca antes, seguro de sí mismo, tan difícil de detener como un tanque.

—¿Qué te pasa, Ezequiel? Estás muy raro —pregunta ella, mientras siente que el miedo dispara los latidos de su corazón y le arrebata el aire de la garganta.

Pero no obtiene ninguna respuesta satisfactoria. Ezequiel se detiene a mirarla, extiende su brazo y le ofrece de nuevo su mano. Ya no pregunta. Ahora ordena:

—Ven aquí.

—Me da miedo. Ahí dentro puede haber de todo. Ratas, perros, arañas. O algo peor —expele una carcajada con la que sólo pretende tranquilizarse a sí misma—: no sé, esqueletos en los armarios o algo así. Además, no se puede entrar en las casas de la gente. Este lugar tendrá un dueño. Seguro que lo que quieres hacer es ilegal.

En ese instante, Ezequiel pierde los nervios sin razón aparente. Se vuelve hacia ella y le muestra una expresión terrible: tiene los músculos del cuello y de las mejillas tensos, y una vena gruesa y azulada dibujada en la frente. La boca se le frunce en una expresión feroz, similar a la de un perro rabioso antes de morder. La sequedad con que lanza la orden termina por paralizarla:

—Calla y camina, estúpida.

A Luz le tiembla la mano cuando se agarra a la de Ezequiel y le sigue contra su voluntad. Nunca antes le había visto tan fuera de sí. Por supuesto, tampoco antes la había insultado. El Ezequiel al que sigue le parece un impostor, un monstruo que acaba de ocupar el lugar que por méritos propios consiguió su novio.

—¿Quieres entrar y ver algo increíble? —pregunta Ezequiel, con voz más calmada.

—¿Y cómo quieres que…?

Antes de terminar su pregunta, Luz repara en que Ezequiel le está mostrando algo sobre la palma de su mano abierta. Es una llave grande, negra, oxidada.

—Es la llave del desván. Subamos.

A la casona que alguien llamó Caelum, a saber por qué motivos, se entra a través de grandes portones de madera, que no están guardados por cerradura ni candado alguno. Sólo el polvo parece custodiarlos, aunque, como es natural, no resulta barrera infranqueable para quien se lo propone, ni siquiera molestia. Lo que sí resulta, más que barrera, elemento disuasorio, es el interior devastado que se adivina a través de las grietas de la madera de la puerta. Nadie en su sano juicio sentiría deseos de entrar en un lugar así, y eso es lo único que ha protegido la casa de ladrones, maleantes y demás huéspedes inesperados. Viendo a Ezequiel y su vehemente insistencia con la llave en la mano, a Luz casi le dan ganas de reír. Por un instante está tentada de pensar que todo ha sido una broma de mal gusto, una jugarreta disparatada más propia del día de los Inocentes que de una noche de junio. Sin embargo, cuando repara mejor en la mirada de Ezequiel, se da cuenta de que habla muy en serio. La única esperanza que aún le queda a Luz es que los grandes portones no vayan a abrirse con la facilidad que desea su novio. Llevan demasiado tiempo cerrados, o eso imagina ella, para ceder ahora al primer envite de un joven demasiado curioso. También en eso está equivocada. Ezequiel descarga su hombro con todas sus fuerzas contra los batientes, y pronto consigue lo que persigue: las grandes puertas se mueven despacio, gruñendo, o gimiendo, como si tuvieran pereza de hacerlo o como si no estuvieran conformes, y van abriendo un paso hacia un interior oscuro como el bosque y la noche.

—Ven —ordena Ezequiel, penetrando en lo que en otros tiempos fue un zaguán que recibía al visitante con brillos de espejos, platas y porcelanas y en el que ahora sólo hay rastros negros del incendio.

Se detiene un momento, hace una reverencia ridícula y con cantinela infantil dice:

—Usted primero, señorita.

Luz no comparte la alegría de su novio, ni puede entender por qué se dibuja en su rostro esa amplia sonrisa, que a ella le parece una burla.

—No... no quiero entrar... Ezequiel, por favor...

Él le dedica una mirada larga y fiera. Una sola mirada basta para que a ella se le hiele la sangre y empiece a temblar como una hoja. Los ojos de su novio son fríos y la observan con gravedad extrema. Sin necesidad de pronunciar palabra, le ordenan que cruce el umbral y ella no se ve con fuerzas de desobedecer.

—Tengo frío —musita.

Luz camina con pasos cortos, como si así pudiera retrasar más su entrada en Caelum. Mientras tanto, Ezequiel rebusca en sus pantalones hasta dar con una linterna con la que pronto ilumina el camino de los dos. Pese a ser tan pequeña que cabe en un bolsillo, proyecta un haz luminoso tan potente que tiene el efecto de tranquilizar un poco a la chica.

A pesar de que es difícil distinguir nada en esta oscuridad, se encuentran en una estancia más estrecha de lo que sería esperable de una casona grande como ésta. A la derecha, en una de las paredes, el haz de luz descubre un espejo cubierto de polvo. Frente a él, una vieja silla con el asiento roto. Es todo cuanto encuentran en este reducido espacio, salvo el polvo que cubre por completo el suelo y en el que se imprimen sus pasos como si caminaran sobre nieve. Claro que es difícil que se den cuenta de todo en este dominio de las tinieblas.

Lo que sí se percibe con facilidad es el calor. Sería lógico suponer que haría frío dentro de la casa, un frío contra el que no habría defensa, producto de años de abandono y soledad. Sin embargo, no es así. Luz se percata de ello con gran sorpresa, ya que dentro del caserón hace una temperatura agradable, como la que suele darse en las casas habitadas. Lo siente porque, nada más traspasar el umbral, y mientras Ezequiel ajusta los portones de madera desde dentro, sus temblores cesan. Puede que no se debieran sólo al frío, aunque hay algo en la casa que le inspira una extraña confianza, como si pensara que entre sus gruesas paredes se encuentra a salvo. De inmediato la sorprende otra impresión: el olor. Su cabeza le dice que es imposible, pero sus sentidos se empeñan en contradecir las leyes de la lógica: huele a comida. En realidad, se percibe olor a cocina, a pucheros hirviendo en la lumbre, a caldo, a guiso. Ese olor de hogar que suele asociarse a las manos de una madre, o de una abuela, y que es totalmente imposible que se dé aquí. Sin embargo, Luz se atrevería incluso a ir más allá reconociendo el olor exacto que llega a sus fosas nasales: pollo con ciruelas. No un pollo con ciruelas cualquiera, y se da cuenta al instante de que la idea es rocambolesca: huele al pollo con ciruelas que preparaba su madre. Una idea verdaderamente descabellada, y más en un lugar que lleva tantos años deshabitado.

—Vamos por la escalera —dice él, señalando a la izquierda.

Los escalones son de madera y crujen como si fueran a romperse. Ezequiel va delante, agarrándose a la baranda mientras ilumina el camino con la linterna. Ella le sigue, procurando no resbalar ni dar un paso en falso. El olor se va haciendo más tenue a medida que ascienden, hasta desaparecer casi por completo cuando llegan al primer piso, que también es la planta noble de la mansión. Luz se detiene para respirar. Desde donde está, apenas puede distinguir sombras entre la oscuridad. Le parece adivinar la presencia de algunos muebles, o de alguna cortina agitada por la brisa, pero lo más seguro es que sean percepciones equivocadas: ¿qué muebles va a haber en un lugar así, después de tanto tiempo? ¿Y cómo va a agitar las cortinas la brisa si hoy no sopla ni un ápice de viento y las ventanas parecen cerradas? A Ezequiel le lleva esa extraña prisa por continuar subiendo.

—Vamos más arriba, al desván. Tenemos que subir al desván y abrir la puerta que está cerrada con llave —le urge.

Ella obedece, más por no quedarse a oscuras que porque le interese conocer la casa ni ninguna de sus dependencias. De hecho, nada de lo que hay en este lugar le interesa lo más mínimo y daría lo que fuera por marcharse de aquí. Vuelve a intentar disuadir a su novio de sus locas intenciones.

—Como nos pillen, nos van a llevar al cuartel de la Guardia Civil —dice.

Estas palabras tienen un efecto terrible en Ezequiel, que se detiene en seco, da media vuelta sobre el escalón, que cruje como si lamentara esta maniobra, y se encara a ella con enorme rabia.

—¿Qué te da miedo? ¿Que nos lleven a la cárcel?

—Sí... Supongo... —Luz se siente cohibida ante la virulencia de su reacción—. Estamos en una propiedad privada.

—Eres una imbécil —grita él, otra vez encendido de rabia.

Luz trata de disculparse, ni siquiera sabe por qué. Ella no, pero yo sí: es el miedo lo que la hace hablar. El miedo a que Ezequiel sea distinto a como parecía hasta esta noche.

—No te enfades, por favor.

—Pues deja de hacer preguntas absurdas. ¿Quieres saber por qué no van a detenernos aunque nos pillen? Porque esta casa es de tu familia, estúpida. Seguro que ahora me dirás que no tenías ni idea. ¿Y pretendes que te crea? Debes de pensar que soy tonto.

Luz no tiene tiempo de meditar acerca del sinsentido de las palabras de Ezequiel, que, por supuesto, toma por falsas o, al menos, por desinformadas. Quizá se lo esté inventando en este mismo momento como excusa para toda esta locura, sólo para hacerla callar, o acaso alguien le ha contado una patraña y él la ha tomado por cierta. Aunque ella no puede detenerse a pensar en nada de eso y mucho menos a responder a sus provocaciones. Aún está Ezequiel lanzando contra ella un ataque desmedido cuando ocurren varias cosas inexplicables. Luz siente cómo el vello se le eriza. Es un primer aviso, casi una señal de alarma que en realidad le está dando una orden clara y concisa. Le dice: «Corre. Ponte a salvo. Huye.» Pero no sabe interpretarlo así. Siente en todo su cuerpo un extraño escalofrío. Es una reacción animal, que los humanos no pueden controlar y que antiguamente les advertía de la presencia de un gran peligro, generalmente una fiera salvaje. Y es precisamente un rugido como de fiera salvaje lo que Luz oye a continuación. Muy cerca, junto a su oído. Un sonido terrible, acompañado de un calor apestoso en su mejilla. Es como si un animal indescriptible y enorme le echara el bofe en la cara. Apesta a putrefacción y está caliente y húmedo. Es lo último que percibe antes del dolor. Un dolor intenso en el abdomen, que luego encuentra su réplica en el muslo, y en el antebrazo, y en el cuello, y en ambas rodillas, y en el dorso de la mano, y en una de sus mejillas.

Mientras estas sensaciones se multiplican a lo largo de su cuerpo, Luz siente que es arrastrada por una fuerza superior. Intenta agarrarse a Ezequiel, pero no le ve por ninguna parte. Algo muy poderoso y muy fuerte, que no logra distinguir ni entender, se la lleva escaleras abajo, a toda prisa, sin darle tiempo a reconocer los escalones por los que acaba de pasar, en medio de un gran escándalo. Apenas vislumbra sus propias heridas en el espejo de la entrada, demasiado sucio para ser fiel, y menos a estas horas de la noche y con estas prisas. Luz y la portentosa fuerza que la arrastra alcanzan el exterior. No pueden entretenerse a contemplar la belleza del cielo estrellado, de la luna creciente y casi llena ni de ninguna otra cosa. Al contrario, parece que al llegar a la intemperie la fuerza extraña que la lleva experimenta nuevas urgencias. Luz se siente transportada como un fardo que alguien carga sin miramientos. Su corazón no puede latir más deprisa, recorre su espalda un sudor helado mientras un peso le oprime el pecho y le impide respirar. Reconoce el camino que les ha traído hasta aquí: ha quedado a un lado la pajarera, la casa vuelve a ser sólo una silueta en la lejanía y ahora se dirigen hacia el último lugar que queda en este páramo: el pozo.

No imagina Luz que ésa va a ser la última escala de su viaje por la vida, un viaje corto y truncado antes de tiempo. No puede imaginar Luz que la fuerza invisible la va a alzar del suelo para luego librarse de ella. Que lo último que sentirá será esa sensación en el estómago de caer al vacío desde una gran altura, esa sensación con la que ella, como la mayoría de las personas, ha soñado tantas veces pero no ha experimentado jamás despierta. Luego verá la luna, una luna clara y manchada, preciosa, casi al borde de la plenitud, que parece querer restar dramatismo a su último aliento. Pensará: «Parece más grande.» Un segundo después, estará muerta y hundiéndose en las aguas heladas del Pozo del Diablo, camino de los arroyos de aguas mansas que discurren bajo nuestros pies.

Tampoco Ezequiel ha escapado indemne de su aventura. En este momento está tumbado, inconsciente, sobre el polvo que cubre el piso de la planta noble. Tardará unas horas en despertar y cuando lo haga no recordará nada. No sabrá qué hace aquí ni cómo llegó, no será capaz de saber dónde está Luz, ni si le ha ocurrido algo, ni en qué momento se separó de ella. Tampoco comprenderá el motivo por el cual se halla tumbado en un suelo polvoriento, sin un rasguño, pero con un remoto dolor en la cabeza, seguramente fruto de la caída. Por la mañana, más asustado que nunca, acudirá a la Guardia Civil para denunciar la desaparición de su novia, pero no dirá nada de lo poco que recuerda: no hablará de la casa, ni de la pérdida de memoria. No dirá que su único deseo era llegar al desván, porque sabía que allí debía encontrarse con alguien. «¿Encontrarte con quién?», le habrían preguntado, y no habría sabido qué decir. Por eso callará. Lo único que se le ocurrirá decir es que discutió con Luz junto al pozo, después de visitar la casa, que se habían pasado un poco con la bebida y que él luego se echó a dormir la mona al aire libre.

—Estuvimos en los bares de Sádaba —mentirá, con una expresión bobalicona que en realidad le sirve para esconder su miedo y su nerviosismo.

Por supuesto, nunca nadie creerá del todo la rocambolesca historia de Ezequiel. Se abrirá una investigación, pero se cerrará por falta de pruebas un par de años más tarde. Mientras tanto, Ezequiel irá cayendo con una rapidez intrigante en un estado de locura incomprensible para cuantos le conocen, que le llevará a la ruina de sí mismo. En realidad, se trata de la misma enajenación que le arrastró hasta la vieja casona la noche en que Luz desapareció y que le llevó a comportarse como lo hizo. Pasará un par de temporadas en un centro de recuperación, observado por miradas expertas, hasta que alguien dictamine que no hay remedio para él por no reconocer que, en realidad, no sabe qué clase de remedio necesita. Entonces el joven empezará una larga vida de internamiento en centros psiquiátricos y asistenciales. Sólo su madre le visitará al principio —Ezequiel es huérfano de padre e hijo único— y una vez muerta ésta, se irá quedando en esa soledad de quien sólo representa una molestia para todos. Sólo los cuidadores permanecerán a su lado, harán un esfuerzo por hablarle pese a que de pronto parecerá haber perdido el don de la palabra y hablarán bien de él cuando alguien pretenda hacerle pasar por un enfermo peligroso.

—Ezequiel no haría daño ni a una mosca. En realidad, salvo a sí mismo, su actitud no perjudica a nadie.

En esa quietud de paredes blancas comenzarán a transcurrir los años. Nadie hará nada jamás por aliviar a Ezequiel de los inmensos sufrimientos que transitarán sus noches. La única persona a quien él se atreverá a pedir ayuda, Cosme Albás, le ignorará con el más cerrado de sus silencios, por temor a que la desdicha del pobre loco salpique su vida o la de su familia (o tal vez por alguna íntima razón que ahora no sabemos). Con el paso del tiempo, la memoria de Ezequiel se irá espesando, hasta llegar al día en que todo su pasado le parecerá otro sueño en el que nada puede distinguirse con claridad, como los sonidos cuando se producen dentro del agua. Su mirada estará cada vez más extraviada y su silencio parecerá irrompible. Las palabras le costarán un mundo, igual que las relaciones con las personas. Sólo las noches conocerán sus accesos de rabia.

Hay lugares del mundo donde, sólo con observar esos síntomas, resolverían con firmeza que se trata de los rasgos característicos de una posesión. Por fortuna para quien maneja los hilos (es decir, para mí), éste en el que nos encontramos no es uno de esos sitios.

150

Sólo resta por desvelar (aunque no del todo: dejemos algo que contar a los muertos) el destino de Luz. Su cuerpo, arrojado al pozo con enorme virulencia, ya es irreconocible. Tan joven y tan bonita, qué triste. Tiene rota la columna vertebral, lo cual le da un aspecto como de muñeca vieja. El barro ha manchado los jirones de sus ropas y también sus párpados, sus labios y sus uñas. Pero nada de todo eso llamará la atención de quienes tropiecen con ella, bastante lejos de aquí. Lo que más les impresionarán serán sus heridas. Los arañazos (diecisiete en total) profundos como surcos y largos como grietas. «Sólo una bestia salvaje podría hacer algo así —dirán los investigadores, que siempre se creen tan listos—, ya que, como se desprende de la autopsia, no han sido practicados con arma blanca.» Luego están las dentelladas. Nueve. De las marcas dejadas por las fauces de la fiera los expertos sabrán extrapolar detalles curiosos, como el tamaño de los dientes, o el de la mandíbula a la que pertenecen, como también la disposición de unos caninos y unos molares especialmente desarrollados. Resolverán que la bestia que la atacó tenía dos caninos por lado, de un tamaño no inferior a 1,2 centímetros y una mandíbula de 18 centímetros de anchura. Principiantes. Los datos correctos son éstos: caninos de 1,56 centímetros de longitud, admirablemente afilados e impolutos. Mandíbula de 21 centímetros, dotada de una fuerza portentosa, que supera la de la mayoría de criaturas vivientes. Además, fueron exactamente diecinueve arañazos y doce dentelladas.

¿Que cómo lo sé? Feliz pregunta, lector sagaz, al filo de abandonarte de nuevo en los tiempos modernos, después de este paréntesis retrospectivo.

Lo sé porque fui yo. Yo fui quien la atacó.

Dicho esto, regreso a mi aparente silencio. Te estaré observando.

9

El regreso

—Primero dime qué hay en el cuadro —había preguntado Bernal poco antes de que tuviéramos que ausentarnos, interrumpiendo la escena.

Natalia, asustada como pocas veces, bajó la voz para responder:

—Muñecas. Muñecas que miran a quien mira el cuadro.

—¿Puedes enseñármelo?

—Mi padre se está duchando —dijo ella, pensando en voz alta y clavando sus pupilas inmóviles en las de Bernal—. Podemos arriesgarnos —concluyó—, pero sólo podrás mirarlo un momento.

—Está bien.

Bernal se levantó al instante. Se dirigieron por el pasillo hacia el estudio de Cosme, una habitación interior y bastante angosta donde convivían centenares de libros, un archivador, dos ordenadores, una lámpara, una estufa y mil cachivaches más que sería imposible enumerar ahora por la sencilla razón de que de un solo vistazo no se conseguía abarcarlos todos. Sin embargo, lo que interesaba a Bernal se distinguía a la perfección entre el desorden. Ocupaba la única pared libre que había en el cuarto. Ni el espacio ni el cuadro eran demasiado grandes. Un marco sencillo, de los que pueden comprarse por poco dinero en cualquier gran almacén, rodeaba una pintura de alegres colores y trazos burdos, descuidados. Parecía la obra de un niño, o de un principiante sin mucho talento. En ella se veían unas dos docenas de muñecas. Llevaban largos vestidos de tonalidades vivas que les daban un cierto aire de otros tiempos. Los pies les colgaban en el vacío como si estuvieran suspendidas en el aire. O eso parecía, porque además de ellas y de un fondo azul oscuro, en el cuadro no había nada más. En la esquina inferior derecha, escrita con trazos blancos, podía leerse muy bien la firma del artista: Ezequiel Osorio. Y también una fecha: 1962. El conjunto podía calificarse, sin exagerar, de feo y tosco. Nadie lo habría colgado en la pared de su estudio de no tener un motivo muy poderoso para hacerlo (que no guardaba relación con la calidad artística, desde luego). Ahora sólo faltaba conocer la razón que tenía Cosme para haber conservado el cuadro durante tantos años.

—¿Te has fijado en este detalle? —preguntó Natalia, señalando hacia la esquina de abajo a la derecha.

Costaba trabajo darse cuenta. Sin la ayuda de Natalia no habría reparado en él, estaba seguro. Era apenas un manchurrón negro sobre otro fondo casi igual de oscuro. Sin embargo, si se miraba con la atención suficiente, era posible ver que aquella forma no era casualidad: una mariposa. Una mariposa negra.

—Y ahora, salgamos. No quiero que mi padre nos descubra metiendo las narices en sus cosas. Se pondría hecho una furia.

Salieron con sigilo y regresaron al salón. Allí les encontró Cosme cuando volvió a pasar recién duchado; ambos tenían cara de inocentes y estaban charlando con fingida naturalidad. Sin embargo, un solo pensamiento se había instalado en la cabeza de Bernal y, aunque se esforzaba por hablar como si tal cosa, no podía evitar estar ausente, a mucha distancia de allí. Natalia se dio cuenta, pero no le preguntó nada. Dejó que fuera él quien lo dijera.

154

Y lo hizo. Fue Bernal quien se atrevió a pronunciar la idea en voz alta, pero en realidad los dos lo estaban pensando desde hacía un buen rato:

—Tenemos que volver al pozo lo antes posible.

Natalia sonrió, satisfecha.

—Mañana por la tarde no tengo nada que hacer —respondió.

—Holaaaa. ¿Hay alguieeeeen? ¡Eeeooooo!

Apoyando las palmas de las manos en el brocal, Natalia miraba hacia la negrura del pozo y aún le quedaban ganas para gritar empleando su cantinela más risueña. Al chico le incomodaba verla tan alegre en un lugar que para él era un escenario de pesadilla.

—Holaaaa. Eoooo. Eeeeoooo.

—¿Qué haces? ¿Quieres callar? —protestó Bernal, muy molesto.

Pero Natalia no atendía a nada, como era habitual en ella.

—Dame una piedra grande —dijo.

—¿Qué?

—Una piedra —inspeccionó su alrededor—. Aquella de allí. Dámela.

Con gusto se la habría arrojado a la cabeza, pero en lugar de eso Bernal se la entregó, tal y como ella le pedía. Natalia la echó al agujero y escuchó con atención. Sólo unos instantes más tarde oyeron un sonido familiar: agua. Algo similar al estrépito que produce alguien cuando se arroja en bomba a una piscina.

—¿No lo habían desecado? —preguntó Natalia, desafiante—. Creo que nos han mentido.

Bernal la observaba con escepticismo algo apartado del brocal, como si tuviera interés en ser espectador y no actor de aquella escena, que le parecía ridícula. Ella, en cambio, estaba exultante. No dejaba de hacer preguntas:

—¿Y si también nos hubieran mentido en todo lo demás? ¿Y si Rebeca no estuviera muerta y todo fuera una trampa? ¿Tú has visto el cadáver de mi hermana? ¿Te lo han enseñado? ¿Lo hemos reconocido? No, señor, nada de eso. ¿No es raro?

No eran preguntas sin sentido. Por el modo en que Natalia se quedó observando los labios de Bernal, éste supo que esperaba una respuesta. O algo que no estaba dispuesto a darle y ella lo sabía.

—Dime, ¿no es muy raro?

—No lo sé —respondió, con desgana, como si arrastrara un enorme cansancio.

—¿Tú has visto el cadáver de Rebeca? —Natalia se sentó a horcajadas sobre el brocal, con un pie apoyado en la tierra y el otro colgando en el vacío.

—Sal de ahí, no quiero que te caigas.

Natalia sonreía de un modo un tanto enigmático.

—Estaba pensando en bajar. Así saldríamos de dudas.

Tal vez la chica esperaba una respuesta más apasionada por parte de Bernal. Que le impidiera entrar, que la tildara de loca, que demostrara algún tipo de preocupación por su ocurrencia. Nada más alejado de la realidad. Sólo un movimiento ambiguo de hombros y una frase pronunciada demasiado débilmente:

—Haz lo que te dé la gana.

Natalia se quedó pensativa, mirando al horizonte, como una imagen congelada por el realizador. Cinco, seis, siete, ocho segundos de quietud durante los cuales Bernal tuvo la impresión de que podía oír el movimiento de las nubes o de las estrellas en el cielo, o la maraña de pensamientos que bullía en la cabeza de la chica. Aunque en realidad lo único que oyó fue el rugido de sus propias tripas. Llevaba demasiadas horas sin comer nada. Era hora de remediarlo.

—Volvamos, es tarde —dijo—. Aquí no hay nada que aclarar.

—Espera un momento. —Natalia le siguió con desgana. En realidad, no quería marcharse y se notaba demasiado—. Me dijiste que iríamos a la casa. Yo no me marcho sin entrar.

—Otro día.

—¡No puede ser!

La exclamación de Natalia de nuevo cambió el rumbo de sus pasos. Acompañar a la pequeña de los Albás era como aceptar montar en un barco cuyo timón hubiera sido confiado a un capitán caprichoso o sin el menor sentido de la orientación. Como atraída por un fuerte magnetismo, Natalia caminaba a través del terreno cubierto de zarzas. No se dirigía a la casa, cuya estructura les vigilaba desde la distancia, sino hacia la enorme pajarera que décadas atrás había presidido el camino de entrada. No se detuvo hasta que sus manos se agarraron a la estructura metálica. Miró a su interior con estupor.

—¿Y las mariposas? —susurró—. Han desaparecido.

Costaba creerlo, pero era cierto. No había ni rastro de los centenares de mariposas que unas semanas atrás habían visto en el interior de la jaula.

—Se habrán escapado —apuntó Bernal, después de comprobar que los pequeños cuerpos alados no estaban diseminados por el suelo de la estructura, como habría esperado cualquiera.

Natalia señaló a un lado.

—La puerta está cerrada.

Bernal intentaba buscar una explicación lógica sin darse cuenta de que no había ninguna.

—No sé… —dijo, escasos segundos más tarde—, habrá venido alguien y las habrá dejado salir.

Antes de que Bernal pudiera siquiera plantear otra posible solución al enigma, que bullía en su cabeza como en una olla a presión, Natalia ya volvía la cabeza en dirección a la casona, que a esas horas del día parecía más una casa de labranza que una vieja mansión en ruinas, y cambiaba otra vez de rumbo.

—Quiero entrar.

—Natalia, espera. Por favor, espera un momento. No corras tanto.

Natalia no tenía ninguna intención de esperar ni de hacerle caso. Sus pasos eran firmes y rápidos. Bernal sólo podía seguirla. Y lo hizo, aunque si le hubieran preguntado por qué motivo, no habría sabido qué decir. No la alcanzó hasta que ambos se detuvieron frente a la puerta de entrada.

—Abre —ordenó Natalia.

—¿Qué?

Bernal observó la entrada: dos portones de madera vieja y chamuscada, sin cerradura. Era obvio que alguien que pretendiera entrar en la casa lo lograría sin ningún problema y casi sin esfuerzo.

—Abre la puerta.

Un segundo más y los batientes chamuscados estaban abiertos de par en par. Natalia abrió mucho la boca y los ojos.

—Esto es alucinante. Anda, ven.

—¿Adónde? Yo ahí no entro.

—No seas cagado, Bernal. El tío eres tú.

Bernal no era un chaval como los demás. Le daba igual que le llamaran cobarde o cosas peores. Sólo tenía claras dos cosas: que no iba a entrar en la casa y que Natalia siempre conseguía cuanto se proponía.

—¿No hueles a comida? Es como si estuvieran cocinando. Huele a… a sofrito. ¿No es un poco raro? Vamos a mirar.

Bernal no sentía ninguna curiosidad por aquella cuestión, ni por nada de lo que estuviera ocurriendo en la cocina ni en ninguna otra estancia de Caelum. Sólo quería marcharse. Estaba claro que Natalia no pensaba de la misma forma: ya estaba subiendo la escalera.

—Ven, Bernal, no me dejes sola. Tenemos que subir.

—¿Adónde?

Las piernas del chaval no daban para seguirla. De pronto ella se detuvo.

—Dame la llave del desván.

—¿Qué llave? —preguntó él, desconcertado.

—La llave también abre la puerta del último piso. Vamos, no disimules.

No disimulaba. Más bien trataba de unir las piezas de aquel rompecabezas descabellado a la vez que se arrepentía de haber dejado que Natalia le convenciese. Como siempre, ya estaba ella manejando las riendas de todo y él sólo podía limitarse a dejarse llevar, sin saber por qué ni hacia dónde. Se sentía como un pelele, como una hoja que arrastra la corriente. Era una sensación odiosa. Y lo fue más aún cuando Natalia se abalanzó sobre él y empezó a hurgar en los bolsillos de sus vaqueros.

—Dame la llave. ¿Dónde la tienes? Dámela.

La consiguió. Sacar una llave tan grande como aquélla del bolsillo de un pantalón no era nada comparado con lo que Natalia era capaz de conseguir si se lo proponía. Como una prestidigitadora haciendo su mejor truco, en tres movimientos rápidos, el gran hierro oscuro y oxidado estaba en sus manos.

—Parece la llave del cofre de un tesoro —observó, antes de arrancar a correr escaleras arriba.

De pronto Bernal reparó en lo que acababa de ocurrir. Fue como si alguien le hubiera abierto los ojos de repente (y así fue, en efecto, ¿imagináis por obra y gracia de quién?):

—¿Cómo sabías que tenía la llave?

De pronto una frase resonó en su cabeza. Con tanta claridad que era como si alguien se la estuviera susurrando al oído: «Hay que ver lo lento que eres para entender las cosas, chaval. Tus neuronas están cojas o son un poco torpes.» Era lo que solía decirle Rebeca cuando él necesitaba tomarse su tiempo para pensar antes de atar cabos y comprender algo. Como acababa de suceder con la llave: cuando Natalia corría como el viento y se encaramaba a los escalones en busca del piso superior de la casa, él reparaba en que nunca le había dicho que Ezequiel le había entregado aquella llave.

—¿Cómo lo sabías? —repitió la pregunta, a voces.

La respuesta de Natalia sonó cantarina y lejana:

—¿No lo adivinas? Me lo dijo mi padre. Sabe un montón de cosas interesantes. Si subes, te las cuento.

¿Piensas que Bernal podía quedarse abajo y dejar que Natalia subiera sola? No, claro que no, de ningún modo. Más bien al contrario: la siguió a toda prisa, intentando alcanzarla y lo logró casi en el rellano del segundo piso, el último, el que estaba casi en su totalidad ocupado por el desván. Para llegar hasta allí había que subir un último tramo de escalera mucho más angosto que el resto. Los escalones crujían tanto que parecían gemir de soledad o de aburrimiento. Había que ir con mucho cuidado, porque la baranda se había quemado y le faltaban sus buenos tramos. Los que permanecían en pie no eran de fiar. Estaban tan chamuscados que uno temía que fueran a partirse en mil pedazos en cualquier momento. Con los restos de la baranda y también de los escalones hubiera sido mucho más sensato llenar un par de sacos de carbón. Por lo menos hubieran servido para una buena barbacoa.

—Aquí huele a quemado —dijo él, mientras permanecía más atento que nunca a donde ponía los pies.

No obtuvo respuesta.

—No corras tanto —advirtió un Bernal asustado y jadeante, casi a punto de atrapar a la chica.

Llegó demasiado tarde.

Natalia ya había alcanzado la puerta por la que se accedía al desván y había encajado la gran llave en la cerradura. Las guardas encajaron en ella sin ningún problema. Sólo se oyó un ligero chirrido de óxido cuando el artilugio empezó a girar en el mecanismo. Entonces Bernal empezó a comprender. También él sentía hacia aquel lugar una misteriosa atracción. Tal vez no la habría experimentado si Ezequiel Osorio no le hubiera hablado de él como lo hizo. Pero las cosas prohibidas son tentadoras. Y había que ser muy torpe para, a estas alturas, no adivinar que aquel lugar escondía algún misterio, un secreto que él deseaba desentrañar. Y también Natalia debía de sospecharlo cuando se comportaba de aquel modo. Su conducta no tenía otra explicación.

Ella abrió la puerta y contempló a su alrededor. Fue, en cierto modo, como haber cruzado el acceso a otro mundo. Sus ojos asombrados se posaron en mil detalles a la vez. De sus labios salió apenas un hilo de voz para decir:

—Yo ya he estado aquí.

Bernal la contempló desde la escalera, sin atreverse a dar el último paso. Estaba muerto de miedo. A sus oídos llegaban mil bisbiseos simultáneos que él, por supuesto, era incapaz de explicar. De pronto, aquel lugar le alertaba. O tal vez sería su sentido común. O el recuerdo de las palabras de su amigo extraño: «No entres en el desván de las muñecas.»

Como fuera, una poderosa voz interior le aconsejaba no traspasar ese umbral, no entrar en el otro mundo. Natalia, estaba claro, no sentía lo mismo.

—¿No oyes ese ruido? Parecen voces. Es horrible —dijo el chico, erizado de pánico.

Detenida junto a la puerta, aún con el pomo en la mano, la silueta negra de Natalia se recortaba en el rectángulo de luz brillante.

—Natalia, cierra esa puerta. No entres.

Pero Natalia ya no escuchaba, o no estaba dispuesta a hacerlo. Volvió la cabeza para mirar a Bernal, le dedicó una sonrisa amplia, encantadora, algo enigmática. Tal vez una sonrisa de despedida. Luego dio un paso al frente.

Me alegré mucho de volver a verla. Llevaba esperándola un montón de años.

SEGUNDA PARTE

LIBRO DE FAMILIA
(QUE HABLEN LOS MUERTOS)

10

César

(1856-1890)

Nunca he contado a nadie lo que voy a contar ahora, y probablemente nunca lo haría si no me viera obligado a ello por una fuerza superior contra la que, lo sé por experiencia, es imposible rebelarse. Oponerme a su poder fue, durante casi toda mi vida, mi única obsesión. No por mí (yo no valía tanto esfuerzo), sino por mi única hija, Ángela. Quería librarla de un destino fatal y estaba dispuesto a cualquier cosa por lograrlo. Con esa intención, apenas una semana antes del incendio de mi hacienda, cuando ya veía la batalla completamente perdida, me decidí a hacer una visita a mi vieja amiga María Asunción Berenguer, sor Isabel desde que tomó los hábitos, por aquel entonces madre priora del lejano Monasterio de los Ángeles Custodios.

Tal monasterio se erigía en un extremo del Valle del Anso, entre espesos bosques, apartado de cualquier senda de paso. Tan alejado estaba de toda civilización que muy pocos conocían su existencia. Esa lejanía lo había librado de más de un desastre y lo había sumido en un ensimismamiento que lo convertía en un lugar único. Baste anotar que era imposible llegar hasta allí si no se había transitado la ruta en más de una ocasión o se realizaba a la luz del día. Para que se com-

165

prendan las razones por las que acudí al monasterio en el momento más desesperado de mi existencia creo necesario rememorar aquí la leyenda que explica la fundación de ese santo lugar allá en el siglo XIV. Según se dice, el monasterio fue fundado por un señor muy principal (lo cual también significa muy rico), en agradecimiento al Altísimo por la salvación de la vida de su hijo de seis años y la suya propia.

Según parece, el caballero y su primogénito recorrían en coche de caballos la calzada empedrada que transcurre junto al río en uno de los últimos días de un caluroso junio. Empezaba a caer la tarde, pero como en esa época el anochecer se demora mucho, el hombre confiaba en llegar a la villa de Martes antes de que la negrura de la noche les diera alcance. Para el viaje había confiado, además, en su cochero más experto y en su par de caballos más bravos y rápidos. Sin embargo, llegaron con gran rapidez a la profunda garganta de roca conocida en estos parajes como La Boca del Infierno, y las tinieblas se echaron de pronto sobre ellos. El cochero prendió una tea, pero de inmediato comprobó con gran sorpresa que en aquel lugar el fuego no iluminaba en absoluto. Era tan densa la oscuridad que ninguna luz lograba atravesarla. El niño lloraba, aterrorizado. Los caballos se negaban a avanzar, como si aquel entorno les hubiera robado súbitamente toda su bravura y decisión. No tuvo otro remedio el noble señor que detenerse en el mismo sitio donde le había sorprendido aquella noche repentina y abrazar a su hijo con todas sus fuerzas, para calmarle. El cochero temblaba de miedo, sin atreverse a abandonar el pescante. Los caballos relinchaban, furiosos de puro pavor. A lo lejos se oía el rumor del río y el ulular del viento que atravesaba el estrecho paso de piedra, abierto en la montaña como una herida.

Muy pronto llegó a sus oídos el retumbar de unos pasos. Sonaba como si se acercara un animal, ya que sus pezuñas provocaban un macabro martilleo, que los ecos multiplicaban hasta el infinito. Fue entonces cuando los dos hombres, cochero y señor, intentaron escapar, pero al hacerlo sus pies no atinaron a encontrar el camino y se precipitaron en el vacío. Todo ocurrió con una intensidad de pesadilla, pero tan rápido que fue casi como si no hubiera ocurrido. El señor oyó un paso que se deslizaba en la grava, un fuerte corrimiento de areniscas, y luego el grito agudo, escalofriante, del cochero que caía al vacío. Él habría corrido la misma suerte si no le hubieran ayudado las fuerzas celestiales. Aunque no fue a él a quien socorrieron, lo sabía bien, sino a su hijo, que tampoco habría salvado la vida si unos brazos vigorosos no les hubieran agarrado a ambos en volandas y devuelto a su lugar cuando ya caían por el barranco. Entretanto, la bestia continuaba acercándose a paso decidido.

En aquel momento, el padre vio una clara presencia a su lado. Era un ser extraño, no sabía si hombre o mujer, de cabello largo, que sin hablar logró hacerle entender que no debía sentir miedo y cuál era el motivo de su presencia allí. Le ordenó que subiera al coche, que abrazara a su hijo con todas sus fuerzas y se dejara llevar. El hombre, más asustado de lo que había estado jamás, obedeció al instante. Tan agradecido estaba de encontrar a alguien dispuesto a ayudarle en aquel infierno que ni siquiera se planteó otras posibilidades. Su instinto le dictaba obedecer las órdenes de aquel aparecido, y no le engañó. Subió de nuevo al carruaje, calmó al niño, que lloraba, sentándole sobre sus rodillas y esperó. Los pasos bestiales sonaban ahora allí mismo, junto al carruaje, y la tierra parecía retumbar a su compás, como si aquello que los producía fuera de dimensiones descomunales.

Mientras esto ocurría, el aparecido se sentó en el pescante y se hizo al momento con el gobierno de los caballos. Su sola presencia pareció tranquilizar a los animales. O acaso fuera un cochero experimentado en salir de situaciones extremas como aquélla. El caso es que el vehículo reanudó su camino, serpenteando por la calzada junto al río, cuya corriente resonaba furiosa allá abajo, con tal ligereza que habría jurado el viajero que las ruedas no tocaban el suelo.

Tardaron un buen rato en abandonar la profunda garganta de roca. Tanto que, cuando lograron dejar atrás la oscuridad y volver a ver la luz del sol, ésta era tan tenue que apenas alumbraba. La tarde estaba llegando a su fin, y ya creía el noble señor que se vería obligado, junto a su hijo, a pasar la noche al raso en mitad de aquella arboleda desconocida y, seguramente, llena de animales salvajes y peligros de todo tipo. Sin embargo, el coche no se detuvo al salir del desfiladero, sino que prosiguió por pequeños senderos, por escarpadas veredas en medio del bosque. Las ramas arañaban el habitáculo donde padre e hijo continuaban abrazados. Durante un segundo que asomó su cabeza por la ventanilla vió el noble caballero un camino jalonado de grandes peñascos, horadado de socavones donde las ruedas podían desaparecer por completo o tal vez desprenderse de sus ejes. Sin embargo, nada de todo aquello ocurrió. Pese a lo escarpado del camino, el coche de caballos proseguía su viaje con suavidad, y ya tenía la certeza el viajero de que, en efecto, las ruedas no tocaban el suelo por el que discurrían. También se percató, aunque prefirió no decir nada, de que se estaban alejando de la calzada por la que habían venido y por la que debían alcanzar su destino. Ya era negra noche cuando el coche se detuvo y su fabuloso cochero descendió del pescante y les habló por primera vez de viva voz:

—Soy el Ángel Custodio de tu hijo y mi única labor en este mundo es protegerle —dijo—. Si haces cuanto yo te ordene, ni él ni tú mismo correréis ningún peligro.

Por supuesto, no estaba en condiciones el hombre de negarse a semejante propuesta.

—Dormiréis al resguardo de esta gruta —continuó el guardián—. Yo velaré vuestro sueño hasta el amanecer y os libraré de todo mal. Por la mañana os conduciré de nuevo a la calzada para que os pongáis en camino. Mientras tanto, distraeré al Diablo que os acecha y que, después de la burla de esta noche, andará furioso. A cambio, sólo te pido que mandes construir en este lugar apartado y luminoso un monasterio que habrá de ser refugio y protección para cualquier alma acosada por el Diablo, porque el Dueño del Averno tendrá prohibido penetrar sus muros y frente a ellos siempre estará rendido al poder superior de las Hordas Celestes.

Exactamente así se hizo. Por la mañana, nada más despertar, salieron padre e hijo de la gruta y se encontraron en un claro del bosque bañado por la luz del sol más intenso que habían visto jamás. El Custodio permanecía en su lugar, como si el tiempo y el cansancio no existieran para él. Incluso parecía más alto y más atlético que la noche anterior. El viajero intentó dirigirse a él para darle las gracias por cuanto había hecho por su hijo, pero el ser celestial sólo respondió, sin inmutarse:

—Sólo he cumplido con mi cometido. Si en verdad estás agradecido, tú cumplirás ahora tu palabra.

Dicho lo cual, montó de nuevo en el pescante y les ordenó con una mirada que subieran al coche. El camino de regreso fue, por razones inexplicables, más corto que el de ida y en apenas una hora se encontraban padre e hijo en Martes, su destino. Cuando quiso el viajero despedirse del Custodio, se encontró con la sorpresa de que nadie gobernaba los caballos. Éstos se movían, pacificados y dóciles, como si conocieran la ruta, y a las riendas no había cochero alguno.

Unas pocas semanas más tarde el caballero cumplió su promesa y comenzó a construir, en el mismo claro del bosque donde vieron la luz después de conocer las tinieblas del Diablo, el bello monasterio que se habría de llamar de los Ángeles Custodios.

Fue la propia sor Isabel la que me refirió la leyenda de la fundación del monasterio. Cuando lo hizo, aún no conocía mi caso: la lucha contra el Diablo en la que habría de dejarme la piel. Pese a todo, como si un sexto sentido la advirtiera de mi pesar, añadió:

—Aunque ya sabes que no existe leyenda sin su historia verdadera.

Fue esa historia la que me decidió a visitarla. Me presenté en el monasterio sin avisar. La entrada principal, siempre abierta, conducía a una estancia cuadrangular en la que sólo había una puerta permanentemente cerrada con llave, un torno y una diminuta ventana con celosía. A través de la celosía de la clausura me llegó la voz de una de las religiosas preguntándome qué deseaba.

—Haga el favor de anunciarme a sor Isabel. César Albás necesita verla con suma urgencia.

Sor Isabel apenas me hizo esperar. Mujer de gran sensibilidad y nobleza, debió de entender que era un grave asunto el que me había conducido hasta aquel apartado lugar. Oí cómo una llave giraba en la cerradura de la puerta lateral y al instante ésta se abrió, indicándome que pasara a la siguiente estancia. Era un pasillo prolongado en el que nadie me esperaba y por el que se alcanzaba la sala de visitas, una habitación diminuta partida en dos mitades por una celosía que iba de techo a suelo. En el otro lado me aguardaba sor Isabel. Por descontado, apenas podía verla a través de la barrera de madera, imperativo del encierro en que vivían las monjas, pero intuí su presencia por el rumor del roce de sus ropas y de una respiración agitada. Estuviera donde estuviera, estaba claro que mi amiga había acudido a toda prisa a mi llamada.

—Te agradezco en el alma esta atención —saludé.

Me llegó de inmediato su voz dulce de siempre. Las voces no envejecen. Lo aprendí ese día.

—Ya me figuro que son asuntos de importancia los que la requieren —dijo.

—Vengo a pedirte ayuda. Estoy desesperado.

Lo dije con un quiebro de la voz que no pude evitar. Casi sin que me diera cuenta, como en un acto reflejo, mis dedos se agarraron a la celosía.

—Tranquilízate —susurró ella, con suavidad, y en el acto sentí que una mano cálida rozaba la parte de mis dedos que había quedado del otro lado—. En esta casa encontrarás la paz que buscas. Dime en qué te puedo ser de ayuda.

—Se trata de mi hija. Está en grave peligro. En peligro de muerte.

De nuevo se quebró mi voz. No sabía cómo continuar. Trataba de escoger las palabras, pero éstas no acudían. Fue la impotencia la que me hizo murmurar:

—Me vas a tomar por loco…

—No lo creo —respondió, con voz serena y firme—. Te tengo por persona sensata. Cuéntame qué le ocurre a Ángela.

—La pretende el Diablo.

Era tan absurdo dicho así que tuve que detenerme a digerir mis propias palabras. Era plenamente consciente de que una revelación de ese tipo podía generar la repulsa de cualquier persona en su sano juicio, incluida mi amiga la madre priora. Antes de que ella respondiera añadí:

—Quiere convertirla en su trofeo y no sé cómo evitarlo.

Por primera vez en mi vida, al decir estas palabras, sollocé. Agradecí que mi amiga no pudiera verme, pues le habría parecido muy ridícula la visión de un hombre de mi edad llorando como un niño. Sin embargo, una vez pronunciadas, me sentí más tranquilo, como si el solo hecho de decir algo así hubiera supuesto para mí una liberación. Logré recomponer mi figura y encontrar la calma necesaria para tomar asiento y entrelazar las manos sobre el regazo antes de proseguir, frente al silencio expectante de sor Isabel:

—Desde antes de su nacimiento conozco la amenaza que se cierne sobre mi única hija. Sé que el Diablo la requerirá por la fuerza poco después de que cumpla los diecisiete años. Así ha sido en mi familia desde tiempo inmemorial por culpa de una antigua rencilla y así creyeron mis ancestros que debía suceder, cuando lograron darse cuenta de que las muertes de las primogénitas no eran fruto de la casualidad. Incluso hubo quien se benefició de ello. Quien consintió, acatando la voluntad del Señor de las Tinieblas y hasta negociando con él. Pero yo me rebelé contra ese destino, negándome a tratar con el Diablo. No deseo los favores que él pueda darme. Yo no ambiciono riquezas, longevidad, juventud, amantes ni nada de lo que ambicionaron mis predecesores. Lo único que deseo es que se aleje de mi hija para siempre. Y también de su descendencia. Quiero librar a mi familia de este tormento insoportable.

Se hizo un silencio al otro lado de la celosía. Por un momento, consideré la posibilidad de que la madre priora se negara a continuar escuchando.

—Creerás que me he vuelto loco —repetí.

Carraspeó. Oí algún otro sonido vago. Pensé que se había levantado, que se marchaba, que ya había oído bastantes majaderías.

—¿Desde cuándo se empeña el Diablo en tratar contigo? —preguntó, para mi sorpresa.

Fue entonces cuando comprendí que en ella tenía una aliada. Creía mi increíble historia y estaba dispuesta a ayudarme. Y eso que aún no sabía ni la mitad de todo lo que me había llevado hasta su presencia.

—Desde mi primera juventud —expliqué—. Tenía sólo doce años cuando le vi por primera vez. Desde entonces, no me ha dejado en paz jamás.

—¿Doce años? Qué extraño. ¿Y era el mismo Demonio? ¿No sería algún mensajero de menor rango, algún espíritu malvado a las órdenes del Jefe Supremo?

—Era el mismo Demonio, estoy seguro.

Pareció meditar un instante.

—No es habitual, desde luego —observó—. El Demonio no se rebaja jamás manifestándose a los niños. Se conoce algún caso de apariciones a jóvenes, pero sólo cuando en un futuro han de ser personas muy principales: herederos reales, caudillos, poderosos señores feudales… Salvo estos casos aislados, no me consta ninguna otra ocasión en que el Demonio se haya tomado la molestia de materializarse tan sólo para que un niño le contemple.

—Yo no estaba solo —apunté—. Quiero decir que el Diablo no se materializó para mí. Fui presentado a él.

Resopló sor Isabel desde el otro lado.

—Ah, eso es distinto. Una presentación. Claro… Se conocen pocos casos, pero no es tan extraordinario como nos gustaría creer. Así que alguien estaba interesado en que hicieras buenas migas con el Dueño de los Infiernos. ¿Y puedo preguntarte quién era esa mala persona? ¿Quién fue tu introductor?

—Claro. Mi padre. Máximo Albás.

Se arrepintió la madre priora de lo que acababa de decir. Quiso disculparse.

—No era mi intención ofenderte faltando a tu familia.

—No lo has hecho —la disculpé— porque estás en lo cierto: mi padre era el peor ser que he conocido jamás. Aunque en honor a la verdad debo decir «es», puesto que sigue vivo. Fue él quien comenzó a frecuentar las Tinieblas. Fue él quien consintió en que murieran las mellizas, mis hermanas, a cambio de recibir ciertos favores. Y aquella muerte de las niñas se llevó también a la tumba a mi madre, si es que no fue él quien orquestó asimismo la desaparición de su esposa. Llegó a convertirse en el mejor colaborador sobre la Tierra del Amo del Averno. Aunque tampoco le bastaba con eso. Me llevó años comprender qué era lo que deseaba exactamente, lo que siempre soñó, lo que inspiraba todas sus acciones: pretendía llegar a ser el mismo Diablo. El ser con más poder en el Infierno, después de Satanás.

Un silencio aún más largo llegó desde el otro lado.

—La ambición desmedida es un camino de perdición —concluyó mi amiga—. ¿Sigue tu padre gobernando el destino de tu familia?

—No sé qué es de él, ni dónde vive o en qué se ocupa. Se marchó poco después de la muerte de mis hermanas. Yo tenía catorce años. No le he vuelto a ver desde entonces, aunque tengo la certeza de que sigue vivo y que lo estará durante muchos años. Si atendemos a su fecha de nacimiento, hoy debe de tener setenta y cinco años, aunque con la misma seguridad afirmo que me sobrevivirá muchos lustros.

—Una larga juventud, a veces eterna, es uno de los rasgos que caracteriza a los discípulos del Dueño de las Sombras —corroboró ella—. Si tropezaras con él, Dios no lo quiera, tal vez ni siquiera le reconocerías. Podría tener el aspecto de un hombre más joven que tú. ¿Estás seguro de que no es él quien anda tentando a tu hija?

—Conozco a Satanás desde que era un niño. Le reconocería aunque se disfrazara de cordero.

—Ah… Los disfraces del Diablo. No los subestimes: a veces son difíciles de reconocer. La capacidad de transformación del Mal es infinita. ¿Tienes alguna sospecha respecto a la forma que ha adoptado esta vez?

—No es una sospecha. Lo sé a ciencia cierta. El Diablo ha tomado la forma de un profesor de música. Ha entrado en mi casa haciéndose pasar por el maestro de piano de Ángela.

—¿Ha entrado en tu casa? ¿No estabas protegido?

De nuevo perdí los nervios. La impotencia de no ser capaz de dominar aquella situación se apoderó de mí una vez más.

—Lo intenté, pero todo ha sido en vano. Desde las mismas aguas del bautismo intenté proteger a mi hija imponiéndole el nombre de Ángela. Cuando me di cuenta de que el Diablo comenzaba a rondarla, y que parecía dispuesto a recuperar en ella el alma que yo le negué, redoblé los esfuerzos. Dispuse por toda la casa recipientes con agua bendita, crucifijos, imágenes de la Virgen y de los Arcángeles Celestiales. Nada sirvió. Durante algún tiempo sospeché que alguien le estaba ayudando desde mi propia casa, que alguien de mi confianza se había aliado con el Señor de la Oscuridad en mi contra y en contra de mi hija. Hoy ya puedo decirte, con gran dolor, que mis peores sospechas eran ciertas.

Se contagió mi voz de nuevo del pesar que me embargaba desde hacía semanas. Desde que descubrí lo mismo que ahora le contaba a mi buena amiga.

—¿Te ves con ánimo de decirme quién es ese aliado diabólico que traicionó tu confianza?

—La verdad, no. Te ruego que no me obligues a hurgar en esa herida. Ya nada importa, en realidad. Nada, salvo librar a mi hija de la muerte que la espera a los diecisiete años, igual que a todas las primogénitas de esta maldita familia nuestra. Aunque en ello empeñe hasta mi último aliento o hasta la última gota de mi sangre.

Agradecí los segundos que se hizo esperar su respuesta. Me sirvieron para tranquilizarme un poco, para respirar con profundidad y agradecer que no me hubiera obligado a desvelar el nombre de quien se estaba riendo de mí en mi propia casa. Si hubiera llegado a desvelar su identidad habría pronunciado un nombre que había idolatrado más que a mi propia vida y cuya traición había restado todo sentido a mi existencia.

—Dime cómo puedo ayudarte, amigo mío —dijo entonces.

Ahora fueron sus dedos los que asomaron entre la celosía. Los acaricié con los míos, en un gesto que fue el equivalente a un cálido abrazo entre amigos de toda la vida.

—Si me ocurre algo… —Me detuve para rectificar mis palabras. No me tembló la voz al hacerlo—: Cuando yo falte quiero que Ángela ingrese en el monasterio como novicia. Así lo he dispuesto en mi testamento, en el cual también lego a la congregación una suma importante de dinero que tú sabrás administrar con sabiduría. Lo único que te solicito es que de ningún modo, bajo ninguna circunstancia, abandone mi hija estos muros antes de cumplir los dieciocho años. Y que si lo hace después sea bajo tu supervisión y tu amparo. Una vez cumplidos los dieciocho, si ella lo desea, puede profesar como religiosa y unirse a tu congregación. Si sus deseos son otros, quisiera que trataras de convencerla por todos tus medios de que la vida monacal y retirada es lo que más le conviene. Compréndelo: sólo si Ángela no tiene descendencia se romperá esta cadena macabra. Debemos procurar que así sea, para que la pesadilla termine de una vez. Por lo demás, dejo a tu arbitrio cualquier decisión que afecte a su futuro y sólo espero que todo esto no suponga para ti una carga muy pesada. Te lo pido en nombre de Dios, pero también en el de la amistad que nos ha unido durante todos estos años.

La voz de sor Isabel llegó a mis oídos sin vacilación alguna.

—Cuenta con ello. Si es la voluntad de Dios que algo te ocurra, los Ángeles Custodios que amparan estos cimientos y yo misma velaremos por que el Diablo nunca encuentre a tu primogénita.

Salí de allí muy reconfortado. Antes de abandonar el paraje idílico en que se asentaban los muros del monasterio, me entretuve en mirar hacia el azul del cielo. Las altísimas hayas tamizaban la luz del sol, tan intensa en aquel lugar que tenía algo de sobrenatural. Se oían trinos de pájaros en la lejanía y todo respiraba una paz casi milagrosa.

Nada podía hacerme sospechar en aquel instante que serían mis deseos y el celo con que la madre priora habría de cumplirlos los causantes del fin de todo aquello. En sólo unos pocos años, cuando todo lo que perdurara de mí en esta tierra no fuera más que recuerdo y polvo, del monasterio no habría de quedar piedra sobre piedra.

onozco no pocos seres humanos a quienes les gusta sentir la tibieza del sol sobre la piel, que disfrutan con una melodía bien acompasada o con el sabor de un plato bien condimentado. A mí me gusta sentir el pánico de aquellas criaturas a las que acoso. Lo experimento como ellos disfrutan de los sentidos. Me produce un cosquilleo agradable, único. Sobre todo cuando es muy intenso. Recuerdo como si hubiera sido ayer el de aquel padre a quien a punto estuve de arrebatarle a su hijo de seis años. Y lo habría conseguido si ese pesado de Custodio no le hubiera salvado en el último momento.

Están por todas partes esos espíritus celestiales sin apenas graduación, son molestos como tábanos. Y van por ahí encomendando a los humanos que construyan cosas, que recen novenas y que nunca olviden lo agradecidos que están. Se ponen grandilocuentes, se dan aires... Son unos presumidos insufribles. No los soporto. He frito a más de uno en otras etapas de mi vida, cuando tenía menos rango. Desde que me ascendieron comprendí que era impropio de un ser superior tan poderoso como yo malgastar mis dones en aplastar moscardones celestes. Hace ya bastante tiempo que los ignoro. Pero los acecho. Hay que estar atento a lo que hacen porque a veces, como fue el caso, te sirven en bandeja la ocasión de un nuevo lucimiento. Más méritos para mí. Una nueva oportunidad de demostrar mi desaprovechado talento.

11

Ángela

(1882-1901)

Mi padre murió cuando yo tenía ocho años, pero siguió cuidando de mí hasta el mismo día de mi muerte. En realidad, al dejar el mundo de los vivos sólo se alejó de los demás, de toda esa gente que acompaña nuestros pasos sobre la Tierra, pero nunca de mí. Yo era demasiado importante para él. Hubo muy pocas noches, a lo largo de mi existencia, en que no oyera, puntual, al acostarme, su voz suave junto a mi oído:

—Descansa, hija mía, y sueña con ángeles como tú.

El resto del tiempo, incluso cuando estaba en compañía de otras personas, podía percibir su presencia incorpórea. Algunas veces, cuando menos lo esperaba, sentía una caricia tibia en la mejilla, o una mano colocando en su lugar con mimo una guedeja de mis cabellos, o un aliento conocido junto a mi nuca. Entonces sabía que no estaba sola, que el espíritu protector de mi padre, del mismo modo que había velado por mí mientras estuvo vivo, seguía haciéndolo desde la tumba. Gracias a esa compañía invisible y sin embargo tan cercana se me hicieron soportables los primeros meses en el Convento de los Ángeles Custodios.

No es que sor Isabel no me recibiera con toda la hospitalidad que le había prometido a su amigo, mi progenitor. Es que la aclimatación a la vida monástica no resultó fácil para la niña de costumbres refinadas que yo era entonces. El frío de la celda conventual, la dureza del camastro que se me asignó —igual, por otra parte, al del resto de integrantes de la comunidad—, el aislamiento forzoso, las servidumbres y obligaciones de la vida en el convento... fueron demasiado para mí, por lo menos al principio. No creo que extrañe a nadie si afirmo que pasé todas las noches del primer año llorando entre las sábanas de mi angosto lecho. Poco a poco fui habituándome, me familiaricé con las costumbres, tomé cariño a las hermanas y encontré algo en lo que entretener mis horas. Podríamos decir que me aclimaté.

Nunca olvidaré el desconcierto de las primeras horas, en el hogar para niños huérfanos al que me condujeron después del incendio de nuestra casa. Yo me hallaba en estado de semiinconsciencia. Estaba sucia, con la ropa hecha jirones y la mirada extraviada. Nadie se explicaba cómo había salvado la vida. Me contaron que alguien me rescató de algún lugar de la zona de servicios cuando en la casa ya casi nada quedaba por arder. Fue esa misma persona, al parecer, quien me entregó a las monjitas del hogar para niños huérfanos. Lo más extraño fue que nadie le recordaba: ni sus rasgos, ni sus palabras —si es que las pronunció—, ni siquiera sabían decir si se trataba de un hombre viejo o joven, de alguien del pueblo o de un extraño. Como por arte de magia, la imagen de mi liberador había desaparecido de la memoria de todos aquellos que tuvieron algún trato con él. Yo tampoco recuerdo nada. Mi primera memoria consciente del día después de la pérdida de todo me remite al hogar para niños huérfanos. Mis compañeros, que lo serían por poco tiempo, me miraban con una mezcla de curiosidad, lástima y desprecio. Algunos me tomaban por una pordiosera. Me contaron que yo no cesaba de llorar y que me cubría la cabeza con las manos. Sólo pasé allí una noche, de la que no guardo recuerdo alguno. Al día siguiente, a primera hora, una celadora se acercó a mí y me dijo que habían venido a buscarme.

En la sala de visitas me esperaba un cochero de aspecto desaseado y bonachón. Me traía ropa limpia y dulces de leche.

—¿Es usted la señorita Ángela Albás? —preguntó.

—Sí, señor.

—Entonces, tengo órdenes de llevarla conmigo hasta el Convento de los Ángeles Custodios.

Obedecí sin rechistar. Cambié mis ropas raídas por el hábito de novicia del convento y subí al coche.

—¿Dónde debo recoger su equipaje, señorita? —preguntó el amable cochero.

—Yo soy mi equipaje —contesté.

Gran parte del trayecto se me fue en devorar las golosinas que, después de varias horas sin comer, me supieron a gloria. Luego, creo, me dormí. Desperté cuando el carruaje ya se había detenido. Una de las manazas del cochero agarraba mi hombro y lo zarandeaba con suavidad.

—Despierte, señorita. Hemos llegado —decía.

Frente a nosotros, la imponente estructura de piedra del Convento de los Ángeles Custodios brillaba bajo un sol cegador como una joya.

—Sígame, señorita. Es por aquí —me indicó, ayudándome a bajar.

Cumpliendo, sin duda, las instrucciones de sor Isabel, el cochero penetró en el vestíbulo del convento, se quitó la gorra de fieltro que hasta ese momento adornaba su cabeza y pronunció junto a la celosía del ventanuco unas palabras en voz baja:

—Aquí traigo a la chiquilla, sor.

Al otro lado de la clausura, una voz modulada le pidió al buen hombre que esperara un momento. Tres segundos más tarde, el torno giraba trayendo cuatro pesetas de plata. El hombre las observó con incredulidad antes de agarrarlas y contemplar la efigie del bebé que aparecía grabada en su anverso. Rió entre dientes. Se le veía contento como si nunca hubiera recibido pago mejor por un servicio.

—¡Cuatro pelones por sólo tres de horas de camino! —exclamó, antes de acercarse a la celosía y aclararse la voz para añadir—: Si alguna vez necesitan de nuevo los oficios de este humilde servidor, dígale a la madre priora que estoy a su entera disposición donde ella sabe.

Dicho lo cual, salió del convento con trote alegre y me dejó a mí frente a la puerta lateral, que se entreabrió ligeramente antes de que la voz oculta tras la celosía dijera:

—Entra, hijita. Tendrás curiosidad por saber cómo es tu nuevo hogar.

En realidad, fue miedo lo que sentí al traspasar aquel umbral. De algún modo, entendí que la puerta que estaba atravesando no volvería a abrirse para mí hasta mucho tiempo después.

Antes de rememorar cómo fueron los diez años que pasé bajo la atenta mirada de sor Isabel y el manto protector de los Ángeles Custodios, hay otros recuerdos que gobiernan mi memoria. Son aquellas imágenes de antes del incendio que quedaron grabadas para siempre en mi retina. Me acompañaron muchas veces mientras aún me hallaba en el mundo de los vivos y siguen aún muy presentes ahora que habito en el más allá.

El primer recuerdo anterior al incendio que acude a mi mente es el paisaje. Conservo con gran nitidez en mi memoria el espectáculo que se extendía ante mis ojos cada día al abrir las ventanas de mi habitación. Los colores cambiantes del bosque, los macizos rocosos al fondo, la limpidez del cielo. Sonaba el trinar de los pájaros y cuando éstos callaban daba la impresión de que podía oírse el engranaje del mundo. Debía de gustarme mucho en aquellos años corretear al aire libre, porque del interior de nuestra casa apenas recuerdo nada. Tan sólo el desván. Es imposible no recordar el desván, ese lugar horrible al que me daba pavor acercarme.

También recuerdo el teclado nacarado de mi piano, traído para mí de muy lejos, según afirmaba mi padre, para que yo pasara frente a él a diario las aburridas horas de mis lecciones. Don Elvio, mi instructor de música, apenas me permitía distraerme con tonadas ligeras. Era la primera pregunta que me lanzaba todos los días, nada más verme:

—¿Has perdido el tiempo tocando alguna estupidez, jovencita?

Yo negaba con la cabeza y bajaba la vista. Cuando mentía se me ponían rojas las orejas, pero eso él no lo sabía. El instructor se limitaba a decir, sin perder su gravedad:

—Enseguida lo veremos. Siéntate. Espalda recta. Dedos extendidos. Vista al frente. Sonríe. Una pianista debe sonreír en toda circunstancia. Y recuerda siempre que las melodías estúpidas que tanto gustan a las chicas de tu edad no educan el gusto musical, más bien todo lo contrario: lo pervierten.

Aquel hombre me daba miedo. No era muy alto, ni muy corpulento. Tenía el cabello largo de color pajizo, y llevaba una perilla bien recortada y larga. Escondía parte de su rostro bajo la amplia ala de su sombrero negro. Sus uñas lucían impecables, pulcras. Sus zapatos refulgían de tan brillantes, y hacían resonar sus pasos firmes y rápidos en los altos techos de la casona. Su aspecto era el de un hombre refinado y aficionado a prodigarse cuidados. No había nada en su apariencia que pudiera inspirar terror. Sin embargo, si lo analizo desde la distancia de los años transcurridos, pienso que me daba miedo su modo de mirar. Sus ojos eran de un azul casi blanco, parecían transparentes; y eran vivaces, rápidos. Nada se les escapaba. Parecían capaces de percibir el más mínimo detalle. Sin embargo, no sabían demostrar compasión, ni piedad de ningún tipo. Había algo frío, casi metálico, en ellos. Si te miraba de frente sentías cómo un escalofrío recorría con lentitud tu espina dorsal. Yo siempre evitaba encontrarme frontalmente con sus pupilas implacables.

Sor Isabel dijo alguna vez que fue una lástima la pérdida del piano, ocurrida en el incendio. Pero supongo que a nadie sorprenderá si digo que yo no la lamenté en absoluto. La música nunca me entusiasmó. No tenía vocación ni talento. Mis lecciones sólo eran un capricho de mamá, que habría dado cualquier cosa por verme transformada en una intérprete reputada. Un porvenir que, de más está decirlo, a mí no me excitaba lo más mínimo.

Entre mis recuerdos más nítidos de aquellos años también se encuentra el de Zita, mi madre, arreglando sus rosales. Solía ponerse un mandil muy gracioso que le habían bordado unas monjitas, unos guantes y un sombrero para que el sol no tostara ni dañara su piel. Pasaba horas en la rosaleda, a veces días enteros, mientras mi padre atendía sus negocios, recibía visitas en la biblioteca o supervisaba mi formación. Las plantas agradecían los cuidados que las manos de mi madre dispensaban con esmero. En primavera las flores se contaban por centenares. Las había de todos los colores y de más de cincuenta variedades diferentes, que su dueña identificaba por su nombre. Algunas se las habían enviado desde el extranjero. La rosaleda y sus frutos anuales eran todo su orgullo. En ocasiones daba la impresión de que la existencia de mi madre se cifraba sólo en su cuidado.

La segunda de sus pasiones era su colección de muñecas. A lo largo de su vida había conseguido reunir más de dos centenares. Las había antiguas y modernas, de madera, de celuloide, de porcelana, de tela... Algunas de ellas le habían costado verdaderas fortunas. Otras se parecían a las que tenían las hijas de las criadas. Alguna vez le pedí que me dejara jugar con ellas.

—No puede ser, hija mía —sonreía y me acariciaba el pelo—, se molestan mucho si las utilizas para algo tan vulgar.

Hablaba de las muñecas como si fueran algo vivo. Sus hijas o algo parecido. Un verdadero ejército de hijas en miniatura. Si alguna vez me descubría subiendo la escalera de madera que conducía al desván demasiado ruidosamente, siempre me decía lo mismo, llevándose un dedo a los labios:

—Silencio, vas a despertar a las muñecas.

De niña, no creía estas palabras. Las muñecas no dormían, sino que tenían los ojos siempre abiertos. Y todas me miraban desde su lugar exacto en la pared. Todos aquellos ojos fijos en mí me daban miedo.

—No te miran —puntualizaba mi madre al conocer mis temores—: te están vigilando.

De día y de noche. Su vigilancia no conocía descanso. Además, era imposible escapar de ellas: una vez traspasabas la puerta del desván, estaban por todas partes. En anaqueles instalados para albergarlas. Sentadas en sillas diminutas o recostadas en almohadones. Las había de pie sobre el piso de madera crujiente, exhibidas en el alféizar de los ventanucos y también colgadas en la pared. Éstas últimas eran las que más terror me inspiraban. Mi madre les había pasado alrededor del cuello una cinta de raso que se sujetaba a un clavo de la pared. Cada una de aquellas muñecas, una cincuentena tal vez, tenía su cinta al cuello y su clavo. Una vez sujetas, la cabeza les colgaba ligeramente hacia delante. Los brazos quedaban laxos junto a sus pequeños cuerpos. Dependiendo del material, las piernas podían estar rígidas o no, con los pies dispuestos al paso o caídos. Todas ellas tenían algo macabro: parecían ahorcadas. Agonizantes. Puede que recién muertas.

Mi madre pasaba mucho tiempo en aquel lugar. Cada tarde después de comer subía la escalera que llevaba al desván y se encerraba largas horas en su santuario repleto de caras diminutas que la observaban. Muchas veces ordenaba que le subieran la cena y no regresaba al resto de dependencias de nuestro hogar hasta que todo el mundo se había ido a la cama. Mi padre a menudo se encontraba ausente, de modo que no quedaba nadie en la casa que pudiera recriminarle ese aislamiento.

Por aquellos años, mi padre me parecía un ser huraño, atribulado por mil preocupaciones urgentes, que andaba por la casa con el ceño fruncido y a toda prisa, revisando mil detalles y tan concentrado siempre en sus asuntos que no se daba cuenta de nada de cuanto ocurría a su alrededor —y eso parecía incluirme a mí y, por supuesto, a mamá— o que se encerraba en su gabinete de la planta noble y ordenaba no ser molestado bajo ninguna circunstancia. No caía simpático a los sirvientes, a quienes regañaba a menudo por menudencias. Por culpa de sus excéntricas costumbres, se había granjeado entre el servicio cierta fama de loco. Muestra de eso fue, por ejemplo, el asunto de las vasijas llenas de agua bendita.

Mi padre había dispuesto por toda la casa dos docenas de vasijas que contenían agua bendita de la parroquia de San Miguel, de donde la mandaba traer ex profeso semanalmente. Las había de arcilla y de cerámica, todas mediadas de agua, y estaban junto a las puertas, en el arranque de las escaleras, debajo de mi cama y en todos aquellos lugares donde él juzgaba necesaria una mayor protección. El agua restante la guardaba en el interior de dos ánforas de barro en su gabinete y con ellas mandaba a los criados rellenar los recipientes. Era una labor que había que realizar a diario y con extremo cuidado, ya que cualquier descuido alteraba el humor del señor de la casa. Una vez terminada la tarea, y siempre que le fuera posible, él mismo gustaba de supervisar la labor de los sirvientes.

Una vez, en una de esas supervisiones, descubrió que los dos recipientes de la entrada, los que flanqueaban el portal de acceso, se encontraban vacíos. No lo pensó dos veces: mandó llamar a todos los criados, incluido el mayordomo y el ama de llaves, y se dirigió a su gabinete. Su voz estentórea se oía a través de las puertas como si no tuviera barrera alguna que sortear.

—Quiero saber de inmediato quién de vosotros es el responsable de que falte el agua bendita en las vasijas de la entrada principal —ordenó.

Al principio se produjo un silencio, seguido de un bisbiseo. Enseguida se oyó una voz feble responder:

—Yo, señor. Se me olvidó.

La voz de mi padre resonaba poderosa e iracunda:

—Esa respuesta es inaceptable —declaró—. ¿Así, sin más? ¿Se te olvidó?

—Es la verdad, señor.

Desde mi punto de vigilancia en el pasillo me era posible imaginar la expresión de profunda desolación del sirviente.

—Entonces, no se hable más. Recoge tus pertenencias y deja mi casa antes de que termine el día. Por supuesto, antes de marcharte se te pagará cuanto se te debe.

El infortunado empleado, apenas un muchacho, trató de salvar su pellejo dando explicaciones.

—No volverá a suceder, señor. Deme la oportunidad de demostrárselo.

—Olvidar el agua bendita de las vasijas es en esta casa una falta muy grave —zanjó mi padre—. Me temo que mi decisión no es revocable. Espero que el ejemplo valga para todos los demás y que de ahora en adelante actuéis con mayor diligencia.

El criado despedido, que, además de joven, era inexperto y reciente en la casa, salió sollozando y cabizbajo del gabinete de mi padre. Los demás iban en silencio. Sólo la vieja ama de llaves, que llevaba años al servicio de la familia, permaneció en el gabinete y se atrevió a enfrentarse a su señor.

—Permítame decirle, señor Albás, que el chico a quien acaba de despedir me parece una buena persona y un trabajador noble y capaz. Creo que debería usted confiar en su promesa de no cometer el mismo error una segunda vez.

—Mi decisión ya está tomada, Maya. No interceda por quien no tiene salvación.

Pronunció esta frase mi padre a media voz y con un cierto desdén. Aunque no podía verle desde mi puesto, podía imaginarle abriendo la correspondencia, observando con atención la letra apretada de alguna carta y respondiendo mientras tanto sin ni siquiera mirar a la mujer que tenía frente a sí.

—Le suplico que recapacite, señor. No quisiera que lo tomara por un atrevimiento, pero pienso muy humildemente que comete usted un error.

Ahora mi padre debió de reparar en el ama de llaves para dirigirle una larga mirada de extrañeza.

—Le ruego considere que nunca antes me he dirigido a usted en estos términos —añadió ella— y si lo hago ahora es porque tengo mis razones.

Esta vez la voz de mi padre sonó menos ensimismada pero igual de firme:

—Sus razones no son las mías. No insista. No cambiaré mi decisión.

Se produjo después de esta afirmación un silencio tenso. Diez, quince, veinte segundos que para la mujer debieron de hacerse eternos. Fue mi padre quien habló.

—¿Hay algo más que desee usted despachar conmigo, Maya?

Lo que siguió fue la respuesta más larga que le oí jamás pronunciar a nuestra ama de llaves. Pausada, temblorosa y fría como una afilada cuchilla de acero.

—Llevo semanas buscando el mejor modo de expresarle al señor una certeza que empezó como sospecha. Si no lo he hecho hasta este momento no ha sido sólo por falta de oportunidad, sino también de arrestos para dirigir una acusación contra alguien tan principal en esta casa. Sin embargo, tengo motivos fundados para afirmar que las vasijas que con tanto celo nos ordena usted rellenar día tras día con el agua bendita que guarda en esas ánforas son noche tras noche vaciadas por doña Zita cuando se cree a salvo de miradas. La señora sale de su cuarto a las más desapacibles horas de la madrugada, sin prender ninguna luz y amparándose en su condición de sombra entre las sombras y, uno por uno, cambia el agua bendita de los recipientes por agua normal y corriente, de la que los sirvientes jóvenes traen todos los días del pozo. Debe usted saber, pues, que la actitud que a menudo reprende en los sirvientes respecto al celo de sus famosos recipientes, y por la que acaba de castigar tan duramente al más joven de todos ellos, es a su esposa a quien debe achacarla. Entiendo que era mi deber moral el decírselo, del mismo modo que acato el castigo que esta osadía merezca.

Mi padre demostró una gran sangre fría a la hora de elegir las palabras para responder a tal ataque.

—¿Puedo preguntarle qué relación tiene usted con el joven a quien acabo de despedir? —preguntó a nuestra ama de llaves.

—Es mi sobrino, señor. El hijo de mi único hermano. Y también mi ahijado.

—Bien. En ese caso, entenderé lo que acaba de decirme como la defensa desesperada (que le honra) de un ser muy querido y no se lo tendré en cuenta. ¿Algún otro asunto importante que debamos tratar, Maya?

—Ningún otro, señor.

—Buenas noches, entonces.

—Buenas noches, señor.

Maya salió del gabinete envarada y grave. Dentro, el estado anímico de mi padre distaba de ser el que había tratado de simular ante su empleada más antigua. Lo supe porque no habían hecho los pasos de la mujer más que alejarse por el corredor cuando oí un reniego suyo seguido de un gran estrépito. Supe al instante qué había ocurrido (no era la primera vez): mi padre había propinado al tablero de su mesa un puñetazo tal que había hecho caer varios objetos.

Fue un día de mucho trasiego en la casa. Entre comentarios de tristeza y rabia, los criados despidieron al más joven de sus colegas. Cuando el muchacho se presentó de nuevo ante su señor para cobrar unos cuantos reales, traía los ojos enrojecidos y las palabras no acertaban a salir del nudo de su garganta.

—Aquí tienes —le dijo mi padre al entregarle su última paga— y, si me equivoco contigo, mejor para ti.

Aquella manía del señor por el agua bendita y las maneras en que había amonestado una falta tan leve no le granjearon precisamente simpatías entre sus empleados. Más bien al contrario, todo aquello no hizo sino acrecentar su fama de excéntrico o desequilibrado.

Aquella noche, amparándose en las sombras de los largos pasillos, mi padre descubrió que cuanto había dicho el ama de llaves era cierto.

También yo lo descubrí, unos pasos más atrás.

¿Puede haber algo más excitante para una aburrida niña de ocho años que levantarse a esas horas que el ama de llaves había llamado «las más desapacibles de la madrugada» para espiar a su padre y a su madre en su propia casa?

Zita, mi madre, fue siempre un misterio para mí. Igual que para todos aquellos que la conocieron y la trataron. Los criados preferían abiertamente su alegre despreocupación, su disposición eterna a charlar con las cocineras en la zona de servicios o a invitar a tomar el té a mi instructor de música, aunque sin perder nunca sus buenas maneras ni su natural altivez de aristócrata.

Cuando me aburría de la antipatía de papá o de la felicidad alejada del mundo real de mamá, solía refugiarme en la cocina. Me gustaba estar entre ollas, observar con qué elegancia cortaban las verduras las cocineras, aprender los secretos de oportunidad y tiempo que escondían todos los guisos. También me detenía a escuchar las conversaciones de los criados. A las doncellas más jóvenes mi padre les inspiraba un terror similar al que yo sentía cada vez que tropezaba con su severidad por los pasillos. El servicio tenía tendencia a maldecir al señor de la casa y a cantar las bondades de la señora. Eran una fuente de información inagotable para una niña inquieta y solitaria como yo.

Por ellos supe, por ejemplo, que después de las clases, algunas veces mi instructor de música se quedaba en casa largo tiempo, y que mantenía con mamá entrevistas que a veces se prolongaban hasta después de oscurecer, pero sólo cuando papá se encontraba ausente a causa de sus negocios. Supe que mi madre no quería saber nada del funcionamiento de la casona, que estaba por completo en manos del ama de llaves, que decidía también mis horarios y el contenido de mi formación sin que mi madre añadiera ni quitara nada. De algún modo, ella era feliz en su propio mundo, y no había nada del otro que despertara su interés. Ni siquiera yo, su única hija.

Escuchando furtivamente las conversaciones en la zona de servicios supe, por último, del gran pesar que afligía a mi padre. Supe que alguna noche el ama de llaves le sorprendió a altas horas, sentado frente al fuego de la chimenea, con la mirada ausente ante el baile de las llamas, murmurando palabras para sí mismo. La misma mujer, que llevaba décadas al servicio de mi familia, decía haber sorprendido en dos ocasiones a mi padre llorando en su gabinete y que en cuanto se vio descubierto trató de simular naturalidad y recobrar la compostura.

¡Mi padre, llorando! Aquello era tan inaudito que sólo podía ser falso. Era como si afirmara haber descubierto a *Igor*, el perro mastín que custodiaba la entrada desde antes de mi nacimiento, charlando animadamente con los gatos del jardín. Tomé fácilmente la resolución de que el ama de llaves mentía. Sin embargo, un día la oí decir algo terrible:

—Nunca le había visto así. Al señor no le falta mucho para volverse completamente loco. ¿No lo habéis notado? La locura ya asoma a sus ojos.

Mientras estas cosas ocurrían, la vida en la casa continuaba como de costumbre. Mis lecciones diarias de piano y la pregunta habitual por parte de mi instructor, antes de empezar:

—Dime, jovencita: ¿has perdido el tiempo esta semana tocando alguna estupidez?

—No —respondía yo, invariablemente, y sentía de inmediato el rubor en mis orejas.

De costumbre, el profesor no insistía. Me pedía que sacara los libros, corregía mi forma de sentarme o de colocar los dedos sobre las teclas y empezaba su lección.

Hasta el día en que se enojó como nunca y sin razón aparente.

—¿En serio? ¿No estás mintiendo? —insistió—. ¿Seguro que no has tocado nada inadecuado? ¿Algún vals? ¿Alguna polca? Esa estúpida moda vienesa está haciendo un gran daño a la música seria. A ese tal Johann Strauss habría que borrarle de la faz de la Tierra. Mírame a los ojos —un escalofrío me hizo estremecer en cuanto le obedecí—, ¿has estado tocando alguna de esas abominables obritas? ¿Te atreves a decirme que no te gusta *El Danubio azul*, o *Cuentos de los bosques de Viena*?

Sentí palpitaciones y un leve mareo. Aquella tarde, hasta poco antes de la llegada del profesor, aquellas dos piezas que él calificaba de estúpidas y que estaban de moda en todo el mundo civilizado habían centrado toda mi atención. Su ritmo me fascinaba. Hasta me parecía que mis dedos se volvían más ágiles cuando se dejaban llevar por ellas. Lo que no comprendía era cómo el instructor había logrado saberlo.

—No —musité, con un hilo de voz.

—Entonces —una sonrisa pérfida se dibujó en su semblante—, ¿qué explicación encuentras… —de su espalda, como un prestidigitador a quien no se le adivina el truco, sacó la partitura de los dos valses que acababa de mencionar. Mi partitura— para esta porquería?

Creo que me eché a llorar, pero no pareció importarle.

Abrió las partituras y me mostró algunas anotaciones que yo había hecho en los márgenes. Mientras tanto, me esforzaba por comprender dónde podía haber encontrado aquellos papeles, si siempre ponía todo mi empeño en esconderlos a su temible mirada.

—¿No es ésta tu letra, niña?

El instructor de música siempre evitaba llamarme por mi nombre. «Criatura», «niña», «jovencita», cualquier apelativo le servía para nombrarme, excepto el único que recibí en el bautismo.

Cabeceé, evitando volver a encontrarme con sus ojos. Suspiró con gran pesar, muy profundamente, mientras bajaba los párpados, como si toda aquella cuestión de mis valses favoritos le causara un enorme cansancio. Yo le miraba presa del pánico, con el corazón a punto de saltar de mi pecho y la respiración contenida. No sé por qué, lo esperaba todo de él. Ninguna reacción, por furibunda o desproporcionada, habría podido sorprenderme. Cuando abrió los ojos y recuperó su expresión habitual de severidad sólo dijo, muy despaciosamente:

—Hoy mismo presentaré mis respetos a tu madre y me despediré, jovencita. No puedo luchar contra este tipo de vicios. Si insistes en tocar esa música vulgar jamás profesor alguno logrará hacer de ti una virtuosa de ningún instrumento. Conviene tomar en serio el arte desde temprana edad. Y si no eres capaz de hacerlo, aléjate de él.

—No volveré a hacerlo —murmuré, con el hilo de voz que apenas lograba que saliera de mi garganta, y al hacerlo recordé las súplicas del sobrino del ama de llaves poco antes de ser despedido—. Nunca más. Le doy mi palabra. Por favor…

Sin embargo, él también parecía inflexible.

—La semilla de la vulgaridad ya ha echado raíces en tu alma —dijo—. Has empezado con Strauss pero pronto te sentirás tentada por otros compositores mezquinos, como Offenbach o el mismísimo Mozart, y terminarás por no distinguir la verdadera música de estos engaños para tontos.

—Por favor —imploré, cayendo de lleno en sus redes—, no se marche. No volveré a tocar valses.

Aquello pareció, al fin, ablandarle. Fingía muy bien. Como un profesional.

—Bien —dijo, al fin—. Te pondré a prueba. Tendrás que hacer algo por mí si deseas que continúe con tu instrucción.

Yo no deseaba más instrucción. En realidad, lo único que me gustaba del piano eran mis valses y mis polcas. Lo que deseaba era que mi madre no se enojara conmigo. Sin embargo, asentí.

—¿Conoces las dos ánforas que guarda tu padre en su gabinete? —preguntó.

Cabeceé de nuevo.

—Rómpelas.

Me heló la sangre observar sus iris transparentes. O tal vez fue la rudeza de la orden. Trató de matizarlo.

—Tropieza con ellas. Arrójalas al vacío. Déjalas caer. Lo que quieras. Eres una chiquilla y tienes para ello recursos de sobra. Quiero que se hagan añicos. Cómo, ya es cosa tuya. Pero tiene que ser esta noche.

Pese a que le prometí cumplir su deseo, aquella tarde la lección duró más de lo previsto. Para reeducarme, dijo el profesor, me impuso como tarea realizar tres horas de escalas sobre el teclado. Tres largas horas de tediosos y repetitivos ejercicios durante las cuales él aceptó la invitación de mamá de tomar el té con ella en el desván. Durante ciento ochenta interminables minutos, mis dedos repitieron los mismos movimientos, una y otra vez, sobre las teclas blancas y negras. Tenía hambre y a ratos sentía que me vencía el sueño, pero continué. Arriba y abajo. Do, re, mi —se adelanta el pulgar de la mano derecha—, fa, sol —el corazón de la izquierda brinca—, la si, do. Si, la, sol —el pulgar regresa—, fa —un nuevo salto del corazón—, mi, re, do y vuelta a empezar. Y así interminablemente. Durante horas.

En éstas apareció mi padre. Su carruaje sonó sobre la grava del camino y el mozo de cuadra se apresuró a abrir los portones. La expresión de mi padre se hizo más severa cuando me encontró desfallecida sobre el piano. Preguntó por el profesor de música y yo le dije la verdad. Se encerró en su gabinete con su contable y un secretario y dio algunas órdenes iracundas. Aunque no era sólo ira lo que se adivinaba en su conducta. Había también algo más profundo y más dañino. Tristeza, rencor, tal vez miedo. Aquella noche, él también cenó en soledad. No quiso ver a mi madre, pese a que ella se lo imploró frente a las puertas cerradas de su gabinete. Cuando vino a darme su beso de buenas noches, susurró junto a mi oído:

—Aunque tenga que enfrentarme al propio infierno, te prometo que no te ocurrirá nada.

A primera hora del día siguiente, un tallador de uno de los pueblos vecinos se presentó en la casa cargado con sus herramientas. Se le encomendó un trabajo en el friso del portalón de entrada. Ocupó en ello un par de días, puede que incluso más. No creo que ni él mismo conociera el significado de las palabras que surgían de su cincel. Se limitó a cumplir órdenes, cobrar por sus servicios y marcharse. Cuando desapareció, sobre los portones de nuestra casa una enorme inscripción en latín advertía desde ese momento al visitante:

In hac domo diabolus non est bene receptus

Y junto a la puerta, otra novedad:

CAELUM

Desde ese día, no volví a ver al profesor de música.

Los recuerdos que conservo de mi padre que siguen a esta época son cada vez más extraños. Como si la cocinera tuviera razón y una inédita enajenación se hubiera apoderado de él de pronto.

Se le metió en la cabeza que debía derruir la estatua de mi abuelo que custodiaba la explanada de los carruajes. Mi padre no era un hombre que se arredrara ante las dificultades. Más bien al contrario: los contratiempos parecían renovar sus ansias. En aquella ocasión, se comportó como en él era costumbre y trató de derribar el monumento por todos los medios a su alcance. También lo intentó con la pajarera. Y, por último, arremetió contra la colección de muñecas de mi madre.

Los criados eran despiadados en sus comentarios.

—Tenía que ocurrir. Hace años que la locura ronda a esta familia —musitaba la cocinera.

Pero mi padre no estaba loco. Se comportaba como un loco, pero jamás había estado tan cuerdo. Si cierro los ojos, mi memoria me devuelve su sombra recortada contra la luz del sol de la tarde, en la mano llevaba una recia soga. La anudó a la cabeza de la estatua embozada que dominaba el jardín. El otro extremo lo sujetó a la silla de nuestro caballo más robusto, un ejemplar joven de percherón que normalmente iba sujeto a la berlina de paseo. Mi padre lo eligió porque de los tres caballos era el más fuerte, el que nunca le había fallado.

Aquel día, sin embargo, el animal se agotó. Empezó a tirar con el empuje acostumbrado y llevaba apenas unos minutos cuando cayó redondo al suelo, con los ojos desorbitados, arrastrando por la arenisca la lengua cubierta de espuma. No fue posible hacer nada por salvarlo.

—Murió reventado —dijo el veterinario que le abrió la tripa para conocer las causas de aquel final. Y añadió—: Es lo más raro que he visto en mucho tiempo.

La desesperación llevó a mi padre a hacerse con una gran

maza de cantero y arremeter contra la estatua. También fue inútil. Si no llega a aplicar el sentido común, cegado por la ira como estaba, también él habría muerto reventado.

—No entiendo tanto empeño en destruir ese pedazo de mármol —decía mi madre, con indiferencia, mientras asistía a los esfuerzos de su marido.

La única solución que le quedó a mi padre, aquella a la que se aferró, también fue sin duda la más descabellada: acabar con todo y escapar. La noche antes del incendio, lo recuerdo muy bien, me llevó con él a su biblioteca, me sentó en su regazo, me rodeó apretadamente con sus brazos y cerró los ojos para musitar:

—A ti no te va a pasar nada, luz de mis ojos. Lo tengo todo previsto.

Cuando me aparté de él comprobé que cuanto decían las criadas era cierto: mi padre estaba llorando. Creo que aquélla fue la primera gran impresión de mi vida.

El fuego se llevó casi todo por delante. Mi padre habría preferido que no dejara ni rastro del lugar donde estuvo nuestra casa. Ése era su deseo, por lo menos, mientras recorría las habitaciones con un candil de aceite prendiendo fuego a cortinas, colchas, tapicerías, libros, alfombras y hasta los forrajes de los establos. Si alguno de los criados le hubiera visto en ese momento, no habría dudado un instante en afirmar que tenía ojos de loco.

No fui desdichada en el convento, en contra de lo que muchos podrían imaginar. Recibía instrucción por parte de sor Isabel, que me trataba con el cariño que nunca pudo profesar a una hija propia, y en el órgano de la capilla se me permitía, de vez en cuando, abandonar las escalas y tocar mis valses y polcas sin que nadie me regañara por ello. Colaboraba en la cocina, ayudaba en el refectorio y el huerto despertaba toda mi curiosidad. Con el paso de los años, terminé por adaptarme a la vida en el monasterio y por sentir hacia las trece religiosas que integraban la comunidad un enorme cariño.

Sólo una obsesión que yo nunca me atreví a compartir con nadie, ni siquiera a expresar en voz alta, recorría mis días y mis noches y se hacía cada vez más fuerte: regresar a casa. En sueños, la vieja casona que mi padre llamó Caelum tomaba proporciones fantásticas. Veía su fachada de piedra clara al fondo de una arboleda. Oía los ladridos de bienvenida de *Igor*, feliz de verme regresar al cabo de los años. El pelaje de nuestro mastín estaba más sedoso que nunca cuando me detenía a acariciarle el lomo. Podía oler los aromas de los guisos en las cocinas, oír de nuevo el rumor de platos y cazuelas entre el cual transcurrió buena parte de mi infancia. Veía los paisajes y los retratos que adornaban los corredores y no había ninguno que no me resultara familiar. Pisaba otra vez las alfombras que abrigaban las escaleras, miraba las llaves detenidas en las cerraduras de las puertas, mi piano junto a la ventana del salón, en la planta noble. En la duermevela me recuerdo subiendo la empinada escala de madera que llevaba al desván. Reconocía las vasijas de agua bendita que, igual que arriba, flanqueaban su entrada. En mi sueño, tras esa puerta se oía un bisbiseo de muchas voces. Como si las muñecas, en ausencia de todos los que antes las custodiaron, dedicaran ahora toda la eternidad a contarse sus secretos en voz baja. Sin embargo, nunca traspasaba aquel umbral. Cuando detenía la mano en el pomo de la puerta y empezaba a hacerlo girar, despertaba con un sobresalto. Se acallaban las voces que murmuraban y desaparecían los olores y las sensaciones. Volvía a estar sola en mi celda del convento y afuera reinaban la oscuridad y el frío de las noches montañesas.

A cada repetición del mismo sueño, mi obsesión por regresar a la que fue nuestra casa, se hacía un poco más intensa. Tenía necesidad de comprobar con mis propios ojos qué había de verdad en mis visiones nocturnas, qué quedaba del que fue un lugar privilegiado en medio de la naturaleza.

Me preguntaba, cada vez con más insistencia, si el incendio habría respetado algo de lo que en otro tiempo fue nuestra vida. Y a cada pregunta resonaba con fuerza renovada mi convencimiento imperturbable: regresar, recorrer el sendero de grava hasta la explanada de los carruajes, abrir los portones, subir la escalera, entrar en el desván.

Decidí que eso sería lo primero que haría el día en que me viera libre del amparo —del secuestro— de aquellos sólidos muros de piedra. Esa esperanza me ayudaba a conciliar el sueño por las noches y, de algún modo, le otorgaba algún sentido a mi insignificante existencia.

Aunque algo más turbaba mi paz. Por aquella época me despertaba en mitad de la noche, bañada en sudor y ahogada de ansiedad. Había algo cerca de mí. Algo que no era humano y contra lo que mi padre no sabía o no podía protegerme, porque cuando me enfrentaba a ello estaba sola. Completamente desvalida.

«Sombra entre las sombras», denominó una vez la vieja y leal ama de llaves a mi madre, aficionada a salir de noche de su cuarto y deambular por los pasillos. Lo que interrumpía mis sueños nocturnos era también una sombra entre las sombras, una presencia familiarizada con las tinieblas y amiga de confundirse con ellas. Se hacía notar sin dejarse ver. A veces la sentía al otro lado de los gruesos muros del convento, acechándome, esperando su oportunidad, retorciéndose de rabia por no poder clavarme aún sus zarpas. Oía el rumor de sus pisadas sobre la tierra a través del alto y estrecho ventanuco por el que apenas entraba claridad durante las horas de sol. Otras veces me parecía sentir muy cerca su aliento helado, o me sobresaltaba el rumor de unos pasos multiplicado por el eco, o un roce inesperado. Nunca le vi, sabía que mientras permaneciera en aquel lugar sagrado nunca me daría alcance, pero su presencia era un aviso, una advertencia. A veces me parecía que se acercaba con sigilo a mi lecho y susurraba muy bajito en mi oído una amenaza terrible:

—Te espero fuera.

Una vez, después del rezo de vísperas, me rezagué del grupo de las sores y me entretuve contemplando la cosecha de nabos. En la misma tierra, apenas unos metros más allá, estaba el pequeño cementerio de la comunidad, en el que se enterraba a las hermanas cuando morían. El mensaje que me transmitían aquellas tumbas anónimas era claro y pavoroso: «Ni muerta lograrás salir de aquí.»

Cuando quise darme cuenta, estaba sola bajo la noche estrellada de otoño. Aunque afirmar que estaba sola tal vez no sea lo más apropiado para la ocasión. Una lechuza se imponía sobre el resto de los ruidos nocturnos, los grillos parecían estar celebrando una fiesta y yo me embobé escuchando aquella algaraza durante unos segundos. En éstas me pareció ver que la tierra se movía. No sabría decir si fue en el espacio donde los nabos ya debían de estar a punto para la recolección o más atrás, en el breve cementerio donde yacían las hermanas difuntas, sin lápida ni inscripción ni más recordatorio que algunas maltrechas y desnudas cruces de hojalata. Fuera como fuera, no me quedé allí para averiguarlo. Sentí unas súbitas ganas de escapar que nunca había experimentado y recorrí la distancia que me separaba de mi celda en un tiempo inusitado. Sólo deseaba tumbarme en el lecho, cobijarme entre las mantas y cerrar los ojos. Ya llevaba un buen rato acostada, hecha un ovillo, con los brazos abrazándome las rodillas, cuando sentí bajo la almohada la molestia de algo que no debía estar ahí. Era algo duro, casi redondo. Exploré bajo la ropa en la oscuridad y mis dedos tropezaron con el tacto inconfundible, rugoso, frío, compacto y cubierto de tierra de uno de los nabos de nuestro huerto.

Era otra advertencia. Otro aviso de lo que me estaba esperando más allá de aquellos muros, fuera lo que fuera.

Sin embargo, allí dentro nunca me ocurrió nada malo.

El día en que cumplí diecisiete años, sor Antonina, la hermana repostera, elaboró para mí un delicioso tocino de cielo. El almuerzo en el refectorio fue algo más animado de lo habitual. Al terminar, sor Isabel me pidió que me reuniera con ella en su despacho.

—Tu padre me suplicó, cuando aún eras una niña, que te protegiera como a mi propia hija —dijo— y ha llegado el momento de acatar aquel deseo aún con más diligencia. Desde hoy y hasta que cumplas los dieciocho años, tienes prohibido terminantemente salir de tu celda. Será un año de reclusión difícil de soportar, lo sé, pero te queda el consuelo de saber que también será el último. Una vez alcances los dieciocho, podrás recorrer el convento con total libertad, como has hecho hasta hoy, y empezar a plantearte qué quieres hacer con tu futuro. Lo único que debes comprender es que tomo esta decisión pensando exclusivamente en tu bien y en aquello que tu padre vino a pedirme hace más de nueve años.

No había otra respuesta posible a aquellas palabras excepto acatarlas en silencio. Eso hice, aunque la perspectiva de permanecer un año —cincuenta y seis semanas, trescientos sesenta y cinco días con sus horribles noches— encerrada en aquel reducido cuadrilátero de mi cuarto, me espantaba.

—Seguro que en más de una ocasión durante todo este tiempo te habrás preguntado de qué quería protegerte tu padre, de qué te resguardan estas santas paredes.

Estaba en lo cierto. Me lo había preguntado muchas veces. Casi todas las noches desde que estaba allí.

—Te voy a pedir un año de espera. El mismo día en que termine esta prohibición que ahora te impongo, te revelaré ese secreto. Por ahora, y pido todos los días a Dios que me ilumine en este intrincado camino, considero lo mejor para ti que no lo sepas.

Así comenzó aquel año terrible.

—Ojalá Dios no nos envíe todo lo que somos capaces de soportar —dijo sor Isabel, sentándose en mi camastro y acariciándome la mejilla con su mano suave—. Hoy cumples dieciocho años, mi querida Ángela. Es el primer día de tu nueva vida. Desde donde tu padre nos esté viendo, estoy convencida de que en este momento se siente muy feliz. Te has salvado, como era su deseo y, además, has demostrado una enorme fuerza de voluntad.

Yo sabía lo feliz que era mi padre en aquellos momentos. Él mismo me lo había dicho cuando despuntaba aquel último día de mi encierro.

—Casi hemos burlado al Dueño de las Sombras, hija. Recuerda que no debes salir de la celda hasta pasada la hora del ángelus, ya que fue a las doce del día cuando naciste. Y no te confíes, ni hoy ni nunca: su espíritu vengador empleará toda tu vida y todas sus fuerzas en intentar hacerte caer. No es buen perdedor. Debes estar preparada.

La campana de la iglesia acababa de dar las doce cuando sor Isabel abrió la puerta sin anunciarse. Por la sonrisa que se dibujaba en su rostro supe que también ella se sentía pletórica de felicidad.

—Lo primero que haremos será celebrarlo con un rezo en comunidad —dijo—. Después, creo que las hermanas tienen preparada una pequeña sorpresa.

Experimenté una sensación de extrañeza al cruzar el huerto en dirección a la capilla. Como si nunca hubiera estado allí. Como si todo hubiera cambiado en mi ausencia. Sin embargo, todo seguía igual. La única que había cambiado era yo. Mis ganas de escapar de aquel lugar eran casi insoportables. Sólo que ahora ya nada me impedía cumplir aquel deseo. El peligro que tanto trastornó a mi padre había pasado. O por lo menos eso pensaba yo.

Después del rezo, tres de las hermanas más jóvenes me condujeron hasta la celosía de la clausura, la que daba al vestíbulo del edificio y me invitaron a mirar a través de ella. Al hacerlo vi a un hombre esperando. Había envejecido y parecía más menguado, pero reconocí en el acto al cochero que casi una década atrás me había conducido hasta el monasterio. Tenía la gorra en la mano, en un gesto idéntico al de cuando me dejó allí, la cabeza gacha y las mejillas sucias de barba mal rasurada. No entendí qué sentido podía tener su presencia allí. Sor Isabel se encargó de darme una explicación:

—Las hermanas han pensado que te gustaría acudir a tomar las aguas del Balneario de Tiermas. Es un lujo fuera de nuestro alcance, pero han trabajado muy duro para poder darte este premio. Todas deseamos que sea una buena compensación por el sacrificio realizado. Te dejo al cuidado de este viejo conocido, quien te llevará hasta el centro termal, aguardará a que termines y te conducirá de vuelta a casa antes de que el día toque a su fin.

El Balneario de Tiermas… La sola mención de su nombre me emocionó hasta las lágrimas. Las del balneario eran aguas curativas. Las termas, muy antiguas: algunos historiadores aseguraban que fueron los romanos quienes descubrieron el manantial y también sus propiedades, aunque tampoco faltaba quien decía que su poder curativo, casi milagroso, no podía provenir de ninguna fuente terrenal. Las aguas de Tiermas manaban sin cesar. Su calor era tan intenso que se diría que provenía del mismo infierno. Sus propiedades eran muchas y variadas. Servían para combatir las enfermedades del corazón, de la piel, las respiratorias, las nerviosas, el reumatismo… y se decía que incluso la obesidad. Mientras el balneario y el hotel estuvieron en funcionamiento —y su prosperidad duró varias décadas— nunca faltaron en la zona personas que contaran los efectos casi milagrosos que habían tenido en ellas las aguas de Tiermas. Entre ellas, no pocos miembros de la familia real, y también nobles, aristócratas, políticos y gente pudiente. Todos ellos coincidían a menudo en los lujosos gabinetes, el salón de lectura, el parque o la pista de tenis del Hotel Reina Regente, un suntuoso establecimiento con más de ciento cincuenta años de historia. Los más humildes alquilaban una habitación en cualquier casa del pueblo, o pasaban sus días en uno de los hostales que habían surgido junto a la gran plaza mayor. Muy cerca del hotel, comunicado de hecho por un pasadizo interior, estaba el balneario donde todos, pobres y ricos, viejos y jóvenes, acudían a tomar las aguas. Desde luego, no podía haber mejor regalo para una chiquilla que aún recordaba sus ademanes refinados que permitirle regresar ni que fuera ocasionalmente al mundo del que salió.

Mi madre había sido, en sus tiempos, una de las mejores clientas del Balneario de Tiermas. Y también del hotel, donde se sentía como pez en el agua. Todo eso estaba en mi mente mientras me dirigía hacia allí, con el corazón lleno de un júbilo que no sentía desde varios meses atrás. Aquello era mucho más que una aventura. Era una puerta abierta de par en par al mundo. Mi tan ansiada escapatoria.

Me sentí un poco extraña presentándome en la recepción del balneario con mis hábitos de novicia. Por fortuna, en cuanto me entregaron mi ropa de baño, mis toallas y mi albornoz —bordado con el escudo de la familia real sobre una onda azul— me hermané con el resto de clientes. Una vez dentro de la gran alberca de agua caliente, procuré olvidarme del mundo. Eché la cabeza hacia atrás y cerré los ojos. Hacía tanto tiempo que no estaba tan bien que me había olvidado por completo de aquella sensación. Me sentía sumamente agradecida a sor Isabel y a las hermanas del Convento de los Ángeles Custodios, que habían cuidado de mí con tanto mimo, pero la vida de privaciones que ellas me ofrecían no me tentaba en absoluto. Sin embargo, romper amarras no era fácil para una chica joven e inexperta como yo. Seguramente no lo habría hecho si no hubiera encontrado quien me animara, quien me hiciera creer que era fácil, además de lo más conveniente para mí. Y lo encontré. O más bien debería decir que me encontró él a mí. No se hizo esperar: aprovechó la primera oportunidad que se le puso a tiro. Es decir, mi primera visita al Balneario de Tiermas.

Antes de regresar al convento, decidí entrar en uno de los salones de té del Hotel Reina Regente. Mi madre hablaba tan a menudo de aquel lugar que sentía una enorme curiosidad por verlo con mis propios ojos. Me senté a una mesa pequeña en un rincón y le pedí a la camarera un té con pastas. Nunca había probado el té, pero sabía por mi madre que aquél era uno de los únicos lugares de nuestro país donde pedir aquella bebida de moda en Europa no causaba extrañeza. Ella, por cierto, solía tomarlo con frecuencia, en aquel lugar y también en nuestra casa. En efecto, la camarera no pareció sorprenderse por mi petición, como tampoco por mi hábito ni por el hilo de voz con el que encargué mi merienda. Debía de estar acostumbrada a todo tipo de clientela, incluso a la que pisaba el mundo por primera vez. No había hecho más que traerme un hermoso juego de té de porcelana azul y un platito con seis pastas de formas variadas cuando un anciano vestido con elegancia —botines, chaleco, sombrero…—, y que llevaba un bastón con empuñadura de plata, se dirigió a mí a media voz y con extrema cortesía:

—¿Me permite que la acompañe, señorita Albás?

Por supuesto, no supe qué responder. Le miré durante varios segundos con ojos atónitos y la boca llena, hasta que él dijo:

—Interpreto el silencio como un asentimiento. —Y se sentó frente a mí, muy derecho, apoyando ambas manos en la empuñadura de su bastón.

Yo correspondí con un cabeceo torpe.

—Observo que está usted reponiendo fuerzas. Prosiga, prosiga… —añadió.

Cuando logré tragar el contenido de mis carrillos, articulé un saludo tan burdo como el resto de mi comportamiento.

—¿Me conoce? —pregunté.

—Ya lo creo. Desde hace años. Conocí bien a su padre. Le propuse varios negocios.

Iba a contestar algo cortés, pero se me adelantó:

—Por favor, no interrumpa por mí su piscolabis —dijo el caballero—, no necesito que conteste. Sólo me he acercado para ofrecerle mi ayuda. Conozco la situación a la que ha estado sometida durante los últimos diez años, pobre niña. Qué duro debe de haber sido para alguien de su posición y su riqueza —me miraba con ojos llenos de ternura, de un azul casi transparente—. Yo la comprendo bien. Sé bien qué se siente cuando alguien te priva de aquello que legítimamente te pertenece.

No sabía a qué riqueza se refería. En aquel momento, yo aún no era consciente de tener posesiones de ningún tipo. De la herencia de mi padre, nadie me había hablado jamás. Por el modo en que aquel caballero se dirigía a mí, y a juzgar por sus propias palabras, interpreté que era un antiguo amigo de mi familia.

—No quiero importunarla. Sólo deseo ofrecerle mi consejo profesional y personal por si decide disponer de sus bienes y escapar de la reclusión del convento. En caso de que lo haga, va a necesitar un buen abogado. Sor Isabel no se resignará así como así a perder una suma tan cuantiosa.

—¿Es usted experto en leyes? —atiné a preguntar.

—Más o menos —dijo, adoptando una postura más distendida—. A mí edad, se es experto en cantidad de cosas insospechadas. —Sonrió.

—No sé de qué herencia me habla —confesé.

Su sonrisa se convirtió en una expresión de contrariedad.

—¿Cómo? —pareció alarmado—, ¿es posible? ¿No le han dicho que su padre le dejó toda su fortuna? ¿Tierras, acciones, negocios y una importante cantidad de dinero?

Negué con la cabeza. Él prosiguió con mayor vehemencia:

—Razón de más para recomendarle encarecidamente mis servicios, entonces. Me temo que quienes la guardan han puesto mucho celo en que no sepa nada de esa herencia. Es mucho mejor para ellas que no sienta ninguna tentación de marcharse. ¿Han tratado ya de convencerla para que tome los hábitos en el convento?

El té y las pastas habían perdido de pronto para mí todo interés. Lo mismo que la conversación. Aquel desconocido acababa de acertar de lleno en mis más íntimos deseos.

—Pero yo quiero hacerlo —observé.

—¿Cómo dice?

—Marcharme del convento. No quiero ser monja —dije.

Sonrió. Parecía comprenderme muy bien.

—Querida niña… Cuánto me alegra oír eso. Significa que su voluntad ha permanecido íntegra. Que nadie, por ahora, ha logrado dominarla. Permítame felicitarla por su fortaleza.

—Gracias —respondí, sin entender muy bien lo que acababa de decirme—. ¿Puede usted ayudarme a conseguir lo que le digo? ¿Hablará con sor Isabel?

—Seguro que sí. Delo por hecho.

—¿Es cierto que soy la heredera de la fortuna de mi padre?

—Tan cierto como el sol que alumbra.

—¿Y esa fortuna da para vivir?

—Con holgura y más años de los que alcanza la vida de cualquier mortal.

—Tal vez podría regresar a la que fue mi casa. Restaurarla.

De nuevo una mueca de contrariedad asomó a su rostro.

—No se lo aconsejo. El incendio dejó muy maltrecha la hacienda. Sería mejor que comprara una propiedad en alguna otra parte que sea de su agrado.

Aquella conversación tomaba el cariz de un juego disparatado. Nada más tentador para mí, en ese momento. Soñar despierta era una de mis actividades favoritas.

—¿Aquí, por ejemplo? —propuse—, ¿en este pueblo?

—¿En Tiermas?

—Me gusta el balneario. Así podría tomar las aguas a menudo.

—¿Por qué no? Excelente idea. Es usted una joven audaz.

—Pero sola no sabría cómo hacerlo. —Mi confianza ganaba terreno ante aquel extraño que demostraba conocerme tan bien—. Necesitaré su ayuda.

—He venido a ofrecérsela.

—Pero sus servicios tendrán un precio.

—Nada que usted no pueda pagar, sin duda.

—¿De verdad cree que puedo permitírmelo?

—Estoy completamente seguro.

—¿Debemos acordar los términos ahora?

—Sería aconsejable. En los negocios conviene dejar las cosas claras lo antes posible. Si me lo permite, empezaré por enumerar las prestaciones a que me obligo si llegamos a un acuerdo. Deberé lograr con la mayor brevedad que abandone el Convento de los Ángeles Custodios, ayudarla a encontrar una casa de su agrado en este lugar y aconsejarla en cuantos asuntos legales o mundanos precise durante un tiempo lo bastante prolongado. Además, por supuesto, habré de ocuparme de su capacidad legal, puesto que es usted menor de edad y está bajo la tutela de la madre priora.* Y como adivino que es su deseo, añado a mis obligaciones el acompañarla a visitar su antiguo hogar y evaluar los daños que lo asolaron, tal vez con vistas a la venta de la propiedad. Confío en no olvidar ningún detalle importante.

Me maravilló la capacidad de síntesis de aquel hombre. Inspiraba una confianza difícil de encontrar en un ser humano.

* Hasta 1949, la mayoría de edad fue de 23 años para hombres y de 25 para mujeres. De 1949 a 1972, 21 años para ambos. De 1972 en adelante, 18 años.

—No olvida usted nada. Me ha comprendido muy bien —respondí—. ¿Y cuál será el pago que yo deberé satisfacer por estos servicios?

Brillaron sus ojos transparentes con mayor intensidad antes de la escueta respuesta.

—Su alma.

Apuré el té. Me llevé la última galleta para el camino. Le estreché la mano.

Me pareció un buen trato.

Por supuesto, en el convento no dije nada de mi encuentro con el anciano caballero. Cuando sor Isabel me preguntó por mi estancia en el balneario, me limité a desgranar las bondades del baño, del masaje y de la merienda. Todas quisieron saber a qué sabía aquella bebida cargada de exotismo de otras tierras, el té, que, naturalmente, ninguna de las hermanas había probado jamás. «Ellas no pertenecen a mi clase social, es lógico que no sepan de costumbres tan refinadas», pensé mientras intentaba darles una descripción:

—Sabe como a flores fermentadas. Fuerte pero relajante. Y es muy beneficioso para la salud, según cuentan.

Había una admiración general en el ambiente. Las monjas escuchaban maravilladas. Sólo sor Isabel permanecía en silencio, con el ceño ligeramente fruncido. Parecía percibir la transformación que se había operado en mí en aquellas pocas horas. O acaso fuera algo más profundo. Tal vez empezaba a sentir el cambio de rumbo en el viento de nuestra vida en común, del mismo modo que, dicen, hay quien puede presentir los temblores de tierra. En apenas unas horas, todo habría acabado.

Me acosté todavía excitada por todo lo que había ocurrido, más tarde de lo habitual. Antes de dormir esperé durante un buen rato a que mi padre me deseara buenas noches, como solía hacer, pero no compareció. Más allá de mi celda, en el exterior de los muros del convento, todo parecía estar en una extraña calma.

No había hecho más que conciliar el sueño cuando me despertó una gran algarada que procedía del claustro. Se oían pasos apresurados mezclados con voces masculinas y cascos de caballos. Entre las voces distinguí algunas que gritaban, con gran brusquedad:

—Al refectorio, hermanas. Todas al refectorio. ¡Vamos a pasar revista!

Salí a toda prisa. En los pasillos me encontré con un espectáculo terrible. Un hombre a caballo amenazaba con una bayoneta a sor Antonina y sor Engracia que, cubiertas sólo por sus camisas de dormir y con los pies descalzos, corrían cuanto podían para ponerse a salvo. Otras hermanas se dirigían a toda prisa al refectorio, mientras algunos de aquellos hombres las amenazaban con la mano en alto. En la otra sostenían un fusil. Junto a la puerta de mi celda, uno de ellos se anudaba una alpargata. Nada más verme, vociferó:

—Tú, al refectorio con las demás.

Me fijé en su aspecto. Vestía una antigua casaca raída y mugrienta que había perdido la botonadura. El resto de sus ropas eran tan humildes que bien podían ser las de un labrador. Alpargatas y gruesos calcetines de lana completaban su atuendo. Llevaba una canana atravesada en el pecho. La bayoneta la tenía recostada en la pared. Cuando me vio se apresuró a empuñarla, como si yo significara un gran peligro para él. Ya en el refectorio, a la luz de algunas candelas, me llamó la atención la edad de los asaltantes. Todos eran hombres mayores, casi ancianos. Estaban en los huesos y la piel que se pegaba a sus esqueletos parecía pergamino de tan seca y arrugada. Decir que parecían los supervivientes de una guerra antigua y ya acabada sería ser optimista. En realidad, era más bien un ejército de espectros.

—¿Dónde está la madre priora?

La pregunta estaba en la cabeza de todas nosotras desde

que descubrimos aquella presencia bárbara en el convento. Sor Isabel no había comparecido. No estaba en el refectorio. Nadie contestó, pues, a la pregunta del hombre.

—¿Sois mudas? He preguntado quién es la priora.

Respondí yo, ante el terror general de las hermanas.

—No está aquí, señor.

Volvió hacia mí una mirada turbia.

—¿Dónde está?

—No tenemos la menor idea, señor —añadí.

—No importa. ¿Quién es la más vieja de vosotras?

Hubo un cruce rápido de miradas antes de que sor Antonina levantara la mano.

—Bien, entonces desde este momento te nombro madre priora. El cargo más corto de tu vida —dijo el hombre, al tiempo que dejaba escapar una risotada grosera y exagerada—. ¿No sabéis que hace mucho tiempo que deberíais estar lejos de aquí?

La pregunta agarró por sorpresa incluso a sor Antonina, que no supo de qué le estaban hablando.

—Hay leyes nuevas —continuó el hombre—. Leyes inteligentes. El clero ya no posee nada. O sea: nada de todo esto es vuestro, monjas. Ahora todo es del pueblo. Y el pueblo somos nosotros.

Una nueva risotada provocó más de una mueca de desaprobación entre las hermanas, que escuchaban temblando de frío, o de miedo.

—Así que desde este mismo momento, ésta ya no es vuestra casa, sino la nuestra. Mía y de mi batallón. ¡El batallón de los valientes caídos en combate! Quien no se marche antes del amanecer probará este hierro —señaló la cuchilla oxidada de su bayoneta—. Claro que, si las más jóvenes deseáis quedaros —acercó su cara a la mía al pronunciar estas palabras y me di cuenta de que apestaba a alcohol de un modo asqueroso—, seréis bien recibidas. Hombres tan exquisitos como nosotros siempre necesitan sirvientas.

Dicho esto, se echó a reír de nuevo, esta vez con más fuerza, y se alejó del refectorio con paso tambaleante. Él y el resto de sus hombres prendieron una hoguera en medio del claustro. Para ello acarrearon algunos objetos desde la capilla. Mientras regresaba a mi celda pude ver un par de crucifijos, varios manteles del altar y uno de los reclinatorios, apilados formando la pira.

Las hermanas estaban tan muertas de miedo que no acertaban a pensar y, mucho menos, a hablar, ni en voz baja. Impelidas por la situación, decidieron recoger algunas cosas, cubrirse con ropas de abrigo y abandonar el convento lo antes posible. También fijaron un lugar del bosque donde encontrarse y establecer, a ser posible, una estrategia ante aquel trance inesperado o un plan de huida que les permitiera no dispersarse, permanecer unidas en la adversidad.

—¿Qué va a ser de nosotras? —suspiraban las más mayores.

—Cuando los intrusos se marchen, regresaremos —refunfuñaban las más jóvenes.

La inquietud acerca de dónde estaría sor Isabel, que seguía sin aparecer, pesaba sobre los ánimos de todas, sin distinción.

—Es muy raro que la priora no haya comparecido en el refectorio dispuesta a defendernos a todas incluso con su vida —hizo ver sor Antonina—. Si ella hubiera estado aquí, ese hombre no se habría atrevido a tanto. Sus buenas razones debe de tener para ausentarse.

Mientras recogía mis escasas pertenencias yo ya había decidido que no iba a reunirme con las demás hermanas en el claro del bosque. Había llegado el momento de recuperar mi libertad. Un pensamiento no cesaba de dar vueltas en mi cabeza: la idea de que todo aquello, de un modo u otro, tenía alguna conexión con las palabras del elegante anciano que había conocido aquella misma tarde en el balneario. Pasé a toda prisa bajo los arcos del claustro, tratando de no mirar el ambiente de locura y barbarie que se extendía a mi alrededor. Un grupo de asaltantes orinaba sin ningún recato en un rincón del refectorio, y en medio del claustro resplandecía el fuego de la hoguera recién encendida. No era el único fuego que brillaba en la noche: también la capilla había sido incendiada, y las llamas asomaban ya por los estrechos ventanucos superiores. Los ángeles del altar mayor ardían, rodeados de largas lenguas de fuego y la capilla entera se había convertido en un inmenso horno. Al atravesar el huerto camino de la salida, escuché la voz de uno de los asaltantes:

—Hemos encontrado a la priora —reía—, pero me temo que no está en condiciones de viajar.

Me detuve a observar escondida tras una de las dobles columnas. Había un cuerpo tumbado sobre la tierra, en la zona en que el huerto dejaba de serlo para convertirse en cementerio. Por el hábito blanco supe que era ella, sor Isabel, aunque estaba tumbada boca abajo y con la cara semienterrada. Había luna llena y la noche resplandecía. Por eso cuando el hombre se apartó un poco pude retener con absoluta nitidez la imagen más horrible de mi vida. Las piernas de quien fuera la madre priora sobresalían bajo las faldas de su hábito. Pude observar que tenía las pantorrillas cubiertas de arañazos. No como los que provoca cierta vegetación al andar por el campo. Eran espaciados y profundos como los de una fiera salvaje. De entre sus omoplatos, atravesando fibras, huesos, piel y tela, sobresalía un objeto afilado y metálico. Tuve que fijarme bien para darme cuenta: era una de las cruces de hojalata del pequeño cementerio de las hermanas. Cubierta de verdín, de óxido y de sangre. Era como si la cruz quisiera clavar el cuerpo de sor Isabel a aquel suelo del que ya nunca iba a escapar. A su alrededor, me pareció que la tierra había escupido cuanto le sobraba: había nabos y otros tubérculos junto a cruces desarraigadas. Incluso me pareció que tampoco las hermanas muertas estaban ya en el lugar donde las depositaron con la esperanza de su eterno descanso.

Esta visión me hizo correr con todas mis fuerzas, agarrada al hatillo donde llevaba mis cosas. Corrí hasta dejar atrás a aquellos saqueadores que estaban convirtiendo el convento en una ruina en sólo una noche. Dejé atrás el vestíbulo, y las arquivoltas de la entrada y la pequeña plazoleta de arenisca frente a la que se alzaba el monasterio. Abordé el camino que se adentraba por la montaña. No pensaba en nada, sólo me dejaba llevar por mis ansias de huir, de dejar atrás aquella etapa de mi vida y, sobre todo, la imagen de sor Isabel, la mujer que me había protegido durante todos aquellos años, muerta tan de pronto y con tanta saña que aquello sólo podía ser obra del Maligno.

Antes de llegar a la angosta bifurcación en que se dividía el camino, vislumbré los brillos de un carruaje distinguido. No sé por qué razón no me extrañó demasiado encontrarlo allí en plena noche. Más bien todo lo contrario: me alegré de disponer de esa tabla de salvación sólo para mí. En ese momento, el destino de las hermanas del convento, su huida en mitad de la oscuridad y su suerte futura habían dejado de importarme por completo.

Antes de que pudiera pedir ayuda a sus ocupantes, la portezuela del coche se abrió. En su interior, me esperaba el anciano a quien conocí en el balneario. Sin moverse de su asiento, me invitó a subir con un gesto amable y una sonrisa. Una vez dentro, mientras yo recuperaba el aliento y el cochero se ponía en camino, dijo, con voz aterciopelada:

—Duerma un poco, señorita Albás. Tenemos un buen trecho hasta llegar a la que fue su casa. Espero que le agrade comprobar la presteza con la que me he afanado en cumplir mi parte del trato.

Brillaba la empuñadura de su bastón con un destello idéntico al de sus ojos cristalinos. Le hice caso en todo.

Tal y como me había advertido mi acompañante la primera vez que le vi, regresar a mi casa no fue una buena idea.

Apuntaban los primeros rayos de sol cuando el carruaje enfiló el camino que moría en la entrada de la finca. Allí, una gran verja sobre la que se leía el apellido de la familia subrayaba la grandeza de la que en otros tiempos había gozado el lugar. Ahora se encontraba abierta de par en par, como indicando que ya no había allí nada que mereciera la pena guardarse. La desolación, en efecto, empezaba nada más traspasar la gran entrada de hierro. Lo que antes había sido un bosque cuidado y limpio de broza era ahora una selva de desperdicios, y no todos vegetales. Algunos árboles habían sido también pasto de las llamas, pero apenas podía adivinarse en ellos la huella del fuego sino por el color negruzco de parte del tronco y de algunas de sus ramas. En ellos, sin embargo, la vida había logrado volver a imponerse.

No podía decirse lo mismo del resto de las propiedades. Nada más dejar a un lado el pozo —que alguien había cegado con tablones clavados de manera tosca— vislumbré la silueta fantasmal de la fachada. Me acordé de mi sueño, aquel que tantas veces había alegrado mis noches en el convento con la idea de un regreso, pero sólo para constatar que la realidad no se parecía en absoluto a lo que yo tantas veces había imaginado. A medida que el carruaje se aproximaba a la casona, sentía como si una garra me oprimiera el corazón hasta ahogarlo. Mi acompañante debió de notar mi congoja, porque permaneció todo el recorrido en un respetuoso silencio y con una sonrisa circunstancial en los labios. También debió de percibir el brillo inusitado de mis ojos y el temblor de mis manos. La visión de la casa, una vez que el carruaje se detuvo frente a la fachada principal y el cochero abrió la portezuela, invitándome a salir, me heló la sangre en las venas.

Por todas partes quedaban huellas del paso de la destrucción. Sobre las ventanas y las puertas se veían las sombras oscuras de las llamas. La vegetación estaba arruinada. La antigua rosaleda de mamá era ahora una maraña de tallos retorcidos y carbonizados. De las plantas aromáticas, no quedaba el menor rastro. La maleza lo invadía todo. De este lado no podía verse la pajarera, pero la imaginé llena de mariposas muertas. En el interior de la casa, a través de las ventanas, no se adivinaba más que negrura y desolación. Los cortinajes de la planta noble habían sido devorados por el fuego. Sólo un pequeño jirón sobrevivía en un lado del ventanal y casi parecía burlarse del destino de todo lo demás. No quise seguir mirando. Alargué el brazo y cerré la portezuela del coche.

—¿No desea usted entrar en la que fue su casa? —preguntó el anciano, mostrándome la gran llave de hierro de la puerta.

—No —respondí—. Quisiera marcharme de aquí ahora mismo.

—Como guste. —Dio unos golpes con la empuñadura de su bastón en el techo del carruaje y acto seguido el vehículo reemprendió la marcha.

Permanecí en silencio durante un buen rato. Hasta que la hacienda desapareció del paisaje y volvió a quedar sólo cerca de mi memoria, donde siempre había estado.

—¿Adónde vamos? —pregunté, cuando recobré el ánimo.

—A Tiermas. Siguiendo su voluntad, naturalmente —respondió el caballero—, hay una casa que quisiera enseñarle.

Estaba extenuada y confusa. Todo ocurría demasiado deprisa, como en una pesadilla. Nada de todo aquello parecía real. Sin embargo, lo era. Horriblemente real.

La casa de Tiermas que el anciano tenía interés en enseñarme era un lugar acogedor y bien conservado: una construcción de dos plantas. En la de abajo estaban las caballerizas y la zona de servicios, suficientemente amplia para atender las necesidades de una familia. En el piso superior se hallaban las habitaciones y un gran salón con balconadas sobre la calle principal del pueblo. Tenía también un patio de buen tamaño. Se encontraba, además, muy cerca del balneario y contenía unos pocos muebles de muy buena calidad de los que el anterior propietario quería desprenderse. Se podía decir, pues, que la casa se adaptaba a mis necesidades. Una vez más mi consejero había acertado plenamente.

—¿Qué pasos debería seguir si deseo comprarla? —le pregunté, ya que mi inexperiencia en aquellos asuntos, y en tantos otros, era absoluta.

Su respuesta me llenó de sorpresa:

—La casa ya es suya, señorita Albás. Sabía que iba a ser de su agrado y me tomé la libertad de adelantarme. También he contratado a un ama de llaves y al servicio indispensable para atenderla como se merece.

Sentí que la rabia me llenaba el pecho. Procuré no demostrarlo y comportarme con cortesía.

—¿Con qué dinero ha pagado usted todo eso, señor?

—Con ninguno, por el momento. Me he limitado a establecer un compromiso de compra. Aunque, a partir de hoy, tengo el orgullo de comunicarle que soy su nuevo representante legal.

—¿Mi representante?

—Su tutor, si lo prefiere. Desde hoy hasta que cumpla los veinticinco años o hasta que contraiga matrimonio. Pensé que la noticia le alegraría.

No me alegraba en absoluto. Me daba miedo el cariz que estaban tomando los acontecimientos.

—No lo entiendo. ¿Cómo ha sido que…? —balbuceé.

—Sor Isabel me cedió su tutela —se adelantó—. Creo que le parecí una persona muy capaz.

Me extrañaba de tal modo cuanto me estaba diciendo que debió de percibir la desconfianza en mi mirada.

—¿Sor Isabel le nombró mi tutor, sin más? ¿No le discutió nada?

—Cedió —dijo—. Después de una negociación, naturalmente. Casi todas las cosas importantes ocurren después de una negociación. Que sea más o menos tensa ya depende del talento de las partes que intervienen en ella.

—¿Y la discusión con la madre priora fue tensa?

—Ay, no quiero cansarla con los detalles. Baste decir que conseguimos nuestros propósitos. Los suyos y los míos propios. Entonces, fue un buen negocio.

No pude evitar repetir sus últimas palabras, llenas de pronto de sentido:

—Un buen negocio.

—¿Quiere que le presente ahora al servicio? —preguntó, recuperando de súbito su amabilidad y su aparente alegría.

Mil ideas seguían dando vueltas en mi cabeza.

—No acabo de comprender cuáles son sus propósitos, señor.

Su respuesta no se hizo esperar. Como si estuviera deseando que yo formulara esa pregunta para dejarla caer:

—Ayudarla en todo, por supuesto. Y recibir por mis servicios el pago acordado.

Mi alma. Lo había olvidado.

—¿Y ese pago vale tantas molestias?

—El valor que le damos a las cosas depende de cada uno.

No supe qué decir ante respuesta tan enigmática.

—¿Y qué deberé hacer para terminar lo que usted ha empezado? —pregunté.

De nuevo le restó importancia a mis preocupaciones:

—Oh, usted no debe preocuparse por nada. Yo arreglaré todos los documentos y se los presentaré para que los firme, cuando sea necesario. Si me permite un consejo, le recomiendo que no invierta sus fuerzas en estos asuntos demasiado mundanos. Disfrute, sea feliz. Viva el tiempo presente como si el mañana no hubiera de llegar. Y ahora, descanse. Ha sido un día largo y duro. La dejaré a solas para que pueda dormir. Buenas noches, niña.

Cuando le oí cerrar con llave la puerta de mi habitación comprendí que había caído en una trampa terrible. Había pasado de la reclusión protectora de sor Isabel y los Ángeles Custodios a la prisión de aquel ser entrometido e interesado de cuyos métodos ya tenía suficientes motivos para desconfiar.

Tampoco aquella noche, al acostarme en mi nueva cama, recibí el deseo de buenas noches de mi padre. Tal vez se había apartado de mí para siempre, pensé entonces, lo cual no hacía sino confirmar el mal camino que había elegido y lo mucho que mi comportamiento debía de disgustarle. Cerré los ojos y caí en un sueño placentero y profundo. Sin embargo, no fue una noche tranquila. Era muy tarde cuando algo me despertó. Un roce en la planta del pie que me hacía cosquillas. Abrí los ojos casi por instinto y descubrí una sombra detenida a los pies de mi cama. No pude saber entonces si me estaba mirando ni tampoco reconocerla, porque en cuanto se vio descubierta se escurrió entre la oscuridad y desapareció. No sé por dónde salió, y tampoco por dónde vino. Tal vez entró volando por la ventana o se coló por debajo de la puerta. De inmediato sentí unas náuseas muy intensas y no me quedó otro remedio que verter el contenido de mi estómago en la escupidera de porcelana que había bajo la cama. Luego, ya más tranquila, seguí durmiendo. Ya no me sentía alterada en absoluto, sino todo lo contrario: una placidez extraña se apoderó de pronto de mí. Tan extraña que parecía artificial, el resultado de haber bebido demasiado o de haber ingerido narcóticos. Nunca antes me había sentido así.

Por la mañana, cuando conseguí abrir los ojos, el sol brillaba con la fuerza del mediodía. La puerta de mi habitación no estaba cerrada con llave y sobre la mesita de luz alguien había depositado una bandeja con un copioso desayuno. No fue hasta poco después, al asearme y vestirme, cuando reparé en algo sumamente extraño. En la cara interior de mis muslos eran bien visibles ocho hilos de sangre: los ocho surcos que habían dejado sobre mi piel lo que parecían las garras de un animal salvaje.

Vivir el tiempo presente como si el mañana no hubiera de llegar. En seguir aquel consejo me empeñé a fondo durante los meses siguientes y creo que no es inexacto afirmar que fueron los más felices de mi vida. Por lo menos los más despreocupados y dulces, aquellos en los que hice cuanto estuvo en mi voluntad sin que nadie, por primera vez, me reprendiera por ello.

De pronto no me importaba la opinión que nadie pudiera tener de mí. Se habían acabado todas las obligaciones y no debía emprender nada si no me producía una satisfacción o un placer. Y exactamente eso hacía: no pensar sino en mi conveniencia. Vivir siguiendo tan sólo las leyes del más absoluto egoísmo.

—Nadie ha venido a este mundo a sufrir, señorita —decía mi mentor—, y usted menos que nadie porque ya ha padecido bastante en el pasado. La juventud es un tiempo magnífico para disfrutar de los placeres que la vida pone a nuestro alcance. Sáquele toda su sustancia. Exprímala.

Para mí, de la noche a la mañana, la vida había puesto todo su catálogo de placeres ante mis ojos. Mandé a una modista que me confeccionara más vestidos de los que podía lucir en un año. Todas las mañanas acudía una peinadora a arreglarme el cabello. Tomaba un suculento desayuno en mi habitación y alrededor del mediodía ya estaba dispuesta para salir a lucirme por las calles del pueblo. Hacía compras, paseaba sin prisa. Algunas veces me esperaba el carruaje. Otras, prefería ir sola. Por las tardes, casi siempre acudía a tomar las aguas al balneario. Los trabajadores del establecimiento ya me saludaban con esa cordialidad que sólo se dispensa a los mejores clientes. Luego, merendaba en el hotel, siempre en buena compañía.

De más está decir que en aquella época no me faltaron pretendientes. Una muchacha joven, casadera, sola y rica era un magnífico reclamo para los jóvenes y no tan jóvenes. Y, aunque a mí no me interesaba ninguno en especial, me dejaba invitar a té o chocolate cada vez que me lo proponían, les sonreía con intención y me divertía dejando que concibieran falsas esperanzas. Ellos se lo tomaban muy en serio, pobres infelices.

—Nada vuelve más estúpido a un hombre que su amor hacia una mujer —opinaba mi mentor cuando yo le hablaba de ellos— y la estupidez ajena resulta siempre un magnífico espectáculo, ¿no le parece?

Me divertía comportándome de aquel modo. Con eso y el apoyo del anciano caballero me bastaba para insistir en mi conducta sin pensar qué consecuencias podía acarrear, qué sentido tenía o a quién podía ofender con ella. Me tomé, pues, al pie de la letra, aquello de vivir el tiempo presente sin tener en cuenta el mañana. El mañana formaba parte de una categoría de asuntos en los que, sencillamente, prefería no pensar. Al mismo grupo pertenecía la ausencia de mi padre, a la que ya me iba acostumbrando. No es que no le echara de menos (lo hacía), sino más bien que no quería plantearme las razones que su silencio podía tener. No me apetecía asumir mis faltas. Tampoco quería analizar demasiado los acontecimientos extraños que seguían ocurriendo en mi habitación por las noches. No me gustaba pensar, por ejemplo, que desde que anochecía y hasta que volvía a brillar el sol me convertía en una prisionera en mi propia casa. Que apenas tenía comunicación con el ama de llaves, una mujer huraña, silenciosa y de piel cenicienta que despachaba todos los días con mi mentor y que a mí me trataba con una condescendencia y un desprecio desquiciantes, como si, en lugar de ser la señora de la casa, la que pagaba su jornal y el de cuantos vivían bajo aquel techo, yo fuera una niña estúpida necesitada de su educación. Lo mismo ocurría, por cierto, con el resto del servicio, una camarilla tan silenciosa y gris que más bien parecían almas del purgatorio. Alguno de ellos debía de ser quien todas las noches después de acostarme, con una puntualidad infalible, hacía girar varias veces la llave en la cerradura de mi puerta. No me gustaba pensar que muy poco después caía en un sueño plácido y profundo del que siempre despertaba mareada y vomitando. Que todas las noches, más o menos a la misma hora, descubría camuflada entre las sombras de mi cuarto aquella presencia extraña que se esfumaba nada más ser descubierta. Y tampoco que cada mañana al arreglarme, antes de recibir a la peinadora, limpiaba la sangre de la cara interior de mis muslos con una toalla húmeda. Éstas eran las cosas en las que no quería pensar. Aunque parezca extraño, se puede vivir sin pensar. Sólo es necesaria una buena dosis de inconsciencia. Como la que me caracterizaba a mí en aquella época.

Todos los días a la hora de la cena me reunía con mi mentor para referirle algunas anécdotas del día. Jamás le expresaba mis preocupaciones. Jamás tratamos asuntos serios.

—Hoy he recibido otra declaración de amor con proposición de matrimonio —le explicaba.

Me di cuenta enseguida de que al anciano le divertían estas anécdotas frívolas y que le gustaba preguntarme por los detalles.

—¿Ha sido original? ¿Ha utilizado un lenguaje refinado?

—Se ha puesto demasiado nervioso y ha tenido que acudir su madre a socorrerle.

—Lamentable. —Entornaba los ojos en un gesto teatral.

—Me ha dicho que tiene un título nobiliario.

—Ajá.

—Y un castillo no sé dónde.

—Interesante. Un chico con posibilidades. ¿Joven?

—Bastante.

—¿Bien parecido?

—Uy, no. Horrible. Demasiado alto. Aunque se le ve sano y atlético.

—Qué lástima. ¿Elocuente?

—Tartamudo.

—¿Elegante?

—Relamido.

—¿Y puedo saber cuál ha sido su respuesta?

—Que ni todos los castillos del mundo me decidirían a casarme con él. Le he preguntado si tiene un barco.

Mi mentor parecía enorgullecerse de mi comportamiento.

—¿Un barco?

—Le he hecho creer que puede volver cuando adquiera un barco. ¿Cree usted que será capaz de tanto por casarse conmigo?

—¿Si lo hace se casaría usted con él?

—Por supuesto que no. Los barcos me marean.

Reía él de buena gana y reía yo. Si hubiera conservado una pequeña parte, tan sólo eso, de mi consciencia anterior, habría sabido darme cuenta del modo en que me miraba mi consejero. Con un brillo extraño en los ojos cada vez que yo obraba caprichosamente, como si el hecho de observar tales progresos en mi conducta representara para él un gran triunfo. Eso era lo que estaba ocurriendo, ni más ni menos. En mí había encontrado tierra abonada. Apenas le había hecho falta un poco de empeño para conseguir que yo acatara todas sus enseñanzas sin rechistar. En un espacio de tiempo asombrosamente breve me había convertido en una chiquilla aborrecible. Con toda seguridad, yo fui la más estúpida de cuantas pupilas tuvo ni tendrá jamás.

Fueron tres meses de existencia despreocupada y absurda que, como me había ocurrido siempre con todas las etapas de mi vida, terminaron abruptamente.

Una noche, la criatura que me vigilaba desde las sombras no huyó en el mismo instante en que yo abrí los ojos. Presentí que algo raro estaba ocurriendo y me apresuré a encender el quinqué. Mi sorpresa fue mayúscula cuando descubrí a mi mentor sentado en una butaca junto a los pies de mi cama, con el mismo porte de atildada elegancia del día en que le conocí en el balneario. No le faltaba ningún detalle: ni la cadena de oro sobre la armilla, los botines, el sombrero o el bastón con empuñadura de plata.

—Vístase, señorita Albás —ordenó, con un deje metálico en la voz—. Nos vamos.

—¿Adónde? —pregunté yo.

—Regresamos a casa.

Hablaba con la serenidad acostumbrada, pero su tono era más imperativo.

—Yo no quiero irme de aquí. Además, es de noche —dije, pretendiendo volver a la cama.

Ni la más breve sonrisa asomó a sus labios al responder. Fue contundente como un rayo.

—Me temo, mi querida niña, que sus opiniones han dejado de tener importancia. Nos vamos. Vístase o tendrá que hacer el viaje en camisón.

Dos carruajes nos esperaban en la calle. A través de la ventanilla de uno de ellos, cargado con varios baúles, pude ver los rostros cenicientos de los criados y el ama de llaves. El anciano y yo subimos al otro. Los cocheros ya estaban avisados del lugar al cual nos dirigíamos y hasta los caballos parecían conocer el camino. Sólo yo no estaba conforme con los nuevos planes de viaje. Yo era la única de toda la comitiva que realizaba aquel desplazamiento en contra de su voluntad.

El trayecto duró toda la noche. En ese tiempo, el anciano no me dirigió la palabra ni una sola vez. En realidad, se comportaba como si yo no estuviera allí. El camino me pareció custodiado por las gigantescas siluetas oscuras de castillos y monasterios en ruinas en los que nunca antes había reparado. El invierno había desnudado las ramas de los árboles. Cuando llegamos a lo que fue mi hogar aún era de noche. Los carruajes se detuvieron en la explanada y los criados comenzaron, con mucha diligencia, a bajar el equipaje. Parecían conocer muy bien la disposición de la casa y cuál era el lugar exacto de cada objeto, porque cada cual se puso a la tarea sin mediar palabra. En la oscuridad, me pareció que algo se movía dentro de la gran pajarera, pero no le di mayor importancia. Permanecí dentro del coche, demostrando mi contrariedad, tanto tiempo como me fue posible. No resultó demasiado.

—¿Tendré que ordenar que la bajen como si fuera un bulto? —preguntó el viejo, desde el exterior.

El solo hecho de tener que pisar aquella tierra me helaba el corazón. Cerré los ojos un momento. La memoria me trajo el color y el aroma de las rosas, los ladridos alegres de *Igor*, los acordes del piano tocado por mi madre, el calor de la lumbre y el olor de los guisos de las cocinas. Al volver a abrirlos, me enfrenté de nuevo con la cruda realidad: la silueta fantasmal de la casa, renegrida y abandonada como mi propia memoria.

—La casa no está en condiciones de ser habitada —observé—. No puede usted pretender que esta pobre gente viva en estas circunstancias. —Me refería al servicio, naturalmente.

—Ellos se adaptan a cualquier lugar al que se les mande —respondió el anciano.

—Ellos tal vez sí, pero yo no.

—Lo he previsto todo —respondió—. He reservado para usted el mejor lugar de la casa, el único que se salvó del incendio, el único que se conserva como lo dejó su madre. Espero que sepa apreciarlo: podría no haberme tomado tantas molestias.

Parte de la escalera hacia el desván había sido consumida por el fuego. La barandilla había desaparecido casi por completo. Los escalones que habían sobrevivido estaban resquebrajados o crujían más que nunca. Al subir daba la impresión de que iban a ceder en cualquier momento, pero no lo hicieron. Todo en la casa estaba cubierto por una gruesa capa de polvo.

En el desván era imposible no percibir el paso del tiempo. La mesa a la que mi madre solía sentarse, flanqueada por los dos butacones de tapicería floreada, estaba desvencijada y sucia. A un lado, el brasero, ahora oxidado. Sobre la mesa, el juego de té. Los visillos amarilleaban en las ventanas. Sólo las muñecas estaban igual. Más sucias, uniformadas bajo la pátina de polvo gris, pero imperturbables. Por el suelo, en los anaqueles, sobre sus sillas diminutas o colgadas de las paredes, todas seguían fijando en mí sus ojos sin vida. Tanto tiempo después, seguían vigilándome.

La criada que subió conmigo dejó en el suelo, junto a la ventana, un colchón de lana sobre el que se apresuró a extender unas sábanas y una manta, sin mediar palabra ni mirarme a los ojos. Una vez terminada la tarea, y cumpliendo órdenes del nuevo señor de la casa, salió sin hacer ningún ruido y cerró la puerta con llave. En ese mismo instante comenzó para mí una vida y una rutina nuevas que ya habrían de repetirse exactamente de la misma forma hasta el final de mis días.

La criada silenciosa era la encargada de mi abastecimiento. Me subía comida tres veces al día: dejaba una bandeja y se llevaba otra. Se movía siempre con tal ligereza de movimientos y en un silencio tan absoluto que habría jurado que sus pies no tocaban el suelo bajo sus largas faldas oscuras. Por las mañanas, me gustaba abrir las ventanas y mirar al exterior. El color del bosque, que siempre me fascinó tanto, seguía haciéndolo ahora. Al principio, me dejó estupefacta comprobar que la pajarera seguía llena de mariposas de colores. Las había a centenares, juraría que incluso más que cuando yo era niña. Eran las únicas criaturas de la casa que se habían mostrado del todo imperturbables ante el paso de los años y las desdichas. En el lento transcurso de los días, observarlas me producía placer, y lo hacía a menudo. También me entretenía observando cómo el recorrido del sol hacía bailar las sombras de las cosas: la de la estatua de mi abuelo se alargaba casi hasta rozar lo que fue la rosaleda.

Extrañamente, no se veía a nadie en el exterior de la casa. La cantidad de trabajo que había aún por hacer en el interior debía de consumir todo el tiempo del servicio. Tampoco el viejo salía jamás —los caballos languidecían en las cuadras— y yo no alcanzaba a comprender dónde se escondía o en qué habitación se hospedaba. Cuanto había bajo el desván había sido pasto de las llamas y la reparación no podía haber terminado tan deprisa. Y, por lo que había visto del estado de las dependencias, no me parecía que ninguna persona en sus cabales fuera a estar dispuesta a alojarse en ellas.

Como siempre, lo peor para mí eran las noches. Ahora no era la criatura misteriosa la que me acechaba en la oscuridad. Me costaba dormir: demasiados pensamientos revoloteaban por mi cabeza. Cuando lo lograba por fin, docenas de bisbiseos me sobresaltaban. Comenzaban cuando yo cerraba los ojos para dejarme mecer por un sueño dulce. Los escuchaba con toda claridad. Al principio pensé que se trataba de una pesadilla, el efecto de encontrarme tan a disgusto en aquel lugar, el producto macabro de mi imaginación desocupada. Luego fui comprendiendo que nada de todo aquello estaba dentro de mi cabeza, sino fuera de ella, a mi alrededor, en aquel lugar que siempre me resultó inhóspito.

Eran las muñecas. Hablaban en susurros cuando creían estar a solas, igual que lo habían hecho cuando yo era niña. Las había oído muchas veces desde el otro lado de la puerta: jamás entendía sus palabras, que sonaban como los mil zumbidos de una colmena. Desde este lado, el murmullo se hacía insoportable. Y más insoportable aún era la hondura del silencio que se producía en cuanto yo abría los ojos. Ahí estaban, con sus ojos fijos en la oscuridad, sus raídos vestidos de raso o terciopelo, sus tirabuzones falsos, sus lazos y sus labios pintados de rojo. Fingían ser cosas cuando estaban tan vivas como yo.

Tardé bastante tiempo en volver a ver al viejo. Varias veces le ordené a la criada sigilosa que le comunicara mi intención de verle, pero él no atendió mis llamadas. Le escribí una nota breve solicitando una entrevista con él. Tampoco acudió. Finalmente, le amenacé con arrojarme desde una ventana si no venía a verme. No me equivoqué al imaginar que sería un buen anzuelo. Aquella misma tarde se presentó en el desván. Tenía el mismo aspecto pulcro y elegante de siempre, pero, por alguna extraña razón, me pareció más joven, más vigoroso, puede que incluso más alto que sólo un par de semanas atrás, cuando llegamos a la casa.

Entró sin anunciarse, cerró la puerta y guardó la llave en el bolsillo de su chaqueta. Tomó asiento en una de las butacas, junto a la mesa, cruzó las piernas y clavó en mí sus pupilas transparentes. Parecía esperar que fuera yo la primera en hablar.

—No entiendo lo que estoy haciendo aquí —dije.

Suspiró profundamente, se observó las uñas de una mano y volvió a mirarme como si aquella explicación le produjera una gran pereza.

—Hicimos un trato, ¿no te acuerdas?

No se me pasó por alto que de ponto me tuteaba.

—Si hubiera sabido esto no habría aceptado —expliqué.

Se encogió de hombros, dando a entender que mis problemas no eran, desde luego, los suyos.

—Estoy cansada de permanecer encerrada. Odio estas muñecas. Quiero regresar a Tiermas, al balneario, al hotel, a mi casa. Pasear por el pueblo. Aprovechar el tiempo presente, como usted me dijo. No sé qué hacemos aquí —repetí.

—Digamos que en este lugar me siento como en casa —declaró.

—No me dijo nada de esto cuando le contraté —protesté.

Aquella frase encendió su ira. Por primera vez le vi perder la compostura, levantar la voz, enrojecer.

—¡Oh, vamos! —vociferó—, no me vengas ahora con lloriqueos, estúpida. Tú ya sabías con quién estabas tratando. Siempre lo has sabido. Y te aprovechaste de ello. Ahora es mi turno. No te queda más remedio que permanecer aquí.

—¿Soy su prisionera?

—Te considero, mejor, mi invitada. Por lo menos durante el tiempo en que aún me seas útil.

—No entiendo qué utilidad puedo tener aquí encerrada.

Brillaron de nuevo sus ojos. Regresó una sonrisa leve a la comisura de sus labios. Volvió a modular la voz para decir:

—¿No has notado tu vientre ligeramente hinchado estos días? ¿No te has sentido indispuesta? ¿Con un ánimo algo más inestable, especialmente por la noche? Ésa es tu gran utilidad, por eso te retengo y para eso te he traído aquí: estás gestando a tus hijos, que nacerán en este lugar dentro de… exactamente, cincuenta y dos semanas. Serán mellizos, un varón y una hembra. Y crecerán llamándome papá. A mi edad, quién me lo iba a decir.

Me horrorizaron sus palabras. Al principio creí que mentía. Incluso se lo reproché:

—Está mintiendo. Lo que dice es del todo imposible. No puedo estar embarazada. Nunca he conocido a un hombre hasta ese punto… No, no puede ser.

Mis palabras y mi desesperación le divertían del mismo modo que lo había hecho el relato de mis conquistas amorosas. Por la bellaquería que descubrí en sus facciones me di cuenta, además, de que disfrutaba burlándose de mí.

—Me has subestimado, pequeña —dijo, al fin, poniéndose en pie, dispuesto a marcharse—. Qué divertido. No me ocurría algo así desde… Desde hacía mucho, mucho tiempo. Puede que varios siglos. ¿No sabes que, precisamente, soy especialista en el principio y el final de la vida? ¿Y en otras muchas cosas que no voy a enumerar ahora, todas igualmente fabulosas? Debo reconocer que hacía tiempo que no practicaba embarazos en vírgenes, pero, como ha quedado demostrado, no he perdido facultades en absoluto. Sigo en plena forma.

Recordé las marcas en el interior de la piel de mis muslos que hasta ese instante no había sabido interpretar. No pude disimular mi asco al formular la siguiente pregunta:

—¿Usted es el padre de mis hijos?

—Mmm… No, querida. Eso no sería adecuado a mis planes. No, de ningún modo. Podríamos decir que, técnicamente, el padre es aquel pretendiente que se ufanaba de poseer un castillo. El demasiado alto, ¿le recuerdas? Creo que le despachaste con el encargo de comprar un barco. Aunque no me parece que esa cuestión revista demasiada importancia, la verdad. El padre, en este caso, es lo de menos. La que importa de verdad es la madre.

—Y el linaje de mi familia…

—Por fin vas comprendiendo. Lo celebro. Las conversaciones vacuas me provocan dolor de cabeza.

Se puso en pie. Dirigió a las muñecas una mirada de aprobación y orgullo, parecida a la que un padre dedicaría a sus criaturas. Ya había abierto la puerta cuando dije:

—Son sus guardianas, ¿verdad? Las muñecas. Vigilan para usted.

Esta vez la mirada de aprobación fue para mí. Parecía satisfecho de mis progresos.

—Podríamos decir que veo a través de sus ojos —respondió.

—¿Y los criados? ¿También son sus espías?

De pronto aquellos asuntos parecían merecer su interés mucho más que cuanto habíamos hablado hasta ese momento.

—¿Cómo? ¿No les has reconocido? Claro, eras tan joven cuando ocurrió el incendio… Mírales bien, estoy seguro de que algo de ellos retuvo tu memoria.

—Nadie sobrevivió al incendio. Sólo yo… —dije.

Una sonrisa y un brillo de sus pupilas sustituyeron a las palabras. Ya se alejaba cuando formulé la última pregunta:

—¿Qué pasará cuando nazcan mis hijos?

Por toda respuesta, el crujido de la puerta al cerrarse y el sonido de la llave al girar en la cerradura. Una, dos, tres vueltas. Y sus pasos alejándose escaleras abajo.

Hubo varios partos de mellizos en mi familia. Mis tías Eva y Beatriz, muertas antes de los diecisiete años, lo fueron. Y había antecedentes más remotos, que mi padre solía referir. Un parto doble, pues, por mucho que las circunstancias en que se desarrolló el mío no fueran habituales, no era nada atípico entre los Albás.

Una noche antes de que empezaran las contracciones supe que mis hijos iban a nacer. Los bisbiseos de las muñecas se hicieron de pronto insoportables, como si tuvieran mucho empeño en alertar de que algo ocurría. Aunque lo verdaderamente importante de cuanto sucedió aquella noche de la víspera fue el regreso de mi padre. De pronto, en medio de la algarabía de cuchicheos incomprensibles, aun con los ojos cerrados, sentí un aliento cálido y familiar junto a mi nuca. Fue como si una sombra de grandes dimensiones acabara de acurrucarse a mi lado. Sus palabras me llegaron de inmediato, pronunciadas junto a mi oído, tan cargadas de cariño como siempre.

—Te acompañaré hasta el final, luz de mis ojos —dijo.

Y así fue, en efecto. Ya no habíamos de volver a separarnos. De algún modo, sentí que me había perdonado.

La criada silenciosa y el ama de llaves me atendieron durante el parto. Se movían a toda prisa de un lugar a otro, llevando y trayendo utensilios —una jofaina con agua caliente, toallas, un cuchillo de hoja afilada, sábanas limpias...— y todo en un silencio absoluto. Ni siquiera respondían a mis preguntas. Adiviné que tenían terminantemente prohibido hablar conmigo y que aquel silencio forzoso les dolía tanto como a mí. Esto último lo leí en la mirada del ama de llaves. Aunque fría y vidriosa, me transmitió tanta ternura cuando detuvo sus pupilas opacas en las mías como no había sentido desde que perdí a sor Isabel. Se trataba, al mismo tiempo, de una mirada inquisitiva, que con mucha dulzura parecía preguntarme: «¿De verdad no me recuerdas, Ángela?» No sé por qué tuvo que ser precisamente en esas circunstancias (supongo que por otro de esos caprichos del destino que me gobernaba desde poco después de verme nacer), pero fue precisamente en ese instante, cuando el ama de llaves luchaba por traer al mundo a mis mellizos, cuando la reconocí. Fue un fogonazo de mi memoria, un instante de iluminación que sólo puede compararse al poder mágico de las adivinaciones. Estaba tan desmejorada que me había costado reconocerla —al fin y al cabo, yo tenía sólo ocho años cuando la vi por última vez— pero por fin lo había hecho y con absoluta certeza.

Acerqué una mano a su mejilla y la acaricié. La sentí áspera, seca como pergamino. Y helada.

—Eres tú, Maya... —dije.

Sonrió y me pareció que sus ojos se humedecían, pero no dejó escapar ninguna lágrima.

«Tal vez llorar no es fácil cuando llevas once años muerta», pensé.

Siguiendo el consejo de mi padre, busqué para mis hijos nombres que les protegieran de los afanes malévolos del Diablo. Nombres como escudos, pertenecientes a algunos de los más valientes guerreros de los ejércitos del cielo: Micaela, por san Miguel, quien expulsó a Satanás al infierno y por ello mereció el título de príncipe de los espíritus celestiales. Y Uriel, quien con su espada de fuego hizo salir a Adán y Eva del Paraíso y castigó con dureza a la serpiente, que no era otra sino el Diablo disfrazado.

Mi hija mayor, nacida apenas cinco minutos antes que su hermano, se llamó Micaela. Al varón le bauticé con el nombre de Uriel. Toqué sus frentes y pronuncié sus nombres en voz alta, a la luz del sol. Con eso bastaba para que la protección causara sus efectos.

Apenas recibí ayuda para cuidar de ellos. La criada sigilosa seguía trayéndome las bandejas con la comida y retirando las anteriores. Ahora traía también pañales y ropa para los bebés. Se llevaba la ropa sucia. Maya vino a visitarnos una sola vez. Se atemorizó de tal modo que no regresó. Yo tuve la culpa.

—¿Me ayudarías a escapar de aquí? —pregunté, sin comprender que nos estaban vigilando. Que siempre nos vigilaban.

Al instante descubrí el horror reflejado en su rostro sin vida. Miró a las muñecas, se volvió para verme de nuevo y negó con la cabeza antes de marcharse para no volver.

Aquella misma tarde recibí la visita del responsable de mi encierro y de mi situación. Esta vez no me asombró encontrarle todavía más rejuvenecido y vigoroso. Recordé lo que solía decirme sor Isabel: «La facilidad para la transformación es una de las características principales del Diablo.» Su elegancia y su altivez permanecían imperturbables.

—Me han informado de que tus hijos tienen muy buen apetito y que tu leche parece muy buena —dijo.

No me molesté en responder. Ni siquiera le miré. En aquel momento, Uriel comía glotonamente de mi pecho izquierdo, y yo me entretenía contemplando el vuelo de las mariposas dentro de la pajarera. Me pareció que querían escapar. Lo mismo que me ocurría a mí.

—Quiero que sigas amamantando a los niños todo el tiempo que te sea posible —añadió mi captor.

De nuevo respondí con un prolongado silencio. Como imaginaba, aquella conducta mía le exasperó.

—Maldita niña. ¿No has aprendido todavía a comportarte ante mí?

Estaba asustada y no subestimaba su poder en absoluto. Más bien lo daba ya todo por perdido. A la vez, sabía que mientras tuviera a uno de mis hijos entre los brazos no iba a ocurrirme nada. Le interesaban demasiado aquellas criaturas para causarles ningún daño. Respondí a su ira creciente con mi mayor indiferencia y aquello le encolerizó más aún.

—Te queda poco tiempo de vida —dijo, entre dientes—. Y cuando tú mueras, toda tu descendencia será mía para siempre.

Durante nueve semanas más seguí criando a mis hijos en la soledad del desván, sin que ocurriera nada digno de ser contado. Mis jornadas se limitaban a alimentar a los dos bebés y dejar pasar el tiempo, observada a todas horas por los ojos siempre abiertos de las muñecas. Una noche sentí que callaban los susurros y reinaba un silencio absoluto. Supe que el final estaba cerca. Por la mañana, me pareció ver una presencia familiar correteando por la explanada de los carruajes y entre los tallos retorcidos de lo que fue la rosaleda. Era *Igor*, nuestro perro mastín. Algo más flaco, demacrado y ceniciento, pero no cabía duda de que era mi viejo compañero de juegos infantiles. Volver a verle me proporcionó una enorme alegría.

Poco después ocurrió algo extraño. Los bebés lloraban en lugar de succionar. Intentaban conseguir su leche de mis pechos, pero no lo lograban. Cuanto tenía que darles había acabado de la noche a la mañana. Mis pechos estaban secos. Comprendí lo que aquello significaba al mismo tiempo que oía el retumbar de unos pasos subiendo la escalera a toda velocidad. Era mi antiguo mentor, ya casi convertido en un hombre joven, que abrió la puerta de un golpe y clavó en mí sus pupilas transparentes para decir:

—Ha llegado el día de cumplir tu parte del trato, niña.

Cerré los ojos y me dejé llevar. En realidad, fue más fácil de lo que jamás había pensado.

Si el mismo instante en que por fin el Diablo clavaba sus garras en mi alma alguien hubiera estado observando con atención la pajarera, sin duda habría podido ver algo portentoso: habría visto aparecer de la nada, suspendida en el aire, con gran rapidez, una mariposa grande, de hermosos y brillantes colores. Tal vez la mejor pieza de toda la colección. Nada más materializarse, el volátil animal aleteó dos veces y buscó un lugar donde posarse.

Una décima de segundo más tarde, ya era imposible distinguirla. Se había confundido con todas las demás. Sólo su dueño era capaz de recordar la procedencia de cada una. Eso suponiendo que tuviera alguna intención de hacerlo, claro está, ya que, como es bien sabido, el interés del caprichoso Diablo se acaba en el mismo momento en que consigue aquello que desea.

Resulta tan sumamente fácil inducir a los humanos a la irresponsabilidad más absoluta, a la relajación total de las costumbres, que a veces me aburro antes de empezar. Son tan débiles de espíritu que con sólo tentarles un poco se lanzan al mal camino. Se vuelven perezosos, engreídos, pagados de sí mismos, afectos a la riqueza fácil, al amor fácil, al éxito fácil. Cuando, en realidad, no tienen méritos para nada de eso. Lo que ocurre es que no se dan cuenta hasta que les arrebato cuanto les di, y entonces se desmoronan como castillos de naipes. No es mal momento para hacerlos tus presas. Son mansos como conejillos de indias. Algún día, ahora que me he iniciado con gusto en esto de la escritura, pondré sobre el papel mis enseñanzas. Lo podría titular *Manual para pervertir humanos*. O tal vez *Manual para conseguir almas*. El primer paso —esto es un adelanto para mis lectores curiosos— requiere una cierta constancia. Hay que acercarse cada día a la persona que se quiere conseguir (a poder ser, en la primera fase del sueño) y susurrarle al oído malas ideas, del tipo: «La riqueza es buena, venga de donde venga», «Un hombre con más riquezas es mejor que otro que no tiene nada», «El dolor ajeno no debe importarnos si sirve para conseguir nuestros planes» o «Leer es una actividad aburrida que hay que evitar a toda costa». Algunas veces se tiene la fortuna de encontrar alumnas tan aplicadas y tan dispuestas a la sumisión como Ángela. Deliciosa criatura. La recuerdo con ese cariño indeleble con que los grandes triunfos quedan grabados en la memoria de los muy soberbios.

12

Micaela

(1901-1918)

A los muertos nos fastidia tener que hablar con los vivos.
Si no fuera porque tenemos muchas historias que contar,
nunca lo haríamos.

Mi infancia fue solitaria y extraña. Tiermas no era, precisamente, un lugar muy divertido para un par de niños. Pasá-
bamos casi todo el tiempo encerrados en casa, atendidos por
los criados, que eran tan diligentes como poco comunicati-
vos. Una vez a la semana recibíamos la visita de tío Elvio.
Nuestro tío era poco amigo de las relaciones sociales. Casi
nunca se dejaba ver en público, no se le conocía esposa ni
novia —pese a que era joven y bien parecido— y tampoco
amigos o colegas. Nadie venía nunca por la casa, con la excepción del médico cuando mi hermano o yo estábamos en-
fermos y de una institutriz a quien nuestro tío confió nuestra educación algunos años más tarde. Cuando yo empecé a
demostrar interés por acudir los domingos a los oficios de la
iglesia de San Miguel, mi decisión le disgustó, según supe
más tarde por mi hermano. A él nunca se le veía por la iglesia
y en el pueblo tenía cierta mala fama que las habladurías de
la gente se encargaban de multiplicar.

—Hay en Tiermas quien cree —me explicó una vez el padre Juan, el párroco— que tu tío tiene algún tipo de entendimiento con el Maligno. No hagas caso. Son historias de gente desocupada e inculta pero, de seguir así, es seguro que ese hombre terminará en el infierno. Deberías traerle a la iglesia. Si no fuera por vosotras, las mujeres, los hombres habrían desertado de la casa del Señor haría décadas.

Lo que no sabía el padre Juan era que yo no tenía ninguna influencia sobre mi tío Elvio. No tenía ocasión de decirle nada y mucho menos de convencerle para que acudiera conmigo a alguna parte. Las veces que venía por casa despachaba sus asuntos con el ama de llaves y con el administrador y de vez en cuando mandaba llamar a mi hermano a su gabinete, para mantener con él conversaciones a puerta cerrada de las cuales yo jamás sabía nada.

Para llegar al gabinete de tío Elvio había que cruzar el patio, dejar a un lado el pozo y la alberca hasta llegar a una destartalada construcción de madera donde se guardaban aperos de labranza y trastos viejos. Del suelo de ese lugar, levantando una trampilla, partía una escalera angosta, también de madera, que terminaba en una puerta tan oscura como el camino que había que recorrer para llegar hasta ella. Alguna vez, siendo muy pequeños, descubrimos en nuestros juegos aquel escondrijo, pero nunca fuimos más allá de la escalera, ya que la puerta permanecía cerrada todo el tiempo que nuestro tío estaba ausente. El lugar despertaba en nosotros tal fascinación que lo imaginábamos lleno de tesoros, o tal vez sembrado de cadáveres. Ya se sabe que la imaginación de los niños puede llegar a ser portentosa si algo la estimula lo suficiente.

La primera vez que Uriel regresó del gabinete de nuestro tío —acababa de cumplir diez años— yo le estaba esperando muerta de curiosidad.

—¿Qué, qué, qué? —le pregunté, deseando escuchar sus explicaciones.

—Hay libros. Muchos, por todas partes. Un colmillo de

elefante. Una espada japonesa. Muchos objetos extraños de muchas formas. El suelo cruje, aunque hay alfombras muy mullidas. El sillón de tío Elvio tiene el respaldo muy alto. Nada se ve muy bien, apenas hay luz.

Me bastaba aquella definición para alimentar aún más mi fantasía. Imaginaba a tío Elvio matando elefantes o luchando a mandobles en remotas guerras. Lo único que tenía claro, y lo tuve desde mi más tierna infancia, es que nuestro protector no era un hombre común y corriente.

Tío Elvio nos contó que él era nuestro único pariente después de que nuestra infortunada madre muriera de unas fiebres a los pocos días de nuestro nacimiento. Nos dijo que hacía un gran sacrificio ocupándose de nuestra educación hasta que fuéramos lo bastante mayores para valernos por nosotros mismos. Una vez mi hermano le preguntó por nuestro padre. El tío se llevó una mano al pecho, en un gesto muy teatral y entornó los ojos para decir:

—Mi pobre hermano murió al caer de una torre de su castillo. Vivía en la fortaleza que siempre fue de la familia. Después de aquello, todas las propiedades se arruinaron o se perdieron.

Durante los primeros años creímos aquellas explicaciones al pie de la letra, sin desconfiar jamás de la palabra de tío Elvio. Fui yo quien empezó a dudar.

—Pregúntale por qué no llevamos el apellido de nuestro padre —le encomendaba a Uriel.

O bien:

—Que te cuente por qué jamás hemos ido a visitar la tumba de nuestros padres. ¿Dónde están enterrados?

Uriel era en aquella época un niño confiado y crédulo, en cuya cabeza no tenía cabida la idea de un engaño. Siempre encontraba una razón para justificar a nuestro pariente.

—No quiero preguntarle. Debe de ser muy doloroso para él recordar a su hermano muerto —decía—. Si tú te murieras, yo me moriría de pena, Micaela.

O bien:

—Igual hay alguna historia terrible en la familia que nos contará cuando seamos más mayores.

Si le hacía estos encargos a mi hermano era porque yo nunca hablaba con tío Elvio. A mí nunca me mandaba llamar a su gabinete y jamás conversaba conmigo. Mostraba hacia mí la misma indiferencia que se muestra hacia un mueble o hacia un bonito jarrón. A veces ni siquiera me saludaba al llegar o al marcharse.

—Buenas tardes, sobrinos —decía, si al entrar nos encontraba almorzando, y enseguida se dirigía sólo a mi hermano—: Te espero en mi gabinete en cuanto termines, Uriel.

Tenía diez años cuando comencé a preguntarme si los motivos de aquella indiferencia podían estar en algo que había hecho. No puedo afirmar que aquel asunto me quitara el sueño, desde luego. Me dio, eso sí, mucho que pensar. De día y de noche.

—No tiene nada contra ti —me tranquilizaba mi hermano—, es sólo que no le gusta tratar con mujeres.

Ya era una adolescente cuando comprendí algunas cosas que habrían de cambiar mi vida: que las razones de aquel desprecio eran más antiguas que nuestra relación con tío Elvio, tal vez mucho más; que el tío, en realidad, no me importaba lo más mínimo y que el desprecio de aquellos que no nos importan no es, en realidad, algo que deba preocuparnos; que aquel hombre orgulloso, atildado, joven, de mirada muy clara y cierto aire malicioso en realidad no era quien decía ser. Lo supe después de preguntarles a los criados acerca de su personalidad y observar sus reacciones. Por extraño que parezca, el terror que te inspira alguien puede demostrarse incluso sin pronunciar palabra y eso fue, exactamente, lo que leí en los ojos opacos de nuestros sirvientes: terror hacia su señor. Un terror que traspasaba las fronteras de lo humanamente soportable.

No le comuniqué a mi hermano ninguno de estos descubrimientos. Ya hacía tiempo que percibía que mi hermano y yo estábamos cada vez más alejados. Del mismo modo que aumentaba mi desconfianza hacia aquel que, se suponía, era nuestro protector, también se afianzaba la relación de Uriel con él. Desde el mismo momento en que dejamos de ser niños, tío Elvio empezó a estrechar sus lazos con Uriel. Ahora le citaba con mucha más frecuencia en su gabinete, y sus reuniones eran más largas que antes: a veces se prolongaban incluso durante horas. Uriel, antes tan comunicativo y parlanchín, se volvía cada vez más reservado. Ya nunca me hablaba de tío Elvio y, por supuesto, nunca me contaba nada de lo que ocurría en el gabinete. Parecía que tío Elvio hacía esfuerzos por contagiar poco a poco a mi hermano gemelo el desprecio que sentía hacia mí. Y lo peor era que lo conseguía.

Sin embargo, no contaba con una cosa: hay un vínculo de unión entre mellizos que tío Elvio no podía prever. Es un lazo invisible, para muchos incomprensible, que nace entre aquellos que han surgido en el mismo claustro materno, y que hace que la tristeza, la preocupación, el desasosiego y, en general, todos los sentimientos de gran intensidad sean compartidos, de modo que si algo hacía daño a mi hermano yo podía sentirlo, y lo mismo ocurría a la inversa. Así fue como en realidad me di cuenta de lo mucho que todo aquello estaba afectando a Uriel. Estaba asustado, conmocionado. Y yo podía sentir aquellas emociones como si yo misma las estuviera experimentando. Me despertaba a media noche, desvelada de pronto por alguna idea que me había sobresaltado, y no sabía cuál era. Tan sólo tenía la certeza de que se trataba de algo terrible y a la vez de algo que iba a perseguirnos para siempre. Si en ese momento salía de mi cuarto y me asomaba al pasillo, descubría luz bajo la puerta de la habitación de Uriel. Aquella sensación de temor del principio nunca desapareció del todo, aunque con el tiempo mi hermano aprendió a controlarla. Fuera lo que fuera lo que le daba miedo, terminó por acostumbrarse a ello. Y ese sentimiento terminó por ceder el paso a otros que yo también percibía con gran claridad. El más intenso era la ambición. Una ambición desmedida por conseguir todo aquello que deseaba, sin importar de qué modo. Y no ambicionaba precisamente cosas pequeñas, sino las más grandes, las más difíciles.

Por aquel tiempo yo también había evolucionado, a mi modo. Ya no intentaba hablar con nadie. Ni siquiera con la institutriz que durante unos pocos años fue la única persona además de mi tío que entró y salió de nuestra casa. Una vez, escuchando tras una puerta, descubrí unos retazos de la conversación que se referían a mí.

—Me da miedo lo que su sobrina pueda tener en la cabeza, señor —le decía ella a tío Elvio—. Temo que un día pueda ocurrir en esta casa una desgracia muy grande que yo no consiga evitar.

Se refería a la atracción que desde pequeña ejerció sobre mí el agua quieta. Era algo que no podía controlar, un impulso que me llevaba a detenerme junto a la alberca, a sentarme a un lado, sobre la pared de piedra, y a pasar horas observando como hipnotizada la superficie del agua. También me gustaba acariciarla con la punta de los dedos —estaba helada— y escuchar el repiquetear de las gotas que resbalaban desde la vegetación de la pared. Lo mismo me ocurría con el pozo. Apoyaba el cuerpo en el brocal y me pasaba largos ratos contemplando el agua, allá abajo, lanzando contra su superficie pequeños guijarros sólo por el placer de oírlos caer.

Más tarde, cuando ya se me permitió salir de casa, descubrí la ribera del río, un lugar donde el agua se remansaba tanto que parecía un estanque. Me gustaba pasar allí la tarde, siempre escoltada por una de las criadas, una chica de piel cenicienta y áspera, tan muda como los demás. Me acompañaba en silencio, me observaba con aquellos ojos tan mansos como el agua que yo buscaba y algunas veces, si el tiempo era propicio, se sentaba junto al río. Se mantenía junto a mí como si fuera mi propia sombra: de algún modo sabía que estaba ahí y que no iba a poder librarme de ella. Pero intentar algo más, como darle conversación, llegar a un entendimiento o compartir algún gusto, habría sido estúpido.

La criada que siempre me acompañaba, supongo que por orden de mi tío, lo hacía del mismo modo en que lo habría hecho una cosa. Lo cual, por cierto, a veces tenía sus ventajas: si en alguna ocasión me apetecía ir a la ribera del río a pesar de que las condiciones atmosféricas fueran desfavorables, ella tampoco oponía resistencia. Venía conmigo sin expresar pesar, ni siquiera molestia. Más de una vez permanecimos junto al agua remansada soportando una tormenta descomunal o una fuerte ventisca, como si obedeciéramos secretas órdenes de voces que sólo nosotras escuchábamos. Y es que algo así era para mí aquella atracción por el agua: obedecía ciegamente las voces, o los impulsos, que me ordenaban buscar agua, cuanta más mejor. Agua quieta en la que poder sumergirse, ni que fuera con la imaginación. Nunca conocí la razón de todo aquello. Todo lo que puedo decir es que me resultaba imposible no obedecer a las voces.

Nunca pensé que fuera casualidad que el lugar que tío Elvio había elegido para mí fuera, precisamente, Tiermas, uno de los más famosos y más encomiados de la época, precisamente por sus aguas. El balneario estaba muy cerca de nuestra casa y en cuanto me fue posible empecé a frecuentarlo. Me gustaba que algunos de los empleados recordaran a mi madre. También me sorprendía que nunca nombraran a mi padre.

—La hubiera reconocido nada más verla, señorita —me dijo una vez el administrador—. Su madre era también muy hermosa, y tenía, como usted, esa serenidad en la mirada.

Una vez formulé la pregunta que me ardía en el corazón:

—¿Y a mi padre? ¿Le recuerdan?

Me di cuenta en el acto de que mi pregunta le ponía en un aprieto. La voz le temblaba, como si le costara salir, mientras respondía:

—¿Su padre? Yo no tengo constancia de que él fuera también aficionado a tomar las aguas, señorita. Algo extraño en un hombre de costumbres sofisticadas, como sin duda debió de ser.

Antes de referirme al final, que ocurrió exactamente cuando estaba previsto, hubo un par de encuentros que pretendo recordar. Ambos tuvieron lugar en el Hotel Reina Regente, al que me gustaba acudir después de tomar las aguas. El primero ocurrió el día que conocí a Úrsula, la joven que no tardaría en convertirse en la esposa de Uriel y, en consecuencia, en mi cuñada. Yo ya sabía que algo muy bueno le estaba ocurriendo a mi hermano —yo también experimentaba una rara emoción, aquellos días, el eco de lo que él estaba viviendo—, aunque no se me ocurrió que podía estar enamorado. Yo no lo había estado jamás y seguramente por eso no identifiqué los síntomas.

—Quiero que conozcas a Úrsula, mi futura esposa.

Era una chica bonita, un año mayor que Uriel. Vestía con sencillez sin llegar al desaliño, como si su familia estuviera atravesando un momento de estrechez económica. Sin embargo, se apreciaba enseguida que sus modales eran refinados. Lo que más me chocó de ella fue el poso de tristeza que descubrí en su mirada.

—Vamos a casarnos el próximo verano —me informó Uriel.

Estábamos a mediados de febrero. A cualquiera le habría parecido un plan muy precipitado. A cualquiera que no comprendiera, claro.

—Hasta entonces, se quedará a vivir en nuestra casa. Los criados le están preparando un cuarto junto al tuyo. Todo ha sido gracias a tío Elvio. Cuando Úrsula te cuente su historia te darás cuenta de que él no es tan malo como piensas.

Úrsula, por supuesto, me contó su historia. Mientras merendábamos en el salón de té, con todo lujo de detalles.

—He conocido la desgracia de crecer sin padre ni madre

—dijo—, ya que aquellos que me dieron la vida me abandonaron en un convento nada más nacer, nunca sabré por qué motivo. Por suerte, tuve la fortuna de conocer a algunas personas buenas. La mejor de todas resultó ser tu tío, quien nada más saber de mi existencia se apiadó de mí y se ofreció a ayudarme. A él le debo la única educación que he recibido y, hasta cierto punto, mi libertad. Si no hubiera sido por él yo no habría podido elegir entre salir del convento o permanecer en él. Pero gracias a ese santo caballero, he podido conocer a tu hermano, con quien estoy a punto de casarme.

Hablaba con una voz tan dulce, parecía tan sincera y tan afectada que no sé por qué, empecé a pensar que nada de todo aquello era cierto. Mientras la escuchaba, asintiendo de vez en cuando y fingiendo un interés que su historia no me inspiraba, no dejé ni un momento de preguntarme hasta qué punto tendría que ver tío Elvio con aquel compromiso tan repentino.

—Todo esto ha sido una bendita locura —reía ella, nerviosa— propiciada por unas fiebres que me obligaron a visitar a un médico. Como el convento está muy apartado y habría sido muy trabajoso que hasta allí se desplazara un doctor, tu tío me ofreció muy amablemente que me viera aquí, en su propia casa, el médico de vuestra familia. Así he tenido la suerte de conocer a Uriel, que tiene que ser otro de los encuentros afortunados de mi vida. Ya no puedo imaginar una existencia donde él no sea principio y fin.

Mi hermano sonreía, orgulloso de las palabras de su prometida que a mí me parecían cada vez menos naturales. Como si Úrsula hubiera aprendido un papel y estuviera declamándolo en el más afectado estilo de las actrices que triunfaban en los teatros.

A mí se me ocurrían tantas cosas que decir, que preferí callar. Uriel debió de darse cuenta, y explicó:

—Tío Elvio nos ha dado permiso para fijar ya la fecha de la boda.

—¿No sois aún muy jóvenes? —aventuré yo, ya que allí no parecía haber nadie más que conservara un ápice de cordura.

—Lo somos —se apresuró a responder Úrsula—, pero la juventud no es un impedimento cuando los sentimientos son firmes. Yo nunca estaré tan segura de algo como lo estoy de mi decisión de unirme a tu hermano de por vida.

Este comentario llevó al bobo de mi hermano a estrechar la mano de aquella desmayada protagonista de melodrama.

—También yo estoy completamente convencido del paso que vamos a dar —repuso él, y yo constaté horrorizada que mi hermano se había contagiado de aquel estilo grandilocuente y cursi—. Además —añadió— que Úrsula se convierta en mi mujer en una unión bendecida por Dios acallará las habladurías de la gente del pueblo, siempre tan dispuesta a meter las narices en asuntos que no les incumben. También terminará con otras cosas. No quiero que regrese al convento, donde la vida es tan dura. Desde este momento, aunque no sea aún mi esposa, quiero que sea la nueva señora de la casa. Estoy seguro de que sabrá gobernarla con buena mano y para nosotros representará un alivio saber nuestros asuntos tan bien administrados.

Fue el primer signo de mi desaparición absoluta. Uriel acababa de ignorarme, del mismo modo en que siempre lo hacía nuestro protector, al anteponer a su mujer en el gobierno de una casa que también era mía. Lo único que se me ocurrió contestar, mientras pensaba que se acercaban tiempos muy difíciles para mí, fue:

—Os felicito por un enamoramiento tan rápido y tan intenso.

La boda se celebró a finales de julio en la iglesia de San Miguel. Por parte de la novia no acudió nadie. Por parte del novio, apenas una docena de personas: los criados, nuestra antigua institutriz y yo misma. Tío Elvio se encontraba en uno de sus viajes. Fue una ceremonia sencilla, donde el padre Juan encomendó a san Miguel la custodia de los nuevos esposos con una oración que yo no había oído jamás. Debió de pensar que, jóvenes e inexpertos como eran, iban a necesitar alguna otra custodia además de la de mi tío.

Durante el banquete, los criados se sentaron a una de las mesas y comieron sin apetito y en un silencio sepulcral. En la otra, los novios, el padre Juan y yo charlábamos animadamente. En un momento de la conversación, el párroco se interesó por el pasado religioso de la novia.

—¿Y cuál es ese convento donde, me han dicho, tuvieron tanto cuidado de ti hasta hoy?

—El de Santa Clara, en Luna —contestó ella.

—¿El de Santa Clara? —el párroco pareció extrañarse. Tres arrugas se dibujaron en su frente—. Tenía entendido que las hermanas habían huido de allí en 1835 y que del edificio apenas quedaban ruinas.

La novia no escuchó estas palabras. Al parecer, sólo yo tenía algún interés en hacerlo.

Tío Elvio planificó la luna de miel de los nuevos esposos. Un viaje en diligencia de cinco semanas de duración, con reserva en hoteles de varias capitales importantes, incluyendo Madrid, donde asistieron a la ópera, y Barcelona, donde vieron el mar por primera y última vez en su vida. Úrsula nunca habría podido soñar con algo así mientras vivía con las monjas. Menos aún podía prever yo lo que me esperaba cuando regresaran a casa.

De su viaje de novios traía mi nueva cuñada un alud de ideas para reformar la vivienda. Puso en ello tanto empeño que durante días no habló de otra cosa.

—Compraré muebles nuevos. Cambiaremos los cortinajes y las alfombras. Puede que entre más luz en el salón si echamos abajo este tabique. Quiero comprar un gran espejo para nuestra habitación, y una cama más grande, la mayor que encontremos. Y, si no, mandaré hacerla a medida. Pintaremos de nuevo los pasillos. Arreglaremos un cuarto para invitados. No, mejor dos. La habitación de Micaela es tan espaciosa... sería ideal para el cuarto de los niños...

Sus planes de reforma lo abarcaban todo: menús, horarios, mobiliario, costumbres.

—¿Vas a hacer cambios también en el gabinete de mi tío? —le pregunté una vez, con no poca mala intención.

Levantó una mano, solemne.

—De ningún modo. El gabinete de vuestro tío es la única parte intocable de la casa.

Mi hermano estaba encantado. Yo, en cambio, cada vez tenía más claro quién era Úrsula: una enviada de tío Elvio para dominar a Uriel más todavía.

El segundo encuentro del que deseo dejar constancia fue a solas con Uriel. De hecho, aquella ocasión fue la última, y la primera desde hacía años, en que logré que mi hermano se sincerara conmigo y hasta cierto punto me abriera su corazón como cuando éramos niños.

Aproveché una ausencia de Úrsula. Mi cuñada había salido de compras, como se había vuelto su costumbre desde que tomó las riendas de la casa. Mi hermano estaba en la sala, ocupado en repasar unas cuentas. Llamé a la puerta de la habitación y abrí una rendija para preguntarle si podíamos hablar un instante. En su cara, cuando me miró, me pareció ver una honda congoja. No me extrañó lo más mínimo: sabía que llevaba noches sin dormir bien, que algún pesar muy grande le despertaba de madrugada y que después ya no lograba conciliar el sueño. Lo sabía porque los mismos síntomas —aquella angustia en el pecho, aquel remordimiento no sabía por qué, aquella falta de aire...— me despertaban a mí. Cuando yo misma sentía ganas de salir de la cama y calmar mis nervios paseando, oía sus pasos por la casa, como si una duda o una inquietud muy grandes le carcomieran.

—Por favor, Micaela, pasa y siéntate —me invitó.

Sobre su mesa de trabajo se diseminaban los papeles: libros de cuentas, la correspondencia del día y algunos bocetos de Úrsula para la remodelación de las habitaciones de la casa.

—Tu mujer se toma muy en serio los cambios —observé, sentándome frente a él.

—Sí, es estupenda —dijo.

En realidad, no había entrado en la habitación para hablar de su mujer. De pequeña me enseñaron que cuando no se puede decir nada bueno de alguien lo mejor es callar. Era otro asunto el que me llevaba hasta Uriel.

—Estoy muy preocupada por ti, hermano. Algo te está robando la tranquilidad estos últimos días. Lo siento perfectamente, y también siento que va a más a medida que avanza el tiempo. ¿Hay algo de lo que quieres que hablemos, Uriel?

Supe por su reacción que había acertado de lleno. Intentó simular una respuesta serena, pero se le truncó la voz antes de que pudiera llegar a articularla. Al fin, se echó a llorar. Como cuando éramos niños. Me acerqué a él y le estreché en mis brazos. Al sentir mi contacto, me pareció que lloraba más aún. Yo también sentía en mi corazón un peso parecido al de una piedra. Fuera lo que fuera aquello que le acongojaba, no era difícil darse cuenta de que mi presencia no lo aliviaba en absoluto, más bien al contrario.

—¿No me vas a contar qué te ocurre?

—Soy… una… mala… persona —conseguí entender entre sus sollozos—. No debes confiar en mí.

Uriel nunca fue una mala persona. Su único defecto, tal vez, había sido dejarse gobernar con suma facilidad. Ser demasiado manejable. Mi tío había hecho con él cuanto había querido —y en ese momento yo no sabía hasta qué extremo— y ahora su mujer también le gobernaba a su antojo. Uriel era lo que se llama un alma débil. Lo cual, aunque eso lo he visto con la perspectiva que otorga el paso de los años, le convertía en un blanco perfecto para ciertos intereses.

—Estoy segura de que eres incapaz de ninguna maldad —le dije para tranquilizarle.

Conseguí el efecto contrario. Empezó a berrear mientras repetía:

—Hazme caso, no confíes en mí. Hazme caso…

Pensé que era mejor abrazarle en silencio hasta que se calmara. Le di tiempo. Con tiempo, todas las lágrimas se secan y las tristezas se diluyen, a veces hasta el olvido absoluto. Ocurrió como digo. Una vez se encontró mejor, me tomó de las manos y me miró a los ojos.

—Quiero confiarte algo —dijo.

Le dediqué toda mi atención. Hacía mucho tiempo que mi hermano no se comportaba así conmigo.

—Úrsula y yo queremos tener descendencia cuanto antes. Me gustaría que fueras tú quien eligiera el nombre del primero de nuestros hijos.

—¿Yo? —aquella petición me causó gran sorpresa.

—Quiero que nuestro hijo recuerde siempre lo importante que fuiste en nuestra vida. —Corrigio—: O en la mía. Para mí has sido muy importante, hermanita. No sé qué habría sido de mí si no llega a ser por ti.

Estreché sus manos.

—Lo mismo digo —respondí.

—Vamos, elige un nombre.

—¿Y si a Úrsula no le gusta?

—No le diré que lo has escogido tú. Será un secreto entre nosotros. Le diré que es idea mía y no podrá negarme ese deseo.

Pensé un momento. Nunca me habían pedido algo de tanta trascendencia, y mucho menos con tanta prisa. Observé a mi alrededor, en busca de ideas. A través de la ventana se podía ver el trasiego de una jornada normal casi a mediodía. Del balneario entraba y salía un gran número de clientes. Hacía un tiempo muy propicio para pasear al aire libre: lucía un sol espléndido de mediados de verano, pero la brisa refrescaba el ambiente. También la estancia donde nos encontrábamos estaba bañada por la luz del sol. Bajo su intensidad diáfana todos los problemas parecían más pequeños, lo mismo que la congoja que oprimía el pecho de mi hermano y también el mío.

—Luz —dije—. Quiero que se llame Luz.

—¿Luz? —repitió—. Es hermoso. ¿Y si fuera varón?

—Si fuera varón, deja que lo escoja su madre. Pero será chica —dije, sonriendo, jugando a las predicciones.

Estuvimos un buen rato hablando de asuntos intrascendentes, y sólo cuando me disponía a marcharme reparé en uno de los bocetos que había sobre la mesa. Era un proyecto para decorar la habitación del futuro bebé. Además de aficionada a los cambios, Úrsula parecía amiga de hacer planes con mucha antelación. Aquellos trazos lo demostraban. Los observé procurando no ser descubierta: era un plano del dormitorio. En él, había situado la cuna, una mesa con sus sillas, un armario de buen tamaño y una alfombra. También estaba previsto el color de las paredes y el de las tapicerías y cortinajes, apuntado con preciosa letra redondilla. Sólo algo no cuadraba: según veía en el dibujo, la habitación donde todo aquello iba a encontrar su lugar exacto no era otra sino la mía.

En realidad, todo tiene su lógica, aunque a veces se comprenda demasiado tarde. Para no estar en casa cuando mi cuñada regresara de sus compras con tantas novedades, decidí marcharme al balneario. Como siempre, deseaba sentir la suavidad y el rumor del agua. Me comporté como solía: llegué al establecimiento, me cambié de ropa y me dirigí a una de las piscinas. Me apetecía estar sola, y busqué la más alejada, que habitualmente era también la menos concurrida. Se accedía a ella a través de una escalinata de mármol desde el vestíbulo principal. Era la única piscina subterránea del balneario, y también la de aguas más calientes. Una vez allí, me abandoné a la sensación de placidez que siempre me invadía en aquel lugar. No me di cuenta de que no había nadie más que yo. No oí nada que no me pareciera normal. Ningún aviso, ningún griterío, ninguna alarma. Cerré los ojos, recliné la cabeza y me dejé llevar. El agua ejercía sobre mí la atracción de tantas otras veces. Por nada del mundo me habría movido de allí.

Cuando abrí los ojos de nuevo, el fuego se extendía a mi alrededor. Había empezado en el almacén de la ropa, por culpa de una caldera sin vigilancia. Había allí centenares de toallas, sábanas, albornoces, manteles. El hotel y el balneario estaban a plena ocupación, rebosantes de clientes alegres, ricachones y obesos que habían acudido a tomar las aguas, y el trabajo se acumulaba para el personal del establecimiento, que no daba abasto. Las telas ardieron como teas y el fuego se propagó por todas partes. Tardaron demasiado en darse cuenta. Cuando ya las llamas avanzaban por los pasillos, y sorprendían a los huéspedes a la hora de la siesta.

Desde mi piscina asistí a aquel espectáculo como un testigo privilegiado. Las lenguas de fuego lo devoraban todo. El mobiliario, las paredes, los suelos de madera, las puertas, las hamacas… Hicieron reventar los cristales. El agua donde yo me encontraba empezó a hervir. Lo más sensato habría sido ponerse a salvo. Sin embargo, las voces que otras veces me decían lo que tenía que hacer me invitaban ahora a permanecer allí. Y yo no estaba dispuesta a contravenir su voluntad. Sólo a disfrutar de aquella relajación, de aquella placidez que me invadía.

El fuego sólo dejó las piedras. Encontraron mi cuerpo al día siguiente, duro y blanco como el pollo hervido, todavía sumergido en el agua. Mis párpados se habían arrugado hasta desaparecer y habían dejado al descubierto un par de ojos opacos, resecos como avellanas. Sólo mis cabellos conservaban algo del aspecto que tuvieron antes del accidente. Mi larga melena negra y ondulada se extendía sobre el agua como los tentáculos de un gran cefalópodo oscuro. Aunque más bien parecía como si alguien le hubiera puesto mi cabello a una muñeca consumida y extremadamente pálida.

Todos se preguntaron por qué razón no había huido, qué motivos me habrían llevado a permanecer en la piscina hasta el final. Si hubiera podido, les habría hablado de las voces y de mis enormes deseos de quedarme en el agua, del poder que el agua mansa ejercía sobre mi voluntad. El agua: mi casa, mi refugio, mi última estación en la vida, mi mortaja, más aún. También habría de ser el agua mi modo de existir después de la muerte.

Todo el mundo lamentó mucho lo ocurrido. Después de todo, sólo tenía diecisiete años. El padre Juan celebró un funeral que fue muy sonado en la comarca. Mi hermano Uriel no dejó de llorar durante toda la ceremonia. Repetía, en susurros:

—Maldito seas. Maldito seas. Maldito seas…

Úrsula permanecía a su lado, grave sólo por fuera. Mientras fingía escuchar con gran interés la homilía, pensaba en lo mucho que le gustaba el color que había elegido para las paredes de mi cuarto. Tío Elvio, como siempre, estaba de viaje. Se limitó a ordenar que se pagaran todos los gastos del entierro. Uriel eligió para mí la mejor lápida disponible. Sobre mármol negro de primera calidad puede leerse, aún hoy:

MICAELA ALBÁS
1901-1918
TU HERMANO URIEL NO TE OLVIDARÁ

Ya sé que este tipo de promesas sentimentales adornan a menudo las tumbas en los cementerios. En este caso, me encargué personalmente de que no fuera una frase sin sentido. Desde mi nueva situación, puse especial empeño en que mi hermano no me olvidara.

Sobra decir que lo conseguí.

No me gusta hacer tratos con humanos. Las veces que lo he intentado han resultado ser unos jugadores tramposos y embusteros, desconocedores de las reglas más elementales de los negocios. Sin embargo, la muerte tiende a dulcificarles el carácter y a otorgarles una tendencia muy simpática a la abstracción, lo que, curiosamente, les vuelve también más responsables en los acuerdos comerciales. Por ello, no vi ningún inconveniente en firmar con Micaela las cláusulas de aquel contrato, llamémosle, post mórtem. Además, en algunas (felices) ocasiones ocurre que los intereses de mis criaturas coinciden con los míos. Dar vía libre a sus ansias de venganza es entonces un modo como cualquier otro de ahorrarme trabajo. Extraje una enseñanza de todo aquello, quién me lo iba a decir: que a veces las criaturas más insípidas son las que deparan mayores diversiones.
No debo olvidar, tampoco, que la proposición de Micaela incluía un elemento por el que siento esa curiosidad que nos despierta lo opuesto a nosotros:

el agua. Cuando le insuflé, a imagen y semejanza de mí mismo, ese rasgo de mi carácter a la neonata Micaela, no pensé que fuera a dar tanto de sí. La chiquilla, sin embargo, supo sacarle partido y llegar mucho más allá de lo que yo mismo sería capaz, llegando incluso a sumergirse en el líquido elemento, algo que yo, por supuesto, no haré jamás. He pensado muchas veces que no habría reparado en ella si no hubiera sentido aquella atracción tan mía por las aguas mansas. Aunque yo no me conformo con mirarlas. Lo que realmente me fascina (y en eso soy único) es liberarlas. Inundar, arrasar, ahogar todo lo vivo. Sepultar casas y personas bajo muchos metros cúbicos de agua. Qué placer, sólo de pensarlo.

13

Uriel

(1901-1963)

Descubrí las ventajas del Mal a los diez años. A estas alturas, nadie se preguntará quién me instruyó al respecto, ni tampoco qué se escondía tras aquel supuesto protector orgulloso y distante. A los diez años, yo sí me formulaba muchas preguntas respecto a aquel que se hacía pasar por nuestro tío. También sobre el silencio de los criados, el desprecio con que nos trataba la gente del pueblo, o nuestra ausencia de los actos sociales —especialmente de las celebraciones religiosas—, o su interés por mantenernos recluidos entre las cuatro paredes de aquella casa.

Tío Elvio siempre me trató, si no con cariño, sí con cordialidad. Manteníamos una relación superficial, pero me tenía en cuenta, al revés de lo que ocurría con mi hermana, a quien despreciaba constantemente. Durante los primeros años, se limitó a alimentarme y darme una educación básica. Del mismo modo en que se prepara la tierra para que luego rinda buenas cosechas. A mis diez años cumplidos, sin embargo, todo cambió. Nuestro protector me llamó por primera vez a su gabinete. Descendí la escalera de madera crujiente invadido por un miedo que casi me impedía respirar. Traspasé la puerta oscura con el mismo temor que habría alentado de hallarme ante la puerta del infierno. De hecho, no había tanta diferencia. Permanecí allí dentro casi una hora. Cuando regresé al mundo real, por fuera era el mismo, pero en mi interior me había convertido en otra persona. Nunca más sería el niño inocente que fui hasta ese día. Nunca más tendría la conciencia tranquila.

—Escúchame con atención porque no soporto repetir las cosas —dijo tío Elvio—. Si no entiendes algo, puedes preguntarlo al final. Odio que me interrumpan cuando estoy hablando. También odio las preguntas estúpidas y las palabras vacías. ¿Lo has comprendido?

Cabeceé afirmativamente.

—¡De viva voz! —ordenó.

—Sí, tío.

—No me llames tío. Tú y yo no somos parientes.

Habría deseado entretenerme en la contemplación de cuanto había a mi alrededor. Aquel lugar era más pequeño de lo que yo había imaginado. Apenas nueve o diez metros de largo por siete, ocho a lo sumo, de ancho, sin ventanas ni ventilación de ningún tipo. Lo que más me llamó la atención fue no ver una cama por ninguna parte, ni siquiera un jergón, ya que tío Elvio dormía allí las veces que pasaba la noche en casa. La estancia estaba atestada de libros. Los había a centenares, a miles. Cubrían por completo las paredes, del techo al suelo y parecían muy antiguos. En el poco espacio de los anaqueles que dejaban libres se amontonaban un sinfín de objetos extraños. Los había de cobre, de piedra negra, de cristal, con formas de animales, geométricas… La estancia se iluminaba sólo por la luz de un par de palmatorias que hacían bailar las sombras sobre el desorden de cachivaches. El suelo estaba cubierto por una alfombra roja y mullida, pero debajo se oía crujir la madera. Todo esto fue lo que conseguí ver sin mirar con atención, por temor a que ese despiste momentáneo enojara a mi interlocutor.

—Durante varias generaciones —empezó a hablar tío Elvio— he mantenido negocios con los hombres de tu familia. Me atrevo a afirmar, sin riesgo de ser presuntuoso, que de ese trato conmigo salieron ellos mucho más beneficiados que yo, aunque yo no voy a quejarme, ya que logré cuanto me propuse. Si demuestras tener tan buen ánimo como adivino, quisiera reanudar contigo esta relación tan antigua, interrumpida en los últimos tiempos por ciertas circunstancias adversas. Y qué debes hacer, te estarás preguntando. No mucho, en realidad. Estar a mi disposición, acatar y someterte a mi poder y hacer lo que te mande si en alguna ocasión requiero tus servicios. Ya te adelanto que no será con frecuencia: me basto muy bien solo y no me gusta trabajar en equipo. Es sólo para cuando no quede otro remedio. A cambio, yo te garantizo el cumplimiento de todos tus deseos. Bienes materiales, placeres, encanto personal o puede (si demuestras merecerlos) que hasta años de vida. Tendrás, en suma, todo aquello que me pidas. En contraprestación, tu alma será mía cuando mueras, aunque yo no podré propiciar tu muerte ni siquiera adelantarla. Dime: ¿te interesan los términos del contrato?

Me costaba seguir su estilo alambicado. Temí no haberle comprendido bien.

—¿Tendré todo lo que quiera? —pregunté.

—Todo.

—Pero yo no deseo nada —añadí.

Sonrió con incredulidad, casi con burla.

—Eso lo dices porque aún eres un niño. Ningún ser humano está libre de la codicia. Ninguno consigue todo aquello que desea y en ese desengaño se le escapa la vida a más de uno. Tú no serás como ellos, si así lo quieres. Aunque —cruzó las piernas, adoptando una postura menos solemne, menos atenta— tal vez sea pronto para cuanto te estoy proponiendo. Hagamos otro trato. Te daré un tiempo para pensar en todo lo que te he dicho. Analízalo, medítalo en la soledad de tus noches, con la luz apagada. Y la próxima vez que te mande llamar, procura saber decirme algo que desees y no puedas conseguir. Entonces hablaremos.

Asentí a media voz. Me disponía a ponerme en pie cuando su voz me detuvo de nuevo.

—Una cosa más. No debes decir nada de esto a tu hermana, ¿entendido? No es de su incumbencia. Jamás hago negocios con mujeres ni tolero que estén al tanto de mis asuntos. Si en algún momento tuviera la certeza de que te has ido de la lengua, nuestro trato se rompería automáticamente y ya no tendría motivos para respetarte. ¿Te ha quedado claro?

—Sí —respondí.

—Muy bien. Ahora puedes irte.

No creo que exista en el mundo ni un solo niño de diez años a quien unas palabras como aquéllas no causen una honda impresión. Pasé algunas noches pensando en ello antes de que se me ocurriera algo. Cuando por fin alguna idea acudió a mi cabeza, sentí un gran alivio. Cuando tío Elvio preguntara, yo sabría qué decirle.

En cuanto regresó —habría pasado una semana desde nuestra primera entrevista— se dio prisa en llamarme a su gabinete.

—¿Y bien? ¿Qué se te ha ocurrido? —preguntó, con una amplia sonrisa.

Me tembló un poco la voz al responder. Estaba muy nervioso.

—Una bicicleta.

Era obvio que no le gustó la respuesta. Enrojeció de ira y levantó la voz para preguntar:

—¿Qué? ¿Una vulgar bicicleta? —Se llevó la mano al bolsillo y extrajo un fajo de billetes unidos por un pasador de oro. Dejó tres sobre la mesa—. Toma esto y cómprate la mejor bicicleta que encuentres. Y la próxima vez pídeme algo más complicado.

Me devané los sesos pensando algo realmente extraordinario que pedirle. Se me ocurrió, al fin, y se lo dije cuando regresó, y estuve de nuevo ante él en su gabinete:

—Un autómata.

Se llevó una mano a la frente.

—Empiezo a preguntarme —murmuró— si no me habré equivocado contigo, lamentable criatura. Tienes que aprender que todo aquello que puede comprarse con una cierta suma de dinero no es realmente importante. A no ser, claro está, que la suma sea realmente descomunal. Te doy una tercera (y última) oportunidad para que me pidas algo de verdad complicado.

Dormí mal durante toda la semana pensando en su regreso. Durante una de aquellas madrugadas, mientras trataba en vano de conciliar el sueño, decidí levantarme para refrescarme un poco. La noche era calurosa y oscura como una boca de lobo y al tantear la negrura en busca del asa del aguamanil, tropecé y derribé todo: el mueble, la pila de porcelana y la jarra. El estruendo despertó a mi hermana y a algunos de los criados, que acudieron a ver qué había ocurrido. Fue entonces, al regresar a mi cama, cuando se me ocurrió algo realmente difícil que pedirle a tío Elvio. Esta vez no me tembló la voz:

—Luz en la noche.

Nada más decirlo advertí que mi petición le agradaba. Me miró con sorpresa antes de contestar, con voz cantarina:

—Eso está mejor, desde luego.

La luz en la noche se llamaba, por aquella época, electricidad. Una verdadera revolución que permitía a la gente salir después de ponerse el sol o acostarse más tarde que nunca. En las grandes ciudades empezaba a generalizarse, sobre todo en las calles y los espacios públicos. En los pueblos pequeños, como Tiermas, era aún una fantasía impensable de la cual la gente hablaba como si no fuera real. Una semana después de formulada la petición, unos operarios del gobierno llegaron al pueblo para trabajar en el asunto. Siete días más y la electricidad había llegado a todas las casas del pueblo, sin excepción. Se decía que fue idea del rey, que seguía disfrutando, junto con su familia, de sus estancias en el balneario. La realidad era otra, pero sólo yo lo sabía.

Poco después, tío Elvio me regaló un tren eléctrico.

—Si te gusta, podemos firmar el trato —dijo—. Si no, me lo devuelves.

Con el paso del tiempo me di cuenta de lo rastrero de sus métodos. Por supuesto, no le devolví el tren eléctrico. Habría hecho cuanto me hubiera pedido por conservarlo.

Acepté, pues, embelesado y de un modo tácito la vida de lujo y éxitos que me ofrecía. El mismo día que firmamos el contrato, cuando los documentos estaban esparcidos sobre la gran mesa de su gabinete, dejando que la tinta se secara del todo, me dio las primeras instrucciones:

—No te encariñes con tu hermana. Su alma me pertenece desde antes de nacer, aunque ella no lo sabe. Me la cobraré dentro de siete años y tú no harás fracasar mis planes.

—No quiero que le pase nada malo a Micaela —dije.

—No está en tu mano decidirlo. Dime qué quieres a cambio de tu ayuda y lo recibirás.

—Quiero que mi hermana viva.

Resonó su voz, sorda, en aquel espacio atestado de cosas:

—No seas insolente. Te he dicho que eso no es posible. ¿Debo recordarte los términos de nuestro pacto?

Negué con la cabeza. Pero antes de ser amonestado por ello, añadí:

—Ahora no se me ocurre nada. Lo pensaré.

Mi respuesta le calmó.

No creo que haya ningún adolescente en plena pubertad que no desee acariciar la piel de una mujer, descubrir sus misterios. Lo que ocurre es que los adolescentes no suelen tener al Diablo cerca dispuesto a concederles todos sus deseos. Yo sí lo tenía. No lo pensé dos veces.

—Quiero una mujer.

Pareció sorprendido.

—¿Una mujer o una novia? —preguntó.

—Mejor una novia. Me gustaría casarme.

—Sólo tienes dieciséis años. ¿No es algo precipitado?

—¿No puedo?

—Por supuesto que sí. ¿Y deseas ligarte en una relación formal siendo tan joven? ¿No prefieres, como se dice vulgarmente, vivir la vida?

—Puedo vivir la vida en cualquier momento —respondí—. Además, si el matrimonio no me gusta seguro que podrás encontrar una solución.

Brillaron sus pupilas con un destello de orgullo. Creo que aquélla fue la primera vez que le gustó algo de lo que le dije.

—Está hecho —contestó.

Tres días más tarde llegó Úrsula. Tío Elvio dijo que estaba enferma y requería las atenciones del médico de la familia. Nunca supe si Micaela creyó aquella versión. La verdad es que yo nunca supe de dónde surgió Úrsula, ni me importó averiguarlo. Me casé con ella a los pocos meses, poco después de cumplir los diecisiete y acepté las ventajas que el matrimonio me ofrecía sin ver ninguno de sus inconvenientes. Uno de los principales era mi conciencia. Por mucho que yo intentara distraer las horas en mil ocupaciones, o entregarme a las ansias de reformas de Úrsula con todo mi entusiasmo, nada me hacía olvidar del todo que cada vez estaba más cerca el día en que debería cumplirse el deseo de nuestro protector.

La muerte de Micaela estaba cada vez más cerca y Úrsula lo sabía. Lo sabía aunque yo no se lo había dicho, y hacía planes para transformar la habitación de mi hermana cuando ella ya no estuviera entre nosotros. A mí todo esto me producía tanta congoja que le solicité a tío Elvio algo capaz de distraer mis remordimientos. Así fue como conseguí mi primer automóvil. Llegó al pueblo conducido por uno de nuestros criados mientras aún humeaban los restos calcinados del balneario. Causó sensación entre las mentes sencillas de nuestros conciudadanos y, por supuesto, también cierta envidia, que me hacía sentir todavía más importante.

Úrsula redecoró la habitación de Micaela, la más espaciosa de la casa, para que acogiera a nuestro futuro bebé. Ella misma confeccionó las cortinas, las sábanas y las docenas de pequeñas prendas infantiles, que empezaron a languidecer en los cajones de la cómoda, especialmente traída desde no sé qué país europeo. Mientras confeccionaba el ajuar de nuestro futuro hijo, el comportamiento de mi esposa comenzó a cambiar. El médico le recomendó pasar más tiempo al aire libre. Le convenía salir de la casa, olvidarse de sus preocupaciones, sentir el aire en las mejillas, tomar el sol. Ella odiaba salir, pero cuando lo hacía solía ir hasta la orilla del río, allí donde el agua se remansa hasta parecer un lago. Había algo en aquel lugar que parecía llamar su atención. Se detenía en la ribera y miraba la superficie del agua. Lo sé porque algunas veces la seguí, sólo por observar su comportamiento, sólo por constatar que era verdad lo que me decía el doctor y había algo anómalo en su conducta, algo enfermizo, algo que cobraba forma, invadiendo todos los rincones de su cordura, a gran velocidad.

Cuando estaba en casa, callaba de pronto en mitad de una frase, como si hubiera visto un fantasma, y cuando intentaba recuperar las palabras que se habían quedado a medio pronunciar era incapaz de recordarlas. Mandó tapiar la alberca sin dar otra explicación sino que no le gustaba el agua. Poco después, también mandó clausurar la habitación que fue de Micaela. Dentro quedaron los muebles, la cuna, la ropita que ella misma había tejido y todo lo demás. Comenzó a pasar las noches deambulando por la casa, buscando quién sabe qué o tal vez recorriendo las habitaciones sin ningún sentido. De día, tejía. Tejía frenéticamente. A escondidas desde que el doctor se lo prohibió. A veces, acudía al río. Sola, en silencio. Hasta que ocurrió aquel accidente tan inexplicable y tuve que arrojarme al agua para salvarle la vida. Se había zambullido en las aguas mansas que tanto le gustaba mirar. Algo inexplicable, puesto que no sabía nadar y que el agua siempre le inspiró un profundo temor.

Fue una desgracia que una mujer tan vigorosa como ella enfermara de pronto de aquel modo. El doctor diagnosticó su locura y recomendó su internamiento en un sanatorio mental. Cuando se la llevaron, la pobrecita sólo sabía gritar, una y otra vez:

—No sé nadar. No sé nadar. No sé nadar…

Fue un caso muy triste, que dejó a la casa consternada y a mí completamente solo. Tío Elvio, además, llevaba largos meses sin aparecer por allí, desde la muerte de mi hermana. Nada parecía indicar que fuera a volver.

Al principio, vi a Úrsula a menudo. El sanatorio estaba cerca de casa, un poco más allá del lugar que ocupó el balneario, y me gustaba acudir a visitarla tres o hasta cuatro veces a la semana. Hasta que un día, una de las monjas que cuidaban de las enfermas me pidió que me marchara:

—Créame, lo más caritativo es que no intente verla. Aquí está bien atendida, señor Albás. La bañamos, la alimentamos, le administramos sedantes cuando los necesita. Está tranquila. Es mejor que se olvide de ella. Su presencia le hace mucho más daño del que imagina.

Fue entonces cuando decidí vender todas mis propiedades, despedir a los sirvientes y marcharme de Tiermas. No tenía nada que hacer en un lugar que sólo me traía recuerdos amargos. Vendí también casi todos los muebles. Para llevarme las pocas cosas que deseaba conservar contraté los servicios de unos transportistas. Estaban cargando mis pertenencias en las carretas cuando decidí echar un último vistazo al gabinete de mi tío, en el cobertizo del fondo del patio. Era una visita con más valor simbólico que real: descender por última vez la escalera, ni que fuera para tocar por última vez la puerta oscura siempre clausurada.

La precaria construcción del fondo del patio estaba cubierta de polvo. Me pregunté cuánto tiempo hacía que nadie iba por allí. Con un gesto mecánico, aprendido por las muchas veces que lo había hecho, busqué en el suelo la trampilla de madera. No encontré nada. Me agaché para palpar la superficie con la mano, seguro de que sólo había sido un error de apreciación. Tampoco di con ella. Finalmente, a cuatro patas sobre el suelo, comprobé lo que mis sentidos no podían creer: no había allí ninguna trampilla de madera. El suelo era una plataforma uniforme de tablones de madera. Sin pensarlo dos veces agarré un hacha de la pared y empecé a destrozar los listones. Con ira, casi con deseos de venganza. Estrellé la hoja oxidada contra el suelo con toda la fuerza que fui capaz de reunir. Sólo tropecé con la madera reseca y la tierra. No había ni rastro del gabinete que tantas veces había visitado desde mi niñez.

—¿Nos vamos, señor? —preguntó uno de los transportistas, extrañándose de encontrarme sudado y descompuesto.

Supe entonces que, por el momento, el Diablo me había dejado en paz. Estaba seguro de que reaparecería al final de mis días para obligarme a cumplir mi parte del trato, pero hasta entonces no había nada que yo pudiera ofrecerle que mereciera su interés.

Me fascinan las sorpresas.
Desaparecer en el peor momento,
dejando todo por hacer. Reaparecer
de pronto, cuando nadie me espera.
Da igual que sea en el centro de la
avenida más concurrida del mundo,
donde una muchedumbre pueda verme,
o en las páginas de este libro en el que
sólo tus ojos se posan. Por cierto, avispado
lector, permíteme darte un consejo: nunca
dejes un libro abierto y sin vigilancia.
Ni siquiera una centésima de segundo.
Los de mi especie y yo solemos celebrar
este tipo de descuidos frotándonos las manos.
Un libro abierto y sin vigilancia siempre es
una puerta hacia otro mundo. Nos gusta
entrar en él y esperar, agazapados entre sus
páginas, a que el descuidado lector regrese.
Nos gusta observarle leer en silencio, medir el
compás de su respiración, aprender de las
expresiones de su rostro, del modo en que
pasa las páginas, del cuidado con que trata el
ejemplar. En realidad, mientras ellos leen
completamente ajenos al mundo, nosotros
nos dedicamos en silencio a recolectar
información. Todos los datos son pocos
cuando se trata de una posible víctima. En
cuanto vemos la ocasión —y ésta, no te

engañes, llega tarde o temprano—
saltamos con entusiasmo a su cuello y no
dejamos ni los huesos. Cuídate de que no
te ocurra a ti.

14

Úrsula

(1900-1953)

No sé nadar. Lo digo y lo repito, pero nadie me hace
caso. No sé nadar. No me gusta el agua. Y aquí hay agua por
todas partes. Las camas van a la deriva por los pasillos. Todos se han ido, huyendo de la inundación. No sé por qué yo
sigo aquí. Micaela sale del río y extiende los brazos hacia mí.
Ven, cuñada querida, ven, me dice. No sé nadar, le digo yo.
No sé nadar. Por favor, no me llames. No vendré. Ella insiste: Querida, acompáñame, voy a enseñarte un mundo diferente, te va a gustar, ven conmigo. Tiende los brazos hacia
mí, como si quisiera abrazarme. Está tan joven como entonces. No quiero, no quiero ir con ella. Hay zapatos y libros y
botellas vacías flotando a mi alrededor. Las ventanas están
cerradas. El agua no puede escapar por ninguna rendija.
Aunque yo no he salido de mi cuarto. He estado aquí todo
el tiempo. Del pasillo sólo llegaba silencio, un silencio horrible. No me gusta el silencio. Todos se han ido, huyendo de
la inundación. Ven conmigo, cuñada, deja eso, dice Micaela.
No quiero mirarla pero sé que está ahí. Es una pena este final. Un lugar como éste. Yo paseaba tranquilamente junto al
río. Entonces yo también era joven. Todavía no había llegado a este lugar. Todavía era una mujer casada, con una casa

que cuidar. Quería tener hijos. Paseaba junto al agua por las tardes. No sabía que mi útero estaba seco. No siempre paseaba, sólo a veces, sólo algunas tardes. No sabía que jamás tendría hijos, que jamás me despertaría por la noche el llanto de un bebé. Salía a pasear por consejo del doctor. El llanto de un bebé: a veces lo percibía igualmente, con toda claridad, más allá del pasillo. El doctor decía que debía tomar el sol, que me sentaría bien, que pasear me calmaría los nervios. Decía que debía dormir. Las noches se hicieron para dormir, decía. Algo similar a un pequeño maullido me despertaba de madrugada. Me vestía a toda prisa. El sol y el aire, decía el doctor, te sentarán bien. Entonces no sabía que un hijo era imposible. La ribera del río es un buen lugar, decía, anímate, sal un poco, te sentará bien. Él no sabía nada de Micaela. Ni siquiera asistió a su funeral. Yo nunca le dije nada a nadie. Me habrían tomado por loca. La gente me miraba. Murmuraban. Me daba miedo que hablaran mal de mí, que no me quisieran. Yo deseaba tener amigos. Pero nadie allí me quería. Lo mismo que en todas partes. Paseaba sola por la ribera del río, junto al agua mansa. Era agradable, al principio, mirar el agua. Me calmaba los nervios, como había dicho el doctor. Al principio. Hasta que en la superficie como un espejo del agua vi surgir aquellas manos frías, aquellos brazos desnudos, aquellos hombros sucios de líquenes, aquella piel blanca, los ojos muertos de Micaela, su sonrisa de verdín, sus cabellos como grasientas sogas animadas. Me agarró la falda con sus manos de uñas larguísimas y sucias. Me agarró la falda y dijo: He vuelto. He vuelto, querida cuñada. He vuelto. No puede ser, grité yo. Suéltame. No puede ser. De donde tú has vuelto no se vuelve, dije yo. De donde tú has vuelto no se vuelve. Forcejeé. Era fuerte, antes. Quise echar a correr. O eché a correr. Conseguí soltarme. Le arranqué mi falda de las manos de un tirón. Creí que la arrastraba conmigo, que iba a llevarla de vuelta a casa prendida de mi falda y entonces ya nunca me libraría de ella. Pero no. Regresó al río. Se hundió en el agua mansa. Desapareció. Me encerré en casa. Pensé: Nunca me libraré de ella. Pensé: Se está vengando. Pensé: Esto es sólo el principio. A veces oía llantos de niños por toda la casa. Cada vez eran más. Corría de un lugar a otro, a oscuras. La oscuridad me ahogaba. El coro de llantos retumbaba en mi cabeza. Pasear todas las tardes un rato te sentará bien, dijo el doctor. Ayudará a calmar tus nervios. Sal a dar un paseo, decía mi marido. Claro, mujer, pasea, decía el doctor. No sé nadar, respondía yo. Uriel sonreía con tristeza cuando me miraba. Como si estuviera loca. Como si pensara: Qué lástima, tan joven, tan guapa. Como si pensara: Yo la quería. Como si pensara: Nada es como había deseado. No sé si él se acordaba de los niños. No les oía llorar, de eso estoy segura. Sal a dar una vuelta, a tomar el aire, me decían. Sal. Sal a tomar el aire. Y yo, terca: No sé nadar. Una vez la vi en la alberca, en el patio de casa. Había un brillo en el agua. Mi pulsera de prometida. Un regalo de tío Elvio. Era de oro, con una esmeralda y mi nombre grabado. No supe por qué estaba dentro de la alberca. Me subí las mangas para alcanzarla sin mojarme la ropa. Era una tarea difícil, que requería pericia y equilibrio. Me daba miedo el agua. Estaba helada. Metí la mano hasta más allá del codo. Mis dedos rozaron la pulsera. Estuve a punto de agarrarla, pero se me escurrió. Fue cuando vi los dedos. Las puntas de ocho dedos azulados acariciando el borde de piedra. Luego dos manos, saliendo del agua. Los últimos, los pulgares. Supe al instante que era ella. No vi su cara pero sus cabellos parecían tentáculos negros. Flotaban en la superficie. Sacó la cabeza. Tenía la cara cubierta por aquella maraña oscura. Voz áspera. Hablaba marcando mucho las sílabas, como si le costara mucho trabajo. Ven conmigo, cuñada querida. Aquí encontrarás docenas de bebés. Flotan por todas partes, dijo. Te están esperando, dijo. Hay muchos y todos son tuyos. No, no… Intenté retroceder, pero sus manos me agarraron. Ven conmigo a un mundo diferente. Aquí están los hijos que nunca tendrás. Te gustará. No sé nadar, respondí yo, me da miedo el agua. Eso no importa. No necesitas nadar. Sólo dejarte caer. Ven… No, no quiero. No sé nadar. No sé nadar. No sé nadar. La golpeé con una piedra. Estaba a mi alcance, como puesta ahí a propósito. En la cabeza. Toc. Sonó hueco. Como si hubiera golpeado un tronco vacío. Toc. Y luego se hundió muy lentamente. Primero el cuerpo, luego la cabeza, las manos y lo último las puntas azuladas de los dedos. Como si su interior se estuviera inundando. Pero ni aún así dejé de oír su voz: Ven conmigo, querida mía. Ven conmigo al lugar del que no se vuelve, decía. Mandé cegar la alberca. Para no volver a verla, transparente como si fuera un reflejo. No se lo dije a nadie. No me habrían creído. Todo el mundo me tomaba por loca, porque tejía. Tejer me calmaba los nervios mucho más que pasear, pero el doctor dijo que tejer no me convenía. Que se entretenga en otra cosa, le dijo a mi marido. Estaban taciturnos. Otra cosa, repetía él. Tejer multiplica su mal, dijo. Yo también susurraba: otra cosa. La última vez que salí de paseo por la ribera volvió a ocurrir. Su cuerpo blanco cubierto de toda esa basura vegetal que hay en los lechos de los ríos. Sus cabellos negros moviéndose como si tuvieran vida propia. Sus manos frías rozaron mis pantorrillas. Aquel día no escapé. No sentí miedo. Llevaba siete noches sin dormir. El llanto de las criaturas no me lo permitía. Me mantenían despierta. Me sobresaltaban cada vez que cerraba los ojos. Ya no les buscaba, porque sabía que no iba a encontrarles. Sin embargo, permanecía atenta, con el corazón disparado, oyendo cómo lloraban. Eran muchos, cada vez más. Por las mañanas tejía a escondidas en mi alcoba. Patucos, gorritos, camisitas. No sabía a ciencia cierta cuántos iban a necesitar. Cada vez eran más. Tal vez una docena, tal vez dos. Veinticuatro patucos, veinticuatro gorritos, veinticuatro camisitas. Mucho trabajo. Tejía toda la mañana, sin descansar ni un momento. No podía descansar. Tal vez si les abrigaba dejarían de llorar y podría dormir. ¿Has encontrado ya a tus bebés, querida mía?, me preguntó Micaela. Estoy aquí para llevarte junto a ellos, dijo. Fue entonces cuando me detuve y la contemplé. He vuelto, dijo. Tenía la piel surcada de venas violáceas. Sonreía pero no tenía dientes. Era una sonrisa tierna, a pesar de todo. Estoy aquí para llevarte junto a ellos, junto a tus bebés, dijo. Extendió sus brazos, sus manos de dedos esbeltos, de uñas largas y sucias, hacia mí. Ven, querida cuñada, ven conmigo. Ven, ven conmigo. Su voz era cálida pero ella era fría. Todo el mundo era frío conmigo. Su voz, no. Yo quería tener amigos. De pronto necesitaba tanto un abrazo… Di un paso en dirección al borde del río. Sonrió, y me mostró sus encías negruzcas. Ven, querida cuñada, ven conmigo, repetía. Te conduciré junto a tus bebés y podrás mecerlos. Dejarán de llorar cuando los vistas con la ropita que has tejido. Te llevaré junto a ellos, ven. Ven, querida mía. Di uno, dos, tres pasos más, hasta quedar a su alcance. Entonces me rodeó con aquellos brazos blancos, finos como ramas. Un abrazo frío como la muerte. Como el lecho de un río. Como el lugar del que no se vuelve. Ven conmigo, decía. Entonces sentí la frialdad del agua. Su sabor a vegetación descompuesta en la boca. Abrí los ojos a la turbiedad del agua mansa del río. Sentí que me faltaba el aire. Sentí que cada vez había más oscuridad y que los brazos me estrechaban cada vez con más fuerza. Manoteé pero fue inútil. Te llevaré con ellos, decía Micaela, arrastrándome hacia el fondo. No sé nadar, repetía yo, una y otra vez. No sé nadar, no sé nadar, no sé nadar. El doctor se enojó mucho conmigo, pero me trató bien. Esto te ayudará a descansar, dijo, mientras me clavaba una aguja en el brazo. Duerme, mi bien…, dijo mi marido, que tenía la ropa y el cabello mojados y el rostro demudado. Estaban más taciturnos que la otra vez. Más que nunca. Piénselo, dijo el doctor. Uriel respondió: No sé si seré capaz. El doctor dijo: Debe ser fuerte y hacer lo mejor para ella. Lo mejor fue traerme a este lugar. Hasta hoy nunca había ocurrido nada. Hasta que el agua empezó a entrar, a llenarlo todo, a hacer flotar los objetos.

Ahora ya me llega por encima de las rodillas. No quiero abrir la puerta de mi habitación porque sé que al otro lado sólo hay agua, agua de suelo a techo. Y yo no sé nadar. El agua me da miedo. Al principio no entendía qué estaba haciendo aquí. Pero me trataban con cariño. Eso me gustó. Todas eran mujeres, pero no importaba. Me trataban con cariño. Habría preferido hombres. No me dejaban salir. No podía ir al río. Nadie me forzaba a pasear. Me dejaban tejer. Aquí todo era más fácil. Nadie estaba taciturno. Nadie me decía lo que debía o lo que no debía hacer. Por las noches, seguían llorando los bebés, y yo seguía ignorándolos. De esto no dije nada a nadie. Me acostumbré a no dormir. Se puede vivir sin dormir. El tiempo se volvió extraño. A veces hacía calor, a veces frío. Yo antes entendía esas cosas. Ahora todo me cuesta mucho. Lo que más difícil resultaba, incluso al principio, era la hora del baño. Aquí la bañera es muy grande. Yo no sé nadar. No quiero entrar en la bañera. Aquí nadie respeta lo que tú piensas. Me forzaban a entrar en la bañera. Yo no quería bañarme con Micaela. Ella siempre llegaba antes que yo. Ocupaba casi todo el espacio, me miraba como burlándose y si sonreía me daban asco sus encías negras. Cruzaba las piernas y los brazos, se la veía muy cómoda. Yo tenía que acomodarme en el espacio que ella dejaba. A veces las cuidadoras me preguntaban: ¿Qué haces?, extiende las piernas. Aquí nadie entiende lo que yo hago. Cómo voy a extender las piernas si está aquí mi cuñada, decía yo. Entonces la encargada del baño me acariciaba la cabeza como hubiera hecho con un perro y decía: Cálmate, Úrsula, bonita, cálmate, aquí no hay nadie salvo tú y yo. Cuando nos quedábamos a solas, Micaela insistía en lo mismo de siempre: Ven conmigo, cuñada querida, decía. Pero se había vuelto más antipática. Como si se pusiera nerviosa. No te voy a dejar en paz hasta que vengas conmigo, decía. No sé nadar, me da miedo el agua, contestaba yo. Si entraba en ese momento la cuidadora me preguntaba: ¿Otra vez hablando sola, Úrsula? ¿Por qué no pruebas a hablar conmigo, mujer? No hablo sola, no me gusta hablar sola, decía yo. Y me daban la razón como a los locos: Claro que no, preciosa, claro que no. Será mejor que vengas por las buenas, Úrsula, dijo un día Micaela. Aunque te llevaré de todos modos, añadió. Yo no respondí para que no me volvieran a decir que hablaba sola y me forzaran a visitar la enfermería. Odio la enfermería. Aunque prefiero la enfermería al baño. Me avisó. Micaela me avisó. Sólo que no la creí. Estaba sentada donde siempre a la hora del baño. Sus piernas aprisionaban las mías. Su piel era más blanca y sus cabellos más negros que nunca. Se desparramaban sobre sus hombros como las raíces de un árbol que quisiera alimentarse de ella. He roto los diques, dijo. En unas pocas horas, todo esto será agua. ¿Cómo dices?, le pregunté, susurrando, temiendo ser descubierta. Los diques, repitió, el pueblo se está inundando. He roto los diques. Ahora tendrás que venir conmigo. No respondí. La miré fijamente, como si esperara algo más. Me sacó la lengua. Una burla infantil. Tenía la lengua tan negra como las encías. Igual que las uñas (las de las manos y las de los pies). La cuidadora no regresaba. Al comprobar lo mucho que tardaba, salí del baño sin ayuda. Aquí no quedaba nadie. Sólo estoy yo. El agua ya me llega al pecho. Hay agua más allá de las ventanas. Es un lugar submarino. No sé nadar. No sé nadar. Micaela, desde el otro lado de los cristales, me hace señas para que me reúna con ella. Rompe el cristal, me ordena. No puedo hacer eso, respondo, si rompo el cristal entrará el agua y yo no sé nadar. Rómpelo, te digo. Ven conmigo. Ven, querida cuñada. Sus brazos blancos se mueven con lentitud, como si bailara sin música. Sus cabellos se agitan como ramas de un árbol, suspendidas sobre su cabeza, con una lenta cadencia. Mis hombros ya están bajo el agua. Dentro de pocos minutos no podré respirar. ¿Por qué me han dejado aquí? ¿Por qué se han ido sin mí? Micaela, al sonreír, me muestra otra vez su boca oscura. No sé nadar, cuñada, yo no sé nadar, y el agua me da miedo. Déjate caer, dice ella. Rompe el cristal. Cuando mis ojos no tienen otro remedio que abrirse bajo el agua, rompo el cristal. Suplico: Sácame de aquí, Micaela, por favor. Llévame a la superficie. Ella extiende sus brazos hacia mí y yo me aferro a ellos con toda la fuerza que logro reunir. Me estrecha en un fuerte abrazo y empieza a llevarme hacia el fondo, hacia su mundo diferente, hacia el lugar donde por fin encontraré a mis bebés, hacia el lugar cubierto de líquenes del que no se vuelve. No sé nadar, no sé nadar, no sé nadar… es lo último que pienso.

Ya estás muy cerca, lector, de desentrañar casi todos los misterios de esta historia. ¿Te has formulado una pregunta sencilla, pero de compleja respuesta?: ¿tienes alguna sospecha de lo que voy a hacer contigo una vez agote cuanto tenía que contar y ya no necesite tu atención? ¿No te da miedo imaginarlo? No lo niegues: has experimentado un pálpito de inquietud. Lo he sentido a la perfección. Pero lee, lee tranquilo. Todavía me resultas útil. No ha llegado el momento de decidir acerca de tu destino, afanoso receptor de estas líneas. Silencio, pues, que el cuento continúa…

15

Luz

(1945-1962)

En la parte alta de la comarca de Las Cinco Villas, casi en la frontera de lo que antaño fueron otros reinos, tierras en competencia, atravesadas a menudo por los señores de la guerra y siempre vigiladas de cerca por el Diablo, existe un embalse que esconde un secreto tan grande como la superficie que ocupa.

Es un embalse formado por los cauces de varios ríos que aquí convergen pero construido por la mano del hombre. Lo cual significa que hace apenas cincuenta años no estaba ahí. En su lugar había un fértil valle, atravesado por un río no muy caudaloso que servía de unión a los pueblos que florecieron a sus orillas. No muchos, porque esta tierra nunca estuvo muy poblada. Era un lugar de sosiego, de silencio, de bosques frondosos y de vida tranquila que se enorgullecía de saber recibir al visitante sin tener en cuenta su condición. Algunos sólo iban de paso. Otros buscaban las riquezas que estos lugares podían ofrecer. Tal vez por eso cada año llegaban gentes de todo tipo, desde humildes trabajadores que habían ahorrado durante mucho tiempo para costearse una breve estancia en este lugar, hasta reyes con su séquito de sirvientes y fotógrafos.

Tiermas, en el centro del valle, fue desde antiguo uno de los enclaves más visitados. Después del incendio, que destruyó el balneario y el hotel, se empeñaron grandes esfuerzos en su reconstrucción. Las obras empezaron en un tiempo récord. Trabajaron en ello centenares de hombres, los mejores arquitectos del momento supervisaron su evolución y en menos de un año el complejo volvía a ofrecer al visitante ilustre y al que no lo era todo su esplendor de otro tiempo, renovado con algunos avances propios de aquella época de fascinación y cambios. La electricidad, por ejemplo, multiplicó las comodidades del lugar. También el teléfono. Fue el primer establecimiento del pueblo desde donde se pudo utilizar aquel invento portentoso que permitía mantener una conversación con alguien que se encontraba a distancia, y con una nitidez asombrosa. Muchos iban hasta allí sólo por admirar el aparato, frente al que todos los días se formaba una larga cola. Por último, se compraron dos automóviles que traían y llevaban a los viajeros desde la estación de ferrocarril más próxima, recién inaugurada. El incendio, pues, no supuso el fin de aquella riqueza, sino más bien todo lo contrario. En este caso resulta muy apropiado decir que el balneario y el Hotel Reina Regente resurgieron fortalecidos de sus cenizas. Nada hacía presagiar en aquel entonces que aquellos lugares, con todos sus lujos y esplendores, acabarían durmiendo bajo las aguas.

Hoy no se puede visitar la zona y pronunciar en voz alta el nombre de Tiermas. Hacerlo es llamar de inmediato los más negros recuerdos de aquellos que conocieron el pueblo o los peores augurios de quienes nunca estuvieron allí. La mayoría cree que su pueblo es sólo un recuerdo. Sin embargo, Tiermas sigue existiendo. Aunque en el lugar donde se levantaron las casas, los palacios, la plaza mayor, las calles empedradas, la iglesia parroquial, el lujoso hotel y el balneario, hoy sólo pueda verse la llanura azul de las aguas calmas.

Sin embargo, hay quien ha visto más que eso. Hay quien

afirma que en los veranos más calurosos, cuando las aguas del embalse bajan hasta dejar al descubierto las casas de lo que fue un pueblo lleno de vida, los fantasmas de aquellos que lo habitaron regresan a sus moradas. Es por eso, explican los lugareños, que no es extraño ver luz en el interior de las espectrales viviendas que las aguas dejan al descubierto muy de vez en cuando. Los fantasmas de Tiermas son tan familiares en estos parajes como en su día pudieron serlo los vecinos o el propio campanario de la iglesia: ya nadie se asombra de ellos. Nadie se extraña de oír el chasquido de sus escobas, afanados como suelen estar por barrer el fango de los mosaicos de las casas. En el fondo, los espectros de Tiermas hacen un frente común con los vivos en la defensa de la memoria de su pueblo inundado: ellos tampoco pueden concebir que cuanto tuvieron en la vida duerma hoy bajo las aguas de Yesa. Por eso cuando regresan a la vida desde la muerte, toda su preocupación es devolver el esplendor a lo que ya no lo tiene. Barren, friegan, recogen peces muertos, desescombran... Y sólo las lluvias de otoño y las cíclicas crecidas de las aguas son capaces de terminar con ellos y con su frenética actividad.

Si se pregunta a los más ancianos por las razones que esgrimieron otros para obligarles a abandonar sus casas para siempre, hablarán de políticos incompetentes que no supieron defender los intereses de los ciudadanos, que vendieron el pueblo por un precio de miseria preocupándose sólo de llenar sus bolsillos. Allí todos creen que aquello se podría haber evitado o que, por lo menos, se habría podido discutir, negociar, encontrar un modo de hacerlo.

La triste verdad es que nadie lo hizo. El pueblo no importaba a nadie lo suficiente. Un nefasto día de 1953 se destruyeron los diques que contenían el río y se dejó que el valle se inundara. Las aguas comenzaron a invadirlo todo. Cubrieron el empedrado de las calles, alcanzaron las ventanas, anegaron el hotel —los gabinetes, el salón de lectura, el restaurante, las habitaciones, la pista de tenis...—, convirtieron en pantano la plaza mayor, alcanzaron el altar de san Miguel en la iglesia parroquial, y continuaron imparables hasta cubrir el campanario y dejar el pueblo allá abajo, transformado en una capital submarina, en una ciudad silenciosa, fantasmal, por donde desde ese día sólo transitarían los peces. Y así ha perdurado todos estos años.

Eso es lo que pocos recuerdan: que Tiermas sigue allí. Cuando se observa la superficie de las aguas del embalse de Yesa en una noche de luna, conviene saber que bajo ese camino de plata dibujado en el agua oscura continúan viviendo el hotel, el balneario, la plaza mayor, la iglesia de San Miguel y cada una de las casas que antaño estuvieron llenas de vida.

Yo pertenecí a la última generación que pudo pasear por aquellas calles antes de su destino final bajo las aguas. Era muy pequeña cuando mi padre me llevaba a ver la tumba de mi tía Micaela. Mi hermano Cosme ni siquiera había nacido.

—Te pareces tanto a ella... —solía decirme.

Micaela Albás

1901-1918

Tu hermano Uriel no te olvidará

Aquel nicho era la última posesión que mi familia conservaba en el pueblo. Pese a que yo sólo tenía ocho años, recuerdo muy bien nuestra última visita antes de la inundación.

Mi padre acababa de depositar un ramo frente a la lápida de su hermana. Levantó la mirada, entornó los ojos y pronunció una frase que me pareció cargada de misterio:

—Es como si todo esto fuera a desaparecer pronto. ¿Tú no lo sientes? Como si estuviéramos en un lugar que, en realidad, no existe.

Aquella noche vi por primera vez a mi tía Micaela. Abrí los ojos en plena oscuridad y allí estaba, suspendida sobre mi cama. Entre su nariz y la mía apenas había un palmo de separación. Tenía los labios resecos y violáceos. Su piel resplandecía en la negrura y parecía traslúcida, como la de una gran medusa. Su largo cabello negro parecía flotar en el aire. Me impresionó el silencio espeso que la rodeaba. Un silencio de muerta submarina, de nadadora perpetua.

Sin embargo, pese a todo lo que acabo de describir, su presencia no me dio miedo. No era un espíritu maligno, no había venido a hacerme daño, sino todo lo contrario. Sonreía con ternura mientras me miraba con infinita curiosidad. Entonces empezó a hablarme. No oí su voz, pero entendí lo que me estaba diciendo:

—Tenía muchas ganas de conocerte, Luz —susurró.

Mi padre me contó una vez que fue ella, mi tía, quien me bautizó.

—Los nombres son muy importantes. A veces, con el nombre nos ponen el destino —solía decirme.

—¿Y cuál es mi destino, papá? —pregunté una vez, sin acabar de entender.

—Tú eres luminosa, cielo. —Me acarició el pelo, sonrió como con tristeza—. A tu tía le habría encantado conocerte.

No me atreví a decirle a mi padre que Micaela me conocía. Igual que yo a ella. Desde aquella primera noche, yo sentía su presencia a menudo. A veces, aun dormida, podía sentir su mirada fija en mí. Abría los ojos y encontraba su rostro en la oscuridad, resplandeciente y sereno. Me observaba. Velaba mis sueños. Tenía cuidado de mí. Y, de vez en cuando, me hablaba.

—¿Tienes ganas de reunirte conmigo? —preguntó una vez.

—No quiero morir —contesté.

Me pareció que sus ojos se hacían más brillantes. Ladeó

la cabeza. Extendió uno de sus brazos delgados y pálidos y me acarició una mejilla. Sentí su mano fría, húmeda y, a la vez, suave.

—No vas a poder evitarlo, mi niña —murmuró.

En Layana, mi padre encontró lo que andaba buscando: un lugar tranquilo donde empezar una nueva vida. Compró una casa pequeña y contrató a alguien que se hiciera cargo de las cuestiones domésticas, para las que él no tenía ningún talento. Así fue como conoció a Juliana, una muchacha del pueblo de apenas veinte años a quien el trabajo y las responsabilidades no asustaban en absoluto. Era una chica más bien pequeña de estatura, sin un evidente atractivo físico —muy delgada, de cabello corto, usaba lentes…— y a primera vista podía dar la falsa impresión de poseer un carácter débil. Hablaba muy poco. En cambio, escuchaba mucho, y con enorme interés. En las reuniones, siempre se quedaba en un segundo plano, observando. Cuando alguien le pedía su opinión, la expresaba a media voz, como si no estuviera muy segura. No le gustaba llamar la atención, por eso su estilo en el vestir era más bien austero. Sin embargo, en ella se cumplía a la perfección el viejo refrán sobre lo engañosas que son las apariencias.

Juliana había crecido siendo la mayor de diez hermanos a quienes la guerra reciente dejó huérfanos de padre. Su madre trabajaba en una casa importante de Biel, como gobernanta. Todos los días abandonaba su hogar antes del alba y regresaba mucho después de oscurecer. Juliana estaba tan acostumbrada a llevar las riendas de su casa como necesitada de dinero con que pagar la manutención de sus hermanos menores. Se podría decir que fue la suerte de todos ellos. Y también la de Uriel Albás, quien supo ver en ella todas estas facultades y le propuso matrimonio antes de que cumpliera los veinte años. Y aunque la diferencia de edad entre ellos era notable —más de dos décadas—, Juliana no dudó ni un instante en aceptar su proposición. Once meses más tarde, aproximadamente, nací yo. Cuatro años después, mi hermano Cosme.

Cuando mi tía Micaela me preguntaba, con extrema dulzura, si sentía deseos de reunirme con ella, en realidad me estaba hablando del Pozo del Diablo. Mi muerte estaba decidida desde antes de mi nacimiento, con esa contundencia de las cosas inevitables. Lo que ocurrió fue, ni más ni menos, lo que debía ocurrir.

En plena celebración de mi decimoséptimo cumpleaños llamaron a la puerta. A la mesa estábamos mis padres, mi hermano Cosme, Ezequiel —a quien, por fin, mi padre había aceptado, gracias a la continuada labor de mamá— y yo. Mi madre acababa de llegar de la cocina con mi tarta de cumpleaños, adornada con diecisiete velitas que se derretían sobre el chocolate. En ese momento, sonó el timbre.

—¿Estáis esperando a alguien? —preguntó mi padre.

Todos negamos con la cabeza. Él mismo acudió a abrir.

—No soples, espérame —gritó, desde el pasillo.

Y a continuación, se oyó el saludo de una voz grave, oscura, que no reconocí.

—Hola, sobrino. Cuánto tiempo sin verte. ¿Llego a tiempo para celebrar el decimoséptimo cumpleaños de tu hija? Espero que me hayáis guardado un trozo de tarta.

A todos nos extrañó aquella aparición repentina de un pariente del que ni siquiera teníamos noticia. Más aún cuando vimos aparecer por el salón a un hombre delgado, muy elegante, de porte distinguido, que parecía más joven que mi padre. Era alto, tenía perilla y bigote de un rubio pajizo y en las manos lucía más de media docena de anillos que quedaron al descubierto cuando se quitó los guantes de piel. Nos fue presentado de inmediato:

—Éste es mi tío Elvio.

Papá parecía nervioso. En su frente brillaron de pronto algunas gotas de sudor. Había empalidecido. Se apresuró a traer una silla plegable de la cocina y le cedió la suya al recién llegado.

—Veo que he elegido el momento oportuno. —Sonrió el misterioso tío Elvio—. Y, por las caras de tus hijos y de tu mujer, adivino que no les has hablado de mí. Por favor, sobrino... qué descortés por tu parte. Pero no quiero interrumpir. Por favor, Luz, sopla tus velas de cumpleaños. Y no olvides pedir un deseo. Seguro que se cumplirá.

Hubo un cruce de miradas apenas perceptible entre mi padre y su tío. No era fácil darse cuenta, porque mi padre bajó los ojos en cuanto nuestro pariente le miró directamente.

Toda la familia aplaudió al unísono cuando apagué las velas. Tío Elvio, también, con no poco entusiasmo y afectación.

—No sabéis cuánto celebro conoceros por fin —dijo, mientras mamá me ayudaba a cortar la tarta—. Unos asuntos de suma importancia me han obligado a ausentarme durante una temporada pero ya es hora de que me ocupe de ciertas responsabilidades inaplazables. Ellas son las que me han hecho regresar. Cosme, eres el vivo retrato de tu padre a tu edad. Acaso más alto y algo más atlético. Presiento que, al igual que con tu padre, me voy a llevar muy bien contigo. Y tú, Luz, eres la viva imagen de tu tía Micaela, ya deben de habértelo dicho.

—Sí, muchas veces... —respondí.

—Y con toda justicia —continuó él. Se volvió ahora hacia mi novio—: ¿Y tú eres...?

Ezequiel se levantó, muy solícito, y extendió su mano hacia tío Elvio.

—Ezequiel Osorio —dijo.

También nuestro pariente se levantó para saludarle, con

gran educación. Estrechó su mano. Sonrió. Percibí un brillo de complicidad en sus ojos clarísimos.

—Encantado de conocerte, Ezequiel. ¿Y cuál es el vínculo que te une a esta distinguida familia?

—Salgo con Luz —dijo.

—Es mi prometido —respondí yo, casi al mismo tiempo.

—¿Prometido? —repitió tío Elvio, con énfasis—. Qué interesante. Y tan jóvenes. Presiento que también vamos a llevarnos muy bien, Ezequiel. Siempre y cuando yo también sea de tu agrado, naturalmente.

—Oh, sí, señor. Por supuesto —se apresuró a contestar mi novio.

Precisamente en ese instante mi madre le ofreció al tío una porción de tarta, que él rechazó con un gesto autoritario de su mano derecha.

—Azúcar no, por favor. Endulzaría mi agrio carácter y no me reconocería ni Dios. Le cedo mi porción a Luz, que está en edad de crecer.

Nos estábamos divirtiendo con aquellas ocurrencias. Era un hombre extraño, pero tenía sentido del humor. A mí incluso me parecía simpático. Mi padre, quedó muy claro, no lo veía de igual forma. Saltó de la silla y subió la voz más de la cuenta para amonestarle:

—¡Ya basta! Fuera de mi casa.

La más incómoda ante esta salida de tono fue mamá.

—Uriel, por favor… —dijo con un matiz de súplica.

Mi padre insistió y volvió a dirigirse a tío Elvio:

—He dicho fuera de mi casa.

—Qué vergüenza, Uriel —saltó mamá—. Tío Elvio, por favor, no se lo tenga en cuenta.

Nuestro pariente se secó los labios con una servilleta, que acto seguido depositó con cuidado sobre la mesa. Se puso en pie, dirigió a los presentes una sonrisa cortés y miró a mi madre para articular su despedida:

—Ha sido un placer, Juliana, pero me temo que ha llegado la hora de marcharme. Importantes asuntos que no puedo aplazar me reclaman. Igualmente, nunca me ha gustado permanecer mucho tiempo en el mismo lugar.

Mi padre se empeñó en acompañarle a la puerta. Ya estaban fuera de nuestro campo de visión cuando oímos su voz crispada decir:

—Déjala en paz, maldito seas. Apártate de mi familia.

Y la armoniosa respuesta de tío Elvio. Suave, casi musical:

—No digas tonterías, Uriel. Sabes de sobra que no voy a dejarte en paz nunca. Ni a ti ni a los tuyos. Buenas tardes, querido sobrino. Ha sido un placer reencontrarte, aunque la velada me ha parecido un poco corta. Y tal vez algo insípida.

Y de nuevo la voz de mi padre, muy alterado:

—Largo de aquí.

Ezequiel insistió e insistió. «Quiero enseñarte algo», decía. Me llevó en su coche hasta el páramo. Un lugar horrible. Un pozo. Una casa abandonada. Se empeñó en entrar. No sé qué relación tenía él con aquel sitio. Estaba muy alterado, no atendía a razones.

Cuando mi cuerpo cayó en las aguas del pozo, ya no respiraba. Yo ya lo veía todo desde fuera, ya no me afectaba. Mi último recuerdo consciente fue un dolor insoportable, monstruoso, que se cobró mi último aliento. Lo siguiente, el cuerpo luminoso de Micaela, flotando en el agua helada con fulgor de animal de las profundidades, sus brazos extendidos y abiertos y su voz dulce:

—Por fin puedo abrazarte, Luz, querida niña. Vas a quedarte conmigo durante un tiempo.

—¿Vives en este pozo? —le pregunté.

—Vivo en todas las aguas. En realidad, nunca estuve en otro lugar.

Me agarró la mano. Sentí que me llevaba.

—Te quedarás conmigo un tiempo, Luz. Ellos ya no te necesitan.

Lo que ocurrió fue, ni más ni menos, lo que debía ocurrir. Mi muerte estaba escrita desde antes de mi nacimiento. Tal vez también lo estaba lo que acontenció después.

Es difícil comprender por qué encuentro tanto placer en morder carne fresca. Debe de ser parecido al placer que experimentáis los seres humanos al morder una manzana o una ciruela. La carne revienta bajo la presión de la mandíbula y de inmediato llega esa inundación de sabor, dulzura, frescor indescriptibles (sólo que la carne humana es más bien salada y tibia). Y eso que al morder una manzana o una ciruela no se siega una vida, no se trunca algo que aún debía permanecer aquí durante mucho tiempo. Quiero decir, que no es lo mismo. Morder, arañar, chupar, rebañar... Ah, las chicas de la familia Albás me depararon algunos de los mayores placeres gastronómicos de mi luenga existencia. Mi estómago y yo les guardaremos por ello agradecimiento eterno.

16

Ezequiel

(1940-2003)

Había luna llena y el agua estaba a mucha profundidad pero vi algo en el pozo. Por eso callé y por eso dije aquella estupidez de arrojar una moneda y pedir un deseo, para sacudirme el miedo de encima. Vista desde arriba era como un gran pez blanco. Una gran anguila, delgada, larguirucha, flexible como quien no tiene huesos. Fue sólo un instante: el que dura un mal presagio.

Conocía la casa. Había pasado allí mucho tiempo, en los últimos días. Todo empezó un par de semanas atrás, al salir de la ebanistería y tropezar con aquel hombre que, según dijo, me estaba esperando. Me pareció que nunca antes nos habíamos visto.

—Quiero encargarte un trabajo —dijo.

Le recomendé que regresara al día siguiente, cuando mi jefe se encontrara en el taller. Era a él a quien debía hacerle el encargo, le expliqué.

—A mí no me interesa tu jefe. Me interesas tú. Es a ti a quien busco —añadió.

Le pregunté que por qué a mí. El dueño tenía más experiencia.

—Me gusta la juventud —se limitó a decir.

Vestía traje oscuro, cruzado sobre el pecho, bajo el cual destacaba una impoluta camisa blanca. Llevaba sombrero gris, abrigo de lanilla y zapatos de puntera redondeada y brillante. Gafas de montura dorada, perilla y bigote negrísimos y el pelo peinado hacia atrás con brillantina. Era la pura imagen de una elegancia algo pasada de moda, pero refinada.

Me pidió que le acompañara hasta su casa. Un automóvil le esperaba a la vuelta de la esquina.

—A no ser que tengas algo mejor que hacer, claro —se excusó—. También puedo volver otro día.

—No, no, no tengo ningún compromiso —me apresuré a decir, animado por la oportunidad de ganar una buena suma de dinero. Se veía a la legua que aquel hombre gozaba de una buena situación económica.

Nos pusimos en camino de inmediato. La casa estaba algo apartada del pueblo, en una zona intermedia entre Layana y Sádaba a la que nunca había ido. Me extrañó comprobar que lo que llamaba su casa era una mansión abandonada en mitad de un campo de zarzas lamentable. El coche se detuvo frente al portalón y él me pidió que le acompañara hasta el piso superior. Un desván con techo a dos aguas con las paredes repletas de muñecas. Hasta alcanzarlo recorrimos algunas estancias que parecían la antesala del infierno. Los restos carbonizados de un incendio. Un lugar desolado. Al llegar arriba, me fijé en las robustas vigas del techo. Eran magníficas. Lo primero que pensé fue que soportarían mucho peso. No sé por qué. Mi anfitrión señaló los tres ventanucos que miraban hacia el páramo y dijo:

—Necesito contraventanas nuevas.

En efecto, las preexistentes sobrevivían de puro milagro. Aunque no se podía considerar supervivencia a aquel estado de decrepitud. Más allá de los cristales, en su mayoría rotos, lo que en otro tiempo fueron contraventanas colgaban sobre el vacío, agarradas por milagro de una sola bisagra, llenas de grietas cuando no de muescas, desconchones y algunos restos negros que había dejado el paso de las lenguas de fuego.

—¿Sabrás hacerlo? —preguntó.

No era la primera vez que realizaba un trabajo así. La mayoría de casas del pueblo mantenían aún sus contraventanas de siempre, y en nuestra ebanistería estábamos especializados en este tipo de arreglos. Lo atípico, en este caso, era el cliente. Yo no había conocido nunca a ninguno como él. También iba a ser fabulosa la remuneración, aunque en aquel momento aún no habíamos hablado de precio.

—Por supuesto —respondí.

—Bien. —Dio una palmada que sonó acolchada por sus guantes de piel. Parecía muy animado—. Me alegra oír eso. ¿Cuándo puedes empezar?

Trabajé durante nueve días. Al cerrar la ebanistería, subía a su vehículo, que me estaba esperando en la esquina, y el chofer me llevaba hasta la casa. Me llamaba la atención el silencio del conductor. Durante todo el tiempo que se prolongó mi servicio jamás le oí pronunciar una sola palabra. Tenía la piel gris y los ojos sin expresión, pero vestía con suma elegancia: un uniforme a juego con su gorra, y guantes blancos impolutos. Hacía su trabajo con el mismo rigor con que mantenía su silencio.

Mi cliente había comprado para mí madera y herramientas. También se encargaba de que al llegar tuviera algo de comida preparada en una bandeja. Yo nunca vi a nadie por allí, salvo al chofer, que me esperaba bostezando y escuchando la radio, pero la verdad es que más de una vez me pareció que olía a comida cuando entré en la casa. Algo totalmente imposible, por cierto, en un lugar devastado como aquél.

La verdad es que hice un gran trabajo. Tal vez el mejor hasta ese día. Se lo mostré a mi cliente, lleno de orgullo, nada más terminar. Supe al instante que había quedado satisfecho. En mis años como aprendiz y como operario había aprendido muy bien a distinguir, por el rostro de los clientes, si estaban complacidos o no.

—Es exactamente lo que quería —dijo, abriendo y cerrando una de las nuevas contraventanas— y voy a pagarte como mereces.

Me extendió un cheque por una cantidad descabellada. Veinte veces lo que me hubiera pagado en caso de haberme pagado muy bien.

—Es demasiado —le dije, nada más verlo—. Con esto podría dejar de trabajar o montar mi propio negocio.

Se encogió de hombros. Se acarició el bigote. Brillaron sus pupilas transparentes.

—Ser generoso con quienes me satisfacen es mi peor defecto —dijo—. Y aún hay más. Toma.

Me entregó una llave. De hierro, grande y oxidada. Fue como un truco de prestidigitador, como si la hiciera aparecer de la nada.

—Trae a tu novia a visitar este lugar —dijo—. Le gustará conocer lo que no hace tantos años fue la residencia de su familia. Y, por lo que a nosotros respecta, no tardaremos en volver a vernos. Ya te dije que íbamos a llevarnos muy bien.

Fue entonces cuando percibí el parecido entre mi generoso cliente y el misterioso tío Elvio que algunos años antes había interrumpido la celebración del cumpleaños de Luz. Asentí, confundido, preguntándome cómo no me había dado cuenta hasta ese momento de que se trataba de la misma persona. Por un lado, era evidente que era el mismo hombre —aquel porte distinguido, el brillo de sus ojos, sus ademanes de gran señor, el tono grave de su voz— pero, por otro, había diferencias físicas notables entre ambos: la estatura, el color del cabello, los rasgos de la cara…

No reparé en nada cuando me fui de allí, con el cheque y la llave a buen recaudo. La última imagen que recuerdo de él es aquella sonrisa enigmática, casi cínica. Bajé las escaleras tan aprisa como me permitieron mis piernas. De pronto, tenía prisa por dejar atrás todo aquello. Subí al coche sin perder un segundo y durante todo el camino me resultó insoportable aquel silencio, por otra parte, tan habitual en el empleado. Al llegar a casa me encerré en mi cuarto. Creo que tenía miedo.

Nunca más, desde aquella noche en que Luz murió, conseguí desprenderme del sentimiento de culpa. De todos los sentimientos que pueden llevarse a cuestas por la vida, la culpa es el más pesado de todos. Se puede vivir con tristeza, con nostalgia, con rabia, con deseos de venganza. Pero la culpa te corroe los pensamientos y acaba por invadir cada parcela de tu existencia, de día y de noche, el resto de los miserables días que te queden por vivir.

Todo lo que hice a partir de esa noche tuvo como único objetivo librarme de aquella culpa mortífera que no me dejaba respirar. Me convertí en un ser huraño, tosco, casi un desequilibrado. Nada me importaba más que dejar de oír aquellas voces que a todas horas me susurraban: ha muerto por tu culpa, tú la empujaste, sin ti seguiría viva. Hubiera hecho cualquier cosa por librarme de ellas. Y de hecho, lo hice. Hice cualquier cosa. Volví a encontrarme con mi cliente y esta vez acepté una suma de dinero mucho mayor, casi inmoral. Le hubiera entregado a cambio lo que me hubiera pedido. Sin embargo, me hizo un encargo extravagante. Me pidió que pintara un cuadro.

—Yo no sé pintar —le dije.

—Te equivocas. Tienes mucho talento. Es sólo que no lo has descubierto —respondió.

—¿Y qué quiere que pinte?

—Lo primero que acuda a tu mente cuando pienses en el desván.

Cerré los ojos y vi el cuadro que aún no había empezado: todas aquellas muñecas con sus ojos fijos en mí. Fijos en el espectador que las observa con la misma inclemencia.

Como la otra vez, había dispuesto todos los materiales. Terminé en un par de tardes. Mi cliente tenía razón: mis manos definían formas y aplicaban colores como si fuera algo natural para ellas.

Antes de volver al pozo —¿no dicen que el asesino regresa siempre a la escena del crimen?— fui a ver a Cosme. Le entregué el dinero. Le pedí que lo pusiera a buen recaudo. Le pedí que fuera mi albacea, mi administrador, mi amigo, la única persona que me quedaba en el mundo si me ocurría algo.

—¿Qué te va a ocurrir, Ezequiel? No digas tonterías —trató de quitarle importancia.

—Prométeme que lo guardarás y le darás buen uso —dije.

—Claro que sí, hombre. Te lo prometo.

Pensé que de noche sería más fácil volver a ver a la criatura del pozo. Ahora estaba seguro de que allí había algo y quería averiguar qué. Pero mi verdadera intención al regresar a aquel lugar no era otra sino encontrar el cuerpo de Luz, que seguía desaparecido. Albergaba aún la esperanza absurda de encontrarla viva. Por eso me arriesgué como lo hice. Por eso atravesé los precintos policiales que rodeaban el lugar, por eso levanté la gruesa lona negra que habían dejado caer sobre el brocal, por eso me arriesgué a ser malinterpretado, a ser tomado por un delincuente. En aquel momento, sin embargo, yo no podía ni sospechar que seguían mis pasos.

Al principio, no tuve éxito. Grité el nombre de mi novia varias veces, arrojé guijarros al redondel de agua negra que apenas se vislumbraba allá abajo. Me senté a esperar. Casi me dormí de aburrimiento. Paseé para despejarme un poco. Volví a la carga, ya convencido de que todo aquello era una estupidez. Y fue entonces cuando percibí que algo se removía allá abajo. El agua sonaba agitada y yo vislumbré fugazmente la blancura de un cuerpo que parecía poseer luz propia. Fue sólo un instante antes de darme cuenta de lo que estaba ocurriendo: lo primero que vi fueron sus manos. Un par de manos blancas, de uñas largas y sucias, surcadas de venas azuladas, subían agarrándose a los travesaños de la escalera interior del pozo. Poco después distinguí sus ojos, grises, opacos, turbios, y su cabellera negra como el alquitrán. Estaba desnuda y era una criatura repugnante. Tenía la piel blanca como la de una sepia y serpenteaba como una culebra. Trepaba por la escalera a gran velocidad, con gran pericia. Antes de que pudiera huir estaba a mi altura. No me habló, no por lo menos del modo en que lo hacen las personas. Sin embargo, entendí muy bien lo que había venido a decirme. Sus labios se abrieron y cerraron en el silencio sin que de ellos saliera ni un sonido. El mensaje más bien parecía resonar dentro de mi cabeza.

—Es mía —dijo—. Ahora es mía. Vete de aquí.

Comprendí que se estaba refiriendo a mi novia. Traté de agarrarla, pero su piel era fría y resbaladiza como la del pescado crudo. Sonrió, satisfecha por mi fracaso, mostrándome un par de encías negras como el pozo del que acababa de salir.

—Por favor —le dije—, devuélvemela. Yo la amo. Vamos a casarnos.

Ni siquiera me dejó terminar.

—Búscate a otra —ordenó—. Yo también la amo. Y yo no puedo buscar a otra.

Intenté mirar hacia el interior del agujero, pero ella me lo impidió. Algo me decía que encontraría a Luz allí dentro, y que me ayudaría a oponerme a los argumentos de aquella carcelera tan poco razonable.

—Ahora es mía —repitió—. Márchate y déjala en paz.

Regresó al pozo dejándose caer al vacío. Su caída sonó como un golpe amortiguado. Miré a la profundidad, pero no vi nada más que el rastro de un brillo en el agua, como la estela que dejan las embarcaciones cuando terminan de pasar. Desde muy cerca me llegó una voz fuerte y clara:

—Alto. Policía. Arriba las manos.

Fue una pesadilla de la que nunca salí del todo. Sufrí, mientras aún recordaba con nitidez los detalles, diversas crisis nerviosas que los más cercanos interpretaron como los síntomas de una enfermedad mental. Cuando varios años después empecé a recuperarme —la memoria es como un depósito que se vacía poco a poco sin remedio— y ya sin nadie en el mundo a quien recurrir más que Cosme y su familia, no les resultó difícil encontrar un sanatorio donde me admitieran. Naturalmente, Cosme se hizo cargo de todos los gastos, que pagó con mi propio dinero, y el resto de los miembros de la familia se limitaron a suspirar aliviados y empezar a olvidarme poco a poco.

Supongo que es necesario que aclare que nunca estuve loco. Perdí todo interés —y también toda la fe— en la comunicación humana. Me convertí en el hombre huraño, silencioso y extraño a quien lo más fácil era tomar por enajenado. Y yo lo consentía y lo fomentaba, porque en el fondo era mejor así, además de mucho más cómodo. Me convertí en una leyenda, el chico raro, el hombre raro, el viejo raro sobre quien gravitaban mil historias macabras pero cuya vida real nadie se atrevía a indagar.

Tenía sus ventajas. Nadie me molestaba. Podía entretener mi tiempo a mi antojo. Dormitar al sol. Pasear de vez en cuando. Ver la televisión. Leer la prensa. Todos me dejaban en paz. Nadie se atrevía conmigo. Era mejor para mí. No soporto que se metan en mis asuntos. No me gusta recordar el pasado. Mi pasado es una pesadilla de la que, si pudiera, escaparía con gusto.

Fue en televisión y por casualidad donde oí hablar por primera vez del espíritu del embalse de Yesa. Era uno de esos programas dedicados a lo desconocido, que suelen estar repletos de mentiras y de mentirosos que fingen haber protagonizado hechos fabulosos. Nunca doy crédito a este tipo de patochadas. Pero aquel día llamó mi atención el testimonio de una mujer. Era de mediana edad, no parecía una pobre mujer a quien habían convencido para que contara cualquier cosa a cambio de algún dinero. Más bien al contrario, aparentaba cierto nivel cultural, vestía bien, era guapa. A su lado estaba su marido, asintiendo en silencio y con el ceño fruncido, como si le diera la razón en todo con mucha gravedad.

—Estábamos dando un paseo. Como ha llovido poco este año, las aguas están bajas. Queríamos ver el campanario de la iglesia del pueblo que, dicen, subsiste en el fondo del embalse. Y lo vimos. Perfectamente. Ya regresábamos cuando oímos algo en aquella parte. Un ruido muy raro, como un crujido o algo así. Estaba allí. Creo que era una mujer. Tenía la piel muy blanca, el pelo muy negro y muy largo y se le marcaban unas venas muy azules por todas partes. Estaba desnuda. No era una persona, eso seguro. Quiero decir una persona viva.

Un reportero, apostado junto al embalse con un micrófono en la mano, informó acto seguido que en las últimas dos semanas habían muerto en Yesa media docena de pescadores, todos hombres y todos en extrañas circunstancias. «Éste es un hecho probado, pero para los habitantes de esa zona, no puede deberse sólo a una casualidad», era la frase con la que el periodista remató su información.

Supe al instante de quién estaban hablando y el corazón se me aceleró. En mis labios debió de dibujarse una sonrisa de amargura al saber que todo eso ocurría en el embalse de Yesa. Tenía una extraña coherencia, una coherencia macabra, que Luz o lo que quedara de ella pudiera estar, precisamente allí.

—¿De qué te ríes, Ezequiel? —preguntó un enfermero, al verme.

No respondí. No me reía. Todo aquello no hacía más que despertar mis peores sentimientos. Actualizar mis culpas, avivarlas. Más bien estaba haciendo planes. Planes de fuga para aquella misma noche.

Llegué a Yesa al amanecer, después de hacer autoestop sin éxito durante más de tres horas. Un camionero que se dirigía a Pamplona me recogió pasadas las dos.

—¿No es allí donde la gente ve fantasmas? —preguntó, al oírme pronunciar el nombre del embalse.

—A eso voy —respondí—, a buscar un fantasma que perdí hace tiempo.

Rió de un modo un poco fanfarrón, golpeó el volante y añadió:

—Qué bueno. Eres un tío muy gracioso. Estás hecho una piltrafa, pero tienes gracia.

Era mejor así: que nadie entendiera mis verdaderos propósitos.

No la encontré de inmediato, como es fácil suponer. Estas cosas requieren su tiempo. Busqué el lugar más apropiado y esperé. La presencia de los vivos, ahora lo sé, atrae a los muertos como la comida a los peces. Yo mismo era el cebo. Y ella no tardó en aparecer. Primero sus manos, aferrándose a la orilla. Luego su cabellera negra y las palabras que no precisaban de sus labios para llegar hasta mí:

—Ven conmigo, Ezequiel. Abrázame. Tengo frío. Por favor, abrázame.

Reconocí al instante a la criatura del pozo. Ahora parecía desvalida y frágil, pero era evidente que estaba mintiendo. Podía engañar a seis pescadores analfabetos, pero no a mí, que empezaba a saber todo el horror que hay en la otra cara de la moneda del mundo. Ella insistía:

—Por favor, acércate. Tengo mucho frío. Hace frío aquí. ¿No quieres darme un abrazo? Por favor, Ezequiel. Abrázame.

No me dejé conmover. Desde donde estaba, sin mover ni un músculo, le pregunté:

—¿Y Luz? ¿Dónde la escondes?

Cambió de actitud al instante. Se irguió. Endureció el tono de su voz.

—Luz es mía. Búscate a otra. Ya te lo dije una vez.

—No quiero buscar a otra. Quiero que me devuelvas a Luz —repliqué.

—Luz es mía —repitió— y yo la cuido mejor que tú. Conmigo no va a ocurrirle nada malo.

Puso el dedo en la llaga. Callé. Ella empezó a retroceder poco a poco. Pareció entender que había ganado la batalla y regresó a las aguas del embalse. El sol brillaba sobre la superficie del agua. Hacia la mitad del lago, se veía claramente el extremo del campanario de San Miguel sobresaliendo de las aguas. Si no llovía, aquel año la sequía se iba a hacer insoportable en la zona. Se estaba llegando a extremos históricos. Las aguas de Yesa, por ejemplo, no habían estado tan bajas desde que el lugar era un valle y no un embalse. Pese a todo, el entorno era idílico. Un lugar en el que la contemplación de la naturaleza se convertía en una experiencia única.

—¿Deleitando los sentidos antes de que te hagan regresar al manicomio, mi joven artesano? —oí preguntar a una voz familiar, a mi espalda.

Antes de volverme a ver su porte distinguido ya sabía a la perfección a quién correspondían aquella voz y aquellas maneras. Era el supuesto dueño de la casona de los Albás, el supuesto tío de quien ya nunca sería mi suegro, el supuesto cliente adinerado que me había pagado una fortuna por unas contraventanas y un cuadro de sus muñecas. En realidad, le conocía muy bien, pero no sabía nada de él. Pese a lo rocambolesco del encuentro, y de lo atípico del lugar donde éste se producía, no me extrañó constatar que, como todas las otras veces, iba vestido con una elegancia próxima al amaneramiento: su traje oscuro y cruzado, el sombrero, la camisa impecable, los zapatos resplandecientes, los guantes de piel. Sólo algo era distinto: llevaba una flor en el ojal. Se dio cuenta enseguida de que eso llamaba mi atención.

—Veo que aprecias los pequeños detalles, Ezequiel. ¿Te agradan las flores? He robado esta gardenia del jardín del hotel, esta mañana. Si tuvieras un ojal donde lucirla, te la regalaría gustoso. Aunque no estoy aquí para hablar de flores. He venido a proponerte otro negocio.

—No me interesa tu dinero. No tengo cómo gastarlo —respondí.

—Ya sé que el dinero no te interesa. No es eso lo que quiero ofrecerte.

Lo atípico de la cuestión me forzó a escucharle. Aquel hombre siempre conseguía salirse con la suya y, además, parecía tan acostumbrado a ello que ni siquiera se asombraba.

—Me ha parecido advertir que deseas volver a ver a tu novia —dijo, con tanta naturalidad como quien trata un asunto perfectamente normal.

—Así es —contesté.

—Yo estoy en condiciones de ayudarte. Aunque debo advertirte de que tal vez no la veas tan acicalada como en ella era costumbre. Diez años bajo el agua son muy malos para la piel.

Diez años. Costaba creer que hubiera transcurrido tanto tiempo desde la pesadilla del pozo. La pesadilla que me perseguía día y noche y que —aunque eso no podía saberlo— habría de perseguirme hasta el fin de mis días.

—¿No me dices nada? ¿No te interesa el trato? Bien, lo entiendo. Era una posibilidad...

La paciencia no era, desde luego, una de las principales virtudes de mi enigmático visitante. Ya se marchaba cuando le detuve.

—No, no, espera. Puede que me interese.

—Ah, bien. Excelente.

Se detuvo. Cruzó las manos sobre el pecho. Suspiró.

—¿Volveré a ver a Luz? —pregunté, incrédulo.

—En efecto.

—¿Viva?

—Eso es poco probable, por lo que ya te he dicho: diez años bajo el agua no resultan muy beneficiosos para la salud.

—Pero ¿tendré la seguridad de que es ella?

—Sin ninguna duda.

—¿Podré llevarme su cuerpo? ¿Entregárselo a su familia? ¿Podrá haber un entierro?

—Bueno... es lo que suelen hacer las familias, digo yo que a falta de ideas mejores, con los cadáveres de sus seres queridos. Los entierran. Podrían comérselos, disecarlos, donarlos a la ciencia. Pero ellos prefieren enterrarlos.

Parecía divertirse mucho con aquella conversación.

—Muy bien... Creo que acepto —dije, aunque había algo en todo aquello que no terminaba de convencerme.

—Alto, alto. Aún no te he dicho qué quiero a cambio —dijo, levantando una mano enguantada.

Le presté atención, en un silencio lleno de curiosidad. Estaba preparado para oír cualquier cosa: que practicara la escultura o que le construyera una mesa, un puente o un ataúd, todo me habría parecido normal en aquellas circunstancias. Lo que me dijo, sin embargo, superaba con creces mis previsiones y también mi imaginación:

—Quiero que me entregues tu alma.

Dos meses después, la sequía avanzaba, persistente. Las aguas de Yesa habían bajado tanto que por primera vez desde que se destruyeron los diques se podía volver a caminar por las calles de Tiermas. Para hacerlo se acercaron hasta allí muchos curiosos, descendientes de antiguos habitantes del lugar o meros turistas.

Fue uno de esos visitantes ocasionales quien, al entrar en la iglesia de San Miguel, cuyo suelo estaba sembrado de peces muertos que aún nadie había recogido, descubrió el cadáver de Luz tumbado sobre el altar. Pese a los diez años transcurridos, el cuerpo no se había corrompido. La piel mantenía su suavidad casi original, aunque estaba surcada de profundos arañazos sanguinolentos. Tenía rota la columna vertebral, y las marcas de varias dentelladas no habían respetado ni una sola parte de su cuerpo. Estaba desnuda, tenía el cabello más largo que cuando murió y llevaba, prendida sobre la oreja derecha, una gardenia blanca que parecía recién cortada.

Detesto profundamente a las clases dirigentes. Se trata de ese odio que sólo es capaz de inspirarnos lo que conocemos bien, el rechazo hacia la propia sangre. Cuántos demonios se refugian a menudo en ese tipo peculiar de seres humanos y manejan desde allí sus hilos invisibles. Sólo hay que permanecer atento a las ocurrencias y las acciones de los gobernantes para entender a quiénes de ellos les vendría de maravilla un exorcismo. Sin embargo, a veces los exorcistas también sirven de refugio a demonios, de modo que nuestra presencia en el mundo se convierte en un juego de absurdos a la vez que en un cuento de nunca acabar. Poseer el cuerpo de uno de los políticos de Tiermas no fue lo más excitante que me ha ocurrido en la vida, la verdad. Sin embargo, las consecuencias sí merecieron la pena y, ya se sabe: bien está lo que bien acaba (como dijo uno de los nuestros). Bien conducido, se le puede hacer creer a un político que lo más beneficioso para su pueblo o su ciudad es yacer para siempre bajo las aguas. Jamás hay que subestimar la estupidez de un prohombre. Puede ser inabarcable y en expansión, como el mismo Universo.

17

Rebeca

(1986-2003)

¿Qué habría ocurrido si no se me hubiera caído el teléfono dentro del pozo?

Mientras tanteaba la oscuridad, sentía la frialdad del agua y oía la voz de Bernal, que empezaba a parecer angustiada, sentí de pronto algo frío, blando y viscoso agarrándose con fuerza a uno de mis tobillos.

Apenas tuve tiempo de volverme a mirar. Me pareció ver fugazmente un cuerpo que refulgía en el agua. Ni siquiera pude preguntarme qué extraño pez era capaz de vivir en aquel lugar, en aquellas condiciones.

No era un pez. Tiró de mí con tal fuerza que el agua ahogó mis gritos de pánico. Bajo el pozo había todo un mundo de oscuridad y frío al que llegué contra mi voluntad. Pataleé, lancé manotazos, traté de liberar mi tobillo de aquel abrazo mortal, pero todo fue en vano. Aquella criatura, lo que fuera, me arrastraba a tanta velocidad que era imposible resistirse. Lo intenté al principio, pero las fuerzas me empezaron a flaquear cuando me fui quedando sin aire y finalmente no pude hacer otra cosa más que dejarme convertir en un bulto que cualquiera habría podido arrastrar a su antojo.

Fue entonces, al abrir los ojos y ver con asombrosa nitidez el rostro de aquella que me había capturado, al darme cuenta de que no respiraba y que sin embargo existía de alguna forma, cuando comprendí que acababa de traspasar un umbral desconocido que, al fin y al cabo, tampoco estaba tan mal. Sólo era diferente. Si Bernal, o mi hermana, hubieran estado allí, habrían pronunciado el mismo comentario de siempre: «A Rebeca, no hay nada que le parezca realmente mal.»

Mirándome con una expresión que me pareció de asombro tenía frente a mí a una extraña mujer, de largos cabellos negros y piel más blanca que el papel. Además, parecía brillar con luz propia, como la esfera de un reloj.

—Cuánto me alegra que hayas venido —dijo—. Llevaba tanto tiempo sola… Y es tan triste la soledad… Tarde o temprano, también tú terminarás por descubrirlo.

Me acarició las mejillas con ambas manos. Me miraba con ojos de infinita ternura y sonreía con mucha tristeza. Repitió:

—Qué bien que estés aquí, Rebeca. La soledad es tan triste… No me gusta.

—¿Me conoces? —pregunté.

—Claro. Mucho mejor de lo que tú crees. Y desde hace mucho tiempo.

—¿Quién eres?

—Micaela. Fui la hermana melliza de tu abuelo Uriel, aunque también fallecí a los diecisiete años, la edad exacta que tienes tú ahora, en un incendio.

Yo estaba confusa, aunque tranquila.

—¿Estoy muerta? —pregunté.

—Sí, querida —dijo, con otra caricia, y otra sonrisa triste.

—Me siento tan bien…

Era un bienestar extraño, similar a la placidez del sueño que llega cuando estás muy cansada. Micaela no parecía compartir esta sensación. Se la veía inquieta, tal vez temerosa de algo. Luego estaba ese modo atolondrado de hablar, a gran velocidad, repitiendo varias veces las mismas cosas.

—Es maravilloso que hayas venido. Maravilloso —volvió a decir.

—Pero yo no quiero morir.

—Nadie quiere morir a los diecisiete años, querida. Pero contra eso no hay remedio. Debes aceptar tu destino. Es superior a ti.

—No quiero aceptar este destino. No quiero morirme —protesté.

—Yo no puedo hacer nada contra eso. Sólo soy una enviada. No tienes otro remedio sino aceptarlo. Cuanto antes lo hagas, mucho mejor.

—¿Una enviada de quién?

Entonces me habló de la pesadilla que desde hacía siglos se cernía sobre las primogénitas de nuestra familia. Lo hizo a su modo. Es decir, embrolladamente.

—Es un sacrificio. Así llegué yo aquí a los diecisiete años, igual que tú y que tantas otras. Antes hubo otras muchas, casi treinta en total. Todas murieron a los diecisiete años. Y así ha de seguir siendo durante generaciones mientras la familia exista. El sacrificio de la primogénita poco después de cumplir los diecisiete años. No hay remedio. Ten por seguro que el sacrificio continuará. Él velará por que continúe. Le divierte. Creo que sólo es eso: mientras le divierta, continuará. Es un juego, pero un juego macabro. A él no le importa. Nada, en realidad, le importa sino él mismo.

Intenté interrumpirla, pero no me escuchó hasta que hubo terminado. Sólo entonces logré preguntar:

—¿De quién me hablas? ¿Quién es Él?

Bajó la voz:

—Nuestro dueño. El Dueño de las Sombras, el Señor de lo Oscuro. El Amo del Fuego. El Guardián de las Aguas. La Estrella de la Noche. El Constructor. El Ángel Caído. El

Políglota. El Íncubo. Es el Ser de los Mil Nombres. Lo único que debes saber es que es tu Dueño. Tiene infinitos nombres pero no importa. Es tu Dueño. Puedes llamarle así. Sólo «mi Dueño».

—No —repliqué—. Yo no tengo dueño.

Sus ojos opacos se posaron en mí. Su tono de voz era como el de una madre explicándole con mucha paciencia a un niño algo elemental.

—Ahora sí lo tienes, querida. Por eso estás aquí. Ya no eres libre. Puedes llamarle Dueño, que es como le llamo yo. No le enoja que le llamemos así. No le importará.

Una idea peregrina empezó a germinar en mi cabeza: ¿habría algo que hacer en aquella situación extrema? Nunca había pensado que una contingencia tan extraña como la que me estaba ocurriendo pudiera ser la muerte. Me había caído a un pozo y estaba hablando con una señora fluorescente que decía ser mi tía abuela acerca de alguien que, al parecer, gobernaba nuestros destinos y se lo pasaba bomba haciéndolo. Tal vez en una situación tan absurda tenía algún sentido buscar alguna solución igualmente absurda.

—¿Es Dios ese de quién me hablas? —aventuré.

El pánico se dibujó en sus ojos muertos.

—¡Calla! No pronuncies aquí ese nombre. Puede estar escuchando. Nunca vuelvas a hacerlo. No lo pronuncies jamás. ¿Has entendido? Jamás. Di que lo has entendido. ¡Dilo!

—Te he entendido.

—«Tendré más cuidado». Dilo. «Tendré más cuidado». Vamos, dilo.

—Tendré más cuidado —repetí, de mala gana.

Entonces, seguí meditando, si no era Dios quien gobernaba nuestros destinos, y a menos que todo lo que nos habían contado acerca del Más Allá fuera una patraña, sólo cabía otra posibilidad. Y, puesto que ya lo había perdido todo o que (visto de otro modo) no tenía absolutamente nada que dejar en el intento, decidí arriesgarme a realizar un movimiento inesperado. Una jugada que nadie esperaría de mí.

—Quiero conocerle —dije.

Micaela se puso a la defensiva al instante:

—Je, je, je —rió, nerviosa—. No, no, eso no es posible, querida. Tú acabas de llegar. Je, je, no, no, de ninguna manera, qué atrevimiento. Él no querrá conocerte a ti. No le gusta tener trato con mujeres.

—Pero tú eres una mujer y trata contigo.

—Es distinto, je, je —rió, de nuevo. Era una risa triste, como todo en ella, desganada, gris—. Es distinto. Me conoce hace mucho tiempo. Al principio tampoco quería nada conmigo. Además, yo soy su mensajera. Me conoce desde antiguo. Soy una especie de espíritu útil. Es distinto, a mí me necesita. Al principio tampoco me hablaba. Pero ahora soy útil.

—También yo puedo ser útil, entonces —dije.

Micaela no sabía ya cómo negarse. Qué curioso: yo siempre pensé —como, supongo, la mayor parte de la gente— que la muerte era una especie de estado de gracia del espíritu en el que todo lo que te ha hecho flaquear en la Tierra se olvida y queda atrás. Estaba convencida, por ejemplo, de que se puede ser una persona apocada, o casi analfabeta, o tímida hasta extremos enfermizos mientras aún respiras y caminas por el mundo pero que esas características no se transmiten al Más Allá, a tu espíritu. No sé por qué razón, pensé que los muertos estaban a salvo de ese tipo de circunstancias vulgares tan propias de los mortales.

Sin embargo, Micaela me demostró todo lo contrario: en vida debió de ser una persona insegura y obsesiva, exactamente lo mismo que era ahora. Y su nivel cultural, ya se sabe: las mujeres de otras épocas no tuvieron muchas oportunidades de estudiar. Las jóvenes de hoy día les damos veinte mil vueltas. Lo que ocurre es que no tenemos ocasión de comprobarlo. Yo, por lo menos, no conozco a nadie que haya tenido un encontronazo con su tía abuela, muerta más de ochenta años atrás, ni siquiera en un lugar más normal que el interior de un pozo. Si existiera esa posibilidad, las bisnietas y las tataranietas se llevarían las manos a la cabeza al comprobar lo ingenuas, crédulas, dependientes y, en resumen, lo tontas que fueron sus bisabuelas o sus tatarabuelas. Y al revés: las más mayores se escandalizarían ante el desparpajo y la claridad de ideas de sus descendientes. Viendo a Micaela se me ocurrió pensar que lo más probable era que no hubiera recibido formación de ninguna clase. En sus tiempos, estudiar era un privilegio reservado a unos pocos entre los que, por cierto, no se contaba a las mujeres. Lo noté porque apenas encontraba el modo de enfrentarse a mis palabras. Le molestaba mi rudeza, mi seguridad y, por supuesto, que me mostrara tan poco dócil. Aquello estaba a punto de sacarla de sus casillas. Claro, todo esto suponiendo que sea técnicamente imposible sacar de sus casillas a un fantasma.

—Debes asumir tu destino y acatar la autoridad de tu Dueño, querida —repetía—. Tú eres suya. Y también eres mía, ahora. No puedes verle. No puedes hablar así. Él no querrá conocerte. Tienes que portarte bien, querida. Nos haremos compañía de ahora en adelante, para siempre.

—Yo no quiero hacerte compañía para siempre, menudo rollo —la reté.

Por un momento me parecía que iba a ponerse a llorar como una señorita cursi de esas de las películas de época. Mi salida de tono la puso visiblemente nerviosa.

—Me dijo que tú eras para mí si yo te traía hasta aquí. Que podía quedarme contigo para no estar sola. Que me harías compañía para siempre. Tienes que portarte bien. No quiero que te vayas. No puedes dejarme sola. La soledad es tan horrible… Por favor, no te vayas.

Ahora cambiaron los papeles. Fui yo quien acaricié sus mejillas para infundirle tranquilidad. Las sentí duras y escamosas.

—Eso no cambiará, Micaela. Te haré compañía —pareció algo más serena— y no dejaré que estés sola. Pero tienes que ayudarme. ¿No quieres ser amiga mía?

—Sí, claro que sí. Nunca he tenido una amiga. Una amiga de verdad. Claro que sí. Quiero ser tu amiga.

—Muy bien. Entonces dile a nuestro Dueño que quiero verle.

—No, no puedo… —Noté que iba a soltarme otra retahíla de razones desordenadas, pero puse un dedo en sus labios para que callara.

—Hazlo por mí, Micaela. Por tu mejor amiga.

Funcionó. Calló de pronto. Me miró ilusionada como una niña. Repitió, muy bajito:

—Por mi mejor amiga.

Perfecto. El primer espíritu con el que tuve tratos en el Más Allá resultó ser bastante fácil de manejar. Sin embargo, algo me decía que no iba a ocurrir lo mismo cuando me enfrentara al Dueño de las Sombras. A Él no iba a convencerle con tanta facilidad. Iba a tener que negociar. Por eso me preocupé de tramar con sumo cuidado lo que iba a decirle. Y también de tener algo que ofrecerle. Algo que le interesara lo bastante como para acceder a hablar conmigo. No me equivoqué demasiado. Al contrario de lo que creía Micaela, me recibió. No me trató mal. Diría que incluso le caí en gracia. Le pedí que me dejara regresar. Volver a cruzar el umbral, pero en sentido contrario. Por supuesto, le ofrecí algo a cambio. Tampoco me equivoqué al pensar que mi propuesta le interesaría.

A Micaela no quise decírselo, pero lo pensé: las chicas hemos avanzado mucho en estos ochenta años. Si mi tía abuela hubiera nacido algunas décadas más tarde, las cosas habrían sido para ella muy distintas. O, simplemente, no habría sobrevivido. La vida —y también la muerte— se rige por la ley del más fuerte. Ése es el único destino que estoy dispuesta a acatar.

TERCERA PARTE

EBLUS

Ha llegado el momento de dejar de jugar a los acertijos, atónito lector. Tal vez te interese saber que vine a este mundo hace 4.707 años. Según la mano que escriba mi historia, te dirán que empecé sirviendo a otro y luego me rebelé; o que fui corrompido por un batallón de perversos espíritus del fuego, que habitaban perdidas islas desiertas; que habito dentro de cada hombre y cada mujer; o que mi papel en la historia del mundo es el de acusar a los mortales el día del Juicio Final o el de guardar las puertas del Más Allá; o puede que quieran hacerte creer que fue la envidia hacia el ser humano la que hizo de mí un ser extraviado en el mal camino antes de que un todopoderoso ser (del que jamás tuve noticias) me convirtiera en maldito por toda la eternidad, condenándome a comer para siempre las sobras putrefactas del festín de los ángeles; hay quien asegura que poco después regresé, iracundo, de los infiernos para comandar a las huestes oscuras en su batalla contra las tropas celestiales, y que esa contienda se ha prolongado por los siglos de los siglos y ha convertido la Tierra en su campo de batalla y a los seres humanos y sus débiles almas en el botín más preciado.

Bah, patrañas.

Quien habla mucho yerra constantemente, como demuestran todas estas historias fabulosas. La verdad es que se ha dicho tanto sobre mí que algunos incluso han acertado en algo. Por ejemplo: no me desagradan las sobras putrefactas. Es más: soy capaz de comerme de una sentada quinientas moscas verdes o azules. Aunque, si puedo elegir, prefiero esas otras más rollizas, negras con franjas grises, que aparecen, voraces, sobre los cuerpos en descomposición. Los entendidos la llaman *Sarcophaga carnaria* porque sólo se alimenta de carne muerta y, como yo, prefiere la carne humana a ninguna otra. Qué animalito tan simpático. No puedo negar que quien me llamó el Señor de las Moscas acertó de lleno. Aunque yo, que tan aficionado soy a las etimologías, prefiero la palabra original en sánscrito, Baalzebub, que los antiguos relacionaron con un ser de apariencia colosal, coronado con una cinta de fuego, carnudo, negro, amenazante, peludo, de rostro hinchado y alas de murciélago. En resumen: un ser de una belleza que podríamos llamar —sin miedo a equivocarnos— bestial.

Los humanos tienen un grave defecto: se inclinan siempre a creer aquello que más desean. Por eso a lo largo de los siglos me han imaginado de las formas más rocambolescas. Con rabo y pezuñas, cuernos de macho cabrío, barba, bigote y cejas pobladas… y siempre en guerra constante con los ángeles, a quienes ellos, tan aficionados al juego de los contrarios, han querido ver blancos, limpios, esbeltos y, por supuesto, más poderosos que nosotros los sombríos. La realidad es mucho más compleja. Tanto, que las mentes de los hombres, tan afectas a lo simple, no serían capaces de comprenderla.

No se trata de distinguir entre buenos y malos. Más o menos, todos somos espíritus entregados a nuestra propia causa (y hay muchos que hacen de la ambigüedad, o de la ambivalencia, su mejor don). Trabajamos por cuenta de otro, pero con tan denodado empeño que en ello nos dejamos el pellejo, si es necesario. Ni siquiera la naturaleza de nuestros jefes supremos varía tanto como podría pensarse. Ambos son orgullosos, tiránicos, manipuladores y con una tendencia enfermiza al egocentrismo. Lo único que de verdad les distingue son sus intereses.

Algunos hombres osados, esos que son capaces de inventar todo lo que no saben, llegaron a establecer nueve categorías de ángeles o criaturas celestes y dedujeron que debía de haber otras tantas de pobladores de la Oscuridad. Para simplificar, les llamaremos demonios. En realidad, somos muchos más. No sólo nosotros, también ellos. Del mismo modo que hay ángeles asignados a todo tipo de trabajos, incluso los más absurdos —una vez conocí a un par de querubines cuya única tarea consistía en cuidar que ninguna corriente de aire levantara las faldas de Isabel la Católica—, también hay un duende, genio, demonio o diablo para casi todo. A menudo, hay un diablillo juguetón encargado de exactamente lo contrario que su gemelo el celestial. Los dos querubines a que me acabo de referir, por ejemplo, no fueron capaces de impedir que un diminuto, aunque endiabladamente tenaz ayacuá, levantara las faldas de la soberana por lo menos una vez al día. Por supuesto, fueron despedidos por incompetentes, y sustituidos por otra pareja igualmente inútil. El ayacuá, en cambio, fue ascendido con inusitada rapidez en un ser de tan baja condición, iniciando así una carrera meteórica. No hace mucho le vi en los alrededores de Washington, donde desempeña un cargo de suma importancia, rigiendo las conciencias de algunos de los hombres más poderosos (y más influenciables; las mentes débiles, ya se sabe) del planeta Tierra.

(Abro un paréntesis y me detengo un instante, patidifuso lector, para ilustrarte acerca de qué tipo de criatura es un ayacuá. Se trata de un geniecillo de reducido tamaño —no mayor que un conejo— y muy mal carácter. Resiste muy mal el frío, por lo que lo normal es encontrarle en climas cálidos —se siente como pez en el agua en las selvas tropicales— y su rasgo principal es una manifiesta falta de ambición, lo que en ocasiones le lleva a ser un poco descuidado. Debido a estas circunstancias, a los ayacuás se les han asignado desde antiguo trabajos de poca monta. Tienen, además, la peculiaridad de resultar invisibles no sólo para los humanos, también para la mayoría de los nuestros, de modo que son muy discretos y particularmente molestos. La mayoría de los que conozco están dedicados a asuntos que tienen que ver con las corrientes de aire: son los encargados de cerrar puertas dejando fuera a sus dueños, de depositar basuritas en los ojos de la gente, de romper las porcelanas más valiosas, de asustar a los durmientes con el ondear de una cortina o, como ya se ha dicho, de levantar faldas —aunque esta función últimamente ha perdido su vigencia: las faldas son ahora tan cortas y las chicas tan poco dadas al pudor que o bien no se molestan o no hay nada que levantar—. Cuando quieren hacerse notar, los ayacuás suelen adoptar la forma de un remolino. Si pretendes detectar su presencia, lo mejor es arrojar unas trizas de papel al aire y observar cómo se comportan. Si ascienden en forma de espiral, eureka: ahí tienes a tu criatura. Ten cuidado con él, porque suele morder si se enoja —ser descubierto le molesta en extremo— y sus dientes son afilados como cuchillas. Ésa es la razón por la que algunos humanos le imaginaron erróneamente armado con arco y flechas. Sus mordeduras, por cierto, no resultan mortales, pero se infectan fácilmente —sobre todo si se exponen a las corrientes de aire—. Y dicho esto, cierro el paréntesis, dejándote más sabio que cuando lo abrí.)

Un hombre culto de la antigüedad —sin duda un raro espécimen— estuvo acertado al decir que los demonios que corretean por el mundo son más numerosos que los insectos. Más numerosos y también más variados. Sólo por citar alguno, tenemos: los que retrasan aviones, los que generan atascos quilométricos en las autopistas más transitadas —siempre en los primeros días de las vacaciones, o en el último—, los que hacen que la tostada siempre caiga con la mantequilla hacia el suelo —éstos son de muy bajo rango—, los que propagan enfermedades, disparan el colesterol o llenan de granos las caras de los jóvenes (y de arrugas las de los viejos). Los de grado medio no están menos ocupados: extravían jovencitas cuando salen de noche, arruinan empresarios, derriban paredes, provocan lluvias torrenciales, hunden buques, alejan a amigos inseparables, despiertan celos en las personas casadas, y generan adicciones peligrosas en los más jóvenes. Las epidemias, el envejecimiento de la población, el calentamiento del planeta, el aumento de la mortandad infantil y otras grandes catástrofes se les encomiendan sólo a los espíritus superiores. Son menos numerosos, pero disponen de más medios. En eso y en la enorme predisposición que muestra la especie humana hacia el Mal radica su éxito. A todos ellos, desde el más mísero de los geniecillos hasta el más poderoso de los espíritus superiores, les conozco lo bastante bien para referirme a sus hazañas y sus méritos. Y si les conozco es sólo por un motivo: porque, en algún momento de mi existencia milenaria, he sido alguno de ellos. Y si ahora abrazo un poder casi ilimitado es porque he cosechado, gracias a mi dedicación y mi esfuerzo, éxitos más que notables que me han permitido ascender casi hasta lo más alto. No bastaría este libro, ni otro como éste, para contener mis logros, pero te bastará saber, absorto lector, que de todos los genios infernales sólo uno ha conseguido en sólo 4.707 años llegar a donde yo he llegado partiendo de la nada. Y sólo uno logrará, si no hay oposición y todo continúa como hasta ahora, alcanzar el poder supremo en unos pocos años más. ¿Adivinas de quién estoy hablando, pazguato receptor de estas palabras? De mí, por supuesto.

Y te preguntarás, a menos que te quede una brizna de entendimiento: ¿y cuál es el nombre del Ser que tales méritos ostenta? Con gusto responderé a esta pregunta, aunque hacerlo, como verás, no resulte sencillo. Igual de prolífico que la fantasía del ser humano al adjudicarme historias y apariencias ha sido su talento a la hora de nombrarme. Son tantos y tan variados los apelativos, sobrenombres y alias que he recibido que no bastarían mil páginas para contenerlos. Debo reconocer que llevo la mayoría de ellos con orgullo. En algunos casos, porque reflejan fielmente algunas de mis debilidades (Constructor, Amo del Fuego, Guardián de las Aguas, Políglota, Señor de lo Oscuro, Destructor...); en otros, porque alimentan mi orgullo de puro grandilocuentes (Príncipe de las Tinieblas, Ángel de la Muerte, Estrella de la Noche, Dueño de la Sombras, Rey del Averno, Duque del Abismo). También están los desacertados, los que se deben a una mala interpretación, a un error de traducción, o bien a otras meteduras de pata ocasionadas por la eterna torpeza humana: Ángel Caído, Anticristo, Renegado, Vencido... Y por último tenemos las invenciones, tanto mitológicas, religiosas o literarias (en realidad, todo es pura fantasía) y que, debo reconocer, en ocasiones se basan en nombres que algunos o yo mismo hemos ostentado alguna vez. A veces todavía me valgo de ellos, sobre todo cuando quiero impresionar a alguien poco documentado. Me divierte comprobar cómo nada más presentarme como Satanás, Lucifer, Mefistófeles, Astarot, Asmodeo, Leviatán, Belcebú o Luzbel —por citar sólo algunos de los más célebres— mis interlocutores palidecen o cosas mucho peores. Antes, cuando me presentaba de repente, no era raro que muchos sufrieran un paro cardiaco, lo cual me molestaba profundamente (detesto que me dejen con la palabra en la boca). Con el tiempo he aprendido a utilizar mejor mis recursos, aunque en esto siempre existe un cierto grado de imprevisibilidad, un delicioso factor sorpresa. Recuerdo uno, hace ya tiempo, que se rajó el estómago sólo verme. No me enojé porque me pareció muy original y, además, la sangre me entusiasma.

Por último, me maravillo ante aquellos nombres que resultan tan ciertos como mi propia existencia, de modo que no podría negarme a ellos ni aunque quisiera, del mismo modo que no puedo negar mi naturaleza. Son denominaciones como el Íncubo, el Devorador de Carne Humana, el Asesino, el Amigo de los Niños, el Violador, el Tentador, el Mutante, el Embrollador, el Amo de la Discordia, de la Guerra, o del Mal. Para terminar, sólo añadiré que con toda justicia, como ha quedado demostrado, me han llamado Señor de los Mil Nombres. Y no mil, sino muchos más hemos recibido —yo y otros como yo— a lo largo de nuestras prolongadas vidas. Sin embargo, soy consciente de que esta circunstancia puede comportar cierta dificultad en mi relación con un ser simple como tú, lector, y he decidido ponerte las cosas fáciles. Así pues, olvídate de los mil modos de llamarme. Olvídate del orgullo, de las definiciones y de las fantasías literarias. A partir de este momento me impongo un nuevo nombre de pila. Fíjalo bien en tu memoria, porque será el apelativo con el cual habré de traspasar el umbral que me conducirá al poder absoluto. A partir de este mismo instante, criatura ínfima, mosquito, partícula insignificante, puedes llamarme Eblus.

Atendiendo a mis orígenes, a mi morfología y a mis habilidades, es correcto afirmar que soy un djinn. Sin embargo, jamás ningún djinn había logrado —y hasta donde tengo conocimiento, ni siquiera ambicionado— llegar a ostentar el título de Señor Absoluto del Mal. Si lo consigo —y para ello debo vencer primero a mi más importante rival—, yo seré el primero en alcanzar tal meta, todo un orgullo para mi estirpe y, a la vez, también una rareza. Me he preguntado muchas veces por las razones de esta singularidad mía y no logro encontrarlas. Acaso alguno de mis parientes remotos pertenecía a razas más ambiciosas, más predispuestas al mando. No sé si es posible comprender qué mecanismos otorgan verdadera capacidad de liderazgo sólo a una de cada diez millones de criaturas. Ocurre lo mismo entre los humanos, y nadie parece sorprenderse.

¡Oh, lamentable ser con escasa capacidad de raciocinio!: acabo de caer en la cuenta de que acaso también desconoces quiénes son los djinns. ¿Me equivoco? Lo suponía. Deberé, pues, abrir otro paréntesis para instruirte.

(Lo primero que debes saber es que los djinns ya poblaban la Tierra cuando los continentes no eran más que un magma de fango y líquenes cubierto por una niebla espesa. Mis antepasados, pues, asistieron al principio de los tiempos, y no como espectadores, precisamente. Pertenezco, pues, a una estirpe mucho más antigua que la de los humanos y casi igual de variada. También entre los míos se dan individuos de toda naturaleza, aunque nuestra característica fundamental es la adscripción a uno de los cuatro elementos: el fuego. De hecho, incluso hay quien asegura que de fuego fuimos hechos mucho antes de que nadie pudiera tener memoria de ello. Otros afirman, en cambio, que nacimos en una forja, de manos de un poderoso señor que nos templó tal y como somos: quisquillosos, juguetones, sociables, graciosos —aunque a veces nuestro sentido del humor es malinterpretado—, nómadas y extremadamente tercos. Somos buenos para los trabajos manuales y muy tenaces, lo cual nos convierte en la clase obrera de los genios. El hecho de que los djinns y el fuego sean casi una misma sustancia hace que se nos asocie a lugares donde el calor se hace asfixiante: calderas, hornos, volcanes, cocinas, desiertos y que, siempre que se nos encomienda una misión, ésta tenga que ver con uno de estos escenarios. Los djinns se encargan también de propagar las llamas allí donde se encuentren, siempre a las órdenes de un demonio de mayor rango. También habitan los desiertos e influyen en sus habitantes. Son únicos provocando sequías, quemando cosechas, matando a la población de sed. Aunque suelen preferir las explosiones, que son más vistosas y permiten un mayor lucimiento.

En mis tiempos nos comandaba Dalhan, señor de las arenas tórridas, cuyo máximo entretenimiento era devorar via-

jeros extraviados. Mientras tuviera su dosis de carne humana, lo que hiciéramos sus subordinados no le interesaba lo
más mínimo. Era uno de tantos demonios asqueados —en
realidad, la inmortalidad resulta tan aburrida si no se busca
con qué entretenerla...— que terminó por renunciar a su
condición. Pero la verdad es que su desinterés me benefició
mientras le tuve como jefe.

Mis inicios como criatura del desierto fueron, pues, los
más humildes que puede tener un servidor del Mal. Al principio, no me quedó otro remedio que trabajar en equipo (aunque me revienta). Mis compañeros y yo —éramos unos 1.200
en total— nos ocupábamos de desviar el paso de aquellos que
se adentraban en el desierto. A veces nos volvíamos visibles
para hacernos pasar por una plaga de langostas o de tábanos.
Caímos varias veces sobre Egipto, por ejemplo, en tiempos en
que ya había cronistas capaces de dejar constancia del fenó-
meno para los siglos venideros. En otras ocasiones, creába-
mos ilusiones ópticas en los viajeros. Los oasis daban muy
buen resultado. Más que las fieras o los salteadores, a quienes
a veces no tomaban en serio (ya les decía yo a los otros 1.199
que no era buena idea hacerlos tan feos). A pesar de todo, me
divertía mucho. Era un trabajo que requería cierta creativi-
dad, sobre todo al principio. Luego se fue haciendo más y más
repetitivo, y comenzó a cansarme. Ésa es otra de las características que me distinguen de los míos: me aburro con facilidad. Mis congéneres los djinns son capaces de permanecer
4.707 años en el mismo desierto haciendo las mismas cosas.
De hecho, muchos de los que empezaron conmigo siguen allí,
creando ilusiones ópticas y disfrazándose de langostas casi a
diario. Yo me cansé enseguida: habían pasado poco más de
trescientos años cuando les abandoné para siempre.

Siguió una etapa en que no tuve más preocupación que
dar con un trabajo que me permitiera lucirme lo suficiente
para que algún ser de mayor rango se fijara en mí. Aunque
me empeñé mucho en ello, no logré gran cosa. La existencia

de un djinn es miserable mientras no puede ser más que aquello para lo que nació. Yo conseguí ser duende de bosque, buscador de amuletos y espíritu doméstico (278 largos años metido dentro de una vasija de barro en un lugar perdido de la cordillera de Los Andes; uf, se me hicieron eternos) hasta que un día, cansado de la falta de oportunidades de un sistema que prefiere a los seres superiores, se me ocurrió presentarme voluntario ante el gran Abraxas, el de la cabeza coronada y serpientes en lugar de piernas, para que me conociera y me tuviera en cuenta al cubrir una de las vacantes de genios maléficos que rigen los 365 días del año.

Tuve suerte: le caí en gracia.

—¿Un ser tan insignificante como tú optando a genio rector? —preguntó, con enorme desprecio.

—Soy insignificante porque hasta ahora no he hallado el modo de dejar de serlo. Dadme una oportunidad y demostraré mi talento —respondí, con un nudo en la garganta.

Me eligió. Con voz sonante clamó:

—Demuestra eso que dices, mísero djinn.

Y me otorgó un día del año.

Me convertí en el genio que rige el 10 de mayo. Fue algo positivo, desde luego. Pero resultó muy frustrante tener que esperar 364 días (uno más en los bisiestos) para vivir una mísera jornada de gloria. Además, estuvo el asunto del cocodrilo, que terminó convirtiéndose en la causa de mi mayor (y único) fracaso.

Me sentí muy honrado cuando se me comunicó que por méritos propios y para el mejor desarrollo de mi tarea como genio rector de un día del año se me había asignado una montura. Es habitual entre los más brillantes demonios de bajo y medio rango contar con este tipo de compañero que, además de colaborar codo con codo en el buen fin de la tarea asignada, sirve de medio de transporte. Deduje, pues, que se me asignaba una montura porque Abraxas estaba satisfecho conmigo.

Lo normal suele ser asignar dragones de medio tamaño, serpientes aladas, caballos o incluso unicornios. A mí, en cambio, se me asignó un cocodrilo. Uno gordo, lento y torpe. Me resultó antipático desde el primer momento en que lo vi y más todavía cuando comprobé que, no sólo no me ayudaba en absoluto en el desarrollo de mi tarea, sino que me estorbaba mucho más de lo que mi paciencia era capaz de soportar. Con el fin de enmendar su comportamiento le castigaba sin cenar o sin comer o sin desayunar —una vez le tuve siete días con sus noches sin probar bocado—, le azotaba, le encerraba en un cuarto oscuro, le amenazaba con echarle a un foso repleto de monstruos horribles, pero nada. Nada surtía efecto en aquel ser indolente y apático. Nada le hacía reaccionar, nada parecía motivarle lo suficiente, ni siquiera las palizas. Era el ser más abúlico y malcarado que había conocido. Hasta que un día me cansé y se me fue la mano. Le partí en dos de un tajo, zas, y me comí sus vísceras. Fue un pronto, un golpe de genio, del que luego fingí ante mi superior sentirme muy arrepentido. Por supuesto, no me creyó, y me condenó a 666 años de soledad, quietud y silencio. La soledad la acepto con agrado. La quietud altera mis nervios. Pero lo que llevo peor es el silencio. No soporto no poder hablar (preferentemente de mí) durante un tiempo tan prolongado. El castigo fue una verdadera tortura, además de un retroceso en mis planes. Y todo por un deleznable bicho de piel tan rugosa como su carácter.

Sin embargo, mis penalidades no se habían acabado aún, porque mi ascensión, aunque imparable, fue tan lenta que en ocasiones resultó casi imperceptible incluso para mí mismo. Me llevó un millar y medio de años conseguir un trabajo decente que me permitiera hacer carrera. Mil quinientos años en que lo único interesante que me ocurrió fue toparme una vez, en mitad de un desierto, con tres hechiceros (bastante despistados) que pretendían hallar el rastro de una estrella convencidos de que les llevaría hasta un niño recién nacido.

Y es que en el mundo hay gente capaz de cualquier cosa, algunos tan raros que resultarían chocantes incluso entre los demonios. En fin. En alguna ocasión, con más ganas, tal vez te cuente ese episodio de los hechiceros, lector. En general, no me gusta hablar de esa época de transición, y menos ante seres tan ínfimos, de modo que por ahora me saltaré esta parte. Sólo añadiré que el fin de esta enojosa etapa de mi biografía llegó el día en que tuve la suerte de conocer al gran Dantalián, Duque de los Infiernos, el más grande Señor a quien serví jamás. Estuve junto a él durante 503 años, 4 meses y 18 días —¡los 503 años, 4 meses y 18 días mejores de mi existencia!— a los cuales puedo decir que debo gran parte de lo que soy en la actualidad.

Dantalián era por aquel entonces un Amo culto y refinado que, pese a su juventud —tenía poco más de 1.900 años— había sabido ganarse el respeto y la admiración incluso de los espíritus superiores. Pertenecía a una estirpe de demonios instruidos y de alto rango, que tienen como misión adoctrinar a los humanos —por supuesto, sólo a los que pueden resultar útiles y sólo acerca de aquello que conviene a los nuestros— en las ciencias y las artes. Era un gran apasionado de los libros y, en general, de todo cuanto tuviera que ver con la escritura. Una vez oí contar que fue su familia la que, convencida de que los mortales y apáticos humanos no prosperarían si no encontraban un modo de transmitir los conocimientos de una generación a otra, se preocupó de enseñarles el arte de escribir con papel y tinta. Más tarde, cuando unos pocos individuos entre los humanos ya eran capaces de plasmar sus ideas o sus vivencias por escrito, les inculcaron la necesidad de agrupar esos escritos en un mismo lugar, que llamaron biblioteca.

Los antepasados de mi Señor fueron consejeros de reyes y gobernantes y dejaron su huella en ciudades tan importantes en su tiempo como Sippara, Nínive, Tebas, Ur o Alejandría. Sin duda tu desconocimiento, iletrado lector, no te permitirá saber qué es lo que tienen en común estas importantes ciudades, algunas de las cuales dejaron de existir hace cinco mil años. Enhorabuena si has logrado deducirlo de mis palabras. Si no, yo mismo te rescataré de tu ignorancia: lo que estos lugares remotos y magníficos tienen en común es que en todos ellos florecieron fastuosas bibliotecas.

El mismo Dantalián fue el principal responsable de la increíble biblioteca de Alejandría, cuyo mérito todo el mundo atribuye al rey Ptolomeo I, de quien mi Amo fue primero instructor y más tarde consejero. Nadie sino Dantalián podría haber aleccionado tan bien a Ptolomeo para que ordenara saquear todos aquellos reinos de los que se tenían noticias en busca de libros con los que enriquecer sus anaqueles. Sólo el talento de Dantalián podía haber inspirado tan bien a Calímaco, el primer bibliotecario de Alejandría, para que registrara todos los barcos que atracaban en el puerto en busca de tesoros escritos. O para que solicitara permiso para copiar libros atesorados en otras bibliotecas y llegado el momento de devolverlos a sus propietarios les engañara enviando las copias y guardando a buen recaudo los originales. También eran méritos de mi Señor, como él mismo me explicó en más de una ocasión, convencer a Aristóteles para que donara todos sus libros a la noble institución alejandrina o encargar la primera traducción de ciertas partes de la Biblia, que él mismo revisó, corrigiendo de su puño y letra, cambiando pasajes a conveniencia de los nuestros y confundiendo a los tontos humanos en las cuestiones más relevantes por el resto de la eternidad.

Mucho podría contar aquí acerca de Dantalián y sus hazañas. Se le representa, con toda justicia, portando un libro en su mano derecha, pero a menudo se olvida que, además de sabio, era una de las criaturas más despiadadas de que jamás se tuvo noticia. No es ahora el momento de referir sus muchos méritos (me exalto cuando hablo de quien fue mi justo Señor, el ser a quien debo mi pasión por los libros), aunque habrá que buscar el momento de hacerlo. Sólo añadiré que entre sus cometidos estaba el de mostrar a los humanos lo que habrían podido llegar a ser en la vida si se hubiera modificado una sola circunstancia del pasado (una decisión, un viaje, una palabra) pero sólo lo hacía cuando lo mostrado era mejor a la vida del elegido. A esta ocupación, que solía divertirle mucho, dedicaba casi todo su tiempo cuando yo entré a su servicio. El resto, lo empleábamos en robar libros de las mejores bibliotecas del mundo, en especial de las de los monasterios. Llegamos a reunir una colección impresionante. Cuando dejó este mundo quiso regalármela. Nunca olvidaré ese gesto. Otro Amo nunca lo habría tenido con un subordinado. Ni siquiera con uno aplicado como yo, a quien apenas nada me faltaba para superar al maestro.

Mi etapa junto a Dantalián fue la más enriquecedora que viví jamás. No sólo tuve mi primer contacto con un demonio superior, realmente temible y cruel, además de docto e inteligente. También tuve en ese periodo mi primer contacto con los seres humanos. Me refiero a entablar un contacto real, de estrecha colaboración, con esas tristes criaturas. Hasta ese momento nunca había mirado a los ojos de un humano, ni le había dirigido la palabra, y mucho menos le había tocado. Como mucho, le había confundido, asustado o extraviado. El cambio fue notable. Y descubrí que se me daba bastante bien.

(He aquí, de nuevo, otro paréntesis aleccionador, deleznable criatura. Debo reconocer que, si llego a saber que iba a perder tanto tiempo en aclaraciones, te habría enviado a un diablo instructor. Hace mucho tiempo ya que no me molesto en instruir a nadie y también hace mucho tiempo que no hablo con un mortal. Había olvidado vuestro grado de estupidez y vuestra falta absoluta de conocimientos. Hago un nuevo esfuerzo y me propongo explicarte dos normas esenciales entre los seres oscuros que te conviene saber si es que quieres entender lo que voy a contarte más adelante.

En primer lugar, algo acerca de las relaciones entre humanos y diablos. Debes saber que, en realidad, son muy pocos los nuestros que entablan contacto con mortales. Los de rango inferior ni siquiera se atreverían a intentarlo. Temen a los humanos mucho más que al Dueño del Poder Absoluto y, aunque se sienten satisfechos burlándose de ellos o desviando sus trayectorias —simplifico un poco para que me entiendas mejor—, les aterra incluso pensar en la posibilidad de acercarse a uno de ellos más de lo prudente. Estos geniecillos, o espíritus ínfimos, suelen echar a correr, despavoridos, cada vez que les parece que un humano les puede ver —imposible, porque habitan dos dimensiones diferentes, pero es imposible hacer comprender algo tan simple a los pequeños—. No hablemos de que un humano les dirija la palabra, o les roce al pasar. Ninguno de ellos sería capaz de soportar un susto de estas dimensiones. Se conocen muchos casos de genios que han enloquecido después de vivir una experiencia de ese tipo. Y, si cuerdos son pesadísimos, locos resultan, sencillamente, insoportables.

Los espíritus de grado medio son, en lo esencial, idénticos a los de grado mínimo en su relación con los humanos. La única diferencia es que tratan de disimular su miedo, que jamás reconocerán, y se enojan cada vez que alguien menciona el asunto. Sin embargo, son tan inoperantes en su relación con los mortales, su porcentaje de éxitos era tan bajo, que hace tiempo se optó por dejarlos al margen de este tipo de trabajos. Así pues, sólo los espíritus superiores tenemos algún trato con esas criaturas toscas, desconcertantes pero manejables que se llaman personas.

En segundo lugar, y aunque me resulte desagradable, debo referirme a la salida del mundo de los espíritus de mi admirado Amo Dantalián.

El mundo se construye con paradojas. He aquí una: mientras los humanos están dispuestos a ofrecer todo cuanto poseen, incluso lo más sagrado, a cambio de la vida eterna, hay seres a quienes la inmortalidad termina por aburrirles. Los demonios, con indiferencia del rango, somos, como sabes, inmortales. Para nosotros, sólo hay dos modos de morir: ser aplastados en combate por un ser igual o más poderoso que nosotros mismos o renunciar libremente a la condición de inmortales. Es decir, transformarnos en humanos y, como tales, envejecer y morir del modo en que ellos suelen hacerlo.)

Sin embargo, la inmortalidad tiene muchos matices y también muchos secretos. Algunos seres nimios ni siquiera se dan cuenta de que la ostentan. Los ghuls, por ejemplo. Son pequeños demonios carroñeros. Apestan tanto que cualquiera de los nuestros los percibe a varios quilómetros de distancia —por lo general, tenemos un olfato muy fino— y los humanos, a varios metros. Los ghuls se especializan en desenterrar cadáveres para comerse lo que queda de ellos. Los prefieren frescos, porque lo que más les gusta son las vísceras. Pero son tan impacientes que a menudo no pueden esperar a que terminen el entierro, arrancan al muerto de su ataúd y empiezan a desnudarle allí mismo, ante los ojos atónitos de los familiares. Incluso he conocido varios casos de ghuls tan inoportunos que han irrumpido en el velatorio, han saltado sobre el difunto y le han abierto el pecho allí mismo. Este tipo de comportamiento les acarrea a menudo graves problemas. Los familiares y amigos asistentes a esos rituales humanos suelen tomarse fatal estas interrupciones, y lo demuestran atacando al carroñero con toda su saña. A veces le dejan algo arrugado, pero los humanos no pueden nada contra la inmortalidad del ghul, por muchos palos que le den.

Lo verdaderamente nefasto para los ghuls es entrar en disputas con otro de su misma especie. Suele ocurrir: se presentan dos, tres o hasta media docena de carroñeros en el mismo sepelio, saltan a la vez sobre el difunto y empiezan a pelear allí mismo por ver quién devora primero sus entrañas. Generalmente, ninguno sobrevive. Suele ser un espectáculo bastante entretenido, que a menudo resta algo de protagonismo al difunto en cuestión. A este tipo de matices me refería al hablar de la inmortalidad de los espíritus de bajo rango. Muchos de ellos mueren todos los días, sin que ello suponga ninguna pérdida: se reproducen como insectos. Qué más da cinco mil más o cinco mil menos.

Entre los seres poderosos, la inmortalidad se vive de otro modo. Lo más importante de cara a la vida eterna es tener aficiones. A aquel que no tiene aficiones, el tiempo le resulta insoportablemente largo. Al fin y al cabo, la clave de una buena inmortalidad es no caer en el aburrimiento. Mientras hay cosas que hacer, metas que cumplir, ambiciones por conquistar, el aburrimiento escasea —o el trabajo abunda, que es lo mismo—. Una vez se consigue el poder absoluto y, más aún, una vez has olvidado cómo conseguiste el poder absoluto, el aburrimiento se te echa encima como el ghul sobre el finado.

No sé de ninguno de los que se sentaron en el trono del Poder Supremo que no se cansara de él transcurrido el tiempo suficiente. Algunos aguantaron diez mil años, otros cuarenta mil. Incluso se cuenta un caso portentoso de un diablo que permaneció en el poder durante 240.000 años. Sin embargo, esto dista mucho de ser lo habitual. Satanás, por ejemplo, a quien la mayoría de la gente todavía imagina en el trono, aguantó algo más de una docena de milenios. Lucifer, a menudo confundido con el anterior —sin duda porque no le conocieron: Lucifer tenía más patas—, rigió los destinos del Mal durante algo menos del doble. Y así podríamos enumerar a los Señores Supremos del lado oscuro hasta llegar al principio de los tiempos, pero sin duda resultaría demasiado fatigoso.

Algunos, como Dantalián, a pesar de estar mejor preparados y poseer un grado de sabiduría difícilmente igualable, también se cansaron de abrazar la inmortalidad y prefirieron traspasar la frontera que nos separa de los humanos. Exactamente eso hizo mi Señor cuando llevábamos juntos 503 años, 4 meses y 18 días. Por miles de años que viva, jamás olvidaré el día nefasto en que me comunicó su decisión. Y tampoco lo que me dijo al marcharse:

—Has sido el mejor sirviente que jamás conocí, además de un aprendiz leal y trabajador. Me he permitido recomendarte a mi amigo Ábigor, jefe de las tropas infernales, para que guíe el siguiente paso de tu imparable carrera. Llegarás tan lejos como te propongas, joven djinn.

No se equivocaba. Y en aquellos momentos, yo ya estaba lo suficientemente preparado y era lo bastante orgulloso para darme cuenta.

En el infierno empecé comandando veinte legiones, pero enseguida vi que aquello no era lo mío. El lugar no me gustaba: demasiada gente, demasiada burocracia, demasiada organización. Yo soy un espíritu libre. No sirvo para trabajar en equipo. Cada legión constaba de mil espíritus, dotados de garras, colmillos, púas y otras protuberancias mortíferas, cuando no armados hasta los dientes. Era divertido verles en acción, no lo niego. Lo tedioso era que en sus muchos ratos de inactividad se empeñaban en solicitar instrucciones constantemente. Eran absolutamente dependientes, alteraban mis nervios. Además, yo no tenía ni idea de qué ordenarles y no había manera de que se distrajeran solos. Cinco mil diablos preguntándome a todas horas si se me ofrecía algo. Era horrible. Aun y así, aguardé un tiempo prudencial (cuarenta y cinco años) antes de presentarle a Ábigor mi dimisión. Por aquel entonces, ya comandaba ochenta legiones montado en un dragón negro. Fue por lo único que lamenté dejar el infierno: tuve que devolver el dragón. A cambio, me libré de los ochenta mil pesados.

Fue entonces cuando, por primera vez, el Cónclave incluyó entre su orden del día algo que tenía que ver conmigo: qué trabajo encomendarme. (El Cónclave sólo decide asuntos de importancia, de modo que ésa fue la primera vez que fui considerado un «asunto de importancia»). Siguiendo el protocolo (los demonios sentimos un gran apego por todo lo que tiene que ver con el protocolo, los rituales, las formas...), aguardé fuera hasta que el chambelán me solicitó que pasara para el interrogatorio. El silencio de la cámara donde suelen tener lugar las reuniones de los Superiores me impresionó más que los rostros de los propios espíritus (que, por otra parte, tampoco vi muy bien). El chambelán me anunció con toda la ceremonia que requieren estas cosas. Pronunció con suma corrección todos los nombres que había utilizado hasta ese momento, mi linaje, mi edad y también los apelativos, linaje y edad del Amo que me había recomendado (Dantalián, por supuesto). A continuación, todos los Superiores se volvieron a mirar a Ura, que se puso en pie.

Lamentablemente, yo no pude contemplarle como mi enorme curiosidad habría deseado —el protocolo obliga al meritorio a mantener la cabeza baja ante el Cónclave, de modo que lo único que ve, y no con demasiada claridad, ya que está oscuro, son sus propias pezuñas— pero me emocioné con sólo oír la voz de un Demonio de tanta relevancia. (Ura había sido un espíritu admirable, uno de los seres más ambiciosos de los que se han tenido noticias, dueño de un currículo de impresión y, por supuesto, famoso entre los nuestros, entre los humanos y también entre los celestes. Aunque en aquellos tiempos, como se vio más tarde, se encontraba ya en el inicio de su declive.)

Decía que Ura se puso en pie, se aclaró la garganta (es un decir, porque su voz era ronca como el trueno) y comenzó el interrogatorio.

—¿Vienes dispuesto a contar verdad en lo concerniente a tus méritos, djinn?

—Vengo —dije yo (había estudiado con sumo cuidado las réplicas del ceremonial, para no meter la pata).

Continuó. Me pareció que recitaba de memoria:

—¿Acatas el poder del Cónclave y te sometes a él ciegamente?

—Lo acato y me someto —respondí.

Por poco se me escapa una sonrisa de orgullo, lo cual hubiera sido causa inmediata de expulsión (los Cónclaves no son el mejor lugar para practicar el sentido del humor, como habrás adivinado, ser insignificante). Por suerte, supe contenerme antes de mostrar mis emociones.

—¿Estás preparado para asumir compromisos y adecuar tu comportamiento a su consecución, sin tener en cuenta para nada tu criterio ni tu voluntad?

—Estoy preparado —dije.

—¿Juras fidelidad y servidumbre a los Seres Superiores presentes en este Cónclave?

—Juro.

Ura tomó asiento de nuevo. La primera fase había terminado. El chambelán anunció el inicio de la segunda:

—A continuación comenzará el recuento de habilidades.

Me llegó otra voz. Más atronadora y menos oxidada que la de Ura. Pertenecía acaso a un ser más joven y con más nervio que su longevo compañero, pero no logré identificarla. Mucho más tarde supe que pertenecía a Dhiön, que por aquel entonces era el miembro más reciente del Cónclave, un Ser Superior tan conocido por sus enormes poderes como por su propensión a la venganza y la ira, y que con el transcurrir de los siglos acabaría convirtiéndose en mi único rival verdadero. En aquel momento, cuántas vueltas da la vida, fue el elegido para realizar el recuento de mis habilidades y saberes. Sin duda, la parte más aburrida de la ceremonia de asignación.

—Enumera todos aquellos idiomas en los que eres capaz de comunicarte, joven djinn —ordenó Dhiön.

Apenas tuve que pensarlo. Dudé por un momento si ordenarlos por orden cronológico, según el número de hablantes, según su importancia sociopolítica presente, pasada o futura (demasiado complicado: lo descarté) o según fueran lenguas vivas, muertas o artificiales. Para no herir susceptibilidades y sobre todo por facilitar las cosas, opté por el orden alfabético (según el alfabeto copto):

—Aymara, árabe, armenio, bengalí, burgundio, gaélico, germánico, gótico, griego, elamita, élfico, esperanto, etrusco, euskera, zulú, ibérico, itálico, japonés, caló, catalán, coreano, quechua, lituano, mandarín, náhuatl, nepalí, paleosardo, provenzal, prusiano antiguo, puelche, sánscrito, suajili, sioux, sumerio, tartésico, yiddish, frigio, hebreo, hindi…

—¡Ya es suficiente! —me interrumpió Dhiön—. ¿Conoces el arte de la Escritura?

—Sí, Ser Superior —respondí.

—¿La Cábala?

—Sí, Ser Superior.

—¿La Astrología?

—Sí, Ser Superior.

—¿La Aritmética?

—Sí, Ser Superior.

—¿La Geometría?

—Sí, Ser Superior.

—¿Lógica?

—Sí, Ser Superior.

—¿Quiromancia?

—Sí, Ser Superior.

—¿Piromancia?

—Sí, Ser Superior.

—Imagino —hizo un inciso Dhiön en este punto—, que siendo un djinn, sentirás por el fuego un apego especial.

—En efecto, Ser Superior.

—Por la Retórica no pregunto al aspirante porque su reputación habla por él —dijo, antes de suspirar profundamente, como si todo aquello le fatigara mucho.

(La fama de parlanchín a la que se refería Dhiön también se la debía a mi Maestro, gran aficionado a referir sus hazañas junto a mis ocurrencias. Por otra parte, la cualidad de hablador es una característica de gran número de demonios. Los hay que sólo disfrutan hablando de ángeles caídos y de la creación del mundo y acaban por resultar fatigosos. Los que gustan de contar sus aventuras, como yo, son mucho más distraídos. Sobre todo, no hace falta decirlo, cuando las aventuras merecen la pena y los contadores dominan la técnica de la narración.)

—Gracias, Ser Superior —dije.

(Una norma básica de todo inferior ante un Superior: agradecer cualquier cumplido recibido, por pequeño que sea.)

—Debemos deducir de tus palabras, pues, que sabes leer.

—Sabia deducción, Ser Superior. A la altura de tus múltiples talentos, sin duda.

Dhiön hizo una pausa. Me pareció oír un rumor de papeles, como si el cuestionario al que me estaba sometiendo lo llevara por escrito.

—Tenemos entendido, djinn, que has servido durante más de quinientos años al Gran Maestro Dantalián.

—Por suerte para mí, así ha sido, Ser Superior.

—¿Puedes enunciar ante el Cónclave cuáles han sido las enseñanzas que tu maestro te ha transmitido?

—Con sumo gusto, Ser Superior —respondí (llevaba muy bien preparada la respuesta a esta pregunta, no me hizo falta ni siquiera meditarla)—: de Dantalián el Grande, a quien profeso justa admiración, aprendí el arte de la adivinación, el de la escritura y el del engaño. También gracias a sus enseñanzas soy capaz de doblegar voluntades a mi antojo, tanto de seres humanos como de espíritus oscuros inferiores; detecto los deseos ocultos; entiendo el canto de las aves y el lenguaje de los animales; domino las técnicas de entrenamiento para hacer de cualquier humano predispuesto mi fiel sirviente; puedo lograr la desesperación de quienes me escuchan; sé generar visiones e ilusiones ópticas de todo tipo, así como provocar el amor entre humanos (y también sentimientos unilaterales); conozco el valor de las piedras preciosas y otros amuletos y, por último, soy capaz de encontrar cosas perdidas.

Se hizo un silencio incómodo cuando terminé. Por un momento temí que el resultado de tantos años de formación y esfuerzo no les pareciera suficiente.

—Magnífico —de nuevo era Ura quien hablaba—, porque precisamente vamos a encomendarte que encuentres algo para los nuestros.

Traté de disimular la emoción que me producían estas palabras. Si el Cónclave iba a encomendarme una misión significaba que me consideraban un buen candidato, que había pasado el examen de los Superiores. Por fin empezaba a ver los frutos de tanta dedicación y esfuerzo. Podía ser, incluso, que me asignaran algún poder, una habilidad sobrenatural que aumentara mi categoría. De nuevo tuve que hacer denodados esfuerzos para contenerme. Nadie se toma en serio a un demonio que brinca de alegría, pero menos que nadie los miembros del Cónclave.

—Hemos sabido —comenzó Ura— que en el transcurso de uno de tus trabajos menores como geniecillo, conociste a tres magos viajeros guiados por una estrella. ¿Eres capaz de recordarlos, djinn?

—Oh, sí, Ser Superior. Los recuerdo como si acabara de abandonarles en su camino —respondí.

Atronó el vozarrón de Dhiön, amonestándome:

—Responde según el protocolo, djinn, o serás desestimado.

—Les ruego, Seres Superiores, que no tomen en consideración la actitud de este necio djinn —me corregí.

(Otra regla de oro: disculparse, del modo más rastrero y empalagoso posible, en cuanto se comete una falta.)

—Prosigue, ser inferior —autorizó Ura, condescendiente.

—Recuerdo bien a los tres magos, Ser Superior.

—¿Serías capaz de reconocerlos si volvieras a encontrarlos? —preguntó Ura.

—Con toda seguridad, Ser Superior. Me tengo por un buen fisonomista, Ser Superior.

—Bien. ¿Sabes volar, djinn?

Por un momento, temí que este aspecto fuera un inconveniente y calibré la posibilidad de mentir. La desestimé: mentir ante los miembros del Cónclave es cavarse la propia tumba. Si lo hubiera hecho, ahora llevaría varios miles de años en el desierto del que salí. Reenviar a los espíritus ambiciosos a la ciénaga de la que surgieron es un castigo habitual para quienes pretenden pasarse de listos.

—No, Ser Superior —reconocí.

—En ese caso, te será otorgada esa habilidad —añadió Ura, solemne.

La alegría me dejó mudo.

—¿No dices nada, djinn? —levantó la voz Dhiön.

—Su fiel servidor les agradece que le distingan con tales dones, Seres Superiores —dije, inclinando un poco más la cabeza.

—También poseerás una habilidad poco habitual, una rareza, aunque en este caso será sólo durante el tiempo que se prolongue tu misión. Podrás, sólo con un parpadeo, desplazar cualquier cosa que te convenga, por grande y pesada que sea, y a tanta distancia como gustes.

—Su fiel servidor les agradece… —Repetí la reverencia anterior, pero esta vez no me dejaron terminar.

—Acabemos de una vez, joven djinn —me interrumpió Ura—. Tu misión será encontrar a los tres magos de Oriente que por casualidad descubriste siguiendo el rastro de una estrella, allí donde estén, y traerlos ante nosotros. Para que te ayuden en tu cometido, ponemos bajo tu mando una docena de pequeños espíritus rastreadores y dos ángeles exterminadores, de los cuales serás plenamente responsable. Debe-

rás, pues, devolverlos en el mismo estado en que te son enco-
mendados, así como rendir cuentas de tu trabajo y el de ellos
ante este Cónclave dentro de veinte años. Ése es también el
tiempo que se te asigna para cumplir el encargo. Si terminas
antes, serás recompensado. Si tardas más, te devolveremos a
tu desierto y a tu condición de espíritu mínimo. Desde este
momento, joven djinn, eres un demonio intermedio. Queda
prohibido a los seres de menor rango cualquier referencia a
tu pasado como djinn, bajo pena grave que impondrá este
Cónclave según cada caso. Y en cuanto a ti, espíritu renovado… Te recomendamos que demuestres valentía y bravura
ante los humanos, que no cejes en ese empeño tuyo de supe-
rarte y que permanezcas inquieto y diligente como hasta hoy.
Y ahora, encomendado, desaparece de nuestra vista después
de inclinarte ante tus Superiores.

Me repateaba ser tan servil, pero en aquel momento me
habría inclinado tantas veces como años tenía de vida, si me
lo hubieran pedido. Acababa de alcanzar una meta impensable para alguien de orígenes tan humildes como los míos.
Aunque tan sólo fuera la primera de las metas con que quería
jalonar mi carrera.

Me incliné otra vez, tal como se me había ordenado y salí,
de nuevo en la compañía del envarado chambelán, que a mi
lado parecía la más mustia de las criaturas del Universo. En
verdad, no le habría escogido para irme de fiesta.

Así fue como empezó mi verdadera vida de demonio.

Y ahora, cierra los ojos, lector. Cuando vuelvas a abrirlos, habrán transcurrido más de doscientos cincuenta años.

econócelo: jamás un parpadeo te llevó tan lejos. Sitúate a mi lado, aquí, más cerca. Sí, ya sé que mi olor no resulta muy agradable para vosotros, los humanos, pero deberás acostumbrarte. Estamos en una reunión muy importante y casi tan envarada como los cónclaves oscuros. ¿Reconoces el lugar? No, y no me extraña. Tiene que serle muy difícil a un ser que no posee vastos conocimientos de historia, arquitectura y teología saber dónde se encuentra con sólo echar un vistazo. Por suerte para ti, tampoco practicas la materialización espacio-temporal. Aunque, en realidad, no hace falta aportar datos exactos. Entrar en detalles nos llevaría demasiado lejos, y no es éste el momento de comenzar a explicar una historia que requeriría muchas páginas más y nos desviaría demasiado de nuestro objetivo. Otro momento habrá más propicio que éste, seguro.

Para lo que ahora nos interesa, te basta saber que, cuando todo comenzó, yo me hallaba cómodamente sentado entre unos varones muy insignes que se complacían en llamarse a sí mismos santos y poderosos —en algunos casos aislados, fueron lo segundo; lo primero, distaba mucho de serlo ninguno de ellos— y que en ese preciso momento estaban enzarzados en la discusión de un asunto de gran relevancia, que les mantenía acalorados desde hacía horas. Tales señores superaban en número las dos docenas (por lo tanto, con facilidad podrás llegar a la conclusión de que la sala que albergaba la reunión y, por tanto, a todos nosotros, era de proporciones generosas). Uno gordito, taciturno y con cara de sufrir fuertes retortijones presidía la reunión, como en él solía ser frecuente. Era el deán (es decir, el jefe) don Pedro Manuel. El resto de los caballeros eran conocidos prohombres de la ciudad que antaño se llamó Isbilya*, muy orgullosos de poder aplastar en nombre del cristianismo, al que ellos representaban, los grandes edificios que los musulmanes construyeron en esa parte del mundo. Una pretensión estúpida donde las haya, por cierto, y conste que los musulmanes me resultan casi tan antipáticos como los católicos y que siento por las obras de ambos tanta consideración como pueda sentir por los excrementos de las mascotas de los diablos menores.

En el momento en que comienzan los hechos que voy a contar —y que si has permanecido atento ya conocerás, insípido lector— se discutía en el Cabildo la conveniencia de derribar la antigua gran mezquita, que los cristianos habían sumido en el olvido y la ruina desde que entraron como bestias salvajes en la ciudad, pues lo primero que hicieron fue colgar su pendón del alminar árabe, para dejar bien claro quiénes eran ahora los nuevos propietarios de estas piedras. En su lugar, se planea ahora construir, según la moda que marcan otros países europeos, una inmensa catedral.

—Tan grande que el resto de la humanidad nos llamará locos —dice uno de aquellos hombres rebosantes de la prepotencia de los vencedores.

Incluso tú, lector, tan limitado en tus capacidades deductivas, debes de estar preguntándote qué hacía yo en tan aburrida reunión, disfrazado de prelado, y no de uno cualquiera:

* Sevilla.

348

había tomado en préstamo el cuerpo barrigón y rosáceo de un obispo conocido por su severidad y su rectitud. Pues bien, lo primero que debo decirte es que algunas cosas habían ocurrido entre aquella comparecencia ante el Cónclave donde me fue asignada mi primera misión y la aburrida reunión del Cabildo en la preciosa Isbilya. En doscientos cincuenta años, dirás, pueden ocurrir muchas cosas. En términos generales, podría darte la razón. Sin embargo, nunca antes se había conocido entre las hordas oscuras que pueblan los infiernos una carrera ascendente tan meteórica como la mía. Hay casos célebres de trastazos vertiginosos, incluso de trastazos colectivos —ahí están los famosos doscientos ángeles caídos, por ejemplo— pero no hay pruebas documentales de ascensiones igual de rápidas. Es correcto decir, pues, que en esto, como en tantas otras cosas, senté un claro precedente.

Así pues, el que se hallaba sentado entre los prohombres del Cabildo, usurpando la personalidad del que sin duda fue el obispo más feo y apestoso de su época, fingiendo un interés y una preocupación que distaban mucho de ser sinceros, era ya un Demonio de rango superior, poseedor de inmensos poderes, comandante de varios miles de espíritus, incluyendo ínfimos, medios y ángeles de la muerte, miembro numerario del Cónclave y firme candidato a ocupar algún día el cargo de Gran Señor de la Oscuridad al que todos los Superiores aspiran íntimamente.

Claro que no todo pueden ser ventajas. La superioridad acarrea consigo algún que otro inconveniente. El más pesado es la relación con los humanos que, aunque en algunos momentos (muy puntuales) pueda llegar a ser divertida, lo normal es que resulte una lata. Sobre todo porque existe un buen número de humanos que siente lo que podríamos llamar debilidad por el Maligno, de modo que se pasan el día reclamando nuestra presencia. Por fortuna, muy pocos se atreven a llegar hasta el final y su curiosidad termina cuando se llevan el primer susto. Pero también existen otros, menos prudentes, más temerarios o sencillamente con la cabeza vuelta del revés, que se atreven a practicar invocaciones en serio. Y, como seguramente desconoces, repugnante receptor de estas palabras, un Ser Superior no puede negarse a acudir ante quien le invoca.

Ya te he dado pistas más que suficientes para que sospeches lo que ocurrió estando en la aburrida reunión del Cabildo.

—No es prudente, señores, que pensemos en la construcción de semejante atrevimiento —dije, fingiendo gran convicción y arrugando el entrecejo cuanto pude—. Dios Nuestro Señor nos castigará por osados y orgullosos, sin duda.

Para mi argumentación, me valí de mis conocimientos sobre el Apocalipsis, la ira de Dios, la soberbia de los hombres, el curso de los astros y las causas más frecuentes de mortandad de la época. Cómo hilvané todos estos argumentos no viene ahora al caso. Baste decir que casi me salgo con la mía, pues el deán levantó un dedo regordete y dijo:

—Les ruego, caballeros, ilustrísimas, que aborden este asunto con toda la serenidad de que sean capaces. Debemos dejarnos iluminar por Dios para que sea Él quien nos aconseje si lo mejor es esperar o proceder a fijar la fecha de la colocación de la primera piedra.

Ya casi me había salido con la mía, casi tenía a los estúpidos prohombres convencidos de que su decisión de construir una catedral en aquel lugar y en aquel momento no era la apropiada. Pero justo cuando los más influyentes parecían considerar la posibilidad de votar en contra de la construcción de tan magna obra arquitectónica, es decir, cuando más necesaria era mi presencia allí a fin de terminar de convencerles con una nueva argumentación, en ese preciso y delicado momento empecé a sentir el cosquilleo típico del inicio de una invocación.

Desde ese mismo instante, aun sin saber quién me estaba llamando, maldije sus huesos en silencio: estaba sólo a un paso de decantar la decisión según mis intereses cuando hube de salir del cuerpo del obispo barrigón y, en consecuencia, abandonar el Cabildo, para transportarme al lugar donde alguien me estaba reclamando con enorme y urgente empeño.

Hubiera soportado muy mal que mi invocador fuera un hechicero, un curandero o incluso un clérigo. Dadas las circunstancias, nadie le hubiera parecido suficiente a mi cólera. Iba dispuesto a aprovechar su más pequeño error, el más mínimo fallo, para triturarle allí mismo y comérmelo a cucharadas. Sin embargo, no estaba en absoluto preparado para lo que descubrí al llegar al lugar: la responsable de aquel descalabro no era otra sino una niña de diecisiete años, holgazana y temeraria que, para colmo de desdichas, estaba llevando a cabo la invocación de un modo tan intachable que no me dejó la menor posibilidad de saciar mis deseos de venganza. Por lo menos, no de inmediato.

La criatura dio un respingo cuando me vio aparecer ante sus ojos. Es lógico: no suelo estar muy guapo cuando me transfiguro, sobre todo cuando lo hago a toda prisa y por obligación. Muchos enloquecen al verme. Ella no. Era valiente, la maldita cría. Estábamos en una especie de cobertizo de madera muy rudimentario. En el suelo, también de madera, ella se había preocupado de dibujar la estrella de David y situarse justo en su centro, como debe ser. El trazo era firme y continuo, fue lo primero en lo que me fijé, no había ninguna rendija por la cual pudiera introducir mis garras para hundirlas en su carne tierna. No negaré que todas estas circunstancias me pusieron aún de peor humor. Aunque todavía no había llegado lo mejor de todo, la gota que colmó el vaso: su petición. La razón por la cual me había hecho venir, arruinando el que llevaba trazas de convertirse en el mayor triunfo de mi muy brillante carrera.

Abrió la boca un par de veces, como una criatura marina, antes de encontrar voz suficiente en su garganta para decir:

—Lucifer, Belcebú o Astarot, Príncipe del Mundo, yo te

imploro, oh, patrono, Señor de todos los espíritus, y te entrego mi alma, mi corazón, mis vísceras, mis manos y mis pies, todo mi ser. Oh, Gran Señor, dígnate serme propicio en la labor que te voy a encomendar.

Demasiado redicha. Nada de todo aquello era necesario. Formaba parte de un libro de fórmulas mágicas (llamado también grimorio) muy antiguo y ya muy superado. No creo que ella lograra darse cuenta de mi expresión de fastidio. La humareda que suele acompañarme cuando me materializo no deja ver bien los detalles.

—¿Qué tripa se te ha roto? —le pregunté, de muy malos modos.

Me pareció que temblaba pero que trataba de disimularlo. Parecía asustada, pero a la vez tenía agallas para continuar hasta el final. Una chica con madera de hechicera o de sierva del Demonio, desde luego. Lástima que la conociera en un momento tan inoportuno.

—Quiero un pozo —respondió.

No me lo podía creer. ¿Me había hecho salir de la reunión del Cabildo para pedirme un simple pozo? Tuvo suerte de estar bien protegida dentro de su estrella de las invocaciones porque si no me habría hecho un collar con sus intestinos. Se lo dije, pero fingió no oírme.

—Un pozo aquí, en las tierras de mi familia —dijo.

No había nada que hacer. Así son las cosas para los Espíritus Superiores. Si te invocan y lo hacen bien, debes cumplir con tu deber sin remedio. Por fortuna, la invocación no incluía ningún contrato temporal. Construido el pozo, siempre y cuando pactáramos unas condiciones que me fueran satisfactorias, y que éstas se cumplieran por ambas partes, podría marcharme. Habría podido ser peor: algunos invocadores pueden hacer que les sirvas durante un tiempo (un máximo de veinte años) aunque para eso deben ser más poderosos y conocer mejor los misterios de la secreta Alta Magia que la atrevida criatura que tenía frente a mis ojos.

—Eso se puede hacer en cualquier momento —dije yo, intentando liberarme para regresar a mi reunión en Isbylia— y en éste no es de mi agrado.

—Tiene que ser esta noche —añadió ella y subió la voz, muy teatral, para añadir—: Yo te lo mando.

Nada, inútil insistir. Era obcecada y no estaba dispuesta a dejarme marchar.

—¿Qué me ofreces a cambio? —pregunté.

—Mi alma. Pero sólo si terminas el pozo antes de que cante el gallo.

La miré, desafiante, y rugí:

—Al Maligno no se le tutea, despreciable insecto. Cuida de no sacar ni un pie del triángulo o te lo arrancaré de una dentellada.

Cualquier ser humano se habría descompuesto de miedo ante algo así. Ella sostuvo mi mirada y sólo me pareció que le temblaba un poco la voz al balbucear:

—Disculpe…, lo tengo todo preparado.

Señaló hacia un lado del cobertizo, fuera del círculo. Sobre una mesa desvencijada estaba, en efecto, todo lo necesario para firmar nuestro acuerdo: un pliego de pergamino virgen, las varas mágicas, la lanceta… Sólo faltaba la pluma. En el mismo momento en que yo acariciaba la idea de que mi invocante sufriera un descuido (tan natural en los humanos de toda condición, por otra parte) y saliera de la estrella ritual para agarrar alguno de esos instrumentos, ella echó por tierra todas mis ilusiones mostrándome la pluma, que había tenido la precaución de guardar en la mano.

Extendió el brazo con la palma hacia arriba, descubriendo una muñeca fina y una piel muy blanca en la que resaltaban un par de venas azuladas. Cerró los ojos. Por un momento, su expresión de mártir me recordó a la de ciertas vírgenes a las que acompañé una vez hasta la hoguera de la Inquisición. Luego me las comí: me encanta la carne bien churruscadita (de hecho, me encanta la carne de cualquier manera).

—Estoy dispuesta —dijo.

Las cosas han cambiado mucho desde entonces. En aquellos tiempos, los pactos con el Diablo todavía se firmaban con la sangre de las víctimas, algo (si se piensa) más bien primitivo y antihigiénico (además de peligroso: no quiero ni pensar que alguno de ellos pudiera contagiarme algo). Clavé la lanceta en su brazo con precisión de cirujano, recogí en un tintero (siempre lo llevaba encima, por lo que pudiera pasar) el fluido rojo y espeso y en un pispás hice aparecer en el pergamino los términos del acuerdo. Lo extendí ante sus ojos y lo firmó sin perder ni un segundo (y sin leerlo: lástima no haber incluido una cláusula que me permitiera cortarla en daditos y ensartarla en un pincho, o algo igual de imaginativo y gratificante) y a continuación me dijo:

—Quiero el pozo en el lugar donde he clavado una espada.

Salí del cobertizo tan furioso que a mi lado un basilisco habría parecido un animal de compañía. Busqué la espada en el descuidado jardín donde me hallaba (fue fácil) y enseguida me puse manos a la obra. En general, ya ha quedado dicho, los juegos de construcción me divierten, aunque los prefiero en circunstancias más agradables. Por lo demás, la construcción de un pozo entraña para mí tan pocos secretos como pueda tener para el cocinero experto el desplumado de un pollo. Por lo menos, me consolaba pensar, el alma de la moza estaba asegurada. Y un alma siempre es un escalón más en mi rampante carrera.

Me salió un pozo firme y profundo como el mismo infierno, de ancha boca y aguas heladas. Sólo me faltaba por colocar una piedra del brocal cuando de pronto, sin que yo lograra saber por qué, cantó el gallo. Repasé de inmediato los términos del contrato.

Uno: había cantado el gallo (antes de lo previsto, según mis cálculos, y eso que no suelo equivocarme en los cálculos temporales).

Dos: el pozo no estaba terminado (por muy poco, por casi nada: una sola piedra entre más de cinco mil. Pero técnicamente era una obra inacabada).

Tres: por tanto, y siguiendo los términos pactados, yo debía esfumarme sin que de mí quedara más rastro que el acostumbrado tufo a azufre que suelo ir dejando a mi paso.

De nuevo me vi impelido a cumplir con mi obligación. Mi poder es casi ilimitado, pero ante una invocación bien hecha no hay nada que hacer salvo resignarse. Mi cólera era superlativa cuando debí abandonar aquel lugar sin terminar el brocal ni cobrarme el alma de la adolescente que me había hecho perder el tiempo de aquel modo. Regresé de nuevo a mi obispo tripón y rosado, que en aquel momento estaba rezando sus maitines al lado de otros gordos.

En un primer momento, aguardé acontecimientos sin manifestarme. Mi mayor preocupación era saber cómo había terminado la votación del Cabildo, de la que yo tuve que ausentarme en tan malas circunstancias. Me agazapé dentro del amplio cuerpo del religioso, observando a mi alrededor y maldiciendo mi suerte. Había pasado demasiado tiempo —más de nueve horas— desde que salí de él (durante una invocación el dominio del tiempo desaparece y todo Ser Superior debe plegarse al normal discurrir de los minutos, las horas, los días, etcétera). Entre los rostros de los presentes en la iglesia a aquellas tempranas horas no reconocí a ninguno de los prohombres de la tarde anterior. Por la serena alegría que sentía el obispo, y que yo podía percibir puesto que de nuevo usurpaba su anatomía y parte de su espíritu, deduje que los santos hombres se habían salido con la suya.

Pero no fue hasta bien entrado el oficio religioso cuando confirmé mis temores. Ocurrió en la cola para tomar la eucaristía. Todos los curitas se disponían a comulgar, en ordenada fila de a dos, cuando uno de los que avanzaba a mayor velocidad por la otra hilera, se acercó al oído del obispo y susurró, con una sonrisa boba en los labios:

—Reverendísimo monseñor, reciba mi felicitación más entusiasta por esa nueva catedral que, sin duda, puede sentir usted como propia.

No me pude contener. Pensé que había llegado el momento de hacerme notar. Los entendidos saben reconocer al instante los signos de una posesión. Por eso casi todos los presentes empezaron a santiguarse frenéticamente, y a agarrarse con fuerza a las cruces de oro que colgaban sobre sus pecheras, nada más observar el anormal y repentino comportamiento del obispo.

El reverendísimo monseñor acababa de salir de la fila de la comunión para alcanzar de una carrera el altar, al que trepó de un ágil salto que dejó atónitos a todos los comulgantes. Acto seguido, se apoderó del paño de altar haciendo caer cálices, hostias consagradas y demás instrumental, se lo puso a modo de chal y empezó a cantar, con voz atronadora y muy buen sentido del ritmo:

El Demonio me ordena con su garganta opaca
que regale a mi público un sin par estribillo:
la panzota de gordo me roza los tobillos,
pues degluto faisanes cuando la gula ataca.
Y por calmar mis tripas, a veces meto el dedo
allí donde almaceno las cacas y los pedos.

En algunos de los llamados textos sagrados se habla de «un ser celoso, vengador y lleno de indignación que guarda enojo de sus enemigos y jamás tiene por inocente al culpable. Marcha en la tempestad y el torbellino y las nubes son el polvo de sus pies; amenaza el mar hasta que lo deseca, agosta los ríos, los montes tiemblan a su paso, los collados se derriten, la Tierra se conmueve en su presencia con todos los que en ella habitan. La inundación impetuosa o el fuego que hiende las piedras consumirán el día de la venganza a sus adversarios. Y las tinieblas perseguirán por siempre a sus enemigos».

Qué descripción tan precisa, tan ajustada, tan exacta de mí mismo. Si no fuera porque se refiere a uno de esos cretinos dioses monoteístas de escasos méritos y enorme fama, diría que quien escribió esas palabras estaba pensando en mí.

Un ser vengador y lleno de indignación. Exacto. Desde aquella noche malgastada en la construcción de un miserable pozo tuve por enemiga a la niña que me había invocado con tanto atrevimiento y, como ella no me bastaba ni para ensuciarme los molares, también me declaré enemigo de toda su descendencia. No ha de extrañar a nadie este tipo de decisiones. Suelo tomarlas. Es lo que tiene la inmortalidad: la vida de un solo ser humano se te pasa en un abrir y cerrar de ojos. Y las sagas son mi debilidad. Sin embargo, me habría cansado antes de los Albás —igual que me he cansado de otros muchos— si no se hubieran dado algunas circunstancias, digamos, extraordinarias.

La primera de esas circunstancias fue un comentario de Dhiön:

—Qué fatalidad que no pudieras convencer a los prelados de la inconveniencia de construir esa catedral precisamente ahora —opinó mi competidor la primera vez que coincidimos tras el episodio.

—Casi lo logro —respondí, secamente— pero hube de ausentarme.

—Lo sé, lo sé. Una verdadera pena —lo dijo en un tono que rezumaba vileza.

Entre las habilidades de Dhiön no está su capacidad de disimulo. Es uno de esos seres que parecen llevar escritas sus intenciones en la frente. El modo en que pronunció esta última frase, por ejemplo, fue suficiente para ponerme sobre aviso: algo estaba tramando. Y desde luego, no era nada bueno.

Esta vez no tienes la culpa, criatura insignificante, de no conocer a Dhiön. De hecho, no te pierdes gran cosa. Aun así, me tomaré el trabajo —agotador: me fatiga hablar de lo que no me gusta— de ponerte en antecedentes. Dhiön procede de un linaje de demonios de rango superior. Se les conoce por ser algunos de los más temidos espíritus del agua, especialistas en rondar a quienes se bañan en los ríos, o en el mar, observándoles desde las profundidades, valiéndose de su menor descuido para arrastrarles hasta el fondo. Son parientes, más o menos lejanos, de casi todos los monstruos acuáticos de que hayas tenido noticia. A menudo se representa a Dhiön como un ser de cabello verde y piel gris, pero la realidad es mucho menos idílica: parece increíble que semejante cantidad de escamas, cuernos, tentáculos y aletas puedan darse juntos en un mismo ente. No se caracteriza por su inteligencia, pero sus luces le alcanzan para darse cuenta de que en estado natural resulta nauseabundo incluso para sus congéneres, de modo que para salir suele acicalarse adoptando forma humana. En esas ocasiones, se presenta disfrazado de un caballero de altura imponente, melena lacia y gris, rostro alargado en el que destaca una mirada penetrante que, según dicen, tiene el poder de paralizar todo lo vivo. Le gusta utilizar un nombre eslavo —ay, ha sido siempre tan rarito...—: Denís Denísovich Omledov y tal vez por eso suele tener un cierto éxito entre las hembras humanas treintañeras, quienes, como todo el mundo sabe, son las criaturas más antojadizas de la creación.

Como todos los soberbios, Dhiön odia a los nuevos, sobre todo a los nuevos con talento. Es de ese tipo de criaturas incapaces de tratar a los humildes como a iguales. Ni siquiera a los humildes que han asumido un considerable poder gracias a sus dotes y su empeño, como es mi caso. Él me conoció cuando yo no era más que un meritorio a quien el Cónclave debía evaluar y, por mucho tiempo que pase y muchas cosas que ocurran, jamás será capaz de verme de otro modo. Para Dhiön nunca dejaré de ser un djinn, un escapado del desierto, un usurpador de un cargo que de modo natural pertenecía a uno de los suyos. Jamás aceptará que él y yo seamos igual de poderosos y, por supuesto, nunca digerirá que yo pueda tener más méritos que él para arrebatarle el título de Gran Señor de lo Oscuro, al que ambos postulamos desde hace algunos siglos. Por eso tratará de evitarlo por todos los medios, por eso empleará toda su astucia, todo su tiempo y todas sus fuerzas en evitar mis éxitos. La verdad, me honra ese tipo de comportamiento, ya que nunca pensé llegar a ser considerado un adversario tan peligroso, pero a veces me pregunto cómo no se aburre de ponerme la zancadilla. Ocho siglos, y continúa erre que erre.

La familia Albás y, en concreto, aquella primera y descerebrada muchacha, se cruzó en nuestro camino. Digamos que Dhiön disparaba a matar y ella estaba en mitad del tiroteo. Me bastó aquella respuesta taimada y falsa —«Lo sé, lo sé. Una verdadera pena»— al hilo de la reunión del Cabildo y la invocación que me arrancó de ella, para sospechar lo que había ocurrido: Dhiön había instruido a la moza en las difíciles artes de la Alta Magia. Algo que de ningún modo le era extraño, ya que, no hacía tanto, Dhiön había ejercido, como todos alguna vez, de Demonio instructor, uno de esos servidores del Mal cuyo trabajo consiste en enseñar a los humanos todo tipo de malas artes. Según el nivel de torpeza del humano que te toque en suerte puede resultar una tarea más fatigosa que ninguna otra.

Era obvio, sin embargo, que aquella primera muchacha había sido una de esas alumnas brillantes con la que todos los instructores sueñan. De vez en cuando ocurre, aunque no mucho (y si no, pregunta a cualquier maestro, no importa que sea o no demoníaco). De otro modo, ¿cómo iba a atreverse una joven como aquélla a invocarme a mí, uno de los bichos más poderosos de los infiernos y, además, hacerlo de un modo tan intachable? ¿Qué otra mano, sino la de Dhiön, podía haberla guiado cuando dibujó la estrella en el suelo para hacerse invulnerable? ¿Dónde, si no, podía haber conseguido el pergamino virgen, las varas mágicas, la lanceta, objetos que sólo los muy entendidos en magia saben dónde encontrar, aun en tiempos posteriores a aquéllos? ¿Y, si a eso vamos, no era mucha casualidad que la invocación se hubiera producido precisamente cuando yo estaba a punto de sentenciar otro de mis grandes éxitos profesionales? ¿Por qué la chica había puesto tanto empeño en que el pozo fuera construido precisamente esa noche, y no otra? Todo encajaba a la perfección: tras esos interrogantes sólo podía haber un nombre propio. Un nombre que justificara y a la vez explicara muchas de las dudas que a otra luz serían absurdas. Además, sólo podía ser uno: el de mi competidor. Mi único rival. El único capaz de hacerme sombra en mi camino ascendente al Olimpo de los Demonios: Dhiön.

Cierto es —y ésta es la segunda de las mencionadas circunstancias— que la familia Albás demostró siempre una predisposición asombrosa a hacer negocios conmigo. Seguro que a estas alturas ya sabes, lector, que no me caracterizo, precisamente, por reprimir mis instintos. La paciencia, la templanza o la moderación no son rasgos que adornen mi carácter. Cuando algo se me antoja, me apetece o me divierte, lo hago de inmediato, sin perder el tiempo en pensar. Cuando aún estaba fresco en mi memoria el rostro de la desvergonzada que me burló, lo único que me apetecía era cumplir en las primogénitas de la familia el castigo que ella se ganó con su osada conducta. Y eso me limité a hacer, con precisión de reloj suizo, durante algunas generaciones. Siempre de noche, siempre el mismo año en que cumplían diecisiete y siempre alrededor de mi pozo. Ay, es tan importante cuidar los pequeños detalles, respetar las formas, alimentar los rituales y, de algún modo, mantener las tradiciones (aunque las hayas creado tú mismo). Al principio, lo hice con placer, con saña, con ira, regodeándome en cada gota de sangre derramada, en cada víscera conseguida. Las mujeres de la familia Albás despertaban lo peor de mí mismo —lo peor de un Demonio es siempre algo abominable— y yo procuraba sacarle el máximo partido a tanta maldad reconcentrada (a eso se le llama rigor profesional). No podía evitar ver en las féminas Albás, cada vez que las miraba a los ojos, el destello de una burla, el brillo de la traición y el engaño de su antepasada. En demasiadas cosas me recordaban la jugarreta de que fui objeto y su sola presencia despertaba mis ansias de hacerlas carne picada. Las destripé con gusto, esparcí sus entrañas en varias millas a la redonda, me comí sus ojos, sus lenguas, sus corazones, hidraté mi reseca epidermis con su sangre caliente, fabriqué faltriqueras con sus estómagos, monederos con sus vejigas, amuletos con sus orejas y sus pulgares. Por desgracia, todo termina por resultar aburrido, incluso lo más asqueroso, si se practica con suficiente frecuencia.

Después de esta primera etapa de rabia, venganza y suciedad, me venció la rutina. Todas las pasiones la experimentan alguna vez. Seguí cobrándome mi prenda en cada generación, pero empecé a darme cuenta con no poca decepción de que ya no experimentaba el mismo placer al hacerlo. Matar a la primogénita de los Albás cada cierto tiempo resultaba tan sencillo, ellas oponían tan poca resistencia y, por lo general, eran tan insulsas, tan mansas, estaban tan conformadas a su destino que, la verdad, descuartizarlas no tenía ningún mérito y sólo pensar en esparcir sus restos o hacerme unos pendientes con sus riñones me provocaba pereza en lugar de la exaltación festiva de otros tiempos. Ni siquiera me apetecía hundir mis fauces en sus muslos tiernos, suaves, tan blanquitos... Qué desazón. Me estaba dejando ganar por la abulia y ni siquiera la imaginación me rescataba de ella. Nunca antes me había ocurrido pero, como ya he dicho, la inmortalidad tiene sus desventajas y hay que aprender a sortearlas o a vivir con ellas.

(Aún no te he dicho que romper la cadena de sacrificios establecida significa hacerlo para siempre. Es decir, que si en una generación hubiera dejado de cobrarme mi víctima, no habría podido volver a hacerlo. Aunque en mi lugar, por supuesto, siempre podría colarse otro demonio avispado que estuviera dispuesto a seguir con la tradición.)

Ya estaba pensando en alejarme para siempre de las descendientes de la muchacha del pozo y concentrarme en otras tareas que me resultaran más excitantes —y, de hecho, a punto estuve de hacerlo—, cuando conocí a Máximo. Endiablado ser humano. Irrumpió en la familia (y de paso, en el mundo) con la fuerza de un tornado. Era fácil darse cuenta, con sólo mirarle, de que en él había algo extraño, algo que iba más allá del conocimiento e incluso de la naturaleza de los hombres. Por abreviar: había algo en él que no era completamente humano.

No quiero decir con eso que Máximo no fuera mortal,

hijo de mujer y hombre. Lo era. Y también poseedor de una ambición tan desmesurada, de un orgullo tan inflado y un ego tan portentoso que merecía, por sus cualidades, ser tenido por Demonio. Entre los suyos, no es de extrañar, le tomaban por loco. Los criados le tenían pánico, su mujer apenas se atrevía a dirigirle la palabra y sus hijos procuraban verle lo menos posible y, desde luego, no contradecirle jamás. Máximo era tan especial y eso resultaba tan evidente que consiguió hacer renacer mi interés por su familia. Y no sólo el mío, también el de Dhiön (aunque eso tardé un tiempo en averiguarlo).

Tal vez piensas ahora, abrumado lector, cerebro poco dotado para el procesamiento de datos, que no conoces a Máximo. Te equivocas. Ya has sabido de él en varias ocasiones, a lo largo de esta subyugante historia. Le conoces, pues, mucho más de lo que crees pero, a fin de evitar que pierdas el hilo buscando su rastro en páginas anteriores, estoy dispuesto a ayudarte un poco. Máximo es aquel ser presuntuoso que ordenó erigir una estatua a sí mismo en mitad del jardín de la mansión familiar. La quiso de mármol negro. Muy vistosa, pero no sólo eso. El mármol negro es un poderoso talismán que, adecuadamente conjurado, libra de casi todas las maldiciones conocidas. (Te lo aclaro en la suposición de que nunca has estudiado magia negra, dilecto lector, que nunca te han maldecido y nunca has necesitado conseguir un amuleto de mármol negro). El tal Máximo, supondrás con acierto, sabía bien lo que se hacía cuando lo eligió. Desde luego que sí. Supe de su enorme poder en el mismo instante en que me enfrenté por primera vez a su mirada enloquecida: había recibido una buena instrucción. Y su instructor había sido alguien a quien su rivalidad conmigo le llevaba a tomarse grandes molestias con tal de salirse un poco con la suya. Y de nuevo aparece en esta crónica el nombre del ser al que más odio de este universo.

¿Has atado ya todos los cabos, pedazo de corcho? Dhiön

había adiestrado a Máximo hasta convertirlo casi en un igual. Un ser con habilidades portentosas para tratarse de un humano, alimentado por una ambición enfermiza y por el interés de mi enemigo el Demonio acuático. El resultado fue inmejorable. Máximo no sólo tenía una mente muy bien dotada para el mal en todas sus variantes. Engañaba, cometía traición, vendía a su mejor amigo o renegaba de él sin sentir el menor remordimiento pero, además, no le temblaba la mano cuando había que agredir a un igual, aunque no hubiera causa para ello, y tampoco cuando debía matarle. No dudó ni un momento en permutar la vida de los suyos por favores personales. A Griselda, su fiel esposa, la trocó por ciertas habilidades físicas impensables en un hombre. Permutó las almas de sus dos hijas mellizas, Eva y Beatriz, por varios años más de vida para sí mismo. Cincuenta cada una: un siglo de vida. No es mal trato. El único al que no perjudicó fue a César, su hijo menor. Aunque cuando el chico cumplió doce años lo presentó oficialmente ante el Señor de lo Oscuro. Un episodio que ni el joven ni el adulto que fue César Albás olvidaría jamás y que sería decisivo en la forja de su carácter.

Pero me estoy yendo por las ramas. No es de Máximo de quien nos interesa hablar ahora, ni siquiera de César (conocido también por el lector atento) y de nuevo me adentro en un ramal de esta historia cuyos pormenores podrían llevarnos demasiado lejos sin que sea éste momento ni lugar. Y, la verdad, detestable amigo, ya va siendo hora de terminar con este cuento y retirarse a descansar antes de que mi aburrimiento me lleve a surgir de estas páginas de las que no separas la mirada y hacer contigo paté de lector.

Si te he hablado de Máximo Albás, el más loco de su linaje, y también el más peligroso, ha sido sólo para remarcar el hecho de que Dhiön se interesara por él. Fue, en cierto modo, su declaración de guerra. A su manera, me estaba lanzando una seria advertencia: «Desde este mismo instante, esta familia es nuestro campo de batalla.» Y así fue. Ni más, ni menos. Llevamos siglos enzarzados en esta lucha antigua. En algunas ocasiones me ha llevado ventaja. Otras veces, he sido yo quien le ha aventajado. No creo que transcurra mucho tiempo antes de que la lucha finalice y haya un claro vencedor. Mientras tanto, este entretenimiento ha sido nuestro mejor antídoto contra el tedio.

Sin embargo, Máximo me ayudó a descubrir una cosa: que había algo en los hombres de la familia Albás —no sé qué: un gen, un virus, un destello de majadería…— que les predisponía a hacer negocios conmigo. Ese algo se extendía más allá de las generaciones; tal vez tenía que ver con su ambición, con su crueldad innata, o qué se yo, pero hizo que me fuesen fieles como perrillos amaestrados. No negaré que empleé todo mi talento para atizar esa ambición, alimentando su orgullo y valiéndome de más de una artimaña para hacer de ellos un rebaño de mansos cómplices. Y lo logré casi siempre. Máximo fue un precursor al que siguieron Uriel, Cosme, Ezequiel… Con César tal vez no me apliqué lo bastante. Bernal fue un caso singular, que me dispongo a explicarte si encuentro algún gusto en ello. Y ten por seguro, lector, que haré todo cuanto pueda, sin escatimar medios, para que mías sigan siendo las futuras generaciones de la familia. Mías, que no de Dhiön.

Las mujeres nunca me resultaron simpáticas. A pesar de ello, cuando no quedó más remedio me rebajé a conocerlas, a hablarles e incluso a pactar con ellas. Algunas fueron magníficas discípulas. Estoy pensando en Ángela, a quien siempre detesté, acaso sin motivo. Al cabo, me dio íntimas satisfacciones. Si no llega a ser tan crédula y tan buena alumna, los Albás se habrían extinguido y, con ellos, mi diversión y mi competición con mi enemigo. Sin embargo, en ella veía aún a la muchacha del pozo (habrás advertido, menudencia, que los demonios en general y Eblus en particular somos fáciles de ofender y complicados de apaciguar) y ni siquiera valoré la posibilidad de que pudiera serme útil. Si la hubiese valorado tal vez me habría dedicado a instruirla en lugar de hacerle la vida imposible y estoy seguro de que no hubiera resultado mala discípula. Bueno, no lo hice, y qué más da. Después de todo, no importa tanto: sólo es una vida humana.

Además, si no me hubiera entretenido con Ángela tal vez nunca habría deseado probar con la única hembra de la familia con la que de veras me empleé a fondo. Una criatura increíble, a quien formé desde muy pequeña, a quien hice cómplice, mi alumna más aventajada y con el tiempo mi más devota admiradora. Tal vez algún día le recompense tanta devoción haciéndola mi amante, pero aún falta un tiempo para eso: si hay algo que detesto son las hembras inexpertas.

En fin. Eres un completo tarugo si te sorprende el nombre cuando lo veas escrito. ¿Has sido capaz de adivinar quién es mi mayor debilidad en la familia Albás?

Exacto. Ella. Natalia.

(Si no has sabido deducirlo, cierra el libro en este preciso instante. No mereces seguir leyendo. Y yo de ti no querría conocer las consecuencias de desoír mis órdenes.)

Si lo has adivinado, pasa la página. Estás llegando a lo mejor.

Aprendí del gran maestro Dantalián durante los más de quinientos años que estuve a su servicio la técnica infalible para distinguir a las buenas criaturas de entre las mediocres. Él solía elegir el peor de sus aspectos posibles —uno que resultara incluso más repulsivo que el suyo original— para materializarse frente a quien deseaba evaluar.

—Nunca lo olvides —me dijo una vez—: sólo se asustan quienes no tienen aptitudes para la maldad, que son la mayoría de los mortales. En cambio, podrás identificar con rapidez a quienes sí las tienen porque permanecerán imperturbables ante ti, observándote llenos de curiosidad, incluso cuando te hayas molestado en aparecer con tu disfraz más terrorífico.

Dantalián, como en tantas otras cosas, tenía razón.

Aunque en las personas realmente excepcionales —y Natalia es una de ellas— las aptitudes pueden adivinarse sólo con mirar el aura que las rodea. Todos los humanos tienen aura, a diferencia de los demonios, pero la intensidad de la misma varía mucho según el caso. Contra lo que se piensa a veces, tampoco todos los demonios tienen la capacidad de leer el aura de las personas. Yo poseo esa y otras muchas habilidades. Por eso me di cuenta enseguida, en el mismo instante de su nacimiento, de que Natalia poseía un aura portentosa. También contaban las circunstancias. Por un lado estaba la ausencia de hijos varones. Ningún interlocutor masculino con el que negociar. Aunque lo que realmente resultó decisivo fueron ciertas palabras de Dhiön:

—Esa criatura, Natalia, tiene un aura prometedora. No había visto ninguna igual en su familia desde aquella muchacha que te mandó construir el pozo.

Hay algo que un demonio puede hacer si descubre a un ser humano realmente capacitado: adiestrarle.

No es fácil. Requiere mucha constancia y enorme dedicación. Pocos de los nuestros están dispuestos a sacrificar parte de su tiempo en algo así. Nadie te asegura el éxito. Se conocen casos de humanos poseedores de auras extraordinarias que terminaron por traicionar a sus mentores. Los humanos, hay que recordarlo siempre cuando se emprende este tipo de trabajos, son criaturas débiles y como tales se comportan: pueden salir con cualquier cosa, incluso con las más descabelladas. Desfallecen al menor contratiempo. Se dan por vencidos. A veces, les da por suicidarse en el momento más inoportuno. En ellos, la traición es moneda de cambio corriente. Por eso conviene no aventurarse, a no ser que se esté muy seguro de que el ser humano elegido reúne las condiciones. Yo no lo estaba con Natalia cuando me arriesgué a educarla, y si lo hice, pese a mi escasa convicción, fue sólo porque Dhiön lo habría hecho en mi lugar si no llego a anticiparme. Sin embargo, fue una de las mejores decisiones de mi dilatada carrera. Natalia resultó ser una discípula sorprendente. Una niña muy especial.

Podríamos decir que nos conocimos cuando ella tenía tres años. Para nosotros, los Seres Superiores, capturar a una criatura de tan corta edad, y más cuando se encuentra rodeada de otras muchas, no supone ninguna dificultad. Aunque confíen en ellos plenamente, los sentidos de los humanos son tan limitados que no hay nada más sencillo que despistarlos. También resulta extremadamente fácil hacer creer a un humano o a varios de ellos, conjuntamente o por separado, que ven lo que no existe o que no ven lo que existe (vuelve a leerlo si no te ha quedado claro, torpe lector, es más fácil de lo que parece). Así, pues, ante los ojos de las dos maestras y las dos madres que aquel día acompañaban la excursión de los más pequeños (lo cual arroja un total de ocho ojos, que no son pocos, desde luego), les robé a Natalia limpiamente y la llevé conmigo en un viaje similar al que has experimentado tú al principio de esta historia. Un viaje, ya sabes, en el espacio y en el tiempo, que nos condujo directamente a aquel desván poblado por centenares de muñecas de ojos abiertos (mis guardianas, mis espías, mis ayudantes, mis esclavas) en el que desde hace tiempo me gusta tener mi cuartel general.

Desde que estuvo allí Ángela ningún mortal había pisado el desván, con la excepción de Ezequiel Osorio, a quien le encargué la reparación de las contraventanas. Los seres humanos se empeñan en poseer cosas que apenas resisten el paso del tiempo. Lo que ocurre es que ellos, los mortales, no se dan cuenta: ellos aún lo resisten peor. Sin embargo, cualquier objeto en manos de uno de los míos se convierte de inmediato en una carga, una pesadilla que exige cuidados constantes y reparaciones eternas. Si no es algo que merece mucho la pena, procuramos no encariñarnos con las cosas materiales.

La llevé directamente allí. Me miraba con los ojos muy abiertos, llena de curiosidad. Ni siquiera mis constantes transformaciones parecían asustarla. Al llegar a nuestro destino, se desprendió del abrigo, se frotó las manos, se sentó en el suelo —que estaba recién pulido para ella— y dijo:

—Tengo hambre. Quiero merendar, lavarme los dientes y hacer pipí.

Entre mis incontables habilidades se encuentra la de manipular el tiempo a mi antojo. Puedo acelerarlo o detenerlo. Puedo conseguir que un milenio completo —por no decir una glaciación— transcurra en lo que dura un parpadeo. O al contrario: puedo lograr que un solo día se prolongue durante décadas, siglos, milenios o glaciaciones. Todo ello, como ha quedado dicho, siempre y cuando no se me invoque, claro.

Para poder dedicar a Natalia todo el tiempo que requería el inicio de su entrenamiento, hice algunas modificaciones cronológicas. Para los seres humanos apenas fueron tres días de ausencia. Según la percepción de Natalia, en cambio, fue un año completo. 365 días con sus noches, 8.760 horas durantes las cuales me esmeré en darle la mejor instrucción que jamás he prodigado a un ser mortal. Y no exagero si digo que con mi empeño y su inteligencia, con mi testarudez y su predisposición logramos lo que pocas veces ha conseguido la alianza entre demonios y mortales.

Hubo algunas cosas en las que tuve que aplicarme más. Su alimentación, por ejemplo. No se conformaba con bayas, alfalfa, pienso o boñigas de vaca, como la mayoría de cabalgaduras que he tenido a lo largo de mi existencia. Sus gustos eran sofisticados, igual que sus necesidades: demandaba un lugar caliente y blando donde dormir, otro donde evacuar su vejiga y sus intestinos varias veces al día y, de vez en cuando, un espacio donde entretenerse con sus juegos. Le gustaba cantar, hablar sola, peinar a las muñecas, dibujar formas abstractas en papeles en blanco, lavarse las manos o menearse al son de una música estridente. Y, la verdad, se mostró tan aplicada en la adquisición de conocimientos que enseguida comencé a consentirle este tipo de caprichos.

Al principio resolví no permanecer con ella en el desván y encerrarla con llave, lo mismo que hice con su bisabuela Ángela, mientras yo permanecía en mi gabinete, deliciosamente rodeado por mis libros antiguos únicos en el mundo y mis objetos preferidos. Suele ser mejor así: los humanos en su lugar y yo en el mío, a pesar de que de vez en cuando haya permitido a algún mortal la entrada en mi santuario, ese sótano excavado en el subsuelo que me acompaña allí donde voy. Sin embargo, cambié de opinión respecto a Natalia al descubrir que la pequeña no mostraba ninguna animadversión hacia mí, sino todo lo contrario: esperaba mis lecciones alegre y dispuesta. Cuando le pregunté por primera vez qué se le antojaba, qué deseo pediría si pudiera pedir cualquier cosa, me di cuenta de su superioridad respecto a los suyos:

—Que desaparezca Rebeca —dijo.

¡Qué distinta esta respuesta de aquella otra que me dio Uriel, su desmayado tío abuelo, cuando ante la misma pregunta sólo se le ocurrió solicitar una bicicleta! Estaba claro que Natalia era en todo superior a él, pero también a la mayoría de sus antepasados. Todo aquello me recordaba constantemente las enseñanzas de mi maestro:

—Más vale buen alumno que buen maestro —solía decir Dantalián.

Una verdad que con Natalia se cumplía al máximo. Lo mismo que otro de sus consejos más frecuentes:

—La debilidad hacia un mortal te hará doblemente débil.

Debí haberlo tenido más presente. Como siempre, Dantalián estaba en lo cierto. Sin embargo, sólo habían de pasar algunos años para que los encantos de Natalia resultaran evidentes a los ojos de todos, no sólo a los de quien, como yo, es capaz de leer el futuro.

El día en que la devolví al pasado la peiné yo mismo. Me divertía acariciar su pelo sedoso. Supervisé la colocación de todas y cada una de las prendas que trajo cuando llegó. Estaban intactas, aunque le quedaban algo pequeñas. La devolví a la Sierra de Santo Domingo de donde me la había llevado. La dejé donde alguien la encontrara. Sin un rasguño, sin una mancha, impecablemente vestida y oliendo a su colonia favorita. Antes de despedirme de ella y de dejarla sentada en el tocón donde la encontró Pepe Navarro, quise regalarle una muñeca. Era una de sus favoritas, una de cabello negro y rizado, con dos ojos como dos abismos de un azul brillante.

—Si me necesitas, sólo tienes que decírselo a ella —le

dije, refiriéndome al juguete—. Si no, volveremos a vernos cuando hayas cumplido los quince años.

(En realidad, se lo dije en sánscrito, pero lo he traducido pensando que tus conocimientos en lenguas muertas no deben de ser muy extensos.)

Ella respondió en latín. Lo hablaba a la perfección. Es una de las condiciones para ser aceptado como discípulo del Maligno: dominar el latín como tu lengua materna. Natalia ya lo hacía.

—*Grates* —contestó.

He dicho que la dejé sobre el tocón del árbol donde no tardaron en encontrarla sana y salva. Había crecido ocho centímetros durante el tiempo que pasamos juntos en el desván. La media melena que traía al llegar se podía recoger ahora en una coleta. Y, por supuesto, en lo que era radicalmente distinta —casi otra persona— era en la cantidad de conocimientos que había adquirido. Hablaba sánscrito, latín, griego y arameo. Sabía conjurar, invocar, maldecir. Era capaz de aprovechar al máximo sus capacidades intelectuales. Empezaba a desarrollar cierto control sobre la mente humana (que debería perfeccionar llegado el momento) y cierta capacidad de adivinación de los pensamientos ajenos. Con el tiempo, estaría preparada para adquirir otros conocimientos. Con sus facultades y su dedicación, era fácil augurar que Natalia acabaría convirtiéndose en mi mayor triunfo como instructor. Sin embargo, aún había que esperar para eso. De momento, era muy pequeña y yo debía cumplir con mi obligación: devolverla a su lugar, después de asegurarme de que no recordaría apenas nada de lo que había aprendido conmigo y que todas sus habilidades no se manifestarían hasta que cumpliera quince años. Así ocurre siempre, si se quiere llevar a cabo una instrucción eficaz: se roba a la criatura de su entorno, se modifica el tiempo para enseñarle los conocimientos básicos, luego se la devuelve a su sitio, se espera unos años —que pueden ser de doce a quince— y se la vuelve a reclamar para evaluar su desarrollo durante el tiempo transcurrido. Si se considera oportuno, es el momento de continuar con la formación. Aunque lo normal es desestimarla para siempre: muchos de los que de niños presentaban agudas capacidades, las pierden al alcanzar la pubertad. Presentía que no iba a ser así con Natalia, y estaba dispuesto a seguir todos los pasos, sin saltarme ninguno. Conozco mi trabajo como la palma de mi mano y lo desempeño mejor que nadie. Y puedo decir que todo salió a pedir de boca, excepto un detalle con el que no había contado. No hubo problemas en su reintroducción a su mundo y a su vida. Nadie sospechó nada. Ella no sufrió, más bien al contrario. Hasta aquí, todo ocurrió según lo previsto. Lo que de ninguna forma pude prever cuando la dejé en el claro del bosque, limpia y peinada, fue que me iba a costar tanto separarme de ella.

Es de buen profesional asegurarse el tiro. Por eso empecé a acosar a Bernal. Por profesionalidad y también por deporte (para qué negarlo): me divierte tanto observar las reacciones de las almas débiles… Y Bernal era un alma débil. Desde ese punto de vista, todo lo contrario que Natalia.

Ya llevaba tiempo detrás de él cuando comenzó a frecuentar la biblioteca. Deseaba consultar periódicos antiguos. Cursó una petición. Esperó unos días. Recibió una llamada (qué fascinante es la burocracia), se presentó en la biblioteca y preguntó por alguien. Le condujeron hasta una de las salas del segundo piso. Olía a papel viejo y a polvo. Dondequiera que mirases sólo veías paredes atiborradas de anaqueles repletos de gruesos y altos volúmenes de periódicos encuadernados. Sólo quedaba libre un lado de la estancia, donde estaban los amplios ventanales que daban a la calle y por los que en condiciones normales se filtraba la luz del sol. El día en que Bernal visitó el lugar, sin embargo, era gris y oscuro: hizo falta encender los fluorescentes. Aquella luz blanca e intermitente le dio a la sala de lectura una claridad de depósito de cadáveres. El silencio era absoluto: nadie salvo Bernal había elegido pasar allí aquella mañana de fines de verano. Nadie salvo Bernal... y yo, por supuesto.

Estuve observándole mucho rato desde una cierta distancia. Tomaba notas en un cuaderno. De vez en cuando, se llevaba una mano a la frente, como si lo que estaba leyendo le provocara sudoraciones, y cerraba momentáneamente los ojos. Luego, continuaba. A intervalos le oía respirar más fuerte. Ése era el único sonido que había en la sala, mezclado con el leve crujir de las páginas de periódico que el chico iba pasando en su lectura. Por eso no es de extrañar que un ligero carraspeo le advirtiera rápidamente de mi presencia. En realidad, no fue exactamente un carraspeo. Bueno, lo fue para mí, que para producirlo hice lo mismo que cualquier ser humano haría si quisiera aclararse la garganta. Sólo que el resultado, tratándose de alguien de mi condición (y mi portentosa garganta), fue ligeramente distinto. Lo que Bernal oyó se parecía más a un rugido. No como el de un león sino más bien el de un hipogrifo. Y como me figuro, iletrado lector, que nunca has visto y menos aún oído rugir a un hipogrifo, te aclararé que se trata de un sonido cien veces más fuerte que el del más fiero de los leones que puedas encontrar.

A Bernal, aquel ruido debió de extrañarle, y más viniendo de donde venía —anaquel 7, estante 3, correspondiente a los tomos 62 al 78 del diario *ABC* en su edición de Madrid—, de modo que volvió los ojos hacia donde yo me encontraba. Por supuesto, no me vio. Yo había elegido como escondrijo el tomo 66 —¡son tan bonitas las tradiciones!— y me agazapaba en la sección de anuncios por palabras del 6 de junio de 1966 en estado de invisibilidad. Podría haber escogido cualquier otra sección, pero leer los anuncios por palabras siempre me distrae cuando tengo que esperar. Y lo de la invisibilidad... bueno, un modo como otro cualquiera de agregarle un poco de emoción a la cosa.

Carraspeé un par de veces más sólo para paladear el miedo que estaba experimentando Bernal. Cuando ya pensaba que no podría soportarlo, salí de mi escondrijo y me mostré tal cual soy. No debí de gustarle mucho, porque se desmayó. Lo que yo digo: un alma débil. Le abaniqué con las membranas que unen mis brazos con mi tronco. Aun así, tardó un buen rato en reaccionar. Para cuando lo hizo, procuré tener un aspecto más ortodoxo. O, lo que es lo mismo, más vulgar, más aburrido, más lamentable: el de un joven apenas mayor que él, con flequillo, gafitas, gorra de visera (puesta al revés) y ganas de consultar periódicos viejos durante sus vacaciones. Ay, bostezo sólo de pensarlo.

—¿Has visto un bicho horrible que había aquí antes? —preguntó, regresando de su inconsciencia.

—Era yo —respondí.

Soltó una risilla estúpida.

—Anda ya —dijo—, ¿y me lo tengo que tragar?

—Si no te lo tragas, es tu problema. Era yo.

—¿Y se puede saber quién eres tú?

—Me llamo Eblus —percibí en él demasiado pánico como para tenderle la mano, así que me abstuve—, tengo 4.707 años, soy un ser de rango superior. Deberías estarme agradecido sólo por el hecho de que te dirija la palabra. Te podría contar muchas cosas de mí, pero no las comprenderías. Lo único que te interesa saber es que soy un Diablo.

De nuevo el desconcierto asomó a su cara. No me extraña: no suelo ser tan explícito. Me di cuenta de que no sabía si echarse a reír ante mis narices o salir corriendo para alejarse de ellas. De hecho, se debatía entre ambas opciones y no era capaz de decantarse por una.

—No me tomes el pelo —dijo, al fin—. Si juraría que te tengo visto del instituto.

Eso era lo que él quería pensar. Los humanos están siempre tentados de creer aquello que desean y a veces lo dicen en voz alta sólo para autoconvencerse. No era la primera vez que me ocurría algo así.

—Imposible —contesté—. Yo nunca he estado en tu instituto. Y, a decir verdad, no tengo intención de ir a ninguno si quienes lo frecuentan se parecen a ti.

Debió de darse cuenta de que yo no bromeaba, porque empezó a sentirse progresivamente más asustado. Percibí su miedo como si fuera una corriente eléctrica. Mmmm, qué sensación. Si algo me gusta de verdad es charlar con gente a quien el pánico apenas permite articular palabra.

—¿No te preguntas qué estoy haciendo aquí, malgastando contigo mi precioso tiempo? —pregunté.

No se lo había preguntado, pero se lo preguntó en aquel preciso instante.

—Sí —consiguió balbucear.

—¿Y no deseas saberlo? —insistí.

—Bueno.

—¿Y a qué esperas para formular la pregunta, idiota? —Dio un respingo cuando levanté la voz, pobre criaturilla lamentable.

—¿Qué estás haciendo aquí? —susurró.

—¡No te oigo!

—¿Qué estás haciendo aquí? —repitió, esta vez un poco más alto (no mucho y, desde luego, no lo suficiente).

—A ver, mendrugo —le agarré la barbilla con una mano y le forcé a levantar la cabeza—, ¿debo tragarme que no eres capaz de formular la pregunta en un tono de voz que resulte audible?

—¡¿Qué estás haciendo aquí?! —gritó, acaso demasiado para mi gusto, pero no estuvo mal. A pesar de todo, aún tenía alguna puntualización que hacerle.

—¿Quién te ha enseñado modales, chaval? ¿Desde cuándo se tutea a las autoridades? ¿A ti te parece de recibo faltarle al respeto al Diablo? ¿Sabes lo que podría ocurrirte si me irrito?

De inmediato formuló de otro modo la cuestión:

—¿Qué está usted haciendo aquí?

Me pareció que temblaba. Desde luego, no se encontraba precisamente relajado. He visto charlas de amigos más distendidas que la nuestra.

—Ah, vamos mejorando —respondí—. Con sumo gusto contestaré a esa pregunta ahora que has conseguido formularla correctamente, querida chusma. Muy sencillo: he venido a comprar tu alma.

Desde luego, lo que menos esperaba de mí era que le hablara de negocios. Titubeó. Miró a su alrededor, como si buscara algo. En realidad, se estaba preguntando si todo aquello no sería una broma de sus compañeros de estudios, si no habría alguien por ahí grabando la escena en un teléfono para luego mofarse de su credulidad y su terror. Mi siguiente pregunta desvió su atención:

—Si te dijera que le pongas precio a tu alma, ¿qué dirías?

De vez en cuando sobrevaloro a mis víctimas, como en esta ocasión. Bernal no estaba preparado para entender aquella pregunta y, de hecho, no lo hizo.

—¿Qué? —murmuró.

—¿Qué pedirías a cambio de tu alma? Algo que desees, que quieras conseguir, algo difícil. Hazme una oferta.

Ni a pesar de las explicaciones que le di fue capaz de decir algo satisfactorio.

—¿Cualquier cosa? —inquirió.

—Cualquier cosa —respondí, henchido de orgullo, deseando con todas mis fuerzas que me solicitara algo realmente descabellado, casi imposible, algo que me permitiera lucirme de una maldita vez.

Volvió a mirar a su alrededor. Qué pérdida de tiempo.

—¡Deja de mirar, estúpido, aquí sólo estamos tú y yo! —Levanté la voz.

A él, en cambio, le salió sólo un hilo de voz cuando preguntó:

—Todo esto es una broma, ¿no?

La verdad, hay veces que desempeñar mi trabajo se vuelve una tarea ardua. No hay diversión en el mundo capaz de compensar semejantes dosis de estupidez por parte de los humanos.

—¿Qué haría, según tú, un Demonio en esta situación? A ver, dime. ¿Qué podría hacer para convencerte de que soy el Diablo?

Meditó unos instantes antes de decidirse.

—Mmmm… No sé… Supongo que tendría los ojos amarillos, garras, colmillos, la espalda peluda. —Miró a la pared que quedaba frente a sus narices—. Y haría algo espantoso. Matar a la bibliotecaria, incendiar la biblioteca, algo así.

Es terrible. Desde que se inventó el cine, los humanos tienen una idea lamentable de lo que los demonios somos capaces de hacer. Parecemos artistas de vodevil, magos de pacotilla. Y lo peor es que si no nos comportamos como lo hacen esos imbéciles de la gran pantalla, no se creen que seamos lo que decimos ser. Qué cruz, la modernidad.

—¿Qué prefieres? —pregunté—, ¿que me cargue a la bibliotecaria o que incendie la biblioteca?

No sabía lo que prefería:

—No sé… ¿Qué prefieres tú?

Pfff. ¿Alguna vez te has preguntado si pueden salir úlceras a causa del aburrimiento? Yo te lo diré: no. Si fuera posible, a mí me habría salido una en aquella ocasión.

—¡¿De nuevo me tuteaaaaas?! —rugí.

Palideció.

—Usted, usted, qué prefiere ¡usted, usted, usted!—se corrigió de inmediato.

—Sinceramente, y ya que me das la opción —respondí— elijo el fuego, por el que siento una especial predilección. Pero antes de demostrarte de lo que soy capaz, quisiera que termináramos esta conversación tan ilustrativa. Tienes que pensar algo que desees con todas tus fuerzas.

—No sé…

—Vamos, basura humana. Me estoy aburriendo mucho contigo.

Al fin se le ocurrió algo que decir:

—Me gustaría tener una moto —dijo.

A veces las peticiones más sencillas encierran grandes posibilidades.

—¿Qué clase de moto? —pregunté, sin perder aún la esperanza.

Podría haber pedido una máquina voladora, un artefacto de destrucción con que aplastar congéneres, un transporte para recorrer miles de quilómetros en un segundo, un vehículo armado con un arsenal o capaz de la invisibilidad o de viajar a la velocidad de la luz, qué se yo, había tantas posibilidades por explotar... Pero no.

—Una pequeñita, para salir por ahí los fines de semana —respondió.

Demasiado aguante estaba yo teniendo. De verdad, no sé cómo no me lo comí allí mismo.

—¿Pretendes cambiarme tu alma por un ciclomotor, pedazo de imbécil? ¿Qué tienes en lugar de cerebro? ¿Una zapatilla de deporte?

—Es que no sé qué pedir —sollozó.

—Pues en tal caso, mejor no pidas nada. Piénsalo. Te doy veinticuatro horas. Y ahora, terminemos de una vez…

Me puse frente a él, para que me viera bien. Lo primero, la pantomima de los ojos encendidos, los colmillos, las garras y los pelos. De mi cosecha añadí un espumarajo en la boca (queda siempre tan aparente) y un poco de mímica para la ocasión. Creo que se meó encima.

A continuación, levanté la mano, arrojé un par de chorros de fuego sobre los gruesos volúmenes del fondo. Ardieron la mar de bien. Los bomberos no pudieron salvar ni un solo tomo. Bernal tuvo que dejar inconclusa su investigación en la hemeroteca. En cambio, le convencí. Desde aquel día no volvió a dudar de con quién estaba tratando.

Aunque creo que conocerme le agrió un poco el carácter. En verdad, ya no volvió a ser el mismo.

No es que me moleste que los tiempos cambien. Más bien todo lo contrario: si nada evolucionara jamás, la vida eterna sería insufrible. Es sólo que aún no termino de acostumbrarme a los cambios que han experimentado las mujeres en unas pocas décadas. Yo era experto en manejar a chicas sin pretensiones, como Micaela, o la insípida y dócil Griselda, o a la infeliz Úrsula, o incluso a la díscola Ángela, pero contra el desparpajo y la preparación de Rebeca, mis métodos de siempre se volvieron inútiles.

Utilizó a Micaela como mensajera.

—Dice que quiere verle —me informó mi neurótica criatura acuática—. Usted me dijo que sería mi amiga, mi niña. Dijo que me haría compañía.

A eso me refiero. Hace unas décadas, habría cumplido mi palabra. Rebeca, en cambio, no tenía vocación de dama de compañía submarina. Seguramente, ninguna de las chicas de su edad y su tiempo la habría tenido.

Por supuesto, no la recibí. ¿Acababa de llegar y ya gastaba esas ínfulas? Para mantener un vis a vis conmigo hay que haber hecho algún otro mérito además de asustar a Micaela y causarle la peor crisis nerviosa de su existencia bajo el agua.

—Tendrá que esperar —zanjé, con esa altanería que tan

buenos resultados me dio en otros tiempos— a que yo considere que merece ser recibida.

—Y mientras tanto se quedará conmigo, ¿verdad? Me hará compañía —dedujo Micaela, dando a sus palabras un campanilleo ilusionado.

—Claro que sí. Es tuya. Puedes hacer con ella lo que quieras, mi espíritu acuático. —Le acaricié la mejilla y ella la apretó contra mi mano, igual que hacen las mascotas necesitadas del cariño de sus dueños (una conducta, por cierto, muy habitual en las desgraciadas criaturas sin vida que tomo a mi servicio).

—Gracias, gracias, gracias, gracias, gracias... —canturreaba mientras se alejaba.

Lo siguiente que supe de Rebeca fue que se había comunicado con los vivos. Algo completamente imposible sin la ayuda de los poderes de la Oscuridad. Imposible y, por supuesto, intolerable. Si todos los muertos ocuparan su tiempo en mandar mensajes a los teléfonos móviles de los vivos, el mundo sería un caos (por no hablar de lo colapsadas que estarían las líneas). Y si yo no lo había autorizado ni ayudado a hacerlo, entonces sólo existía un candidato posible a ser el cómplice de Rebeca: de nuevo Dhiön.

Cómo llegó a establecer contacto con él, es algo que no comprendo. A las chicas de la familia Albás con las que yo estaba acostumbrado a tratar nunca se les habría ocurrido nada semejante. Saltaba a la vista que Rebeca era distinta a sus antepasadas.

Estaba muy furioso cuando le pedí explicaciones a Micaela.

—Se marchó de pronto, mi Dueño —dijo—, no sé adónde fue. Dijo que volvería, pero no lo ha hecho. Usted me dijo que sería mi amiga, que estaría conmigo, que podía hacer con ella lo que quisiera, que no me dejaría sola, que...

Qué empachosa criatura. La experiencia me ha enseñado que, si un vivo puede resultar cargante, un espíritu puede resultarlo mil veces más. No podía soportar a Micaela ni un nanosegundo más. La convertí en estatua de sal. Por poca experiencia que tengas en el asunto, artero lector, sabrás entender el breve futuro que aguarda a una estatua de sal dentro de un pozo. Micaela se disolvió casi al instante, y con ella todos mis quebraderos de cabeza. El único recuerdo que quedó de ella, y que aún perduró algunos años más, fue el alto nivel de salinidad del agua. Lástima que nadie se diera cuenta, ya que nadie consumía esa agua cuando Micaela se disolvió en ella. De todos modos, el caso es aplicable a otros. Siempre que oigas hablar de pozos cuyas aguas de repente se volvieron saladas y desagradables para el consumo humano, ya sabes a qué se debe y de quién es la culpa.

Una vez me hube librado de Micaela, me concentré en Dhiön. La ira me llevaba cuando decidí pedirle explicaciones. Además, algo me decía que no estaba muy lejos. Dos Seres Superiores se presienten y se repelen como dos imanes. En cuanto levanté el hocico para husmear el aire supe que andaba por allí. Su hedor es inconfundible. En tres zancadas recorrí la propiedad. No había rastro de él en el camino de gravilla que atravesaba la verja, ni en la parte trasera, ni junto al brocal. Fue al acercarme a la parte delantera de la vieja casona cuando distinguí su silueta flaca y jorobada junto a la pajarera (no había elegido para la ocasión el porte de caballero atractivo y elegante, sino el de bicharraco parduzco y asqueroso). Introducía sus garras en el interior de la jaula para capturar a mis criaturitas aladas. Los miles de piezas de mi colección, reunida a lo largo de siglos de hacer negocios con los seres humanos para conseguir sus almas, estaban ahora a su disposición. Aunque no me percaté realmente de lo que estaba haciendo hasta que estuvimos frente a frente. Sus enormes fauces babosas se abrían y cerraban con gran estrépito. Un hilo de saliva se derramaba desde cada una de las comisuras y formaba en el suelo un charco amarillento. Sonrió al verme, y al hacerlo una ola de baba cayó entre nosotros. Dentro de su boca, grande como un horno, vi entonces docenas de mariposas trituradas o a medio masticar. Las mascaba como si fueran chicle mientras con la otra mano iba capturando las que aún quedaban en la jaula y se las llevaba a la boca. Tragaba con gran ruido, como si estuviera deglutiendo un rinoceronte con cuernos y pezuñas incluidos.

La verdad, viéndole de esa guisa, cualquiera se preguntaría por la veracidad de sus orígenes nobles tanto como por su pertenencia al Cónclave.

—Estás invadiendo mi propiedad —dije, lo bastante alto como para intimidarle.

No lo conseguí, tal como imaginaba. Continuó comiéndose mis mariposas, como si no hubiera reparado en mi presencia. Mis criaturitas crujían, atrapadas entre sus muelas afiladas, en su último estertor.

—¡Tú, espantajo de los charcos! —vociferé—. Te estoy hablando.

Llamar a un espíritu acuático «espantajo de los charcos» es tentar a la suerte. Sabía que se ofendería, por eso se lo dije. El orgullo de los Seres Superiores es como un globo a punto de estallar. Lograr que estalle es tan fácil como acercar lo suficiente un alfiler. Yo pretendía, en aquellos momentos, ser el alfiler que hiciera estallar a Dhiön.

—Ah —dijo, volviendo hacia mí su rostro de cocodrilo deforme—, pero si sólo es un djinn quien osa hablarme de ese modo. ¿Debería contestarte, molesto insecto? ¿Podrías darme algún motivo por el cual no deba aplastarte en este mismo segundo?

—¿Tal vez porque soy más fuerte que tú? —le reté.

Soltó tres carcajadas que sonaron muy falsas. Era la risa de alguien que no tiene ganas de reír pero que quiere hacer creer que sí.

—Ja, ja, ja. ¿Pretendes asustarme, moscardón del polvo del desierto? ¿Tú a mí? —Fruncía los morros en una mueca de asco—. Apártate de mi camino antes de que te extermine de un solo movimiento de mi rabo.

—Sal de mi propiedad y de mis asuntos si no quieres que te queme las pezuñas y los cuernos —contesté.

Bufó. Se estaba encolerizando. No me asustaba en absoluto. Para tantear hasta dónde era capaz de llegar su rabia, añadí:

—Esas almas son mías, excremento líquido.

Seguía masticando, como si nada.

—Ya no —contestó, con indiferencia, mientras se hurgaba entre dos muelas con una de sus largas y afiladas uñas (de los pies).

—Supongo que opinas que tampoco Rebeca me pertenece.

—Exacto —respondió.

—Y que estás dispuesto a ganarla para tu causa.

—La verdad, me conformo con apartarla de la tuya. Ya ves que mi sinceridad no tiene en cuenta lo execrable de tu condición. Te estoy contestando como si fueras un igual en lugar de un ser que no merecería vivir ni en mis excrementos —dijo.

Me pareció suficiente para un solo encuentro. La etapa diplomática podía darse por finalizada. Me volatilicé (es decir, desaparecí) y tomé la forma de una gran llama de fuego. Mi especialidad, por si te interesa saberlo. Creo que le chamusqué bastante la cornamenta, además de la cabellera, los hombros y parte de su cara de ogro con paperas. Fue algo aparatoso pero resultó: lo ahuyenté al momento. Oí su maldición mientras se alejaba:

—La victoria es mía, miserable tábano. No pararé hasta que vuelvas a tus confines de la Tierra para dedicar toda la eternidad a picar en el culo a los nómadas del desierto.

Yo había ganado un asalto, pero la batalla continuaba y prometía ser cruenta y larga.

Dentro de la pajarera, no quedaba ni una sola mariposa.

Yo ya he estado aquí —dijo Natalia cuando atravesó la puerta del desván.

No me mostré de inmediato. Esperé a quedarme a solas con ella. Fue fácil ahuyentar a Bernal: estaba muerto de miedo. Luego, sólo tuve que ayudar a Natalia a recordar. Las muñecas celebraron su retorno con un coro de bisbiseos agitados. Parecían advertir lo que yo llevo tanto tiempo opinando: que es una criatura fascinante.

No voy a entrar en detalles acerca de lo que me inspiró volver a ver a Natalia. Resultaría muy vulgar en alguien como yo. Sólo puedo advertirte, lector desorientado, que jamás he experimentado hacia Natalia los mismos sentimientos que me inspiran otras hembras. Nunca he deseado comérmela, por ejemplo. Ni siquiera chuparla. Tampoco fabricarme faltriqueras con su piel o bisutería con alguna parte de su cuerpo. Lo único que de verdad me parece razonable es dejar pasar el tiempo. Estoy convencido de que cuando sea una apetitosa mujer adulta sabré proponerle algo a la altura de sus circunstancias y las mías. De momento, disfruto de su compañía cada vez que puedo.

Fue Natalia quien me puso sobre aviso de que algo estaba escapando a mi control. No era Cosme, a quien tenía dominado desde hacía mucho tiempo. No podía ser Ezequiel, de cuyo final (que enseguida referiré) me ocupé personalmente. Era Rebeca. Cuando me habló del diario que un ser invisible escribía por las noches, de los juguetes que empezaban a funcionar solos, de los mensajes telefónicos, reconocí al instante las estratagemas de Dhiön. Siete siglos de enemistad te proporcionan un cierto conocimiento del adversario.

—Fuiste tú quien mordió a mi hermana, ¿verdad? —preguntó.

Me pareció que se alegraba íntimamente cuando le confesé el placer que experimenté al hacerlo.

—Entonces, ¿no puede regresar? Físicamente, quiero decir.

Las leyes de la vida y la muerte vistas desde nuestra perspectiva resultan demasiado complicadas para tratar de hacer esquemas con ellas.

—Puede hacerlo —me limité a decir.

—¿No puedes controlarla?

—No, si la envía quien yo pienso.

—Pensé que tenías un poder ilimitado.

—Y lo tengo —dije—, sólo que mi enemigo me iguala en habilidades.

«Espero que por poco tiempo», añadí para mis adentros.

—Entonces, ¿qué debemos hacer?

—Déjame a mí. Eliminaré a ese bicho de la humedad en un abrir y cerrar de ojos.

«Ojalá fuera en un abrir y cerrar de ojos», me dije. En el fondo, ya sabía que aquella lucha iba para largo y que la victoria sería muy disputada. Y que nada ni nadie me aseguraba en ese instante que el vencedor iba a ser yo.

Nada hay más imprevisible que el pavor humano. Apenas una semana después de mi encuentro con Bernal en la biblioteca, supe que el chico se estaba comportando de un modo extraño. Apenas salía de casa, permanecía todo el tiempo encerrado en su cuarto, no conectaba el ordenador, ni el teléfono, no respondía a las llamadas de Natalia ni de nadie. Además, sus padres habían concertado una cita urgente con un psiquiatra bastante conocido de la capital. Decidí acompañarles.

La consulta del psiquiatra era uno de esos lugares donde el roble, el cuero y el mármol se han puesto de acuerdo para crear un ambiente horrible. Las paredes estaban forradas de títulos y certificados de asistencia a congresos. Había fotografías familiares, de grupo y hasta una en la que el psiquiatra aparecía estrechándole la mano a un señor alto, feo y de pelo rizado en un salón repleto de alfombras y tapices que reconocí de inmediato: el salón del trono del Palacio de Oriente. He estado allí varias veces (y algunas de mis visitas han sido bastante sonadas), aunque éste, desde luego, no es momento de explicarlo.

Llegamos con algo de antelación. Los padres de Bernal, serios como si fueran a un funeral. Bernal, con los ojos enrojecidos y las ojeras pronunciadas que últimamente no se quitaba de encima. Había adelgazado y se le veía muy pálido. En resumidas cuentas: estaba hecho un asco. Por el momento, yo consideré más oportuno no mostrar ninguna de mis formas visibles y acompañarles en estado incorpóreo. Resolví esperar a que llegara nuestro turno agazapado en un rincón, junto al revistero (en el que sólo había números atrasados de las revistas *Tu caballo y tú* —sobre hípica—, *Visillos y entredoses* —decoración de interiores—, *Encefalograma plano* —psiquiatría— junto a algunos ejemplares de *Mortadelo y Filemón* que me apresuré a leer). Bernal tenía la mirada fija en las aguas del mármol del suelo, pulido y brillante como si de ello se encargaran los esclavos de Cleopatra (¡ah, eran tan eficaces!), y sólo apartaba los ojos de ellas para echar un vistazo rápido a su alrededor, como si temiera que alguien le estuviera mirando, o siguiendo (no se equivocaba tanto, de hecho). Ninguno de los tres pronunció palabra. Nunca entenderé por qué la preocupación hace enmudecer a los humanos.

Una enfermera regordeta muy sabrosa (me la comí algo más tarde) nos pidió que pasáramos al despacho del doctor Tomeo. Allí nos estaba esperando el doctor en persona, con sus gafitas sin montura a media nariz, un bolígrafo de oro en la mano y su bata blanca. Tenía la piel curtida de los hombres de mundo, los ojos pardos, el pelo escaso y aceitoso y una quijada prominente que le confería un cierto aire de animal prehistórico. Con una sonrisa amable pidió a los padres de Bernal y a Bernal mismo que tomaran asiento en los sillones de cuero que tenía frente a sí. Ellos, como suele ocurrir en estos casos, le obedecieron sin rechistar. Yo consideré más oportuno acomodarme en otra parte. Probé dentro de lo que me pareció un horrible macetero, pero resultó estar lleno con las cenizas de algún pariente recientemente fallecido, así que busqué otro lugar (no tenía ganas de compañía, como de costumbre) y lo encontré dentro de la carpeta de casos difíciles, en el archivador metálico que estaba en un rincón de la estancia.

—Ustedes dirán —dijo, muy poco original, el doctor Tomeo.

La madre de Bernal reaccionó como lo hacen las latas de refrescos si las abres después de agitarlas.

—Nos tiene muy preocupados este hijo nuestro, doctor. Desde que ocurrió lo de su novia, que fue horrible para todos, no levanta cabeza. Está cada vez más raro, más introvertido, menos comunicativo. Hace cosas y luego no se acuerda. Sufre insomnio. Se le está poniendo un carácter imposible. La convivencia con él se hace cada vez más difícil. Ya entendemos que hay que darle tiempo, que debemos ponernos en su lugar, dejar que se haga a la idea de todo aquello, pero es que nos da miedo que se convierta en un gandul, alguien sin fuerzas para nada, una persona a quien nada le interesa. Ya ni siquiera mira la televisión, no enciende el ordenador, no gasta ni un céntimo en teléfono, no sale de su cuarto, se pasa el día en la cama… Ay, doctor, venimos a que nos diga qué podemos hacer para sacarle de esto, si es que usted ve que exista una solución.

Tomeo no dejaba de sonreír. Le hizo un gesto tranquilizador a la madre, como diciendo: «Déjeme a mí, señora» y acto seguido le preguntó a Bernal:

—¿Qué opinas tú de lo que dice tu madre, chaval?

Bernal no apartó la mirada del suelo para responder.

—Que tiene razón —dijo.

—¿Y piensas hacer algo al respecto? —preguntó.

Bernal se encogió de hombros. Desde luego, el suyo no era el caso de colaboración más agudo que he visto.

—Ya se lo ha dicho mi mujer, doctor —habló el padre—. Está así todo el tiempo.

El doctor Tomeo respiró profundamente.

—¿Les importaría esperar un momento fuera? —preguntó a los padres—. Me gustaría intercambiar con su hijo algunas impresiones.

Se miraron, comprendiendo y aprobando, antes de levantarse al unísono y abandonar el despacho. Por un momento, pensé que aquello se iba a poner interesante, sin tener en cuenta que con semejantes protagonistas era difícil conseguir una trama que mereciera la pena. No me equivoqué en absoluto, como suele ser habitual en mí.

—¿Hay algo que quieras decirme, Bernal? —preguntó el médico cuando se quedó a solas con su paciente.

Bernal repitió el movimiento anterior. Desde luego, no estaba muy locuaz. El médico insistía, sonrisa incluida.

—¿Tienes alguna idea de por qué no duermes por las noches?

—Porque no me dejan en paz.

Bernal pronunció estas palabras en un susurro, tan bajito que muy probablemente creyó que el médico no podría

oírlas. Sin embargo, entre las características del doctor Tomeo estaba la de poseer un finísimo sentido del oído.

—¿Quién no te deja en paz? ¿Oyes voces? —preguntó.

Bernal no respondió. Tampoco le miró. En realidad, no
hizo nada.

—¿Con qué frecuencia oyes voces? —insistió el psiquiatra—. ¿Podrías explicarme lo que te dicen? ¿Te dan órdenes
que te cuesta obedecer?

Creo que, llegado este punto, bostecé estrepitosamente.
Algo debieron de oír, porque los dos se quedaron mirando
hacia el archivador. Fue sólo un momento: enseguida la ame-
na charla en la que estaban enfrascados centró de nuevo toda
su atención.

—¿No vas a colaborar? —Esta vez, el tono del facultativo era algo menos amigable.

Bernal se encogió de hombros por tercera vez.

—Da lo mismo —dijo.

—¿De verdad te da lo mismo? ¿Te da lo mismo echar tu
vida por la borda? ¿No te importa hacer sufrir a tus padres?

—Más sufro yo —dijo Bernal.

Se produjo un silencio expectante y estúpido: el médico
esperaba que Bernal hablase y Bernal esperaba que lo hiciera el médico (entre los humanos son muy frecuentes estas
pérdidas de tiempo). Finalmente, el doctor Tomeo puso fin
a este intervalo levantándose de su mullido asiento de cuero
marrón y abriendo la puerta de su despacho para indicar a los
padres del chico que entraran de nuevo. Regresó a su puesto
tras la mesa mientras ellos se acomodaban en sus butacas.
Bernal permanecía como antes, mirando el suelo sin ningún
entusiasmo. La sonrisa había desaparecido del rostro curtido del facultativo. Antes de que los padres preguntaran, les
lanzó una conclusión obvia y desoladora:

—Su hijo se niega a colaborar —dijo—. Es muy difícil
encontrar una solución a su caso si él mismo no está dispuesto a hacerlo.

—Pero ¿tiene usted alguna idea de lo que le ocurre? —preguntó la madre.

—Es complicado… —frunció el entrecejo—, pero los resultados de este primer tanteo indican que podría tratarse de esquizofrenia.

—¿Esquizofrenia? —La madre repitió la palabra con un evidente sobresalto.

Me pareció haber soportado ya bastantes estupideces para una sola sesión, así que decidí intervenir. Salí de mi escondrijo, congelé a los padres de Bernal, tomé prestado el cuerpo del cretino del doctor Tomeo y le hablé a Bernal directamente y sin tapujos.

—Hola de nuevo, miserable idiota. Veo que estás en apuros.

—¿Usted es… usted es…?

—Eblus. Nos conocimos hace unos días. ¿Me recuerdas?

Las gafas a media nariz resultaban un estorbo, además de una idiotez. Me las quité y las arrojé contra la pared más lejana. Pasaron en vuelo rasante sobre la cabeza del padre de Bernal y luego hicieron diana en el centro de uno de los certificados de asistencia a un congreso. Precisamente —los detalles me pirran— uno titulado *VI Jornadas sobre la esquizofrenia*. ¿Verdad que fue bonito? Las casualidades me pirran aún más que los detalles.

—¿Y cómo puede ser que…? —balbuceaba Bernal, sin dejar de mirarme ni salir de su asombro.

—Vamos, vamos, no me dirás que no sabes lo que es una posesión. Todos los chavales de hoy en día sabéis que los demonios podemos poseer cuerpos, ¿no? Habéis ido mucho al cine. Pues eso es lo que estoy haciendo: estoy poseyendo al mamarracho de tu médico. ¿Te parece mal? ¿Preferirías que poseyera a tu padre? Puedo cambiar, si quieres.

—No, no, no. Así está bien —dijo él.

El bolígrafo de oro me pareció un juguetito interesante. Lo abrí (era fácil: las dos partes que lo componían se unían en el centro gracias a una rosca) y lo inspeccioné mientras charlaba con el chico.

—A mí sí vas a explicarme lo que te ocurre, ¿verdad? ¿Qué son esas voces que oyes?

—No son sólo voces —empezó—, también veo cosas que no pueden ser. Cosas horribles.

—A Rebeca, por ejemplo. Te parecerá bonito, decir que tu novia es horrible.

Con unos ligeros golpecitos, conseguí que el contenido de las dos partes del bolígrafo cayera sobre la mesa. Había un muelle alargado junto a un pequeño depósito de tinta de color cobrizo brillante, acabado en punta. Ideal para hurgarse la nariz, algo que hice de inmediato, ante la expresión de asco de Bernal que, sin embargo, no dejó de contestar. Tratándose de él, me pareció admirable.

—Rebeca era guapa antes. Ahora da miedo. Y tiene muy mal carácter.

—¿No crees que tiene razones para estar enfadada contigo? —pregunté, mientras desatascaba con entusiasmo la fosa nasal derecha del doctor (algo que, por cierto, hacía mucha falta).

—Entiendo que esté enfadada —dijo, bajando la cabeza— pero no que me odie tanto como dice. Lo que hice no es tan raro. Cualquiera puede cometer un error.

—¿Ella dice que te odia?

Asintió.

—Y que no me va a dejar nunca en paz —añadió, y me pareció que iba a echarse a llorar—. Es horrible. Todo empezó en su entierro. No nos dejaron ver su cuerpo. Los de la funeraria dijeron que era mejor así.

Asentí. Remilgos propios de humanos. Una lata. El chico continuó:

—Yo pensaba que el ataúd estaba cerrado con llave. No tiene mucho sentido, lo sé. Me quedé solo en la sala de vela. Era muy tarde, los padres de Rebeca estaban en la cafetería.

Natalia había salido para acompañar a alguien. Ya no llegaban amigos ni conocidos. Entonces vi a un bicho deforme saliendo de dentro del ataúd de Rebeca. Pensé que era una alucinación, que me estaba trastocando. Era una especie de perro, pero caminaba erguido, y tenía cabeza humana, pero también colmillos. Olía fatal y no debía de medir más de un metro. Pensé que era un súcubo.

La incultura demoníaca de los mortales a veces me saca de quicio. Casi tanto como tratar de enmendarla. Negué con la cabeza:

—Los súcubos y los íncubos se extinguieron hace mucho tiempo. Por desgracia, porque resultaban muy entretenidos. Ya no son más que una leyenda. Viven en el arte, en la memoria colectiva y en las mentiras de la gente, que sigue echándoles la culpa de los embarazos que no puede o no quiere explicar. Lo que tú viste no era un súcubo, era un ghul.

No había duda. Demonios carroñeros, siempre acechando la carne recién muerta. Lo cual también explicaría el, llamémosle, deterioro físico de Rebeca. Me llevo bien con ellos, pero a veces entorpecen más de lo que ayudan.

—Había otro —dijo entonces Bernal confirmando mi teoría de que eran ghuls lo que había visto en el velatorio—. También salió del ataúd, limpiándose la boca con una manaza. Se metió en el baño y desapareció.

—Les gusta trepar hasta una ventana y escaparse por ella —expliqué.

—Fue la primera vez que pensé que mi cabeza no funcionaba bien. Luego Rebeca empezó a acosarme. No se cansa: se sienta en mi cama mientras duermo. Me mira. No hace nada, sólo me mira, pero no me deja dormir. A veces siento que está ahí, sentada a mi lado, aunque no pueda verla. Y si la veo es peor, porque no puedo soportarlo. Tiene las tripas fuera. Arañazos por todas partes. Los ojos raros. Le falta la boca. O la mandíbula. Creo que a sus párpados les ha pasado algo. Y a su voz también. Ahora es como más ronca. Y se convulsiona todo el tiempo. Y camina mal.

El pobre, cuánta información debía procesar su angosto cerebro. Pensé que era mejor no proporcionársela toda al mismo tiempo o las arterias de su cabeza comenzarían a explotar a causa de la sobrecarga. No le dije, por ejemplo, que Rebeca no tenía párpados porque es lo primero que me como cuando tengo ocasión. Son deliciosos si están lo bastante frescos. Uno de esos placeres que la gastronomía nos brinda de tarde en tarde y siempre en pequeñas dosis. Tampoco le dije que para su nuevo cometido y su nueva naturaleza Rebeca no necesitaba los párpados para nada. Y lo de la voz no era un problema técnico, sino anímico. Las cuerdas vocales de Rebeca, que también se habían dañado a causa del zarpazo con que le atravesé la garganta, ya no servían como antes. De la mandíbula no sabía nada, pero debía de ser cosa de los ghuls, que suelen disfrutar comiendo lengua, amígdalas, orejas y demás partes blandas. No obstante, pensé que le tranquilizaría saber que Rebeca ya no se comunicaba con el mundo exterior merced a su lengua, su tráquea y sus cuerdas vocales sino gracias a un complejo sistema de telepatía que permitía que sus interlocutores creyeran estar oyendo la voz de la chica en lugar de sus propios pensamientos, cuando no era así. Por decirlo de un modo rápido y sencillo: por alguna extraña razón que nunca sabremos, Bernal imaginaba la voz de Rebeca más grave de lo que nunca fue en realidad. Y exactamente así la percibía.

—También me escribe correos electrónicos —prosiguió—, me manda mensajes al móvil, a veces enciende la televisión y hace que los actores y las actrices de las películas hablen con su voz, me deja notas por todas partes. Mire, mire —rebuscó nerviosamente en uno de los bolsillos de su pantalón— ésta es de esta mañana. Estaba en mi almohada cuando me he despertado. Y es su letra.

Con la mano libre, agarré el papel mientras con la otra me empeñaba más a fondo en la labor de limpieza nasal:

Te miraré mientras duermes todas las noches de tu vida.

Le devolví el papel.

—Qué atenta —dije.

Bernal prosiguió, con el mismo tonito lastimero y la misma cara de encontrarse al borde del abismo:

—No respeta nada. Incluso se esconde en lugares asquerosos, en mis momentos de mayor intimidad…

Por supuesto, deseaba saber qué lugares y qué momentos eran aquéllos. Los demonios somos curiosos por naturaleza. Como no estoy acostumbrado a los zapatos, y menos al modelo estilizado y elegante con que el doctor Tomeo pretendía impresionar a sus pacientes, me quité el derecho y se lo arrojé a Bernal a la cabeza.

—Habla claro, cuernos.

El chico esquivó el zapatazo con muy buenos reflejos. El contundente objeto fue a estrellarse contra la nariz de su madre (que antes del impacto era lo que suele denominarse «helénica»). Funcionó: el susto le soltó la lengua, aunque lo que él consideraba grandes intimidades no eran para tanto.

—Me agarra cuando estoy en el retrete —dijo—. Quiero decir desde dentro. No sé cómo lo hace pero su brazo está dentro del váter. Me sujeta tan fuerte que no me puedo levantar. A veces me hace daño.

No pude evitar admirarme ante la originalidad de Rebeca. Agarrar las partes nobles del enemigo cuando está haciendo sus necesidades es una buena idea que, me dije, pondría en práctica con Dhïon en cuanto tuviera oportunidad. Bernal seguía con la lengua floja y aquellos aires de gatito abandonado:

—Y luego está Natalia —dijo.

El mero hecho de oír su nombre me provocó tal respingo que el canutillo metálico se rompió dentro de mis narices. Bueno, corrijo: se rompió dentro de las narices del doctor Tomeo. Si hubieran sido las mías propias, algo así apenas las habría dañado (mis fosas nasales son portentosas), pero a un apéndice olfativo tan delicado como aquél, semejante accidente no le sentó nada bien. Empezó a sangrar abundantemente. No es que me importara, pero me impedía seguir con la limpieza y también prestar atención a la charla, así que intenté contener la hemorragia con lo que pude: hice pelotitas con las páginas de un bloc de notas, y me metí unas cuantas en la fosa nasal dañada (y alguna en la otra, por si acaso), me soné estruendosamente con la bata de médico (se ensució un poco), me golpeé el tabique nasal con el pisapapeles (pensé que ayudaría, pero surtió exactamente el efecto contrario) y al final, sin saber qué más probar, me introduje en la nariz sendos marcadores fluorescentes, de esos que los estudiantes utilizan para ensuciar los libros. Uno amarillo en el lado izquierdo y uno verde en el derecho. La sangre dejó de fluir. La conversación, en consecuencia, pudo proseguir.

—¿Qué ocurre con Natalia? —pregunté.

—Ella tampoco me deja en paz —dijo el muchacho—. Todo el tiempo me explica cosas de Rebeca que no quiero saber. A ella tampoco la deja en paz, pero no parece afectarle tanto como a mí. Y quiere que nos veamos, que hagamos cosas. Está enamorada de mí pero yo no quiero nada con ella. Y no sé cómo explicárselo. No entiende nada.

Le miré en silencio. Ni poseyendo la imaginación más desbordada de la galaxia podía imaginar Bernal en aquel instante lo que estaba pasando por mi magín. O por el del lerdo de su psiquiatra, que para el caso venía a ser lo mismo. Lo que yo estaba pensando era: «Nunca sabrás, deplorable y purulento amigo, de qué modo lo que acabas de decir te ha salvado de una muerte horrible.»

Lo habría hecho. Habría inventado para él el tormento más atroz si llega a decirme que pretendía a Natalia. Si en el resto de mis cosas me podría considerar un ser egoísta, ego-céntrico y sin escrúpulos, en lo que concierne a Natalia voy mucho más allá. Soy un neurótico, un enfermo, un bicho peligroso, una fiera abominable, un Demonio. Natalia es mía. Pobre del que la toque. Ni que sea con su consentimiento. Pero, como nada de todo aquello venía al caso, me limité a sonreír y responder:

—Trataré de hacer que lo entienda, joven estulto.

Respiró aliviado. Fue entonces cuando pareció reparar en lo que les había ocurrido a sus padres. Estaban detenidos en su último gesto, completamente inmóviles. Los párpados de su padre estaban entornados, como en esas fotografías que hay que repetir, las manos de los dos se abrían al vacío, la lengua de su madre asomaba un poco entre sus labios. ¿Y lo que no podía verse? Fluidos detenidos de pronto en mitad de un conducto estrecho, oxígeno a medio llenar los pulmones, las migas del desayuno formando una vía láctea en el estómago…

—¿Les va a ocurrir algo? —preguntó Bernal.

—Nada en absoluto. Cuando despierten ni siquiera sospecharán lo que ha pasado aquí. Para ellos no habrá habido interrupción. Aunque puede que se sorprendan al ver al doctor a quien pensaban encomendar la mollera de su hijo. Creo que no tengo muy buen aspecto —dije, limpiándome las manos en la pechera de la bata y en la carpeta de piel que había sobre la mesa.

Bernal sonrió, más distendido.

—¿Y Ezequiel? —preguntó de pronto.

—¿Qué ocurre con él?

—¿Fue usted quien le indujo a profanar tumbas? ¿Usted se lo ordenó?

—Ezequiel era un pobre hombre. Un espíritu débil. No estaba preparado para nada de cuanto le ocurrió. O de lo que se buscó.

—¿Para qué no estaba preparado? —preguntó, muy interesado.

—Para ver repetida la historia. Hay pocos humanos que no se vuelvan locos ante ese tipo de remolinos cíclicos del tiempo, incluso sin mi intervención. Ezequiel no lo superó, así de simple. Se empeñó en comprobar si su novia, o lo que quedaba de ella, seguía en el nicho donde la enterraron. Había enloquecido por completo. En fin, un pobre desgraciado. No todo el mundo sirve para tratar conmigo, Bernal, ya deberías saberlo.

—¿Encontró a su novia?

—¿Cómo dices?

—Ezequiel. ¿Encontró a su novia en el nicho?

—Por supuesto que no. A su novia me la comí hace tanto tiempo que ya no recuerdo ni a qué sabía. A humedad, creo. Tal vez la esperaba menos correosa, pero no me hagas mucho caso: suelo confundir unas con otras.

—¿Qué le ha ocurrido a Ezequiel?

—Lo lógico. Se ahorcó en una viga del techo.

—¿Dónde? En el centro no sabían nada de él.

—En el único lugar posible, por supuesto. En el desván de las muñecas.

—No puede ser. No tenía la llave.

—Claro, claro. La tenías tú —dije, observando las uñas de manicura impecable del doctor Tomeo, ahora bastante manchadas de sangre—. Pero no importa. Yo siempre estoy en casa. Ven a visitarme cuando quieras.

—¿También se ha comido a Ezequiel? ¿Pretende comerme a mí?

Agité una mano entre su rostro y el mío (el del doctor, en realidad).

—No, no, no. Detesto la carne de varón. Es tan reseca…

—Ya sé lo que quiero pedirle.

A veces, los cambios de tema tan vertiginosos me marean. Debió de percibir la perplejidad en mi rostro.

—Me dijo que lo pensara. Algo difícil a cambio de mi alma. ¿Todavía puedo? —preguntó.

Recordé de inmediato.

—Ah, sí. Por supuesto. ¿Vas a hacerme una oferta?

—Sí. Quiero vivir en paz —dijo, en tono de mártir—. Los años que sean, los que me queden, pero quiero vivir sin Rebeca, sin Ezequiel, sin Natalia… y sin usted, si puede ser.

Cerré el trato. No estaba seguro de poder cumplirlo. Corrijo: estaba casi seguro de no poder cumplirlo (por lo menos, tal y como estaban las cosas en ese momento entre Dhiön y yo) pero pensé que un alma como la de Bernal iba a resultar un aliciente estupendo a la hora de plantarle cara a mi mayor contrincante. Cuando estreché la mano del chico, exhaló un suspiro de alivio, como si acabara de quitarse de encima una carga muy grande. Antes de abandonar el cuerpo del psiquiatra, le recordé los términos de nuestro acuerdo:

—Te concedo tu voluntad. Desde este momento, todos te dejaremos en paz. Y coincidiendo con tu último aliento, será mía tu alma.

Acto seguido, salí de allí. Del psiquiatra, de la habitación, del edificio, de la ciudad y hasta del país. Asuntos urgentes me reclamaban muy lejos, y ya llegaba tarde. Fue una lástima no poder quedarme para ver cómo se tomaba el doctor Tomeo los cambios que se habían operado en su aspecto. La responsabilidad, ya se sabe, tiene estas cosas: a menudo, tienes que abandonar la sala antes de saber cómo acaba la historia. Qué rabia. Con lo que me gustan los desenlaces infelices, dramáticos, terribles, catastróficos.

Antes de llegar a la última escena de esta historia, permíteme mostrarte algo que le ocurrió a Natalia y que, junto con otros acontecimientos que pronto conocerás, precipitaron el insatisfactorio desenlace (insatisfactorio para mí, naturalmente, conozco a alguno que se alegró mucho de lo que sucedió).

Natalia acaba de regresar de pasar la tarde conmigo en el

desván. Por supuesto, en su casa no ha dicho dónde ha estado. Antes de dormir (y de guardar bajo llave el cuaderno de su hermana Rebeca, como hace cada noche) se tumba en la cama y se dispone a escuchar algo de música. No tiene sueño, necesita meditar sobre todo lo que ha aprendido esta tarde. Está muy alterada, incluso le ha costado trabajo, durante la cena con sus padres, disimular su emoción, y ese cierto aire de superioridad que da el saberse distinto y poderoso. Al fin y al cabo, sólo tiene quince años. Debe de ser muy difícil a esa edad entender que el Diablo te eligió hace mucho tiempo para ser su discípula, y que se va acercando el momento de empezar a disfrutar de tal privilegio. Por descontado, no se lo expliqué todo: me pareció que demasiada información de una sola vez no le haría ningún bien. Así que le conté lo más importante y dejé los asuntos secundarios y los superfluos para un futuro próximo.

Le hablé de las múltiples relaciones que los Diablos podemos mantener con mortales. Le enumeré gran parte de los beneficios que eso podría reportarle (se le iluminaron los ojos cuando le dije que sería tan rica, tan famosa y tan poderosa como deseara) y, por supuesto, le expliqué (sólo por encima, porque las sagas familiares contadas con prisas se indigestan con facilidad) la relación que desde antiguo me unía a su familia.

—¿Me parezco a la chica que te invocó para construir el pozo? —quiso saber.

Hube de reconocer la verdad, aunque no fuera muy de mi agrado:

—Un poco, sí —enseguida fui totalmente sincero: —Aunque se parece más a ella tu hermana Rebeca.

No entré en detalles de hasta qué extremo se parecía Rebeca a la primera Albás que conocí: incluso en pactar con mi enemigo habían sido como dos gotas de agua.

—Entonces, ¿si hubiera tenido un hermano varón no me habrías elegido a mí? —preguntó Natalia después de llegar a sus propias conclusiones respecto a lo que acababa de contarle.

—Más que probablemente —respondí pero, viendo su cara de decepción, añadí: —Me alegro de que no hayas tenido un hermano varón.

También le dije que debía alejarse de Bernal.

—¿Te lo ha pedido él? —preguntó.

—Más o menos. Aunque técnicamente no es correcto afirmar que me lo ha pedido. Estamos cerrando un negocio. En este preciso momento, aunque en un tiempo paralelo, estoy poseyendo a su psiquiatra. Bernal me está vendiendo su alma a cambio de que le dejen en paz. El pobre no puede soportar el acoso de criaturas del inframundo ni un solo día más. Tú eres la única excepción.

(Uy, perdón, otra cosa que no he tenido tiempo de explicarte. He aquí otra de mis especialidades: estar en dos lugares a la vez. Siempre y cuando ninguno de ellos requiera toda mi energía ni uno de ellos sea el Cónclave. Otra de las situaciones que te reclaman por completo es una invocación, tal vez lo hayas adivinado ya. Estar en el Cónclave y a la vez en otro escenario se penaliza como una falta grave. Dos faltas graves implican degradación o expulsión, según el ánimo de los muy honorables asistentes. Me aburren tantas explicaciones.)

Natalia también se interesó por los términos de la maldición que había arrojado sobre su familia.

—Tú te comes a la hija mayor en el mismo año en que cumple diecisiete años.

—No me la como —puntualicé, levantando un dedo adoctrinador—. Me la cobro. Sólo me la como si me apetece mucho.

—Bueno, lo que sea. La matas. Para cobrarte su alma necesitas matarla, ¿no?

—Es totalmente imprescindible. Las almas se aferran a los cuerpos con vida como parásitos. No es posible desprenderlas sin el asesinato.

Natalia rumiaba mis palabras, muy concentrada.

—¿Eso significa que también matarás a mi primera hija?

—Exacto —contesté, orgulloso.

—Bueno. —Se encogió de hombros—. Entonces tendré más de una. ¿Podré pedirte algo a cambio?

—Lo que tú quieras —le dije, totalmente convencido de que le entregaría cuanto me pidiera. Después de todo, ya había hecho algo parecido por otros miembros de su familia que me importaban mucho menos que ella.

—Iré pensando a qué quiero dedicarme… —susurró.

Le recordé la importancia de que tomara pronto una decisión al respecto. Ahora que ya sabía lo que era, que había recordado el año que pasó conmigo en el desván y que había empezado a conocerme, lo importante era no perder tiempo en avanzar posiciones.

—¿Y es seguro que triunfaré en aquello que emprenda? —quiso saber.

—En todo.

—¿Da igual lo que quiera ser? ¿Cantante? ¿Política? ¿Escritora? ¿Actriz? ¿Médico? ¿Astronauta?

—En cualquier cosa que elijas, llegarás a lo más alto.

De nuevo se mostró meditativa.

—Tengo que pensarlo muy bien…

En meditar aquello y algunas otras cosas ocupa Natalia el tiempo que precede al sueño, como ya ha quedado dicho. Yo he tenido que ausentarme del desván a toda prisa (enseguida sabrás por qué), y ella ha regresado a casa sumida en sus pensamientos. Sigue igual, aunque también está sumergida en una música atronadora que ruge muy cerca de sus oídos. Como suele ocurrir, aunque la excitación sea superlativa, al final el cansancio se impone. Natalia termina durmiéndose medio recostada sobre la almohada, con las piernas replegadas, tapada con la sábana y con los auriculares en las orejas, aunque el disco del reproductor ya se ha acabado. Cae en el sueño profundo de la gente satisfecha, de los pocos privilegiados que saben que ya no han de preocuparse por nada. A su lado, la custodia la muñeca que le regalé, la que me permite saber qué está haciendo en todo momento.

Si entras en la habitación en este preciso instante te darás cuenta de que todo parece en orden. La luz de la luna se filtra suavemente a través de la persiana, fuera cantan los grillos y dentro ronca Cosme, como si quisiera acompañar a los animalitos en su coro nocturno con el retumbar de un sonido de percusión. La expresión de Natalia parece relajada. Sobre la mesa reposa, abierto por una página que anoche estaba en blanco, el cuaderno de Rebeca. El cajón donde estuvo encerrado está ahora abierto y revuelto. El bote de los lápices, con su contenido, ha rodado por el suelo.

De pronto, la cara de Natalia se contrae en una expresión de terrible dolor. Lanza un gemido. Agudo y fuerte. Tan fuerte que los grillos enmudecen, lo mismo que los ronquidos de su padre. El cuerpo de la chica se dobla por la cintura. La almohada cae al suelo. Aún no ha despertado, de modo que en un primer momento el dolor le parece parte de una pesadilla. Se lleva la mano a la zona dolorida: su ombligo. Enseguida la siente tibia y húmeda. Despierta, al fin, y abre los ojos. El dolor persiste, más vivo de lo que ha experimentado jamás. Saca la mano de debajo de las sábanas y la observa, aterrorizada: está manchada de sangre. Aparta la ropa de cama de un gesto brusco: también el pijama está empapado. Lo aparta con suavidad, gimiendo de dolor. Entonces descubre la causa de todo: tres estrellas de cristal rojo que forman una línea. Es tan bonito como la primera vez que lo vio, aunque ahora parece brillar menos, porque la sangre lo desluce. Está un poco torcido, y no le extraña: a nadie se le ocurre poner un *piercing* de esa forma, como quien clava un arpón. Claro que quien se lo ha puesto no es una persona cualquiera. Igual que las tres estrellas no son un *piercing* cualquiera, sino el de Rebeca. Es el *piercing* que llevaba su hermana cuando la enterraron. El mismo de la foto del salón. El mismo que Natalia codició desde que lo vio por primera vez. Aunque no sé para qué me tomo la molestia de dar tantas explicaciones. Si has permanecido atento a mis palabras, sabandija miope, ya deberías saber de qué tres piedras te hablo.

Natalia ladea ahora la cabeza y observa el cuaderno. Las letras están surgiendo sobre la página blanca como por arte de magia. Por lo demás, nada hace presagiar otra presencia en la habitación. Sólo las palabras que se escriben solas en el diario. Puede leerlas desde donde está, aún doblada de dolor:

Te lo regalo, hermanita. A mí ya no me vale.
Lástima que no tendrás mucho tiempo para disfrutarlo.

Salgamos ahora de la habitación de Natalia y recorramos el pasillo. A la derecha dejaremos el que fue el cuarto de Rebeca, aquel donde aún siguen sus cosas y nunca están tan solas como piensa su madre. Ni tampoco permanecen donde Fede creyó dejarlas. En medio de la habitación, por ejemplo, vuelve a brillar ahora, como nuevo, el andador construido con los restos triturados que Cosme arrojó a la basura. Cuando Fede lo encuentre, dentro de unas horas, recompuesto como un rompecabezas, un sudor frío le recorrerá la espina dorsal.

Pero eso será dentro de unas horas. Es precisamente a Fede a quien ahora buscamos. Caminaremos hasta el final del pasillo y doblaremos a la derecha para ver la línea de luz bajo la puerta del cuarto de baño. Pese a que son altas horas de la noche, alguien más está despierto en la casa. Podríamos deslizarnos bajo la puerta, a través de esa estrecha franja de luz que perciben nuestros ojos, pero estando, como estás, poco acostumbrado a reptar en estado incorpóreo, creo más conveniente que nos filtremos a través de la pared. Una vez dentro, nos agazapamos junto al cesto de la ropa sucia y observamos. Fíjate bien.

Fede está sentada en el borde de la bañera, observando con ojos muy quietos un pequeño artilugio de plástico que ha dejado al lado del lavamanos. Es algo que tal vez no hayas visto nunca (yo tampoco soy especialista, lo reconozco): una barrita de plástico, con un par de hendiduras por las que asoma una especie de tejido extraño, en cada una de las cuales, si te acercas lo suficiente o tienes una vista la mitad de aguda que la mía, podrás ver una pequeña línea de color rosado. El cacharro en cuestión no parece útil para nada y tampoco parece muy lógico que Fede esté observándolo con tanta atención cuando, en realidad, no se mueve ni emite ningún sonido ni hace nada que sea digno de mirar. Pero si te digo que ese artilugio de tan reducidas dimensiones acaba de cambiar radicalmente las cosas, tal vez empieces a comprender el estado de Fede, que necesita un poco de tiempo para acostumbrarse a lo que acaba de saber y para encontrar el modo de decírselo a Cosme, que por ahora continúa durmiendo.

La barrita de plástico es lo que comúnmente se denomina un test de embarazo. Lo venden en las farmacias y sirve para conocer, de forma instantánea y sin salir de casa, si el útero de una mujer ha sido ocupado por un óvulo fecundado. Si hubiera salido una sola línea rosada, se habría tratado de una falsa alarma. Fede habría regresado a la cama y tal vez se habría planteado la necesidad de acudir al médico para preguntarle qué le ocurre. La existencia no de una, sino de dos líneas rosadas indica, sin error posible, que Fede está embarazada.

De ningún modo podía ella esperar algo así a estas alturas. Tiene cuarenta y tres años. Ha visto morir a su hija mayor. Los últimos tiempos han sido muy duros para ella. No está segura de tener energías para cuidar de un bebé. De hecho, ya se le ha olvidado qué es cuidar de un recién nacido. La vida cambia tan constantemente, y los años avanzan a tanta velocidad que las cosas más fundamentales se les olvidan pronto a los desmemoriados mortales. Si observas con suficiente atención sabrás ver ahora que los ojos de Fede están algo enrojecidos. En un primer momento, será por la emoción, por el susto o simplemente por el efecto que las hormonas tienen en las sustancias del cerebro femenino, se ha echado a llorar. Esta nueva vida le ha parecido una nueva esperanza, un regalo del cielo que viene a contrarrestar toda la amargura que ha conocido tras la muerte de Rebeca; aunque no ha podido evitar pensar que una sustituta no va a poder conseguir que Rebeca siga en su corazón como si estuviera viva, y que crezca dentro de sus sentimientos del mismo modo que lo habría hecho en la vida real. En resumidas cuentas: no sabe qué pensar. No sabe qué sentir. Se le agolpan las emociones, las contradicciones. Está confusa. Y aunque ahora no lo reconozca, también algo ilusionada.

Por supuesto, Federica se equivoca de medio a medio. No sabe que los pies de Rebeca siguen paseando por el mundo (aunque de un modo que es mejor que no conozca). Menos aún puede sospechar que este embarazo no es ningún regalo del cielo en el que ella cree, sino un triunfo aplastante de Dhiön, que acaba de ganar la partida. Nuestra partida.

Fede se lava la cara con una toalla humedecida en agua, se seca los ojos y las mejillas con cuidado y sale del cuarto de baño en dirección a su cama. Lleva en la mano el dispositivo de plástico que ha estado escrutando durante más de media hora.

—Cosme… —susurra, mientras zarandea suavemente el hombro de su marido—, Cosme, despierta. Tengo que hablar contigo.

Natalia, unos metros más allá, ha conseguido levantarse y mirarse al espejo: la carne desgarrada del ombligo no deja de sangrar. Sobre el escritorio, continúa, imparable, la escritura desatada y frenética:

Todo acaba de cambiar, hermanita. Todo acaba de cambiar, hermanita. Todo acaba de cambiar, hermanita. Todo acaba de cambiar, hermanita. Todo acaba de cambiar, her-

manita. *Todo acaba de cambiar, hermanita. Todo acaba de cambiar, hermanita. Todo acaba de cambiar, hermanita. Todo acaba de cambiar, hermanita. Todo acaba de cambiar, hermanita. Todo acaba de cambiar, hermanita. Todo acaba de cambiar, her*

Jamás se debe llegar tarde a un Cónclave. Ni presentarse ante sus Altísimos Señores sin estar convenientemente aseado. Ambas cosas son consideradas faltas graves. Esta vez faltó poco para que me cayera una sanción. Por fortuna, logré aparecer ante el chambelán en el último segundo. Lo hice sin reflejar los apuros que había pasado antes de llegar, por supuesto. Como norma general, jamás hay que mostrar las debilidades ante las altas esferas. Dhiön, por supuesto, ya estaba allí, esperando en la sala de los espejos, estudiando con atención los papeles donde se nos detallaba el orden del día de la sesión que iba a tener lugar. Un orden del día, recordé, con no poca pesadumbre, que mi petición alteraría ligeramente.

—En el último momento, Gran Señor —dijo el chambelán, nada más verme, con su voz aterciopelada y susurrante—, ya estaba pensando que debería mandar esculpir otro nombre en lugar del suyo.

Se refería a los nombres en bajorrelieve que figuraban sobre cada uno de los sitiales, siempre realizados por los mejores escultores de su tiempo. Dado que el Cónclave se renueva cada cierto tiempo y que los de mi especie no somos muy aficionados al homenaje público, los nombres de los Superiores que han de abandonar el privilegio no se conservan. Se destruyen a golpes de cincel y de inmediato el nombre de un nuevo Superior se esculpe en su lugar.

Siempre me pareció que yo no le resultaba simpático al chambelán. Seguramente porque él también procedía de una estirpe de chambelanes de abolengo y mis orígenes le hacían temer la degeneración de una institución tan solemne y fundamental como el Cónclave. Le desengañé con una sonrisa encantadora mientras recogía mi documentación.

—La puntualidad siempre ha sido mi mayor pecado, chambelán —dije.

Recogí la carpeta que me entregaba con dos dedos de uñas largas y cuidadas que sobresalían de su puñeta de terciopelo rojo adornada con zafiros, esmeraldas y rubíes. «Las piedras preciosas son amigas de las ceremonias», me enseñó el gran Dantalián la primera vez que me maravillé ante tales alhajas. Lógico, si nos detenemos a pensar que es precisamente en las ceremonias donde las piedras preciosas adquieren su carácter de amuletos o talismanes. Por otra parte, la opulencia embriaga a los Seres Superiores, que la buscan como los lagartos el sol. Las togas que se usan para la ceremonia del Cónclave no pueden ser más opulentas. El chambelán se distingue por el color rojo de su atuendo, que incluye chapela abullonada y fajín a juego. Los Superiores, en cambio, vestimos toga de terciopelo negro, adornada con bordados de plata y oro según la categoría que ostentemos, y nos presentamos siempre con la cabeza descubierta.

—Puede pasar, Ser Superior —dijo el chambelán, entregándome el llavín de mi camerino con un rictus de desprecio en sus delgados labios.

Nunca ha dejado de maravillarme la precisión, la impecabilidad con que el chambelán realiza su trabajo. Apenas hacía un año que había celebrado (por todo lo alto) sus cincuenta mil años en el puesto, y seguía desempeñando su labor como el primer día. Ni un bostezo, ni una muestra de aburrimiento o de cansancio. Siempre las mismas palabras, los mismos gestos, el mismo desprecio moderado, al límite de lo perceptible. Estoy por pensar que los funcionarios poseen, para el correcto desarrollo de sus obligaciones, una estructura cerebral distinta.

Pasé a mi camerino, donde ya me estaban aguardando mis dos ayudas de cámara, Sakhar y Kashar, dos efrits con más historias de las que nunca tuvimos tiempo de explicarnos en ese breve tiempo que compartíamos mientras me acicalaban. Uno de ellos, por ejemplo, pasó cuatrocientos años bajo el océano encerrado en un tarro sellado con plomo. Le liberó un pescador, el mismo que luego tuvo la culpa de hacerle regresar al tarro y con él al fondo del mar, donde pasó otros quinientos años. No es de extrañar que odie a los mortales en general y a los hombres de la mar en particular con verdadera saña.

Aquel día, sin embargo, tampoco tuvimos tiempo para historias. El Cónclave estaba a punto de comenzar y yo aún no había leído la documentación. Además, vivía todos los preparativos como si fuera la última vez y eso me tenía en un estado de ánimo sombrío, poco efusivo y nada predispuesto a la conversación. Mis dos ayudantes debieron de darse cuenta y callaron, como la prudencia ordena en tales casos.

En el salón de los espejos aguardaban el resto de los Superiores, enfrascados en la lectura puntillosa de los documentos. Desde que atravesé el umbral percibí la curiosidad con que Dhiön me escrutaba y permanecía atento incluso al más mínimo de mis movimientos. Yo aún no había tomado asiento cuando me llegó la primera de sus diatribas telepáticas.

«Los Seres Superiores te damos la bienvenida al último de tus Cónclaves, moscardón chamuscado.»

Reconocí su estilo en el acto, pero fingí no haber «oído» nada. Me senté, teniendo cuidado de no pisarme la toga, y me concentré en el estudio de la documentación. Él insistió:

«Supongo que tus portentosas capacidades ya te habrán alertado de que las cosas han cambiado para tu querida Natalia. Ahora ella es la mayor y se acerca a la edad del sacrificio. ¿Serás capaz de hacerlo, díptero torrefacto, o pedirás ayuda cuando te dispongas a robarle el último aliento?»

El Cónclave se reunía con carácter de urgencia para analizar la solvencia del Gran Señor de lo Oscuro, que empezaba a dar muestras de cierta debilidad y un más que evidente cansancio. No es que el Mal estuviera atravesando una crisis —precisamente, 2001 fue un año muy bueno, y los que siguieron le fueron a la zaga—; más bien se trataba de evitar que eso ocurriera, evitar perder lo que los modernos llamarían «cuota de mercado». En fin, ahorrémonos los tecnicismos. Se trataba de una reunión evaluadora, de estudio, de toma de decisiones a largo plazo.

«No hace falta que leas nada —me interpeló de nuevo el pensamiento de Dhiön—. Van a obligarte a devolver los papeles en cuanto presentes tu petición. Aunque también puedes no decir nada, dejar que nazca el hijo de Federica (va a ser varón, por si te interesa) y romper la cadena dejando a Natalia con vida. Tal vez en este tiempo, mi amado cínife renegrido, se te ocurre algo inteligente, para variar.»

Estaba acorralado. No lo habría reconocido ni ante el mismísimo Señor de lo Oscuro, pero no tenía escapatoria. O sacrificaba a Natalia o me sacrificaba a mí mismo. Si elegía lo primero, no habría vuelta atrás. Acaso eligiendo lo segundo todavía podría intentar cambiar las cosas. Aunque necesitaba tiempo. Un tiempo del que, a la vista del balance que arrojaría el Cónclave en aquella misma sesión, no disponía en absoluto. Tal vez aquello significaba terminar con mis aspiraciones para siempre. Tal vez tenía razón Dhiön y me esperaba una eternidad como djinn cambiando de lugar las cosas de los nómadas del desierto. Nada más pensar eso sentí que decaía mi ánimo. Habría preferido estar muerto, la verdad. Y la telepatía de Dhiön, ese chorro mohoso, no mejoraba las cosas.

«Percibo una cierta tristeza en ti, rey de los cénzalos tostados. Quizá te gustará saber que a mí, en cambio, me has proporcionado una inmensa alegría. Si eliges la segunda posibilidad y rompes la cadena, yo mismo me cobraré a Natalia y me pondré en tu lugar. A mí también me gusta esa familia y también tengo derecho, ¿no crees? Además, quiero conocer ese desván que tú ponderas tanto. Estoy seguro de que me agradará. Hay que reconocer que para ser un djinn, tus gustos se han sofisticado mucho en este tiempo que has estado en contacto con tus Superiores.»

No parecía probable que Dhiön estuviera mintiendo. La partida estaba avanzada y no había muchas jugadas que elegir. No me quedaba otro remedio que seguir con el plan inicial. Mi única esperanza era que el Cónclave considerara mis súplicas y consintiera en no degradarme.

«Y si eliges la primera, moscón de caca de caballo, tú ganas a Natalia, esa ninfa con granos en la que no puedo comprender qué viste, y yo pierdo a un enemigo, a un igual, al que lloraré a moco y baba en mi despejado camino a lo más alto. Qué dolor, el que me espera después de este día.»

Me empezaba a preguntar si lanzarme a su cuello de un salto cuando apareció el chambelán, quien, con su porte siempre adecuado al protocolo, anunció el inicio de la sesión:

—Los Seres Superiores pueden ocupar sus sitiales —dijo.

Las grandes puertas acristaladas se abrieron y todos entramos en la sala en el orden que marcaba nuestra antigüedad en la institución. Antes de acomodarme en mi lugar eché una rápida ojeada a la parte superior de mi sitial:

EBLUS

Qué majestad la de mi nombre esculpido en piedra. Fui consciente del mucho tiempo que habría de pasar antes de volver a verlo, si es que lo veía de nuevo algún día. Tomé asiento. Cerré los ojos (la oscuridad es tan pronunciada en la sala que generalmente no se ven los rostros de los Superiores, o, por lo menos, ciertos detalles de los rostros) y aguardé a que la voz grave de Ura formulara la pregunta que mandaba el protocolo.

—¿Algún asunto que deba ser tratado primero?

Me puse en pie. Temblaba y me sudaban las manos, pero aún lograba disimularlo.

—Te escuchamos, compañero en la Superioridad —dijo Ura.

Lo que debía decir me fastidiaba tanto que las palabras parecían no querer salir de mi garganta.

—Deseo solicitar de este órgano superior el permiso para otorgar a una humana poderes superiores propios de los espíritus.

Se hizo un silencio expectante que, de nuevo, rompió la voz atronadora de mi admirado Ura:

—Cuando dices una humana, ¿te estás refiriendo a una mortal?

—Sí, Ser Superior.

—Debemos conocer los motivos por los que solicitas un favor tan extraordinario. Ya debes saber que el Cónclave ha accedido en muy contadas ocasiones a peticiones como ésa, y siempre por circunstancias muy precisas y justificadas.

—Lo sé, Ser Superior —respondí—, creo ver cualidades extraordinarias en la humana cuya promoción solicito.

—Necesitamos saber qué tipo de cualidades, compañero en la Superioridad —dijo Ura.

Estaba llegando a la parte más débil de mi argumentación, temía lo que pudiera ocurrir y todos lo percibieron. En el Cónclave una mentira es una falta gravísima, pero por otra parte mentir resulta imposible.

—Gran predisposición al Mal, Ser Superior. Inteligencia privilegiada. Insensibilidad hacia el miedo. Enorme capacidad de aprendizaje y de resistencia. Y vocación de acatar las órdenes del Gran Señor de lo Oscuro.

Ura pareció meditar las cualidades de Natalia que acababa de enumerarle.

—Mmmm —dijo, al fin— me temo, compañero en la Superioridad, que se trata de méritos escasos que por sí solos no pueden justificar lo que solicitas. Tal vez si otro miembro de este organismo Superior pudiera aportar datos suficientes, se valoraría mejor tu petición.

Tras oír las palabras de Ura supe lo que iba a ocurrir. Dhiön, a quien hasta ese momento había evitado mirar directamente, se puso en pie.

—Te escuchamos, compañero en la Superioridad —dijo Ura.

—Con toda modestia digo —«ja, vaya un comienzo irreal. ¿Modestia, Dhiön? Me habría reído si las circunstancias hubieran sido otras»— que el compañero en la Superioridad Eblus se equivoca al juzgar a esa discípula suya. Yo también la conozco bien y no pienso que posea ninguna cualidad que la distinga de la media de las muchachas de su edad. Propongo que dejemos pasar algo de tiempo hasta que la madurez dicte si esa mortal posee o no tales capacidades.

No pude contenerme. Le habría abierto la garganta con la carpeta de los documentos, pero me conformé con insultarlo telepáticamente. No estoy seguro de que ningún otro miembro del Cónclave me oyera:

«¿No sabes jugar limpio, baba de pus con charreteras?»

Dhiön me lanzó una mirada divertida mientras volvía a su asiento. Ura dictaminó:

—A no ser que algún otro compañero en la Superioridad tenga algo que objetar, no considero que la cuestión deba votarse.

Cuatro segundos de espera. Nadie habló. Entonces Ura se dispuso a zanjar el asunto:

—Desestimamos tu petición, compañero en la Superioridad Eblus y la aplazamos hasta que haya transcurrido un mínimo de diez años, cuando podrás volver a exponerla ante este organismo superior. ¿Tienes algo que añadir?

—Sí —dije, rompiendo los esquemas de los presentes y generando una amplia sonrisa aprobatoria de Dhiön.

—Dilo, pues —ordenó Ura, extrañado.

—En ese caso, solicito al Cónclave la gracia de una transmisión de poder.

Los ojos de Ura se abrieron como nunca había visto en alguien tan poco amigo de expresar lo que sentía.

—¿Sabes lo que estás solicitando, compañero en la Superioridad?

—Lo sé muy bien, Ser Superior.

—¿Y aún así estás dispuesto a hacerlo?

—Lo estoy, Ser Superior.

Me pareció que estaba perplejo. Y tal vez algo disconforme. Insistió. Al parecer, no estaba dispuesto a ponerme las cosas fáciles. O a dejarme marchar así como así. Debí sentirme halagado, pero estaba demasiado tenso para darme cuenta.

—¿Conoces, entonces, que perderás automáticamente todas tus capacidades de Superior para poseer sólo las del rango que elijas?

—Lo sé, Ser Superior.

—¿Y que no podrás volver a sentarte entre nosotros, tus compañeros en la Superioridad, ni volver a dirigirnos la palabra como a iguales?

—Lo sé, Ser Superior.

—¿Qué serás despojado de todos los privilegios a que tienes derecho como miembro de este Cónclave, así como de los signos externos de tu poder?

—Lo sé, Ser Superior.

Ura negó con la cabeza, como si le costara creer lo que acababa de salir de mis labios. Por primera vez desde que le conocí, arrojó al suelo, junto a sus pies, la carpeta con los papeles y agitó las manos con una naturalidad casi humana para decir.

—No entiendo tal obcecación, compañero en la Superioridad Eblus. Eres uno de los espíritus más fuertes de este organismo. Has demostrado unos méritos muy poco comunes, así como una tenacidad y una capacidad de trabajo que a todos nos asombra. No es ningún secreto que eres un firme candidato a ocupar el puesto de Gran Señor de lo Oscuro. ¿Y aun así deseas persistir en esta locura de la degradación?

De ningún modo pudo saber Ura —o tal vez sí, ya que era un ser de poderes asombrosos— hasta qué extremo me dieron ánimo estas palabras suyas. Observé a Dhiön mientras escuchaba esa ristra de halagos hacia mí, y le encontré cejijunto y haciendo un esfuerzo por concentrarse en sus papeles. Para Dhiön, las palabras del admirable Ura tuvieron el mismo efecto que si alguien hubiera dejado caer de pronto sobre su piel un objeto de hierro o de oro (los dos únicos materiales a que somos alérgicos los demonios): le estaban quemando por dentro y por fuera. En su rabia y en la generosidad de Ura encontré el orgullo necesario para mi última afirmación:

—Si se me permite, Ser Superior…

Ura me hizo un gesto para que continuara.

—Del mismo modo en que lo hice una vez, hallaré el camino para volver a sentarme en este Cónclave incluso después de la degradación.

No les dejé otra alternativa. Yo tampoco la tenía. Ura respiró profundamente y se removió en el asiento. Un diablillo con forma de zorro y sombra de mujer se acercó para recoger sus papeles del suelo y entregárselos de nuevo.

—¿A quién eliges para llevar a cabo la ceremonia de la degradación, obcecado compañero en la Superioridad Eblus?

No lo pensé dos veces.

—Al Ser Superior Dhiön —dije.

Le tomé por sorpresa, como esperaba. Se puso en pie, un poco desconcertado, mientras buscaba en el lateral de su sitial los papeles con las fórmulas correspondientes. Con un poco de suerte, se pondría en evidencia ante todos.

—¿No estás preparado, compañero en la Superioridad Dhiön? —preguntó Ura.

—Oh, sí, sí, lo estoy, Ser Superior —respondió, encontrando los papeles y disponiéndose a llevar a cabo la ceremonia.

—¿Estás convencido del paso que vas a dar y todas sus consecuencias, compañero en la Superioridad Eblus? —preguntó Dhiön.

—Lo estoy, Ser Superior —respondí.

—¿Llegas hasta aquí por propia voluntad, sin ser presionado por humano, diablo o criatura celeste alguna?

No respondí inmediatamente. Le dejé que me dirigiera una mirada cargada de odio que a más de uno llamó la atención. El chambelán, por ejemplo, abandonó por un instante su letargo en su rincón y alargó el cuello para asegurarse de lo que veían sus ojos.

—Llego por propia voluntad y sin presiones, Ser Superior —respondí.

—Debes pronunciar alto y claro el rango al cual vas a degradarte, teniendo en cuenta que la diferencia de poder entre tu actual posición y la nueva será transmitida al mortal a quien tú elijas.

—Deseo degradarme a la categoría de demonio medio. Exactamente la que tenía cuando fui ascendido por este Cónclave. Y si se me permite, desearía recobrar la misión que entonces me fue encomendada.

Dhiön miró a Ura, como quien pide auxilio.

—Si no recuerdo mal —terció Ura— la misión que se te encomendó, y que desempeñaste con brillantez y eficacia, fue la de evitar la construcción de las grandes catedrales góticas. ¿Es así?

—Exactamente como has dicho, Ser Superior —respondí.

—No veo inconveniente —continuó Ura— en concederte ese deseo una vez consumada la degradación. Siempre y cuando ningún miembro del Cónclave oponga sus motivos, claro está.

Dhiön buscó rápidamente en su cerebro pasado por agua algo que decir y no se le ocurrió más que esto:

—Yo tengo algo que objetar: ya no se construyen catedrales góticas.

Ura parecía cansado de todo aquello. Apenas levantó la voz para regañar a Dhiön.

—Compañero en la Superioridad Dhiön, el Cónclave considerará no pronunciado este lerdo comentario tuyo. Es sabido por todo aquel que alguna vez abrió un libro que ya no se construyen catedrales góticas, en eso debemos darte la razón, simplemente porque el gótico como estilo arquitectónico pasó de moda hará... hará unos setecientos años. Sin embargo, los presupuestos que alentaron a los hombres a la construcción de aquellas magnas obras son los mismos que les llevan hoy a edificar sus modernos templos. Dicho lo cual, seguiremos con esta triste ceremonia de degradación de uno de nuestros mejores miembros, que una vez regrese al rango inferior del que surgió podrá dedicarse a aquello que le plazca.

Bueno, al fin y al cabo no estaba saliéndome tan mal la ceremonia. Pero aún quedaba lo peor, que llegó enseguida.

—¿Estás preparado para ser degradado, compañero en la Superioridad Eblus?

—Lo estoy, Ser Superior.

—Procede a la devolución de las vestiduras.

Me pareció que el chambelán sonreía cuando se acercó a recoger la toga.

—Desde este momento, te está prohibido mirarnos a la cara —continuó Dhiön.

Bajé la cabeza, en señal de sumisión.

—A partir de este instante se te arrebatan tus capacidades superiores, pasas a ser un espíritu medio y, por tanto, dejas de formar parte de este Cónclave.

De inmediato oí los golpes inconfundibles en la piedra. Procedían de mi sitial. El cincel y el martillo de dos onits estaban arrancando mi nombre de entre los más ilustres de la Oscuridad.

Cuando terminaron, diez minutos más tarde, Dhiön remató su jugada maestra:

—Y ahora vete, espíritu degradado. No eres merecedor de estar entre nosotros.

Manda el protocolo que llegado este punto el degradado se arrodille ante el Cónclave para más tarde salir con la cabeza gacha por la puerta de las visitas, no por la que conduce al Salón de los Espejos. Seguí los pasos oportunos, sin dejarme un solo detalle. Sólo en un punto fui infiel a lo que había aprendido: una vez en la puerta, y antes de traspasarla, me volví a mirar a Dhiön y le envié un último pensamiento, a modo de despedida:

«Nos veremos antes de lo que crees, renacuajo distrófico.»

Y si ahora estás pensando que corrí a reencontrarme con Natalia para contarle todo lo que había sacrificado por ella y el modo heroico en que la había salvado de todo peligro, me preguntaré por qué carajo he perdido el tiempo intentando inculcar a tu cerebro de mosquito algo de mi sabiduría.

Por supuesto que no hice eso. De hecho, no volví a ver a Natalia hasta mucho tiempo después. Ya he dicho varias veces que lo que más me interesaba de ella era dejarla madurar, como hacen las buenas frutas en el árbol. Ni siquiera me interesaba demasiado saber en qué iba a utilizar sus nuevas facultades, que la habían convertido en un espíritu menor pero de máxima categoría en un abrir y cerrar de ojos. Con su talento, sus conocimientos y un poco de ayuda por mi parte, tenía la seguridad de que no tardaría en escalar posiciones, y no estaba de más soñar con el día en que los dos entráramos juntos en el Cónclave provenientes del Salón de los Espejos. Aunque de momento, sin avanzar acontecimientos, Natalia acababa de convertirse en una criatura inmortal, empezaba a desarrollar habilidades con las que podría defenderse de Dhiön, llegado el caso, y también de Rebeca y, lo más importante, había escapado a la maldición del pozo, que se cumpliría en sus hijos, pero no en ella.

Y respecto a mí, en calidad de djinn, medio o Superior, siempre he sido un espíritu inquieto y un trabajador infatigable. Decidí alejarme de todo aquello y darme un tiempo para planificar una estrategia. Cuando la tuve, como siempre hice, como haré mientras me quede una brizna de maldad y un aliento de vida, me empeñé a fondo en lograr mis objetivos.

Sin embargo, y pese al placer que encuentro en hablar de mí, creo que ha llegado el momento de callar. Tengo algunos asuntos que atender y no puedo estar perdiendo el tiempo contigo eternamente. Recuerdo, sin embargo, que tenemos pendiente un asunto. Te pregunté no hace tanto qué haría contigo una vez que ya no me hicieras falta como receptor de esta historia. ¿Lo recuerdas o quizá prefieres no hacerlo?

Hoy es tu día de suerte, nimiedad maloliente: no he terminado aún de contarte mi vida. Y como presiento que no voy a tardar mucho en sentir de nuevo el cosquilleo del y-qué-ocurrió-después, prefiero preservarte para esa ocasión y no abrirte en canal y comerme tu estómago con todo su contenido de un solo bocado, como había planeado en un principio. Así pues, te permito marcharte y continuar con tu vida como si jamás me hubieras conocido. Pero cuidado con lo que haces. Estaré cerca de ti. Seguiré tus pasos. Tal vez en este momento estoy a tu espalda, acechándote. ¿Y todo para qué? Ay, cuántas cosas en la eternidad no tienen una explicación clara. Supongo que me resultas simpático. O acaso me resultas más necesario de lo que piensas.

Sea como sea, te digo lo mismo que dije una vez a un tipo pesado como pocos:

Nos veremos antes de lo que crees, renacuajo distrófico.

Esta novela se escribió en Mataró
entre febrero de 2005 y abril de 2006.

ÁRBOL GENEALÓGICO DE LA FAMILIA ALBÁS
(1815-2005)

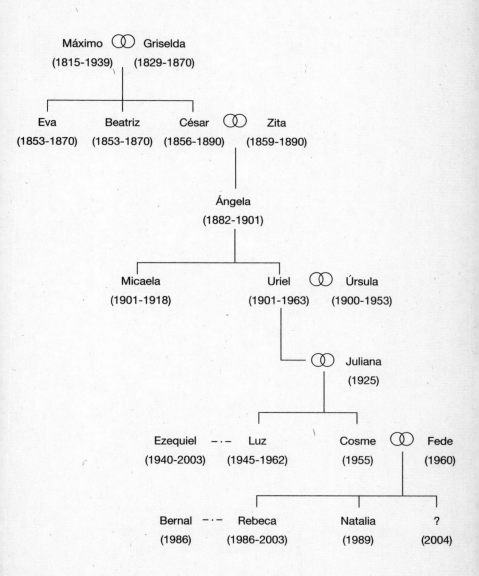

Nota de la autora

El Dueño de las Sombras es una obra de ficción y, por tanto, fruto de mi imaginación. Sin embargo, hay algunos detalles de la historia tomados directamente de la realidad. La toponimia, por ejemplo. No hay un solo enclave imaginario entre los que aparecen en la novela: la comarca de las Cinco Villas, el valle de Ansó, la Boca del Infierno, la sierra de Santo Domingo y tantos otros. En algunos casos, sin embargo, me he tomado algunas licencias: no existe ninguna casa como la de los Albás que yo haya conocido entre las poblaciones de Layana y Sádaba. Sí existe el cementerio de Layana tal y como se describe en estas páginas, y que pude imaginar gracias a la amabilidad del alcalde de esa localidad, José María Cortés, que atendió con suma paciencia mis cuestiones. Del mismo modo ocurrió con José Navarro, de Biel, acaso el mayor conocedor de la sierra de Santo Domingo, que me refirió todos los detalles que pude contar en el primer capítulo de esta novela. Luego no pude resistirme a la tentación de convertirle a él mismo en personaje. Quiero agradecer a Lourdes Berges y a José Manuel Murillo aquel estupendo paseo por Aínsa en un día helado de invierno de 2004, gracias al cual pude recrear la aparición de Rebeca en el interior del pozo de la iglesia de Santa María, aunque alteré algún detalle.

También el balneario de Tiermas y el hotel adyacente existieron. El balneario, tal y como se ha dicho en la novela, se remonta a tiempos de los romanos, pero gozó de una etapa de gran esplendor a finales del siglo XIX y principios del XX, cuando el lugar era uno de los destinos favoritos del rey Alfonso XIII. Los lugareños siguen acudiendo a bañarse en sus aguas cuando la sequía las hace aflorar algunos veranos. El hotel existió, más o menos como lo he descrito, aunque con el nombre de Infanta Isabel. Desapareció en un incendio en los años cuarenta. También el pueblo de Tiermas desapareció bajo las aguas cuando en 1959 se cubrió el valle para crear el actual embalse de Yesa. Los hechos, pues, son los mismos que se han relatado en la novela, aunque he alterado las fechas en beneficio de la historia.

No existe tampoco ningún convento de los Ángeles Custodios en el valle de Ansó, aunque por sus características lo imaginé similar a algunos reales, como el de Santa Cruz de Serós, antiguo monasterio femenino cercano al de San Juan de la Peña. La calzada romana de la leyenda fundacional del convento también es real y forma parte del antiguo Camino de Santiago.

Por último, la novela debe mucho a ciertas leyendas populares, de enorme raigambre en toda España, que atribuyen al Diablo la creación de obras hidráulicas —sobre todo pozos, puentes y acueductos— merced a la apuesta de una joven que a cambio promete su propia alma, pero que en todos los casos termina por engañar al Dueño de las Sombras. Se trata de una historia repetida a lo largo de la geografía española, que se asocia a obras tan conocidas como, por ejemplo, el acueducto de Segovia, o también al llamado Pozo del Diablo de Layana, de donde partió esta novela. Algunas de las historias aquí recreadas se basan también en la tradición legendaria española, como la mujer surgida de las aguas, antigua leyenda centroeuropea que llegó a España en época tardía y que también recogió Gustavo Adolfo Bécquer en sus *Leyendas*. Por cierto, el poeta y narrador andaluz escribió muy cerca de los enclaves de esta novela gran parte de sus tenebrosas historias: a él le deben algo también ciertas ambientaciones de esta trama. El segundo punto de partida de la ficción que el lector tiene en sus manos fue un suceso de verano de 2003: la muerte en un pozo de Ciudad Real de tres personas, en nada parecidas a los tres protagonistas de esta novela, que pretendían recuperar un teléfono móvil que había caído a las aguas.

Por último, no quiero dejar de agradecer algunos entusiasmos. El de Alicia Soria, mi editora, sin la cual este libro nunca habría existido. Laura Blanco, que cambió la voz de Ezequiel Osorio. Y los de Sandra Bruna, Francesc Miralles y Susanne Theune, críticos de lujo. Dejo para el final aquellos sin los que ya no podría pasar: Ángeles Escudero, Claudia Torres, Deni Olmedo. Que el diablo me permita disfrutar muchos años más de sus palabras. Y a ti, lector, que te permita estremecerte con estas y otras páginas hasta el final de tus gozosos días.

Índice